Pierre-Jea...
de l'Académie ...

Annette
ou
l'Éducation des filles

ROMAN

Albin Michel

IL A ÉTÉ TIRÉ DE CET OUVRAGE
TRENTE EXEMPLAIRES
SUR VÉLIN BLANC BOUFFANT SUPÉRIEUR
DONT VINGT EXEMPLAIRES
NUMÉROTÉS DE 1 À 20
ET DIX HORS COMMERCE
NUMÉROTÉS DE I À X

© Éditions Albin Michel S.A. 1988
22, rue Huyghens, 75014 Paris

Tous droits réservés. La loi du 11 mars 1957 interdit les copies ou reproductions destinées à une utilisation collective. Toute représentation ou reproduction intégrale ou partielle faite par quelque procédé que ce soit — photographie, photocopie, microfilm, bande magnétique, disque ou autre — sans le consentement de l'auteur et de l'éditeur, est illicite et constitue une contrefaçon sanctionnée par les articles 425 et suivants du Code pénal.

ISBN 2-226-03418-8

Pour Sophie

Lamiel était fort éveillée, pleine d'esprit et d'imagination...

STENDHAL

Première partie

SCÈNES DE LA VIE DE PROVINCE

I

Annette jouait au dernier étage de la maison de Mme Baudouin. Par la fenêtre grande ouverte, elle pouvait voir, au-delà des derniers toits de la route de Montmoreau, les prairies gorgées d'eau. La campagne, qui s'étendait jusqu'au bois de Saint-Martin où elle allait quelquefois en pique-nique, s'appelait la vallée des Eaux-Claires ; le nom lui plaisait. Il avait plu pendant la nuit et le soleil du matin inondait maintenant la chambre en soupente de la rue Paul-Abadie : comme tous les dimanches sa mère avait dit qu'elle partait pour la messe, Annette avait deux heures à passer seule, elle s'ennuyait. Annette aimait beaucoup sa mère, Jeanne, qui était très jolie et allait souvent au bal. À sept ans, Annette savait déjà qu'elle ne pouvait pas aimer un homme laid, une femme laide. Les vieux aussi lui faisaient peur et même sa grand-mère l'effrayait un peu ; elle n'avait pas encore découvert que cette peur-là avait un nom : le dégoût.

Une cloche sonna au clocher de la chapelle d'Obezines. L'église blanche paraissait toute neuve. Annette, qui était encore trop petite pour comprendre qu'elle était moderne et laide, l'aimait. On la voyait de loin. Elle aimait aussi la cathédrale, presque blanche et l'air plus neuf encore en dépit de ses six cents ans, et haïssait Saint-Martial, pourtant moderne elle aussi mais déjà grise et usée. De même, à Saint-

André, belle et vieille église romane qui sentait l'encens, les cierges et, en hiver, la laine mouillée, elle avait l'impression d'étouffer. Annette connaissait bien les églises d'Angoulême où Jeanne allumait toujours des cierges ; elle avait deviné que sa mère craignait ce qui arriverait après les bals et voulait conjurer le sort : à sept ans, Annette était une petite fille d'une intelligence exceptionnelle.

Des appels montaient de la rue ; elle se pencha à la fenêtre et regarda les allées et venues autour d'une fontaine sur la place très bas au-dessous d'elle : en ces tout derniers jours de la guerre, l'alimentation en eau de certains quartiers avait été interrompue. On se rendait aux fontaines publiques avec des brocs, des seaux au couvercle blanc écaillé et on y restait longtemps à parler de tout, de rien, de la guerre, des tickets d'alimentation ; de la mère d'Annette aussi. Un peu plus haut, rue Louis-Desbrandes, et face à la rue bordée de façades claires qui conduisait au théâtre, le numéro quarante-trois était occupé par la Kommandantur allemande. En général, on traversait la rue pour ne pas passer devant la porte, mais Jeanne avait expliqué à sa fille qu'il ne fallait pas toujours croire les histoires qui couraient à l'école, où de méchants Allemands offraient aux bons petits Français des dragées empoisonnées. « Les Allemands sont comme nous, remarqua un jour Jeanne, il y a les méchants et les autres. » Annette sentait bien que la gaieté de sa mère, les jolies robes à pois qu'elle portait et le rouge qu'elle écrasait sur ses lèvres cachaient peut-être de grands chagrins. On disait qu'Annette ressemblait à sa mère : ses yeux étaient gris-bleu et son front légèrement bombé ; le dimanche, même lorsqu'elle ne quittait pas les deux pièces louées chez Mme Baudouin au sommet de la maison toute en escalier, elle portait un gros nœud blanc en papillon sur le sommet du crâne. Jeanne assurait que c'était élégant mais Annette, au fond, n'en était pas sûre. Annette était la seule petite fille de sa classe à n'avoir pas de papa.

***

Jeanne décorait des bols et des assiettes dans un atelier de céramique. M. Roussy-Ravenant, son patron, avait d'abord employé le père de Jeanne. Puis le vieux Laramis était mort et sa fille avait eu son bébé, alors M. Roussy-Ravenant l'avait aidée à se tirer d'affaire. Depuis, elle peignait des fleurs.

Claudine était la seule amie d'Annette. Un jour, Annette l'avait emmenée à l'atelier de la rampe du Secours.

— À quoi ça sert? avait demandé Claudine.

Annette était trop intelligente ; elle ne comprit pas tout de suite.

— Quoi?
— Eh bien, les fleurs !
— Les fleurs, c'est fait pour que les bols soient beaux.

Appliquée à dessiner une feuille toute chantournée qui ressemblait à un drapeau, sa mère mordait sa lèvre et se taisait. Ailleurs, une jeune femme chantait. C'était Micheline, l'amie de Jeanne, blonde et frisée comme elle ; c'est avec Micheline qu'Annette allait au bal.

— On pourrait boire dans les bols quand même qu'il y aurait pas de fleurs, avait remarqué Claudine.

Elle avait un an de plus qu'Annette et beaucoup plus de sens pratique ; Annette avait secoué la tête :

— Moi, je pourrais pas.

C'était là toute la différence entre elles.

— D'ailleurs, avait-elle assuré, le café n'aurait pas le même goût.

Elle ne savait pas encore que le café qu'elle buvait rue Paul-Abadie était du vrai café alors que Claudine ne buvait même pas de la chicorée : sa mère faisait brûler des haricots blancs qui devenaient très noirs. Micheline buvait aussi du café de haricots brûlés. Chez Jeanne, on buvait de l'arabica et Mme Baudouin le faisait parfois remarquer sur un ton hargneux lorsque l'odeur en flottait dans l'escalier : « Il y en a qui sont sans pudeur ! » grognait-elle, et elle ne parlait pas que du café. La mère d'Annette rentrait la tête dans les épaules et passait très vite, sans répondre.

La feuille qu'elle peignait s'achevait en une manière de guirlande qui épousait le contour du bol. C'était un service à fraises, mais Annette n'avait jamais mangé de vraies fraises. Au printemps elle mangeait parfois des fraises des bois qu'elle ramassait avec sa mère au bois de Saint-Martin. M. Jean, qui les accompagnait, tenait Jeanne par la main. Il était grand et blond, la mère d'Annette avait dit qu'il était alsacien. Il portait toujours un pantalon de velours, une veste de chasse. Un jour, Annette comprit que ces vêtements avaient appartenu au vieux Laramis. On ne voyait M. Jean que le dimanche. Il était très gentil avec Annette et lui glissait les fraises des bois une à une dans la bouche, en prétendant que c'étaient des fraises de luxe. Annette aurait préféré celles qu'on mangeait rue d'Iéna ou rue de l'Arsenal dans des services fabriqués chez M. Roussy-Ravenant et marqués, au dos, des deux lettres RR entrelacées. Jeanne signait elle-même les plats, les bols, les assiettes, de ce double R : M. Roussy-Ravenant affirmait qu'elle seule avait le coup de main et cela faisait rire Micheline. Micheline riait d'ailleurs toujours. Elle aussi avait un ami, Pierre, mais on ne le voyait pas souvent. Jeanne allait parfois chez Micheline après le dîner et, deux ou trois fois, Pierre avait débarqué à la nuit. Il portait comme Jean une veste de chasse. Il embrassait Micheline, Jeanne, Annette ; puis Annette et sa mère s'en allaient : « Il faut les laisser seuls, expliquait Jeanne. Ils n'ont pas tant d'occasions. » Annette aimait bien Pierre mais elle préférait M. Jean. Jeanne avait encore un autre soupirant, qu'elle appelait son amoureux : c'était un pion du lycée qui servait de secrétaire à M. Charbonnier, un voisin. Ce Corbin avait un très beau visage lisse, comme celui d'une statue d'ange à la chapelle d'Obezines, mais il était bossu. Les autres avaient un peu peur de lui, pas Annette. Il avait toujours un livre à la main, chaque fois un livre différent, et ses collègues prétendaient qu'il avait « tout lu » pour se moquer de lui. Il répondait seulement que lire était son vice ; le bruit avait dès lors couru que ce Corbin était vicieux : Annette devinait vaguement que c'était peut-être un compliment. Jeanne essayait de l'éviter, elle le trouvait insistant. Le samedi soir, Jeanne et Micheline allaient seules au bal, sans Pierre ni Jean. Elles dansaient toute la nuit et revenaient à l'aube, quand il n'y avait pas de couvre-feu. Micheline dormait alors chez Jeanne, dans le même lit que son amie. Le dimanche matin, toutes les deux riaient beaucoup, puis elles se quittaient. Jeanne allait à la messe, Micheline n'y allait jamais.

Chez M. Roussy-Ravenant, Micheline peignait surtout des fleurs bleues. Claudine trouvait les fleurs plus belles que les feuilles et elle avait raison, mais elle ne comprenait pas pourquoi on se donnait tout ce mal à les peindre et Annette savait qu'elle avait tort. Il y avait encore beaucoup d'autres choses qu'elle aurait voulu savoir ; elle posait des questions ; on lui répondait souvent.

— Tiens, lui dit M. Roussy-Ravenant qui passait dans l'atelier, je te le donne, il a un défaut.

C'était un petit pot avec des anses et un couvercle. Il faisait partie de ce qu'on appelait à la fabrique un « service à crème au chocolat ». Annette mangeait quelquefois de la crème au chocolat ; Claudine n'en mangeait jamais. Annette ne parvint pas à en déceler le défaut mais ce cadeau ne lui faisait aucun plaisir. Elle aurait voulu un pot à anses et à couvercle sans défaut. Sur le chemin du retour, Claudine parla avec envie du petit pot, Annette le lui donna : à sept ans, elle était aussi une petite fille très bonne. D'ailleurs, à peine avait-elle quitté sa mère et l'atelier qu'elle s'était mise à haïr ce pot, son couvercle et son défaut caché.

***

Annette savait déjà beaucoup de choses. Ainsi, tous ces gens qui lui racontaient qu'elle était jolie avaient fini par l'en persuader. Elle en jouait ; le vieux Roussy-Ravenant, par exemple, prétendait en riant qu'il était amoureux d'elle. Lorsqu'il avait le dos tourné, Micheline le traitait de vieux dégoûtant ; devant lui, elle affirmait qu'il avait bon goût. Jeanne ne disait rien. De la même manière, l'ouvrier papetier qui partageait le foyer de sa grand-mère, depuis la mort du père Laramis, regardait Annette avec une insistance qu'elle devinait : elle n'aimait pas ce regard qui la mettait mal à l'aise ; sans le savoir, ce Jarnigou lui avait appris que la beauté peut attirer la laideur, la saleté. Pourtant, tout était trop propre chez la grand-mère Laramis, mais tout était aussi très laid. La vieille dame était coiffeuse à Saint-Cybard, c'est-à-dire qu'elle mettait des bigoudis à ses voisines et que toute la maison en contrebas de la ville haute et sur la route du cimetière sentait le shampooing, l'eau de Cologne et la chaleur de l'unique casque dont on coiffait ces dames. Elles en ressortaient frisées comme des moutons : Annette préférait les cheveux longs et les boucles naturelles de sa mère. D'ailleurs elle détestait le salon pour dames de Saint-Cybard. Chez elle, fût-ce dans la soupente de Mme Baudouin, elle sentait qu'elle participait à la vie de la ville ; chez sa grand-mère, elle était dans les faubourgs. Il n'y avait pas de jardin, seulement les allées grises du cimetière un peu plus loin : à tout prendre, Annette préférait la campagne. Là, au moins, on cueillait des fraises, des noisettes. A Saint-Cybard, il n'y avait que des coloquintes séchées dans une coupe de verre sur un gros buffet Henri II : à sept ans, Annette avait compris que les coloquintes et le buffet Henri II étaient laids. Quand elle se regardait dans une glace, elle se trouvait vraiment mignonne. Il n'y avait que le nœud blanc du dimanche qu'elle n'aimait pas ; mais elle portait des robes de vichy, des smocks, des nids d'abeilles, et elle se plaisait.

M. Jean disait qu'elle était la plus jolie de toutes les petites filles d'Angoulême : elle le croyait. Lorsqu'ils étaient tous les trois à la campagne, il la prenait dans ses bras et la levait très haut en l'air. Elle aimait ça et riait, sa mère riait aussi fort qu'elle et, bientôt, tous les trois se laissaient tomber dans l'herbe en s'amusant comme des enfants. Il n'y avait que Mme Baudouin pour la traiter de sale gosse. Comme sa grand-mère, comme Jarnigou dont elle saurait plus tard qu'il vivait aux crochets de la coiffeuse, Mme Baudouin était laide. Ce n'était pas seulement une question d'âge : M. Charbonnier, le voisin du bas — la rue était en pente, il y avait donc le voisin du bas et celui du haut — était vieux sans être laid. Chez lui, il y avait des tableaux dans des cadres dorés et beaucoup de livres. Ça sentait l'encaustique, la cire, le miel ; chez la coiffeuse, des odeurs douceâtres flottaient partout. Annette aimait rendre visite au vieux monsieur ; chez sa grand-mère, elle n'avait au contraire qu'une hâte, remonter vers les remparts.

*
**

— Tu m'aimeras longtemps ? interrogeait M. Jean qui n'osait pas dire « toujours ».

Jeanne prononçait le mot pour lui :

— Toujours.

Ils étaient assis tous les trois sur un banc des remparts et M. Jean détournait le visage lorsque passaient des soldats allemands. Des dames poussaient des voitures d'enfant montées haut sur des ressorts ; on appelait ça des landaus, le mot plaisait à Annette. Les dames aux landaus habitaient des maisons qui donnaient sur les remparts ou sur la rue de l'Arsenal, sur la rue d'Iéna. Certaines maisons des remparts avaient leur cuisine en sous-sol, qui devenait un premier étage, voire un second étage sur des jardins, puisque la ville était bâtie sur une colline fortifiée. Les maisons de la rue de l'Arsenal, elles, ouvraient de plain-pied sur des jardins aux allées ratissées qui s'achevaient par de hautes grilles sur la promenade des remparts. Annette se demandait pourquoi les enfants qui habitaient ces maisons superbes venaient jouer sur les remparts, avec les autres, alors qu'ils auraient pu passer leurs jeudis et leurs dimanches tout seuls dans ces beaux jardins.

— Tu es sûre que tu n'auras pas de regrets ? disait encore M. Jean.

Jeanne prenait sa main et répondait :

— Jamais, non.

M. Jean aimait entendre le mot « jamais » et le mot « toujours » ; ça, Annette l'avait presque deviné, même si elle ne pouvait comprendre que, pour M. Jean vêtu des vêtements du vieux Laramis, il n'y aurait jamais de toujours et seulement un jamais qui n'en finirait pas. Elle alla en cachette, parce que c'était interdit, cueillir un brin de lilas que sa mère se mit dans les cheveux. Les dames aux landaus la regardèrent, elle ne détourna pas les yeux : jamais Annette ne l'avait trouvée plus jolie. M. Charbonnier, qui faisait sa promenade dominicale, la salua et bavarda quelques instants avec la mère et la fille ; il évitait de regarder M. Jean qui avait l'air malheureux. Comme tous les dimanches, M. Jean les quitta de bonne heure. Il avait apporté du café, du chocolat ; après son départ, Jeanne pleura. Elle s'habilla ensuite pour sortir avec Micheline et revint avec elle très tard, très excitée. Elle avait des fous rires qu'elle voulait étouffer pour ne pas réveiller la petite fille mais Annette se réveilla quand même : les fous rires de sa mère ressemblaient à des sanglots. Sans raison, seule dans son lit, Annette pleura.

Elle avait appris tôt à lire et, à six ans et trois jours, elle lisait presque couramment *Le Général Dourakine* dans la

Bibliothèque Rose. Annette était en avance pour son âge. Les coups de knout que le général Dourakine donnait à Mme Papovska, à tous les méchants et aux imbéciles la faisaient rire. Pourtant, elle n'était pas méchante.

***
**

Chez Mme Roussy-Ravenant-la-jeune, la bru du vieux fabricant de faïence, il y avait beaucoup de belles choses; Annette y venait quelquefois, amenée par sa mère pour qui Renée Roussy-Ravenant, qui l'avait connue petite fille, avait une grande amitié. Renée était la fille d'un certain Chardon, brocanteur de L'Houmeau; son mariage avec le fils de la maison Roussy-Ravenant avait fait jaser tout Angoulême. Bien sûr, Annette ne savait rien de cela, mais Renée Chardon était enceinte et on racontait qu'elle avait « réussi à se faire épouser par ce grand benêt d'André Roussy-Ravenant ». La formule était méchante à souhait; elle reflétait bien les sentiments de certaines de ces dames des remparts. M. Roussy-Ravenant était veuf et André vivait seul avec lui, entouré d'une cuisinière, d'une femme de chambre et d'un vieux maître d'hôtel qui conduisait avant la guerre l'Hispano-Suiza de la maison. Dès 1940, la belle voiture avait été remisée dans le garage sur les remparts. La fabrique de faïence se situait quelque deux cents mètres plus bas, mais en dessous des anciennes murailles. Un peu plus haut, c'était ce quarante-trois rue Louis-Desbrandes où les Allemands avaient installé leur Kommandantur. Au quarante et un vivait une famille d'Auvergnats transplantée à Angoulême. Le petit-fils, Jean-Pierre, avait l'âge d'Annette, il venait jouer avec elle chez Renée Roussy-Ravenant lorsque Annette y était en visite. Mais Jean-Pierre n'avait pas le regard d'Annette pour les mille et une peintures, aquarelles, photographies, les statuettes, les chandeliers d'argent, les coussins de soie qui ornaient à profusion le salon des Roussy-

Ravenant. Annette aurait voulu toucher, caresser chaque objet. Elle savait que c'était défendu, tandis qu'on lui permettait d'ouvrir les livres de M. Charbonnier ; alors elle regardait de loin. Un jour, en ouvrant une vitrine pour en sortir une bonbonnière en argent, Renée Roussy-Ravenant fit tomber une statuette de Meissen qui représentait un berger en costume du XVIIIe siècle ; Annette pleura. On jeta les morceaux dans une corbeille à papier et elle en déroba la tête intacte, cassée au ras du cou. Elle avait le sentiment d'avoir commis un terrible forfait et la conserva dans la boîte de phosphatine Fallières où elle gardait ses trésors ; elle se disait qu'un jour elle n'aurait plus besoin de dissimuler la pauvre petite tête cassée : elle posséderait la statue entière, ou plutôt une autre qui serait plus belle, et la bergère qui irait avec, la vitrine pour l'abriter, en même temps que la boîte à bonbons en argent, les peintures, les coussins en soie ; tout ce qu'il y avait dans le salon de la rue de l'Arsenal qui donnait sur le jardin et les remparts. À ces babioles, elle préférait pourtant un visage de femme aux épaules nues et entouré d'un cadre ovale, qui souriait un peu tristement ; en cela, elle avait bon goût, car les autres peintures étaient d'élèves de Bouguereau ou de Lévy-Dhurmer, alors que la jeune femme en robe blanche avait été peinte par Ingres. Le nom d'Ingres demeura dans sa mémoire synonyme de beauté ; mais Annette aimait aussi les choux à la crème de la pâtisserie Tiphaine près du palais de justice : non seulement elle avait bon goût mais elle avait un goût très éclectique. Elle n'était pourtant pas envieuse des bibelots du salon Roussy-Ravenant, pas même de la peinture de femme aux épaules nues : elle était persuadée que le moment vient toujours où les petites filles grandissent ; elles ont alors de beaux coussins, des peintures et même des livres aux reliures dorées. Que sa mère eût grandi et n'eût rien de tout cela n'était qu'un mauvais coup du sort : comme nul ne savait le fond de ces pensées, personne ne mesurait à sa juste grandeur sa précocité. Peut-être beaucoup de petites filles ont-elles semblables talents, mais pas plus qu'Annette, elles ne songent à les montrer ; puis elles grandissent, elles oublient... D'ailleurs, Annette jouait aussi aux soldats de plomb avec Jean-Pierre et avait de grands éclats de rire : elle était, en somme, une petite fille presque comme les autres.

*
**

Tout cela devait se terminer très vite. Ou plus exactement, Annette allait très vite devenir une petite fille tout à fait comme les autres. Le 6 juin, les troupes alliées débarquèrent en Normandie ; le 31 août, la ville de Guez de Balzac et de Marguerite de Valois, l'antique capitale de la papeterie et des pantoufles dites « charentaises », était libérée. Dès l'aube, des Jeep et des tractions avant pavoisées de fanions tricolores parcoururent la ville. Retranchés dans leurs casernes, les Allemands se défendirent un peu, on en tua quelques-uns, puis le général qui commandait la ville fit sa reddition. À l'hôtel de ville transformé en salle des fêtes, la cérémonie fut superbe. M. Charbonnier, qu'on prenait pour un vieux retraité amateur de livres anciens, fut revêtu de l'écharpe de maire : on découvrait tout à coup qu'il était, depuis 1941, l'une des âmes de la Résistance dans le sud-ouest de la France. Dans sa maison de la rue Paul-Abadie bourrée de livres, où les premières éditions de Stendhal et tous les titres de *La Comédie humaine* voisinaient avec des incunables et des reliures « aux armes », il dissimulait aussi des patriotes, tenait des réunions secrètes. Pierre, l'amant de Micheline, qui n'apparaissait jamais qu'en cachette et à la hâte, était l'un de ses bras droits.

Par le vasistas qui donnait du côté de la ville, dans la soupente de Mme Baudouin, Annette vit Micheline assise à l'avant d'une Jeep ; elle brandissait un drapeau et embrassait son héros ; on l'applaudissait. D'autres femmes l'imitaient, des hommes lui serraient la main comme si Micheline et son Pierre avaient, à eux seuls, libéré Angoulême. Ils n'étaient pourtant pas seuls : tout Angoulême clamait sa joie au grand jour puisque tout Angoulême, n'est-ce pas ? avait été résistant depuis le premier jour. Les employés de la mairie et de la préfecture avaient tous fourni aux armées de l'ombre des documents d'une rarissime importance sur les occupants, et le plus humble des sous-chefs de bureau se retrouvait, le plus naturellement du monde, avec un brassard tricolore et le grade de capitaine. Les autres, les simples commis, étaient au moins lieutenants. Et c'était vrai que tout Angoulême était heureux de crier enfin sa joie au grand jour.

On traîna dans les rues quelques prisonniers, lamentables, les mains attachées derrière le dos ou les doigts noués au sommet du crâne. C'étaient des vieillards qui n'avaient pas pu fuir à temps, ou des enfants à l'air affolé dont on bottait le cul avec une belle allégresse. Dans l'euphorie générale, l'Hispano des Roussy-Ravenant disparut du garage, mais le vieux fabricant de faïence se garda bien de protester : les autorités d'Occupation n'avaient-elles pas, en leur temps — si proche et déjà si lointain — un peu trop apprécié ses beaux services à fraises et même ses petits pots à crème au chocolat ?

Le lendemain, on promena dans la ville quelques femmes qui avaient eu du goût pour les occupants. Jeanne fut la première que ces résistants de la dernière heure, obligeamment renseignés par Mme Baudouin, vinrent chercher. Que M. Jean, soldat de la Wehrmacht six jours par semaine et amant de Jeanne le dimanche, n'ait jamais caché à personne, pas même à ses camarades, l'horreur qu'il éprouvait pour les nazis, n'avait pas empêché qu'il fût abattu d'une rafale de mitraillette alors qu'il avait depuis longtemps jeté ses armes et s'avançait, les bras levés au-dessus de la tête, vers les libérateurs ; de même, l'amitié de M. Charbonnier n'empêcha pas sa voisine d'être tondue sur le pas de sa porte sous les yeux d'Annette. Les bonnes femmes applaudirent, les hommes lançaient des quolibets obscènes. Mme Baudouin avait sorti six bouteilles d'un vieux pineau des Charentes qu'elle versa à la ronde : elle le regretta amèrement dès le lendemain, mais le mal était fait et puis, après tout, on avait rasé la pute-au-Boche qui déshonorait sa maison. Corbin, le secrétaire bossu de M. Charbonnier, regardait de loin.

On passa une corde au cou de Jeanne et on la tira, à demi nue, vers les remparts. Mme Baudouin prit de force Annette par la main pour qu'elle ne manquât rien du spectacle, s'en souvînt toute sa vie et en tirât la leçon qui s'imposait. Le pitoyable cortège croisa la Jeep pavoisée de Pierre et Micheline : la meilleure amie de Jeanne ne reconnut pas sa camarade dans ce pauvre être blafard qu'une mégère cinglait de coups de martinet, comme le général Dourakine, jadis, frappait la méchante Mme Papovska. Annette, elle, vit presque face à face Micheline et sa mère. L'une gémissait sous les crachats, l'autre répondait aux saluts de la foule. Un ancien combattant de la guerre d'avant se mit au garde-à-vous devant Micheline et son Pierre ; puis il vint jusqu'à Jeanne et la gifla au milieu des cris de joie. Il avait une belle moustache blanche, le côté gauche de la poitrine sillonné de décorations.

Annette vit tout cela. Lorsque, après avoir croisé sa mère, la Jeep de Micheline passa à sa hauteur, elle détourna les yeux ; elle n'avait pas honte ; c'était Micheline qui lui faisait honte ; en quelques heures, la petite fille précoce était devenue plus précoce encore. Elle savait que M. Jean avait été un vaincu égaré dans une monstrueuse aventure ; que sa mère serait relâchée un jour, mais ne serait plus jamais belle, ni gaie ; elle savait aussi que Pierre était un vainqueur et que Micheline, qui paradait à ses côtés comme elle avait dansé aux côtés de Jeanne, était vaguement méprisable. Elle savait encore que sa vie tout entière serait marquée par ce qui s'était passé ce jour d'été 1944 rue de Belat, rue d'Iéna et sur les remparts d'Angoulême.

Puis sa grand-mère, qui portait ruban bleu-blanc-rouge à la poitrine, vint la chercher et l'emmena chez elle, à Saint-Cybard. Dans le salon de coiffure, Annette comprit qu'elle devait très vite tout oublier : ce fut la dernière marque de sa précocité. Mme Baudouin s'était donc trompée : Annette oublia. Elle y mit même une rage farouche et les odeurs de shampooing et de cheveux mouillés brûlés par le casque électrique l'y aidèrent. On ne lui parla plus jamais de sa mère qui mit six ans à mourir à l'hôpital psychiatrique de Barbezieux où on l'avait enfermée ; elle ne revit ni Claudine, ni Jean-Pierre, ni Renée Roussy-Ravenant — elle-même réfugiée à Ruffec car elle trompait trop ce ballot d'André avec le secrétaire général plutôt collaborateur de la préfecture — et surtout pas Micheline qui épousa son Pierre et devint sous-préfète en Savoie.

Elle oublia tout de la journée héroïque où Angoulême avait été libérée et retourna en classe en octobre ; sept années passèrent. Sa mère avait vécu passionnément, elle mena une vie très calme. Elle apprit un peu le métier de coiffeuse.

II

La IVᵉ République commença comme elle put, les années passèrent et Annette Laramis fêta ses quinze ans. On lui avait dit un jour qu'elle avait un nom de mousquetaire : elle en tirait une fierté naïve, n'avait pour autant rien lu d'Alexandre Dumas, c'était quand même un signe ; sa grand-mère, qui avait fini par épouser Jarnigou, fit un beau gâteau, invita ses petites amies et lui offrit un cardigan à boutons dorés.

Annette souffla avec succès ses bougies, elle but deux coupes de mousseux et fut un peu ivre. Puis elle se laissa dire par Marcelle Vattier, qui était la dernière de la classe, que Patrick Arnault-Dupouicq, le don Juan des premières A au collège Saint-Paul, était amoureux d'elle. Marcelle lui glissa une enveloppe maculée de taches de cambouis, car Arnault-Dupouicq sillonnait les rues de la ville à Vélosolex. Agrémentée des nécessaires fautes d'orthographe, c'était une carte d'anniversaire qui lui fixait un rendez-vous. Toutes les amies d'Annette avaient des amoureux, elle n'en avait pas ; elle rêva un moment.

— Tu fais quoi avec Jean-Marie, quand vous êtes seuls tous les deux ? finit-elle par demander.

Jean-Marie était l'amoureux de Marcelle, mais c'était la première fois qu'Annette posait une pareille question : faute d'être restée la petite fille précoce qu'elle avait été, elle marquait son originalité en refusant de s'intéresser aux garçons. Avec Marcelle et les autres, elles parlaient de Jean Marais dans *Ruy Blas* et surtout de la voix claire de Gérard Philipe dans *Le Diable au corps* qu'elles étaient allées voir en cachette place du Champ-de-Mars. Surprise, Marcelle ne sut d'abord que répondre.

— Eh bien, on s'embrasse, bredouilla-t-elle.
— Et après ?

Marcelle se rebiffa.

— Et après, rien : pour qui tu me prends ?

Annette sourit. Témoin intransigeant des menues médiocrités de ses camarades, elle se faisait un point d'honneur de ne pas leur ressembler. Toutes rêvaient de prince charmant ou, plus prosaïquement, du fils d'un notaire de la place du Mûrier ou du rejeton boutonneux d'un chirurgien ; Annette n'écoutait pas leurs conversations mais savait que, si le moment finirait bien par arriver où elle devrait s'interroger à son tour sur l'amour, elle voulait pouvoir choisir le jour et l'heure. Elle sourit à nouveau et pria son amie de l'excuser : elle n'avait pas voulu lui faire de peine. Tout juste savoir si Marcelle, comme Marie-Claire ou Armelle, avait elle aussi, un jour... Marcelle se récria :

— Parce que Marie-Claire...

Annette sourit une troisième fois : Marie-Claire, oui... et Armelle aussi. Elle tendit à son amie une autre coupe de mousseux et Marcelle avoua : eh bien, oui, elle avait quelquefois permis à Jean-Marie d'aller un peu plus loin qu'un chaste baiser.

— Je ne l'ai jamais laissé faire autre chose que me toucher, je te le jure.

Annette eut un quatrième sourire. Marcelle n'avait besoin de rien jurer : sur ce point, elle lui faisait confiance ; la grosse petite fille aux nattes courtes et aux mollets lourds était trop peureuse pour laisser parler son cœur, à plus forte raison sa sensualité un peu molle. Le jour venu, Annette, elle, oserait :

ce 21 mars, c'était seulement l'échéance qu'elle s'était fixée pour parler librement de ce que les autres taisaient ou murmuraient en rougissant.

— Et tu crois que Patrick voudrait, lui, aller plus loin avec moi ?

Marcelle la regarda bouche bée et ne répondit pas. Annette l'embrassa, parce qu'elle la trouvait godiche mais l'aimait bien. Et puis, le mousseux lui tournait la tête. L'embrassant, elle la serra donc un peu plus fort contre elle et sentit le cœur de Marcelle qui battait très fort. Marcelle était lourde mais elle avait un joli profil et Annette l'avait remarqué : depuis quelques mois, elle prenait un véritable plaisir à choquer son amie, elle y parvenait sans mal et se le faisait ensuite pardonner.

— Pourquoi Patrick ne m'a pas donné lui-même sa lettre ? demanda-t-elle enfin.

Marcelle sourit.

— Je crois qu'il a un peu peur de toi.

Annette secoua la tête. Elle mit une intention extrême dans sa remarque :

— Il a raison, dit-elle.

**

Jarnigou tournait depuis toujours autour de sa belle-petite-fille, si tel est le nom qu'on peut donner aux liens familiaux qui unissaient si peu Annette au second mari de la coiffeuse. Autrefois, le papetier en retraite bricolait, rendait service ; avec les années, il s'était empâté et ne travaillait plus. La grand-mère d'Annette n'en faisait guère plus, mais elle avait deux employées qui coupaient, lavaient, frisaient, séchaient comme quatre. Lucette et Annick se laissaient tripoter par Jarnigou parce qu'il leur donnait la pièce. Un lundi soir, jour de fermeture du salon, Mme Jarnigou était allée au cimetière fleurir la tombe de son premier mari dont

Annette ou l'Éducation des filles

c'était l'anniversaire ; Annette entendit du bruit dans la boutique. Ça venait de sous l'escalier où on avait aménagé un placard à balais. Elle descendit en faisant grincer exprès les marches ; le bruit s'arrêta. Elle s'assit sur l'un des fauteuils recouverts de moleskine et attendit. Dans la glace placée en face d'elle, elle pouvait voir la porte du cagibi : elle devinait Jarnigou qui retenait son souffle et Annick ou Lucette, au contraire, qui respirait très fort. De temps à autre, un craquement s'échappait encore de derrière la porte. Annette se disait qu'Annick ou Lucette n'avait même pas eu le temps de se rhabiller et elle balançait entre deux questions. La première était de savoir si c'était la rousse Annick ou Lucette la blondasse qui avait enfin accepté d'en donner un peu plus à l'horrible mari de sa grand-mère : cette incertitude l'amusait, mais n'était guère passionnante ; l'une et l'autre des gamines étaient laides et bêtement vulgaires. La seconde question était, en revanche, un vrai dilemme : allait-elle demeurer assise jusqu'au retour de sa grand-mère, interdisant ainsi aux deux coupables de quitter le cagibi, pour profiter à loisir de l'admirable scène de ménage qui ne manquerait pas de s'ensuivre ; ou allait-elle ouvrir la porte et jouir tout de suite au grand jour de la déconvenue de ses victimes ? Après un bon quart d'heure de tergiversations, elle se dit que Jarnigou et l'employée n'avaient même pas dû oser bouger pour réparer le désordre dans lequel ils ne pouvaient manquer de se trouver : le spectacle ridicule qu'ils lui offriraient valait mieux que les cris de sa grand-mère. Elle se leva donc, se mit à fredonner une chanson à la mode et, d'un geste résolu, ouvrit la porte du cagibi. Elle ne s'était pas trompée. Plaqué contre le mur, le mari de sa grand-mère avait les fesses à l'air ; Annick — puisque c'était elle — avait bien laissé retomber sa jupe, mais sa petite culotte était à terre. C'était laid ; Annette n'y avait pas pensé. Elle n'entendit pas la vocifération de l'homme, les sanglots de la fille et remonta à l'étage. Presque aussitôt sa grand-mère revint.

Tout de noir vêtue, elle avait son air-d'après-le-cimetière, celui de Jarnigou était plus consterné encore; Annette n'éprouva aucun plaisir à prolonger son inquiétude jusqu'à l'heure du dîner. Lorsqu'il voulut profiter du moment où Mme Jarnigou alla se changer dans sa chambre pour tenter de s'expliquer, Annette haussa les épaules et le planta là. Le vieil homme — il avait plus de soixante-cinq ans — ne lui tourna plus jamais autour; Annick fut désormais avec elle d'une gentillesse extrême, mais Annette avait honte du jeu auquel elle s'était livrée : tout cela était décidément trop laid. Cette nuit-là, elle fut presque malade. Elle avait été une petite fille à l'intelligence précoce, physiquement elle l'était moins : cette nuit-là, elle eut ses premières règles. Une semaine plus tard, l'image qu'elle avait enfouie au fond d'elle-même avec une volonté si désespérée revint à sa mémoire : celle d'un corps nu qu'on traînait au bout d'une corde dans les rues des beaux quartiers d'Angoulême. Au ciné-club du lycée, elle avait vu la *Jeanne d'Arc* de Dreyer : la pauvre Jeanne avait le visage de Falconetti, maigre et tondue comme elle. Plus tard, Ingrid Bergman lui parut grotesque dans le même rôle. Mais Falconetti, morte peut-être, était oubliée depuis longtemps; Ingrid Bergman était alors bien vivante, adulée. Micheline, l'amie de Jeanne, dont le souvenir ne l'avait, au fond, jamais quittée, était maintenant préfète dans une grande ville, alors que toutes deux avaient eu les mêmes fous rires qu'elles ne parvenaient pas à étouffer; ce jour d'été 1944, elles s'étaient pourtant croisées sans se voir. Toute sa vie, Annette allait préférer Falconetti à Ingrid Bergman; elle n'aimerait vraiment Bergman qu'après sa mort.

Le lendemain, elle se rendit au rendez-vous du fils Arnault-Dupouicq : elle fit mine de vouloir se laisser faire — pour voir : il n'osa pas aller plus loin que quelques baisers. Lorsqu'elle se retrouva seule sur son banc du Jardin-Vert, Annette eut envie de rire : elle allait rattraper le temps perdu, mais à sa façon. À Patrick Arnault-Dupouicq succéda un certain Louis Chastel, qui n'avait guère plus d'intérêt, puis Annette rencontra Christine et oublia les garçons.

*
* *

Il y a à Angoulême, autour de la cathédrale, des maisons blanches et silencieuses qui donnent sur des rues aux pavés inégaux ; au-delà, sur le rempart du Midi, s'alignent les façades des hôtels de la ville noble : ces maisons de la rue Corneille ou de la rue de l'Évêché en sont la banlieue. On dirait que là vivent seulement des vieilles dames et des jeunes filles qui leur ressembleront un jour. Elles ont toutes, rempart du Midi, des cousines riches dont elles sont les parentes non pas pauvres mais modestes, effacées. La nuit, le bruit d'un seul pas pressé réveille le quartier et, quand le tout-à-l'égout n'existait pas, l'eau des caniveaux était toujours propre ; elle sentait la lessive, parfois l'eau de Cologne que ces dames avaient rapportée d'Allemagne au temps de leur jeunesse. On jouait aussi du piano ; le dimanche, par les fenêtres ouvertes, la *Marche turque* répondait à la *Lettre à Élise* et Annette venait s'y promener : elle ne savait pas qu'elle aimait la musique. Ce fut Christine qui le lui apprit.

Un dimanche, elle passa ainsi sous une fenêtre de la rue de l'Évêché. C'était peut-être Schubert, un impromptu qui venait d'un rez-de-chaussée où tout était ombre, recoins cachés. Annette s'arrêta. En bas, à Saint-Cybard, sa grand-mère se faisait des papillotes pour ne pas perdre la main et Jarnigou ronflait sur sa *Charente libre,* enfoncé dans un fauteuil qui n'était plus Voltaire depuis longtemps. Avec Schubert, par la fenêtre ouverte de la rue de l'Évêché, venait un parfum de cire tiède qui rappela à Annette les livres de cuir de M. Charbonnier : toute seule au milieu de la chaussée, elle était bien. Elle se dit qu'elle aurait eu trois ans de plus, elle aurait allumé une cigarette : c'est dans ces moments-là que les gamines se croient presque des femmes.

Le piano s'arrêta, une jeune fille vint à la fenêtre. Elle était si près d'elle qu'Annette sursauta. Elle se sentit rougir

— Je vous demande pardon, dit-elle.

La jeune fille secoua la tête, elle sourit, prononça deux mots sans importance, referma la croisée. Annette redescendit à Saint-Cybard le cœur battant. Lorsque, le soir, sa grand-mère ouvrit le poste pour écouter l'émission « Jazz contre Musette » qui lui faisait chaque fois déclarer d'un ton sentencieux que le jazz était une musique de nègres pendant que Jarnigou se pâmait en écoutant la *Java bleue,* elle eut un frisson de dégoût. La petite musique de Schubert lui revenait par bribes ; sans raison, elle avait envie de pleurer. Puis elle eut envie de rire, elle pensa : « J'y retournerai », et elle eut presque peur.

Comme Annette, Christine Barroux, qui jouait si bien du piano, était la fille d'une maman sans mari. Mais la mère de Christine avait quitté depuis longtemps Angoulême pour vivre sa vie, disait-on, et la fillette avait été élevée par une vieille tante. Elle avait fait donner à sa nièce, qu'elle appelait « ma fille », des leçons de piano. Très vite, Christine avait dépassé Mme Bezu, son professeur. On avait eu recours à un vieil original qui se disait compositeur — on l'appelait « Maître » — et dont les leçons faisaient fureur rue de l'Arsenal comme au rempart du Midi. Pour rêver d'égaler Duparc ou Fauré, qu'il chantait d'une voix de fausset, ce René Godiveau n'en avait pas moins de l'oreille ; il avait découvert le vrai talent de Christine, s'était entiché d'elle et lui avait fait accomplir des progrès considérables. À treize ans, la petite fille jouait de mémoire les sonates les plus difficiles de Beethoven ; elle se reposait avec les impromptus de Schubert qui avaient tant ému Annette. Hors le piano et la lecture, rien ne l'intéressait. Elle n'aurait pas parlé des garçons avec une Marcelle dans la cour de récréation du lycée ; d'ailleurs, elle fréquentait le cours privé de Mlle Rochette où l'on n'acceptait pas n'importe qui. Sa tante l'y conduisait et l'attendait à la sortie. Comme elles marchaient toutes deux côte à côte et sans regarder personne, on affirmait qu'elles étaient fières. Mlle Barroux habillait sa nièce drôlement, avec des jupes plissées trop longues, des collerettes ; Christine portait ses cheveux en chignon : les gens qui ne savaient pas prétendaient qu'elle n'était pas jolie. Elle aussi avait rougi en voyant Annette. La nuit suivante, bien enfoncée sous ses couvertures, elle avait essayé de se souvenir du visage de la jeune fille qu'elle avait aperçue dans la rue ; elle n'y était pas parvenue et avait été triste. Elle n'avait aucune amie et Annette, dont elle ne connaissait même pas le nom, aurait pu être son amie ; mais Annette était partie en courant, elle ne la reverrait peut-être jamais.

Ce soir-là, Annette avait mis longtemps à s'endormir. Elle pensait à la petite pianiste. Enfoncée comme elle sous ses draps elle entendait sa musique ; il y avait des chansons, une flûte, des souvenirs perdus dans ce piano-là. Elle s'endormit enfin, rêva d'une grande forêt où des pianos auraient chanté avec des oiseaux. Le lendemain, elle revint rue de l'Évêché, mais la fenêtre était fermée. Au lycée, elle évita Marcelle.

Trois jours de suite, elle fit le détour pour passer derrière la cathédrale. D'autres fenêtres étaient ouvertes, on entendait d'autres pianos, la fenêtre de Christine demeurait close. Le quatrième jour, elle vit de loin les persiennes ouvertes. Son cœur battait ; elle voulut marcher lentement, se donner une contenance pour avoir le temps d'écouter. Le piano s'arrêta, elle eut le sentiment d'être prise en faute : c'était la première fois. Elle pressa le pas, buta sur le rebord du trottoir et tomba sur le pavé, à la limite du caniveau. Un peu d'eau souilla sa jupe. Christine était à la fenêtre, Annette se releva, honteuse, et s'enfuit en courant. Ç'aurait pu arriver n'importe où, à Paris, à Nancy, ç'aurait été sans importance : c'était à Angoulême et sous les fenêtres de la seule personne avec qui elle aurait aimé parler. Le soir, elle était brûlante, avec une forte fièvre, mais ce n'était qu'un hasard, une épidémie de grippe. Le jeudi suivant, au Jardin-Vert, en contrebas des remparts, Christine Barroux lui adressa la parole.

— Vous vous êtes fait mal en tombant, l'autre jour ? interrogea-t-elle.

Elle lui disait « vous », Annette en fut émue ; bien entendu, elles devinrent amies.

Pour être la tante d'une enfant sans père, Mlle Barroux n'en avait pas moins des préjugés. Ce fut d'abord sans plaisir qu'elle accueillit chez elle la petite-fille de la coiffeuse de banlieue. Et puis, Mlle Barroux se méfiait des étrangers. Lorsqu'elle découvrit que la mère d'Annette avait été tondue à la Libération, elle se montra plus indulgente : elle-même avait jugé, en leur temps, les Allemands très corrects et, somme toute, six ans avaient passé. Même si de Gaulle avait chassé les communistes du gouvernement, il y en avait encore beaucoup, la guerre de Corée battait son plein et c'étaient sûrement des communistes qui avaient forcé sa cave, en 44, pour faire un sort à deux caisses d'un vieux monbazillac qu'elle gardait pour les grandes occasions. Le charme d'Annette fit le reste. Il restait à la bonne demoiselle quelques bouteilles de pineau, elle en déboucha une quand la jeune fille vint goûter chez elle pour la première fois. Christine s'assit ensuite au piano. Elle joua une longue sonate de Schubert ; Annette faillit pleurer.

— La musique, c'est quoi ? demanda la petite-fille de la coiffeuse lorsque son amie eut fini.

— La musique, c'est le moyen d'oublier le reste, répondit Christine.

Annette ne connaissait que le reste : les gamines idiotes du lycée, les Patrick, et *Confidences* ou *Intimité* qu'elle dévorait à Saint-Cybard parce qu'elle ne savait pas qu'on pouvait lire autre chose : avec Christine et la musique, elle oublia tout.

Plus tard, Annette se dirait : « Peut-être qu'alors, tout aurait pu changer » ; mais rien ne changea vraiment : on n'en donna pas le temps à Christine.

Mlle Barroux fréquentait assidûment les cabinets de lecture. Il y en avait deux dans son quartier : celui des dames d'œuvres qui croyaient au Ciel, et l'autre, où on n'y croyait pas ; on y trouvait les mêmes livres. Dès lors, Annette lut autre chose que *Confidences*. Sous la férule de Mlle Barroux, qui ne badinait pas avec les bonnes lectures, elle découvrit Elizabeth Goudge ; *La Cité des cloches* se passait à Colchester ou à Gloucester : pour elle, c'était Angoulême ; cela l'amusa. Elle entreprit ensuite la lecture de l'œuvre complète de Cronin et n'échappa que de justesse aux *Jalna*. Tout cela ne valait pas grand-chose, mais c'étaient quand même des livres et le principal était qu'Annette en eût découvert l'existence. Dans la bibliothèque de l'Action catholique, rue du Minage, elle avait parfois des vertiges : tous ces volumes rangés sur toutes ces étagères... Elle interrogea la jeune femme à lunettes qui veillait sur ce trésor :

— Est-ce qu'il y a des gens qui ont lu tout ça ?

La jeune femme hocha la tête.

— Tout cela, oui : c'est très peu, tu sais.

Alors, Annette posa la question :

— Est-ce qu'il y a des gens qui ont lu tous les livres ?

Ce fut Christine qui lui répondit. Gravement.

— Quand on a lu tous les livres, il y en a toujours un qui reste à lire.

Qu'une jeune demoiselle qui sortait du cours de Mlle Rochette en compagnie de sa vieille tante énonçât semblable vérité était surprenant ; on l'aura compris, Christine, comme Annette, ne ressemblait pas aux autres.

— Et les garçons ? osa lui demander un jour notre héroïne, est-ce que c'est comme les livres ?

Christine ne rougit pas.

— Pour beaucoup de filles, peut-être, oui... Moi, je vis

comme dans une bulle où il y a les musiques que j'aime. Le reste ne m'atteint pas.

Mlle Barroux était une vieille demoiselle romantique ; c'est elle qui avait inventé l'image de la bulle : Annette la trouva très belle. Elle s'imaginait comme son amie, seule dans un globe de cristal, parfaitement transparent d'où elle contemplerait le monde. Qu'on pût la voir du dehors n'était pas grave : du moment qu'il y avait entre le monde et elle cette fine carapace de verre sur laquelle tout pouvait glisser. La nuit qui suivit la remarque de Christine, Annette eut un cauchemar : la bulle éclatait. Elle se réveilla terrifiée, c'était la première fois que ça lui arrivait. Elle se dit, pour se rassurer, qu'on fabriquait sûrement des verres plus solides que le cristal : c'était là qu'elle s'enfermerait. Christine, elle, faisait confiance au cristal. « Christine est pure, pensa Annette, qui ne l'était pas toujours, moi je n'y arrive pas. » Elle se rendormit en pensant très fort à Christine. Elle aurait voulu embrasser ses joues, ses lèvres, et même ce début de petite poitrine qui commençait tout juste à naître. Elle n'était pas troublée. Le curé de Saint-André lui avait posé un jour la question en confession : « Est-ce que vous avez des pensées impures ? » Par bravade, elle avait répondu oui et avait écopé tout un rosaire à réciter devant la statue de Bernadette Soubirous qu'elle s'était, du coup, mise à haïr. Cette nuit-là, elle comprit ce que le vieux curé avait voulu dire ; mais elle savait qu'il n'y avait rien d'impur à vouloir embrasser les seins de Christine, qui, d'ailleurs, n'existaient pas.

Deux ou trois jours après, elle lui demanda :

— S'il te plaît, défais ton chignon.

À toute autre, Christine aurait refusé. Elle regarda Annette et, d'une main, enleva une seule épingle : ses cheveux roulèrent sur ses épaules. Elle qui n'était pas particulièrement jolie devint très belle. C'était dans la chambre de Christine, Mlle Barroux leur faisait confiance, elle était sortie. Annette savait qu'elle aurait pu dire, de la même manière : « S'il te plaît, déboutonne ton chemisier », Christine l'aurait fait. Elle aurait alors embrassé ses lèvres. Elle eut presque un tremblement, puis elle pensa à la bulle de cristal de Christine, à sa bulle à elle, de verre si solide : c'était le pot de terre et le pot de fer, il ne fallait rien casser.

— Tu es très belle, dit-elle seulement.

Mais Christine présenta son amie à son vieux professeur de musique, leur destin à toutes deux s'en trouva scellé.

*
**

René Godiveau habitait un quartier impossible tout au bout de la rue de Périgueux après la place de la Bussatte. Annette n'avait jamais su comment se terminait cette grande artère qui commençait devant les Nouvelles Galeries — qu'on appelait Noga — où alternaient boutiques et maisons de pierre. Elle s'était parfois attardée devant une librairie tenue par Corbin, l'ancien secrétaire de M. Charbonnier. Il y avait aussi une mercerie sombre et profonde toute pleine de galons, de soie et de passementerie. Si Annette avait aimé les rubans, ç'aurait été un paradis : on se souvient qu'elle haïssait le nœud blanc dont sa mère ornait jadis le sommet de son crâne. Le mercier avait connu la pauvre Jeanne, il faisait des sourires à sa fille et l'avait, un jour, emmenée dans son jardin en traversant la boutique dans toute sa longueur : au milieu des buis taillés, une balle de ping-pong dansait sur un jet d'eau dont M. Sirieu réglait la hauteur à volonté. Annette aurait voulu qu'elle ne retombât jamais ; au bout d'un moment, M. Sirieu coupait l'eau et la balle descendait.

Après la mercerie Sirieu, la rue de Périgueux devenait *terra incognita* : ce fut pour elle une découverte. On accédait à la maison du professeur de musique, isolée entre deux bicoques basses aux volets fermés, par un perron de six marches, qui mettait le rez-de-chaussée à la hauteur d'un entresol. Au ras du trottoir, des fenêtres en demi-lune éclairaient une cuisine où rougeoyait un feu de bois.

Dans le vestibule, Annette fut saisie par l'odeur qui régnait à l'intérieur. L'encens s'y mêlait à des parfums plus sucrés ; elle faillit tousser. Du salon, venait une musique qu'elle reconnut : c'était l'Impromptu de Christine. Un drôle de personnage, au teint de nègre mais qui n'était peut-être pas un nègre, les précéda dans l'escalier avec des courbettes et des mots chuchotés qu'elle ne comprenait pas. En gravissant les marches derrière lui, Annette remarqua ses bas blancs et sa culotte, retenue par un galon, qui lui arrivait au genou. La porte du salon était fermée, il frappa pour se faire ouvrir.

Si la maison de Mlle Barroux ressemblait peu à celle des Jarnigou, celle de Godiveau en était située à des années-lumière et ce n'est que bien plus tard, à Paris, qu'Annette retrouverait parfois dans des salons une atmosphère comme celle-là. Le domestique, qui ne l'était pas plus qu'il n'était nègre, s'arrêta sur le seuil, fit une ultime courbette et laissa passer les deux jeunes filles. Christine s'avança d'un pas décidé ; Annette hésita. Il y flottait la même odeur que dans le vestibule, mais plus intense, toute en vapeur, en fumées échappées de gros brûle-parfum chinois où des dragons de bronze surmontaient des cloisonnés bleus et verts. Les volets étaient fermés, les rideaux tirés, seule une faible clarté venait d'une lampe recouverte d'un voile de soie. Au piano, un jeune homme jouait. Dans l'ombre, sur des coussins, on ne devinait des formes immobiles qu'au bout incandescent de leurs cigarettes. Un petit gros homme rondouillard vint vers Christine, s'inclina, baisa le bout de ses doigts. Il salua ensuite Annette.

— Voici donc l'amie de notre petit prodige.

Sa voix de fausset nasillait, chuchotait. Un malaise saisit Annette. Elle n'en laissa rien paraître, voulut se montrer indifférente, y parvint très bien, rendit son salut à son hôte.

Celui-ci les dirigea vers un espace vide parmi les ombres et elles s'enfoncèrent jusqu'aux hanches dans un canapé.

Puis Annette oublia d'écouter : elle regarda. Ses yeux s'étaient habitués à l'obscurité, elle distingua peu à peu des silhouettes, des visages, des traits. Tous les auditeurs de cet étrange concert étaient des messieurs : les uns avaient l'âge de Godiveau, sa rondeur, sa calvitie peut-être ; les autres étaient au contraire très jeunes, leurs cols ouverts ne portaient pas de cravate ; en dépit de leurs cheveux en désordre, et du regard presque illuminé qu'ils avaient pour écouter le pianiste en tirant de longues bouffées de cigarettes, elle en reconnut quelques-uns. C'étaient des élèves du lycée ou du collège Saint-Paul. Tous habitaient le rempart du Midi ou la rue de l'Arsenal. Là-bas ils portaient des costumes faits sur mesure et la belle raie sur le côté des jeunes gens de bonne famille. Ici, ils semblaient transformés en personnages interlopes, dont Annette ne comprit pas, tout d'abord, ce qu'ils étaient.

À Schubert succédèrent des morceaux étranges. Christine à voix basse expliqua que c'étaient les *Gymnopédies* d'un compositeur nommé Erik Satie ; Annette n'entendit ni le nom du musicien ni celui de son œuvre. Son malaise devenait plus grand. Que ce fût elle, la petite-fille des Jarnigou, qui assistât à ce concert lui semblait déjà très improbable ; mais que Christine, son chignon en parfait équilibre et sa longue jupe plissée, sa tante qui viendrait la chercher à six heures car on était en hiver et que la nuit tombait de bonne heure, fût si à l'aise en cette compagnie, était, en revanche, parfaitement irréel.

Les *Gymnopédies* s'achevèrent. On fit plus de lumière, on passa des verres, du rhum, des punchs, du thé aussi, âcre et qui râpait la gorge. Christine buvait avec un parfait naturel, elle échangeait avec les uns et les autres des paroles sans conséquence. Elle parlait de musique, quand Godiveau vint la chercher pour la conduire au piano.

— Notre jeune fille, dit-il en guise de présentation.

Christine sourit, ferma un instant les yeux, baissa la tête, la releva puis ses doigts coururent sur le clavier. Quelqu'un murmura qu'elle jouait les *Variations Goldberg,* Annette crut que c'était le nom d'un compositeur dont elle n'avait jamais entendu parler, mais la musique l'apaisa. Elle regarda alors plus posément autour d'elle ; elle ne savait encore rien de ces choses, elle comprit pourtant ce qu'étaient ces hommes réunis chez le professeur de piano. La présence de Christine au milieu d'eux lui en parut d'autant plus incongrue. La musique de Bach s'égrenait avec une passion perpétuellement retenue, en haleine, qui pénétrait peu à peu Annette. Elle avait le sentiment que quelque chose de douloureux, d'irréparable peut-être s'accomplissait. Une curieuse douceur, une mollesse qu'elle n'aimait pas l'envahit. Pour un peu, elle aurait tiré une bouffée d'une de ces cigarettes qui passaient de main en main ; elle aurait repris de ce punch, de ce thé trop parfumé. Mais elle eut un frisson et se raidit : elle se redressa, le danger était passé.

L'après-midi s'acheva sans autre émotion. Les messieurs applaudirent la jeune pianiste, le nègre qui n'était pas un domestique vint annoncer que Mlle Barroux attendait dans le vestibule et René Godiveau raccompagna les jeunes filles jusqu'aux six marches du perron. Dans la rue, Annette ne posa pas de questions à Christine. Gravement, son amie racontait qu'elle jouait pour la première fois du Bach en public, Annette en conclut qu'elle venait là souvent, elle n'aima pas cette idée ; le dimanche suivant, elle refusa de l'accompagner, se morfondit dans l'odeur de shampooing du salon de coiffure et se persuada qu'elle faisait pénitence.

Cette expérience n'avait en rien entamé l'amitié — on allait dire : la passion — d'Annette pour son amie. Notre héroïne avait seulement mis entre parenthèses les après-midi que passait Christine parmi la cour des amis jeunes et moins jeunes de René Godiveau ; elle se disait qu'elle-même supportait bien les dîners passés sous la lampe des Jarnigou, la soupe épaisse, Radio-Luxembourg et la famille Duraton. Pourtant, la nuit, elle avait encore de mauvais rêves. Elle pensait à la bulle de cristal où vivait Christine ; la jeune fille était si pure, se répétait-elle, que rien de ce qui se déroulait rue de Périgueux ne pouvait l'atteindre.

Un lundi après-midi, les joues de Christine s'enflammèrent tandis qu'elle décrivait le succès remporté la veille en jouant un morceau particulièrement difficile ; un doute traversa Annette : et si Christine n'était, comme toutes les filles du lycée, les Marcelle et leurs amies, qu'une petite oie ? Mais elle jouait du piano à ravir, son chignon défait la faisait ressembler à une gravure, ceci effaçait cela. Même si Christine avait été un peu bête, elle était sauvée par cette pureté qui émanait d'elle — et par la musique. Sans même le savoir, elle avait apporté à Annette un goût de l'absolu qui laisserait en elle une trace indélébile.

Annette s'en voulut d'avoir de vilaines pensées. Elle redoubla de ferveur auprès de son amie. Elle décida même d'apprendre le piano, se trouva mauvaise et n'eut pas la patience d'aller plus loin que six ou huit leçons, ce qui rehaussa encore le prestige de Christine.

Un jour, pourtant, elle s'enhardit à lui demander :

— Tu n'as pas peur, quelquefois, quand tu es chez ton Godiveau ?

Les yeux de la jeune fille s'écarquillèrent.

— Peur de quoi ?

Annette n'insista pas. Elle savait à quoi s'en tenir sur son amie, et ne l'en aima que davantage. Elle ne voulait plus baiser avec dévotion ses lèvres et les bouts de seins qui commençaient quand même à pousser, mais la prendre dans ses bras, la protéger. Elle revint rue de Périgueux. Elle se disait que la vieille demoiselle Barroux ne voyait rien, que Christine courait peut-être un grand danger.

Le danger n'était pas celui qu'elle croyait. Trois semaines

plus tard, Godiveau se retrouva en prison. Il y passa quatre ou cinq ans; Christine paya beaucoup plus cher.

Une lettre anonyme avait prévenu les parents du jeune Christophe D. qu'il s'en passait d'étranges, rue de Périgueux. Christophe D. était l'un des gitons de ces messieurs, la famille alerta la police et le commissaire Lestrange entra en scène. Suivi de trois inspecteurs et d'une escouade de brigadiers, il fit chez René Godiveau une entrée peu discrète. Comme tous les dimanches, des jeunes gens se trouvaient réunis autour du piano; d'autres étaient ailleurs. Lestrange connaissait son métier. Il laissa s'échapper discrètement Christophe D. et ses camarades ainsi que certains messieurs fort respectables qu'il valait mieux, autant pour lui-même que pour eux, ne pas avoir trouvés là. Il fut, en revanche, inflexible envers Godiveau qui, en dépit de ses relations, n'était qu'un petit professeur. Avec Christine, la seule rose parmi ces bleuets, il fut impitoyable.

Elle ne rentra que tard dans la soirée rue de l'Évêché où Annette, venue pour le dîner, l'attendait avec Mlle Barroux.

— Ma Christine, s'exclama la jeune fille lorsque son amie poussa la porte qu'on avait laissée entrouverte, qu'est-ce qui t'est arrivé?

La petite était pâle, les cheveux en désordre. Elle avait le visage tuméfié, de grandes marques bleues sous les yeux, ses lèvres tremblaient. Elle secoua la tête.

— Rien.

Annette, Mlle Barroux insistèrent, Christine se mura dans son silence.

— Rien, ce n'est rien, répétait-elle.

La vieille demoiselle avait préparé un potage, des œufs, la jeune fille refusa de manger. Elle secouait la tête et redisait qu'il ne s'était rien passé. Annette l'accompagna jusqu'à sa chambre. Elle se sentait tout attendrie, un peu molle. Elle voulut l'aider à se déshabiller mais Christine refusa.

— Laisse-moi.

Elle avait crié. Sa voix était rauque. Annette était pudique, elle détourna les yeux tandis que son amie passait sa chemise de nuit. Dans son lit, Christine était glacée. Annette s'assit à côté d'elle.

— Tu ne veux pas me raconter ?

Christine continuait à secouer la tête. Il était dix heures et demie. Bientôt, elle se mit à trembler, elle eut en quelques instants une forte fièvre, on alla chercher un médecin. Celui-ci s'enferma dans la chambre pour examiner la malade. Le quart de minuit venait de sonner au clocher de la cathédrale. Dans la pièce voisine, Annette se disait que rien n'avait changé, la rue était déserte, éclairée par la lune, l'unique réverbère à l'angle de la maison faisait une tache de lumière jaune ; elle comprenait cependant que rien ne serait plus pareil. Déjà, Christine s'en allait à la dérive. Annette entendait des cris, des sanglots. La voix du médecin s'éleva, puis tout se tut. Il quitta la chambre en refermant doucement la porte sur lui.

— Il faut la laisser, dit-il.

Il fit signe à Mlle Barroux de le suivre dans le corridor. Annette resta dans le salon, devant le piano au couvercle fermé. Elle devinait peu à peu, elle qui en savait pourtant si peu. Les deux adultes chuchotèrent un moment devant la porte d'entrée, puis la vieille demoiselle revint au salon. Elle avait les yeux rouges.

— Ma petite fille, répétait-elle. Ma petite fille...

Annette était encore trop jeune pour qu'on lui expliquât que Christine avait, comme on dit, subi des violences. Des violences sexuelles : il importe d'autant plus de souligner ici chaque mot qu'aucun mot ne fut prononcé. Mlle Barroux, aussi effacée que sa nièce, demeurait debout devant le piano dont plus personne ne soulèverait jamais le couvercle. Christine garderait la chambre trois ou quatre jours, puis elle se lèverait, errerait dans la maison, sans ouvrir la bouche. Elle ne retournerait plus au cours privé de Mlle Rochette, les autres petites filles ne se moqueraient plus de ses jupes trop longues et de ses bas noirs. Elle ne lirait plus rien ; en fait, elle ne dirait plus rien à personne. On avait cassé sa bulle de cristal, et quelque chose en elle était mort ; ce quelque chose était son âme, son cœur, son esprit. Un peu abîmé par en bas, son corps guérirait vite, mais là n'était pas l'essentiel ; pendant les cinq ou six ans qui allaient suivre, Christine Barroux se tairait. Enfermée dans son silence. Comme Jeanne à Barbezieux — humiliée comme elle, offensée —, elle ne verrait plus rien ni personne, pas même Annette. En cinquième page de *La Charente libre,* un entrefilet annonça qu'un professeur de piano bien connu de la ville avait été arrêté pour une affaire de mœurs. Pour le reste, chacun fut d'une discrétion remarquable. Seule Annette, à qui on n'avait rien dit, allait connaître la vérité.

***

Christophe D. était un ami de Patrick Arnault-Dupouicq, qui n'était pas méchant. Elle l'attendit à la sortie de Saint-Paul.

— Tu sais, toi, ce qui s'est passé chez Godiveau ? interrogea-t-elle.

Sans se douter de rien, Patrick avança le nom de Christophe.

— Il allait souvent chez son professeur : peut-être que lui pourrait te répondre.

Annette voulait mener son enquête ; on convint d'un rendez-vous auquel le jeune D. refusa d'abord de se rendre.

— Dis-lui qu'il vaudrait mieux qu'il vienne, remarqua Annette d'un ton lourd d'intention.

La chute de Christine l'avait bouleversée. Par son amie, elle avait commencé d'entrevoir un domaine qui, même s'il n'en était que l'antichambre, appartenait quand même au monde de la beauté. Ce n'était que Schubert, une porte ouverte et, dans l'entrebâillement, la lumière. Il importait qu'elle sût, puisqu'on avait si brutalement refermé cette porte. Et puis, n'avait-elle pas aimé Christine qui n'était plus qu'une poupée triste ? Elle répéta :

— Il faut que je le voie.

Patrick n'était pas futé, il sut quand même traduire à son camarade l'insistance de la jeune fille. Christophe D. se résolut à la retrouver. Annette voulut que ce fût au Jardin-Vert, où elle avait osé parler à Christine pour la première fois.

C'était une fin d'après-midi grise. Des enfants jouaient dans un théâtre en plein air qui s'élevait à un carrefour d'allées ; ils apparaissaient à une porte de rocaille, ressortaient par une autre en criant, on aurait dit les Arlequins en culottes courtes d'une morne *commedia dell'arte*. Annette était grave. Elle entraîna Christophe et lui parla à voix basse, longtemps. Le gosse était livide, il se mit à pleurer, Annette le brutalisa — juste ce qu'il fallait — et il avoua ce qu'il savait. Il prononça le nom de Lestrange. La pluie se mit à tomber, il s'enfuit en courant. Quelques jours après, on le mit en pension dans un collège du centre de la France, les bons pères succédèrent à ces messieurs ; pour lui rien ne changea vraiment, il continua le piano et sortit de la vie d'Annette où il n'était jamais entré : elle en savait presque assez ; quelques questions encore, ici et là, elle devinerait le reste.

Le commissaire Lestrange était un bel homme de trente-cinq ans, qui avait, on l'affirmait, du tempérament. Il avait tenu à interroger Christine *personnellement*. Sa réputation n'était plus à faire et ces dames des remparts le savaient bien : elles en raffolaient. Annette le croisa à deux ou trois reprises, elle pensa qu'il avait du charme. C'était un charme brutal : au souvenir de la pauvre silhouette de Christine qui ne quittait plus la rue de l'Évêché, elle éprouva pour lui un sentiment curieux, fait de haine et d'autre chose plus confus, qu'elle ne comprenait pas encore. Mais elle savait qu'elle le reverrait.

 Elle se remit à vivre — à exister, plutôt —, dans les odeurs de shampooing et de parfums bon marché; ce n'était pas médiocre : ce n'était rien. Jarnigou retrouva un peu d'arrogance mais c'était un imbécile; le beau commissaire Lestrange était un salaud; l'image de Jeanne traînée dans les rues se substitua à celle de Christine. L'une et l'autre avaient été victimes des hommes : les imbéciles ne valaient pas mieux que les salauds; elle s'en doutait déjà. Pour la première fois de sa vie, et sans savoir pourquoi, elle refit le geste de sa mère. Elle alluma un cierge dans l'église Saint-André et murmura une prière à ce Dieu qu'elle connaissait mal bien qu'elle eût fait en robe blanche sa première communion : un jour, ils paieraient peut-être. *Ils,* c'étaient les Jarnigou et les Lestrange. Quelques mois encore passèrent, puis un événement imprévu décida de la suite de cette histoire.

III

Au lycée, Annette avait retrouvé ses camarades. Elle avait mis de côté, dans un coin de sa mémoire, l'épisode Christine. Elle regardait les autres qui continuaient à parler des garçons ou à lire *Intimité* et Mazo de La Roche, mais elle les regardait de loin. Il fallait bien qu'elle eût des amies; Marcelle et quelques autres, Chantal, Ghislaine qui habitaient rue d'Iéna, rempart du Midi, lui suffisaient. Par elles, notre héroïne apprenait un peu de la vie qu'on menait dans ces maisons; elle refusait pourtant les goûters d'enfants qu'on y organisait : elle se disait qu'elle y entrerait un jour, autrement. Pour le moment, elle se faisait un point d'honneur à n'aller chez personne : c'était sa manière de porter le deuil d'une amitié perdue. Et si telle ou telle jouait du piano, elle était sûre qu'elle jouait moins bien que Christine. En somme, Annette attendait. C'est alors que M. Charbonnier mourut.

On se souvient que l'ancien voisin de Jeanne avait été maire d'Angoulême. C'était au lendemain de la Libération. Il n'occupa ces fonctions que six mois. D'autres, d'un autre bord, ont dit que les Français avaient la mémoire courte : cela valait pour les Angoumoisins. Après six mois passés dans cette magistrature, le vieux M. Charbonnier avait pu mesurer l'ingratitude des hommes. Il était résistant de 40 : ceux d'août 44 se mirent à parler plus haut que lui; puis ce fut le tour des autres, qui avaient laissé faire ; le tour enfin de ceux qu'il avait combattus. C'était à qui en rajouterait, au nom de la démocratie, il préféra s'éloigner ; personne ne le retint, il redevint un simple citoyen et un bibliophile comme il y en a peu. Lorsque le général de Gaulle quitta le gouvernement, Charbonnier ferma définitivement sa porte à toutes les intrigues. Chez lui se retrouvaient quelques vieux compagnons, sinon amers, du moins désenchantés. On préférait discuter les différentes éditions du *Médecin de campagne* ou comparer de beaux exemplaires du *Lys dans la vallée* plutôt que supputer les chances de Durand de l'emporter sur Dupont, au demeurant tous deux du même parti, aux prochaines cantonales. Le monde de la politique lui devint méprisable et seul son secrétaire, ce Corbin bossu qui vit de loin la pauvre Jeanne traînée par des mégères, assurait entre ce monde et lui un dernier lien. D'aucuns disaient qu'il complotait : il ne faisait que vieillir sans renier les principes de sa jeunesse ; il était tolérant mais haïssait les compromis.

Sa mort fut tout de même un événement d'importance départementale. On le regretta bruyamment, beaucoup affirmèrent très haut qu'ils avaient été ses intimes. Le préfet fit un discours, la mairie offrit des fleurs, on donna plus tard son nom à une rue, mais sur la route de Ruffec, presque en banlieue. Quelques-uns le pleurèrent vraiment. La grand-mère d'Annette se lamenta plus que tous les autres : la jeune fille comprit ainsi que, depuis le malheur survenu à Jeanne, l'ancien maire servait à la coiffeuse une petite rente pour Annette ; elle eut honte du grand deuil qu'affecta de porter sa grand-mère.

Tout ce que la ville comptait de notables, et bon nombre de ceux qui ne l'étaient pas, se retrouvèrent à la cathédrale pour l'enterrement. Vêtue d'un manteau gris souris, Annette, assise au fond de la nef, vit défiler les Berneville et les Vadieu, le papetier Grossange, les Barzac et les Tondard, qui fabriquaient des bijoux, les Arnault-Dupouicq, du rempart du Midi, jusqu'au commissaire Lestrange, qui portait de grosses décorations ; et beaucoup d'autres qui, croyant avoir un nom, ne possédaient que des titres bancaires. On prononça un éloge funèbre où le mot « patrie » fut accommodé à toutes les sauces, seuls quelques compagnons très proches du défunt eurent le courage de s'en indigner. À la sortie de l'église, il y eut une grosse averse, tout le monde se dispersa. On enterra M. Charbonnier le soir même, dans le village où il était né, aux limites de la Charente et du Périgord ; personne ne se dérangea. *Sud-Ouest* consacra sa première page à la cérémonie, *La Charente libre* un sentencieux éditorial, et ce fut tout.

— Ma petite fille, remarqua la coiffeuse en guise d'épilogue, nous t'avons nourrie jusqu'ici à la sueur de notre front. Tu as fait des études comme une demoiselle, tu as ton brevet, le bachot ne sert à rien : il va te falloir travailler.

Grâce à Christine, Annette en avait pourtant aperçu assez pour comprendre que les bergères Louis XVI, fussent-elles défoncées et probablement fausses, valaient mieux que les sièges en moleskine écaillée. Elle ne descendait au salon de coiffure qu'en cas de coup de feu à la sortie du lycée, la perspective d'y passer des journées entières lui parut insoutenable ; elle décida de tout planter là et de monter à Paris. Sa valise de carton bouilli était déjà faite, elle attendait le moment propice pour dérober aux Jarnigou quelques napoléons cachés sous une pile de draps lorsqu'une lettre arriva ; elle boucla bien sa valise : ce fut pour changer de quartier, non de ville.

M. Charbonnier avait une sœur qui s'appelait Rosalie. Beaucoup plus âgée que lui, la vieille dame ne quittait son lit que pour un grand fauteuil devant une fenêtre qui ouvrait sur la campagne. Jadis, Rosalie Charbonnier avait épousé un étranger de passage à Angoulême, un réfugié, disait-on, ou pire : toutes les portes de la ville s'étaient alors fermées devant elle ; elle n'avait pas cherché à les forcer ; ce Viazevski était mort jeune, elle était restée seule. Enfermée rempart de Beaulieu dans une assez belle maison qui dominait une courbe de la Charente, elle ne recevait personne, hormis deux neveux qu'elle avait d'une sœur morte en couches. L'aîné, André, vivait à Paris; il avait laissé à Ferdinand, son cadet, l'entreprise familiale qui fabriquait à L'Houmeau le plus célèbre papier hygiénique de France, pour devenir éditeur. L'un et l'autre, en somme, faisaient dans le papier; si André recueillait les déjections de tant de jeunes gens montés à Paris, qui se croyaient écrivains, Ferdinand torchait dans toute la France celles de leurs familles. André Louvrier appelait cela la division du travail, Ferdinand haussait les épaules : il ne trouvait pas ça drôle. On aura compris qu'André Louvrier était un personnage intéressant; son frère beaucoup moins. Ce dernier témoignait en outre une affection sans borne pour sa tante, dont il espérait tirer quelque avantage au moment crucial.

Pour l'instant, la mort de l'ancien maire avait jeté le désarroi dans le foyer de Rosalie Viazevski, dont seules les visites quotidiennes de son frère avaient jusque-là distrait la solitude. Elle avait, certes, une confiance absolue dans sa domestique à tout faire, mais cette Berthe était prodigieusement laide : Mme Viazevski avait perdu la tête pour un bel étranger, elle aimait la jeunesse et la beauté. Après l'enterrement de son frère, elle se sentit effroyablement seule. Elle se souvint alors de la jeune fille à qui M. Charbonnier faisait servir une petite rente; il lui avait souvent parlé d'elle pour évoquer le destin tragique de sa mère, le charme de la fille; bref, elle résolut de la rencontrer.

Annette vint chez elle pour le thé, se servit de lait en quantité égale, mit quatre sucres dans sa tasse, la vieille dame en fut touchée; elle décida de faire l'éducation de cette gamine qui la regardait dans les yeux et n'avait pas froid aux siens.

— Si je te demandais d'habiter chez moi, qu'est-ce que tu me répondrais ? demanda-t-elle à Annette.

Elle avait le regard bleu, aigu. Annette soutint ce regard.

— Pour être domestique ?

Elle pensait que même servir de bonniche à cette vieille dame valait mieux que laver les cheveux gras des commères de Saint-Cybard. Mme Viazevski hocha la tête.

— Tu n'as pas l'air d'une domestique, pourquoi voudrais-tu jouer à ce que tu n'es pas ? D'ailleurs, Berthe suffit à mon tous-les-jours.

La bonne assistait à l'entretien, elle jeta un sale coup d'œil à Annette ; elle était laide, mais jeune encore.

— Alors, qu'est-ce que vous attendez de moi ? demanda Annette qui avait quand même eu peur.

— Rien, ou tout : que tu sois là.

— J'irai tout de même au lycée ?

— Bien sûr. Tu suivras tes cours. Le reste du temps, tu me raconteras.

— Quoi ?

Annette voulait tout savoir. Mme Viazevski aussi :

— Tout, répondit-elle.

Elles firent affaire sur cette base, Annette revint chercher sa valise de carton. La chambre de son enfance donnait aussi sur le bois de Saint-Martin : le premier soir, elle s'accouda à sa fenêtre ; c'était un paysage aussi vaste, avec au premier plan la Charente. Le soleil tombait dans une masse de nuages presque transparents. On aurait dit un voile à demi tiré, un rideau de théâtre ; d'autres nuages plus petits ressemblaient à des bateaux qui se seraient envolés très loin. Annette avait la gorge nouée. Vingt souvenirs oubliés lui montaient à la tête et la bouleversaient : les chapeaux de sa mère, son air triste et gai, le gros nœud qu'elle lui mettait dans les cheveux. En bas, une femme en appela une autre, comme jadis autour de la fontaine. Une silhouette minuscule revenait vers la ville un paquet sur le dos, il y avait une charrette à âne débordante de fagots. Un chien aboya, un autre lui répondit puis la nuit tomba. Il lui sembla, dans ce crépuscule un peu violet, vieux rose, entendre un piano. Les images de Jeanne et de Christine, une fois de plus, se confondaient. La vieille Mme Viazevski avait le regard aigu mais tendre, Annette décida qu'avec elle, elle serait bonne. Elle ne savait pas encore très bien ce que c'était qu'être bonne ou mauvaise : elle sentait qu'il y a des gens qui méritent mieux qu'un éclat de rire railleur ou que le dos qu'elle aimait si bien tourner. C'était l'heure du dîner, Berthe l'appela. La domestique ne l'aimait pas, mais elle ne voulait pas s'en faire une ennemie, elle vint la chercher en l'appelant « ma petite ».

Le dîner fut une épreuve ; d'autres auraient parlé d'une initiation ; ce fut une épreuve d'initiation. Chez les Jarnigou, on lapait la soupe ; Annette comprenait vaguement qu'il convenait d'en faire autrement mais : la boire ou la manger, là était la question. Le potage était clair, elle pencha pour la première solution, observa Mme Viazevski et prit sa première leçon. Le gigot ne posa pas trop de problèmes ; encore fallait-il tenir une fourchette autrement qu'à pleine main, elle s'appliqua, réussit. Tout se gâta avec le fruit qu'avec la meilleure volonté du monde elle ne parvint pas à peler sans y mettre les doigts, comme le faisait son hôtesse. La poire roula sous la table ; Annette rougit de confusion. Berthe ramassa la poire, Mme Viazevski lui en offrit une autre et mordit dans la sienne à belles dents.

— La fourchette et le couteau, ce sera pour plus tard, expliqua-t-elle avec un bon sourire.

Annette était un peu vexée, elle daigna à peine sourire, cela conforta Mme Viazevski dans la bonne opinion qu'elle avait d'elle : cette petite avait du tempérament. On but ensuite du tilleul ; Annette le trouva sans goût, douceâtre ; elle réussit à ne pas tenir sa tasse avec un petit doigt en l'air. Mme Viazevski ne dit rien, mais approuva. Pendant ce temps, on parla de tout, de rien, et Mme Viazevski se divertit aux remarques imprévues de la jeune fille.

La nuit fut un moment de béatitude. Le matelas parut dur à Annette, ce qui la surprit d'abord, mais les draps étaient fins, ils sentaient la lavande. Elle rêva que, toute sa vie, elle dormirait dans ces draps-là ; ce fut un joli rêve. Le lendemain, elle alla au lycée comme si de rien n'était, revint, prit des habitudes, s'installa.

Elle faisait la lecture à la vieille dame, qui n'avait plus de très bons yeux. Les livres de Mme Viazevski étaient d'un autre temps, elle raffolait de Paul Bourget, d'Abel Hermant et d'Henri Duvernois. Il y avait dans un roman de cet Henri Duvernois un personnage qui s'appelait Crapotte. C'était une fille décidée qui savait faire son chemin, Annette l'aima beaucoup. Le ton du livre était sulfureux, presque méchant, différent en tout cas des romans d'Elizabeth Goudge qui prirent soudain une allure de tilleul ; ils étaient douceâtres. Quand elle se mit à aimer le tilleul, elle ne revint pas pour autant à Cronin ni à Elizabeth Goudge. Avec Duvernois, puis Francis Carco, Joseph Delteil, elle fit la différence : les livres, on le voit, jouaient déjà un grand rôle dans son éducation.

Les neveux de la vieille dame lui rendaient visite. André Louvrier avait mis toute son énergie à faire de sa maison d'édition l'une des premières de Paris ; il descendait à Angoulême un week-end sur deux ; célibataire endurci mais couvert de femmes, il considérait Mme Viazevski comme sa seule famille ; les souvenirs qu'elle lui racontait l'amusaient. Ferdinand, qui vivait à quelques rues de distance, était là plus souvent. André parlait peu, Ferdinand beaucoup. Il décrivait la vie dans les maisons du rempart du Midi, où il avait ses entrées. Les noms d'Arnault-Dupouicq et de Grossange, de Vadieu revenaient dans la conversation. La belle Mme Arnault-Dupouicq, surtout, la mère de ce Patrick qui avait fait les yeux doux à Annette, avait toute son admiration.

— Elle n'a pas sa pareille pour organiser un thé ou vous

animer un dîner ; c'est un art, remarqua-t-il, à cet égard, Marie-Thérèse Arnault-Dupouicq est une artiste.

Au ton qu'il employait, on devinait qu'il en était amoureux et que cet amour n'avait pas remporté ses fruits.

Les autres notables de la ville étaient aussi ses familiers. Il appelait le Dr Paquet par son prénom, le notaire Berneville du surnom de « Totoche » que lui donnaient ses intimes. Quand il laissait tomber le nom de Lestrange, qui était décidément un bien étrange commissaire, à la fois acharné et mondain, le visage d'Annette se rembrunissait. Personne, bien sûr, ne le remarquait.

Ferdinand avait des petites attentions pour la jeune fille. Sans sourire, elle le laissait se démener. Quand ces manières devinrent des familiarités, elle se rebiffa, il n'insista pas ; sa conversation ennuyait Annette.

Celle, plus rare, de son aîné, la divertissait. Il racontait les travers et les joies de la vie parisienne. Son métier d'éditeur le mettait en relation avec ce qu'on appelle le Tout-Paris ; il raillait les perruches qui faisaient, dans des salons de l'avenue Victor-Hugo ou du boulevard Saint-Germain, ce que singeait Marie-Thérèse Arnault-Dupouicq sur son rempart du Midi, avec toutefois moins d'allure.

— Elles sont pareilles ! s'exclamait-il : le même panache et les mêmes mesquineries ; seul diffère le tour de taille, car nos Angoumoisines n'ont jamais su résister à un chou à la crème de chez Tiphaine.

Les hommes politiques qu'il fréquentait aussi, les artistes, ne trouvaient pas plus grâce à ses yeux. Seuls les écrivains — les siens : il disait « mes auteurs » — échappaient presque toujours à ses critiques. Il avait pour eux des accents de tendresse et Annette pensait qu'il s'agissait de grands enfants pas toujours très malins envers lesquels il fallait savoir se montrer indulgent. Comme elle aimait bien André Louvrier, elle se dit que ces animaux-là, les écrivains, ne ressemblaient peut-être pas aux autres gens, ce en quoi elle se trompait ;

sourdement, elle aurait voulu être comme eux. La nuit, à la lueur d'une lampe de chevet voilée d'un tulle violet pour donner à sa lecture davantage de poésie, elle dévorait Duvernois et Abel Hermant.

Pendant les soirées qu'elles passaient en tête à tête, Mme Viazevski parlait à Annette du monde d'hier et de celui d'aujourd'hui. Le monde d'hier était pétri de passion, celui d'aujourd'hui gonflé de grande médiocrité. Dans sa jeunesse, elle avait aimé à la folie son jeune mari qui était recherché par la police de son pays. Avec lui, elle avait fait des folies, des voyages à l'autre bout de l'Europe; elle parlait de wagons plombés ou de l'Orient-Express. Pendant les deux années de son mariage, Mme Viazevski avait sillonné le monde; à la mort de cet Andrea pour qui elle se serait damnée, elle était rentrée chez elle, et avait fermé sa porte. Les rumeurs d'Angoulême ne lui parvenaient que par les récits désabusés de son frère.

— Tu ne peux pas savoir ce que sont ces gens, disait-elle.

Annette, auprès d'elle apprenait. Avec le bon sourire d'une grand-mère, la vieille dame lui enseignait les rudiments d'une science, la connaissance des hommes, en même temps que la géographie bien peu sentimentale d'une petite cité dénuée de sentiments. Elle lui décrivait les liens ambigus qui unissaient les principales familles de la ville à la pire pègre de la politicaillerie.

— Mon pauvre frère a essayé d'endiguer le flot des grands passe-droits et des menues forfaitures mais il était seul contre une ville entière et se battait les mains nues.

Annette avait toujours aimé le vieux M. Charbonnier et ses livres. Un souvenir précis lui revenait à la mémoire. Lorsqu'il avait quitté la vie politique, les Jarnigou avaient ricané : « Il suit le grand Charles; c'est normal, après tout, pour deux grands dépendeurs d'andouilles ! » Du coup, la petite fille avait aimé ce grand Charles, dont elle ne connaissait rien mais qui faisait ses bagages quand l'ancien maire rendait son écharpe. « C'est qui, le grand Charles ? » avait-elle demandé à l'époque. La coiffeuse avait répondu que c'était un général qui s'appelait de Gaulle ; son mari avait précisé que c'était un couillon, comme tous les gaullistes, d'ailleurs. « Et c'est qui, les gaullistes ? » avait encore interrogé Annette. Avant de lui envoyer une baffe, Jarnigou avait haussé les épaules. « Les gaullistes ? On te l'a dit : des couillons ; comme ce couillon de Charbonnier. » Trois fois traités de couillons en trois phrases par celui qu'Annette considérait comme un imbécile, Charbonnier, les gaullistes et de Gaulle étaient presque devenus des héros pour elle. Elle avait pensé : « Je suis gaulliste. » Plus tard, elle avait lu quelques titres de *La Charente libre* que Jarnigou dévorait en pantoufles devant son poêle — qu'il appelait un mirus — et s'était renforcée dans cette idée. L'ombre de celui que son beau-grand-père traitait de dépendeur d'andouilles l'emportait sur la triste grisaille des autres politiciens. Un soir de grande détresse, elle avait même allumé une bougie devant une photographie du général de Gaulle découpée dans un journal et avait failli mettre le feu à la maison. « Je suis gaulliste », se disait-elle avec la même satisfaction amère que d'autres, en d'autres temps, pour s'affirmer chrétiens face aux lions de l'arène ou légitimistes sous la monarchie de Juillet.

— Vous êtes gaulliste ? finit par demander Annette à Mme Viazevski.

La vieille dame répondit oui ; la jeune fille en était arrivée à l'aimer comme à sept ans elle aimait M. Charbonnier, cette déclaration la renforça dans ses convictions. Pendant quelques jours, elle découpa même dans *Sud-Ouest* tous les articles qui parlaient du général de Gaulle et les rangea dans la boîte en carton avec des coupures de presse sur la mort de Maria Montez, qui s'était noyée dans sa baignoire, et sur Marie Besnard, qui avait peut-être empoisonné toute sa famille. Ainsi, dans l'esprit d'Annette, une star foudroyée, une criminelle efficace et un homme politique au-dessus de tous les autres occupaient-ils la même place : ce n'était pas mal, en somme, pour une gamine de quinze ans. Mme Viazevski, on le voit, faisait son éducation.

Les livres qu'elle lisait à la vieille dame lui apportaient aussi d'étranges béatitudes. On a dit Paul Bourget, mais aussi Henri Duvernois, peu à peu Francis Carco, Pierre Louÿs : elle y découvrit des sentiments inconnus ; pour tout dire, ces lectures n'étaient pas de son âge mais Mme Viazevski ne s'en lassait pas, il fallait bien qu'Annette en passât par là. Chez Duvernois, elle rencontrait des petites femmes décidées et arrivistes, des épouses qui trompaient leur mari avec une redoutable énergie. Les héroïnes de Francis Carco étaient plus troublantes. Il y avait parmi elles une Mlle Savonnette amoureuse d'un certain Jésus-la-Caille ; elle donnait à Annette la nostalgie d'une chose qu'elle ne connaissait pas mais qui était l'amour-passion. Cette Mlle Savonnette était une drôle de fille, elle avait de drôles de mœurs et se conduisait d'une drôle de façon ; une riche Anglaise y laissait sa peau et ses bijoux avec, tout revenait à Jésus-la-Caille qui portait un nom de poisson et ne disait jamais merci. La description détaillée d'une scène entre Savonnette et la demoiselle anglaise laissa Annette rêveuse. C'était sur un lit de fer dans une chambre d'hôtel ; elle en eut des rêves agités mais se réveilla presque aussi innocente qu'elle s'était endormie.

Quant à Pierre Louÿs, c'était une autre affaire. *Le Roi Pausole* la fit rire, *La Femme et le pantin* lui donna des idées ; elle se dit néanmoins que c'était de la littérature et remit à plus tard le moment de les exploiter. D'ailleurs, entre Mme Viazevski et sa domestique, elle menait une vie de moinillette et les garçons l'intéressaient moins que jamais. « Est-ce que j'ai quelque chose de cassé ? » se demandait-elle parfois en se regardant dans une glace, sans véritable inquiétude.

On a dit qu'hormis ses deux neveux, Mme Viazesvki ne

recevait personne : ce n'était pas tout à fait exact. Elle avait parfois la visite de deux gros messieurs, vieux garçons de leur métier, qui étaient aussi vaguement députés, sénateurs, Annette n'avait jamais bien compris ; la vieille dame affirmait qu'ils avaient été des gaullistes de la première heure, ceci faisait pardonner cela. Les frères Le Cleguen — de leur vrai nom Hraçany — étaient d'origine tchèque mais avaient choisi de s'établir à Angoulême sous le patronyme breton qui avait été leur nom de guerre au temps de la France libre. À les voir gras et chauves, également boudinés dans des complets toujours en retard d'un centimètre et demi sur leur tour de taille, qui aurait pu deviner qu'à la veille du jour J, ils avaient été parachutés en Normandie où Marc avait perdu un bras et que Maurice avait été torturé par la Gestapo ? L'après-guerre en avait fait des rentiers. Élus l'un et l'autre sur des listes RPF, ils avaient fréquenté le frère de Mme Viazevski.

L'origine de leur fortune était incertaine. À la Libération, ils étaient deux héros sans le sou dont on avait fait des notables pour les récompenser. Installés à Angoulême, ils avaient acheté un appartement à Paris, racheté une papeterie en difficulté à L'Houmeau, une maison rue de Bellat où ils avaient commencé à engraisser. Leur usine tournait, certes, mais ce n'est pas le papier à cigarettes, sitôt roulé, sitôt envolé en fumée, qui fait les grosses fortunes, d'autant que l'invasion des Lucky Strike et la prospérité de la Gauloise bleue portaient déjà des coups sensibles au gris qu'on prend dans ses doigts. Leurs amis disaient qu'ils avaient fait un héritage, d'autres que le Rideau de fer n'était pas si étanche que cela ; de Moscou *via* Prague ou Budapest, des camarades demeurés dans le froid auraient payé grassement de menus services. Les frères Le Cleguen souriaient, ne répondaient pas. Avec l'embonpoint, une passion leur était venue. Fils d'un tailleur en chambre des bords de la Moldau, ils avaient, à quinze ans, contemplé les palais qui s'élevaient sur l'autre rive ; devenus riches bourgeois d'Angoulême, ils s'étaient mis en tête de construire leur palais à eux sur les bords de la Charente. Une visite à Versailles, lors de l'élection du président Vincent Auriol contre lequel ils avaient voté jusqu'au dernier tour, acheva de les décider. Ils allaient reconstruire Versailles en Charente. Leur caprice devint une passion, ils y dépensèrent toute leur énergie, y sacrifièrent le reste. Angoulême se moqua d'eux ; ils trouvèrent pour cela grâce aux yeux de Mme Viazevski, bientôt à ceux d'Annette. Depuis trois ans ils étaient attelés à cette tâche, partageant leur temps entre une bicoque au milieu du chantier et leur maison de la rue de Bellat qui n'était plus qu'un pied-à-terre. De là, ils rendaient visite à Mme Viazevski demeurée leur seule amie.

— Les gens d'ici sont ennuyeux à mourir, disait l'un ou l'autre des frères en sirotant au coin du feu un vieux pineau. La guerre leur a coupé les ailes au ras des plumes et plus personne ne sait voler bien haut. Ils se contentent d'une villa à Hossegor ou d'une chasse en Dordogne. En ces temps de grisaille triste, il faut jouer et flamber : qui sait de quoi demain sera fait ?

Ce discours dans la bouche d'un gros monsieur chauve avait pour Annette, qui l'écoutait, quelque chose de parfaitement improbable et la ravissait. Elle se disait qu'orpheline et pauvre, elle leur ressemblait : elle aussi, à son heure, saurait flamber. Comme elle ne connaissait rien aux jeux de hasard, elle pensait d'ailleurs : flamboyer. Qu'ils fussent un peu fous ne la dérangeait pas : elle devinait que la folie était meilleure conseillère que la raison, qui s'épelait aussi médiocrité.

Aux élections sénatoriales de ce printemps-là, le RPF perdit neuf sièges. Maurice garda de justesse le sien. Le lendemain, les frères commentèrent les résultats chez Mme Viazevski.

— La bête se venge, remarqua gravement Maurice, il faudra se battre pour deux.

Il était sombre. La bête, c'était tous les autres ; il annonça ensuite qu'un Tchèque de leurs cousins leur avait envoyé deux wagons de statues baroques pour orner le parc de La Bergerie — c'était le nom du château —, tous trinquèrent à leur château en Espagne et les visages se déridèrent. Annette trouva le champagne à son goût : c'était meilleur que le mousseux de son anniversaire. Elle était un peu ivre. L'un des frères remarqua :

— Le rose aux joues te va bien.

L'autre ajouta :

— Il faudra quand même que tu viennes visiter notre palais.

Annette battit des mains.

— Quand vous voulez !

Ils partirent sur-le-champ, emmenèrent avec eux la vieille dame drapée dans un plaid écossais à l'arrière de la Panhard-Levassor. Mehmet, leur chauffeur tunisien, avait vingt ans et conduisait la grosse voiture comme s'il s'était agi d'un carrosse. Jusque-là, Annette n'était jamais allée plus loin que la vallée des Eaux-Claires ou le bois de Saint-Martin : c'était la première fois qu'elle quittait Angoulême. Mehmet détestait les nationales et n'aimait que les petites routes qui serpentaient à travers des prés et des bois. Assise à côté de lui, elle regardait avidement le paysage. Ils traversèrent une forêt, du côté de Mansle ; Mme Viazevski se sentait un peu fatiguée, ils s'arrêtèrent. Annette sauta à terre et huma l'odeur de la forêt. Des feuilles commençaient à apparaître aux arbres. Un oiseau chanta. Un faisan épargné l'automne passé s'envola dans un éclat de couleur feu.

— Dire qu'il y a des gens qui leur tirent dessus, soupira Marc Le Cleguen qui avait, en son temps, tué deux ou trois miliciens de ses mains nues.

Le chauffeur eut un sourire étrange. Il se rapprocha d'Annette et lui montra une fleur qui venait de naître au pied d'un frêne. C'était la première violette du printemps. Il la cueillit, la lui tendit, elle sentit qu'elle rougissait. Son cœur battait. Elle remercia Mehmet. Elle trouva qu'il était beau ; il paraissait triste ; elle se dit (elle l'avait lu chez Henri Duvernois) que c'était un beau ténébreux. Pour un peu, elle aurait pris sa main pour l'embrasser ; elle se retint de justesse et glissa la violette entre les pages d'un roman de Carco qu'elle avait emporté en cas.

— C'est la seule, dit le jeune Tunisien en cherchant en vain une autre fleur ; elle a la couleur de vos yeux.

C'est ainsi qu'Annette apprit qu'elle avait des yeux violets. Cela lui plut. Elle garda précieusement la petite fleur, la sécha plus tard entre les pages d'un plus gros livre. Mme Viazevski fit encore quelques pas sur le sol jonché de feuilles détrempées, elle se souvenait de promenades en forêt avec son jeune mari. Puis ils remontèrent en voiture.

La route traversa d'autres bois, des prés où pousseraient bientôt des crocus, on ne s'arrêta plus : il sembla à Annette que ce voyage allait durer toujours. Bientôt, ils arrivèrent à la Charente. La rivière dessinait une grande courbe calme, plate, verte, que longeait la route. Les peupliers de l'autre rive s'y reflétaient, plus vrais dans l'eau que sur la rive. Dans le ciel, il y avait des nuages gris, lourds d'eau à tomber, mais le temps n'était pas triste : tout était doux, un peu mou, argenté. Une autre courbe encore du fleuve, et La Bergerie apparut. C'était une longue façade élevée devant la rivière, que précédait un peuple entier de statues de pierre.

— Nos dames venues de Bohême, remarqua Marc Le Cleguen tandis que, de part et d'autre de l'allée où ils s'étaient engagés, des déesses nues s'alignaient à côté de marquises Louis XV de la fin du siècle dernier.

Que ces demoiselles accortes soient arrivées de l'autre côté du Rideau de fer en un temps où la guerre froide était de rigueur ne semblait étonner personne ; les frères Le Cleguen avaient d'étranges relations et des amis partout, quand bien même à Angoulême on ne les recevait qu'avec prudence.

La voiture s'immobilisa devant un perron de pierre. Des marches menaient à une terrasse qui s'étendait sur toute la longueur de la façade ; des statues y régnaient aussi, mais venues de Vénétie, celles-là, ou d'une villa autrichienne du Frioul. Un domestique vêtu de grosses culottes de velours à côtes surgit de nulle part et vint au-devant de ses maîtres. Il mesurait deux mètres et son visage était barré de cicatrices rouges. Devant Mme Viazevski, il s'inclina ; elle lui adressa la parole familièrement :

— Alors, Hans ? Tout va bien ?

C'était un Allemand qui avait quitté son pays en 1933 ; il s'était battu dans le Vercors, la milice l'avait pris, torturé, il s'était évadé. Il grogna quelque chose qui devait être un oui, précéda les visiteurs et ouvrit à deux battants la porte principale ; Annette passa la dernière : au-delà, il n'y avait rien.

— Eh oui, commenta Marc ou Maurice Le Cleguen, nous avons commencé par le principal ; le reste va de soi.

— Il faut d'abord soigner les apparences, précisa son frère.

Annette comprit ce qu'il voulait dire. Les deux frères avaient fait élever sur les bords de la Charente une façade de cent cinquante mètres de long qui, pierre de taille et marbre blanc, imitait Versailles. Tout était terminé, jusqu'à la moindre niche où l'on placerait un jour les statues du parc. Mais la façade était un décor de théâtre qui ouvrait sur le vide : d'un côté, la terrasse ; de l'autre, de grands espaces nus, à ciel ouvert, qui seraient peut-être salons, galeries, enfilades, seulement emplis de gravats et de pierres entassées. Pas une pièce n'avait de poutre ni de toit, à plus forte raison de plafond ; le grand escalier de marbre du vestibule débouchait sur le ciel.

— Il faut bien rêver, remarqua Marc Le Cleguen.

Jamais il n'avait paru plus gros, plus rondouillard, plus chauve. Annette, d'abord surprise, éprouvait peu à peu une sorte d'enthousiasme : elle parcourut ces pièces qui n'existaient pas avec une admiration croissante, sans comprendre qu'elle admirait moins ce château né du rêve que le rêve de ceux qui l'avaient fait naître. Arrivée devant une admirable cheminée de grès rouge apportée de Touraine où des arbres entiers avaient brûlé pour des dames chantées un jour par Ronsard mais dont le manteau s'arrêtait après deux mètres de fleurs de lys entrelacées de chardons, elle devina le défi lancé le plus gratuitement du monde par les deux frères venus de leur Europe centrale à la société qui ne les avait pas accueillis : c'était leur tombeau que deux héros engraissés élevaient sur les bords d'une des rivières les plus françaises de cette France ingrate. Passant après eux devant ce rêve de pierre, on dirait : « Ils sont venus, ont vaincu, se sont amusés » ; les deux frères Le Cleguen, nés Hraçany, s'amusaient en vérité en entraînant Annette dans le dédale à jamais inachevé de leur rêve.

Le soir tombait. Annette sortit sur la terrasse. Accoudé contre un sphinx de pierre, Mehmet fumait une cigarette : demain, après-demin, il rejoindrait ses frères qui se battaient ailleurs. Ils échangèrent un sourire, mais se turent. Annette fit quelques pas jusqu'au bord des marches qui descendaient à l'allée, au-delà, à la rivière. Un calme profond régnait sur cette campagne qu'un seul rayon de soleil venait d'illuminer ; il jouait, rose, sur les murailles blanches. Le chauffeur sifflotait une mélodie de chez lui, lancinante, incongrue, familière pourtant. « C'était un air très doux », se souviendra plus tard Annette, qui n'osera ajouter « languissant et funèbre. » Le sifflotement du jeune Arabe, dans cette vallée de Charente aux herbages profonds, aux eaux paresseuses et la lumière mauve derrière la masse arrondie d'une hêtraie annonçaient cependant bien des drames. Annette eut un frisson, elle décida de faire un pied de nez au sort et se mit à chanter à tue-tête une chanson à la mode d'Édith Piaf ou Patachou, plus incongrue soudain, alors et en ce lieu, ce silence, que toutes les mélopées venues d'Afrique. Un ange de pierre lui adressa un clin d'œil. Ils revinrent à la nuit. Berthe, la domestique, servit en ronchonnant, car il était huit heures passées, un potage de légumes et du poulet froid.

« Ce doit être cela, le bonheur », se dit Annette en s'endormant, sans savoir très bien de quoi il s'agissait. Elle n'avait pas tout à fait tort : elle n'était pas malheureuse.

**

Un incident vint troubler ce début de félicité. Après deux mois, Annette se rendit compte que Berthe volait. Qu'on dérobât des bijoux dans une bijouterie ou les tableaux très chers d'un riche amateur, voire des boîtes de conserve pour manger ne l'aurait pas dérangée. Mais subtiliser à la vieille dame, presque aveugle, des petites cuillères d'argent lui parut insupportable. Se devina-t-elle découverte ? Berthe parla la première.

— Regarde, dit-elle en lui montrant une paire de boucles d'oreilles en grenats. La vieille ne voit plus rien : tu n'as pas envie de te servir ?

Les boucles d'oreilles étaient ordinaires, le sourire de la bonniche complice, Annette haussa les épaules. Depuis son arrivée dans la maison, la domestique laide la jalousait ; sa soudaine bienveillance était suspecte.

— Elles sont trop moches et n'en valent pas la peine.

Berthe insista :

— Ce n'est qu'un début : je ne peux tout de même pas commencer par le collier de perles !

La vieille dame tenait de sa mère deux rangs de perles qu'elle gardait dans un tiroir de sa commode. Les perles étaient belles, Annette le savait.

— Pourquoi pas ? répondit-elle. On a du courage ou on n'en a pas.

La bonniche secoua la tête.

— Moi, j'ose pas, soupira-t-elle.

Elle quitta la pièce à regret, admirant le sang-froid d'Annette. Son attitude à son égard avait changé. Elle tentait parfois d'entrer en conversation avec elle et lui racontait ses fredaines, qui étaient banales : elle avait un ami en garnison au camp de la Braconne qui faisait le mur pour la retrouver. Le troufion pénétrait dans la maison par une fenêtre que Berthe laissait ouverte sur la rue. Il s'enfuyait à l'aube, de peur de manquer l'appel. Tout cela était sans intérêt ; Annette l'écoutait d'une oreille distraite. Un jour, la domestique l'entraîna dans sa chambre ; elle lui montra des photos de ses parents, de son soldat, le carton à chaussures où elle cachait ses menus larcins. Annette haussa les épaules.

— Qu'est-ce que tu vas faire de tout cela ?

Les yeux de Berthe s'illuminèrent.

— Le vendre, pardi !

Elle était déjà laide, elle devint plus laide.

— Tu n'en tireras rien. Il te faudrait le collier, répondit Annette.

— Tu crois ?

— J'en suis sûre.

C'était de la convoitise qui brillait dans ce regard ; Annette, qui devinait peut-être le désir mais ignorait toujours l'envie, fut franchement dégoûtée.

— Je n'oserai pas, répéta la bonniche.

L'idée, pourtant, faisait son chemin. Sans passer tout de suite aux perles, elle se fit plus hardie, vola quelques billets, puis une bague que Mme Viazevski laissait traîner sur sa table de nuit parce qu'elle était incapable de soupçonner quiconque de vilenie dans sa propre maison. C'était une bague qu'elle portait chaque jour. Elle s'inquiéta de sa disparition, en fut peinée. Berthe fit mine de la chercher. « Elle me venait de mon mari », soupira la vieille dame. Annette alla voir Berthe dans la cuisine.

— Si tu la lui rendais ? suggéra-t-elle. Tu dirais que tu l'as trouvée par hasard.

Berthe était butée. Incapable de deviner qu'une bague pouvait être pour qui la possédait plus qu'une bague, elle en conclut seulement que son dernier vol valait davantage que les autres. Elle refusa tout net. Deux ou trois fois, dans les jours qui suivirent, Mme Viazevski se désola de la disparition de sa bague, puis elle n'y pensa plus.

— Tu vois, dit Berthe à Annette, elle l'a oubliée.

Il y avait un accent de triomphe très niais dans sa voix. Annette ne répondit pas mais, elle, elle n'oublia pas. D'ailleurs, la complicité que la bonne voulait entretenir avec elle l'écœurait. Un jour où celle-ci cassa un vase de cristal auquel sa patronne tenait beaucoup et jeta les morceaux à la poubelle en disant que le vieux chameau ne s'en rendrait même pas compte, Annette décida que c'était la goutte d'eau en trop dans cette pesante amitié : elle vola elle-même le collier de perles et attendit son heure.

Berthe s'en aperçut au bout de quelques jours et l'interrogea avidement.

— Alors ? Est-ce que c'est toi qui... ?

Annette ne se donna pas la peine de répondre. L'admiration qui passa dans le regard de la domestique était de l'envie. Et du regret : pourquoi n'avait-elle pas osé la première ? Annette s'en rendit compte. « Attends un peu, ma vieille, tu l'auras, ton collier. » Berthe ne perdait rien pour attendre.

Un soir où, au bruit de la fenêtre qu'on referme sur la rue, elle comprit que le troufion était dans la place, elle alla réveiller Mme Viazevski et lui fit part de ses soupçons : sans aucun doute, un voleur avait pénétré dans la maison. Effrayée, la vieille dame commença par trembler, puis pensa prévenir la police.

— Envoie Berthe au commissariat, murmura-t-elle.

Tout enveloppée de dentelles, chemise d'un autre temps et

bonnet assorti, elle était la plus ravissante des vieilles dames. Annette aurait voulu l'embrasser. Que sa domestique la grugeât ne lui donnait que plus envie de tirer vengeance de celle-ci.

— J'ai bien peur que le voleur ne l'ait assommée, mentit-elle à moitié, je crois qu'il est entré dans sa chambre.

Elle prit un air brave.

— Je vais y aller moi-même.

Une demi-heure après, un adjoint de Lestrange et deux brigadiers pénétraient dans la soupente où Berthe dormait à poings fermés à côté de son soldat.

— Regardez le carton à chaussures, souffla Annette qui les avait suivis.

Berthe poussa des cris perçants et se redressa, affolée. Ses gros seins pendaient, la pointe en était d'un noir charbonneux et l'aréole poilue. « J'avais raison de la détester », se dit Annette. La nudité du troufion, maigre et verdâtre, était encore plus misérable. Quand la domestique eut retrouvé ses esprits, elle affirma que c'était Annette la voleuse : qu'on visite sa chambre, on y trouverait un collier de perles.

— Celui-ci ? demanda l'inspecteur.

Il tenait à la main les perles qu'Annette avait dissimulées au fond de la boîte. Berthe comprit qu'elle avait été dupée. Elle fulmina, jura, mais dut quitter la maison entre deux gendarmes ; on embarqua le soldat par la même occasion. Son regard d'imbécile congénital faillit attendrir Annette, ce n'était pourtant pas le moment. Mme Viazevski l'embrassa très fort en lui disant qu'elle lui avait sauvé la vie. La jeune fille mit longtemps à s'endormir ; elle se posait la question : en dénonçant la pitoyable voleuse, n'avait-elle pas été elle-même méprisable ? Jadis, la découverte de Jarnigou dans le placard à balais ne l'avait pas plus satisfaite : c'était l'attente du plaisir qui l'avait amusée. Le soleil se levait lorsqu'elle s'endormit tout d'une pièce ; le soir même, Marc et Maurice Le Cleguen la félicitaient de son audace.

— D'ailleurs, cette fille était trop laide, conclut le plus laid des deux frères.

Il sembla à Annette qu'il avait deviné. Elle rougit violemment et quitta la pièce.

Ferdinand Louvrier eut peut-être aussi des soupçons ; peut-être avait-il recueilli les confidences de Berthe dont la lourdeur ne l'avait pas rebuté, certains dimanches d'ennui. Ce fut par lui qu'Annette se perdit : elle refusa de lui céder ; cela suffit.

C'était un lundi après-midi et le printemps s'étirait. L'émotion régnait pourtant dans les maisons bourgeoises un peu partout en France car on venait de découvrir un complot communiste visant tout bonnement la sûreté de l'État : Jacques Duclos, membre du bureau politique du Parti, avait été arrêté au beau milieu d'une manifestation où l'on criait : « *Ridgway go home !* » pour protester contre le Pacte atlantique : il transportait dans le coffre de sa voiture une volée de pigeons voyageurs. De là à conclure que ce membre éminent du parti communiste français se préparait à communiquer avec des puissances étrangères, il n'y avait qu'un pas à franchir, on le franchit allégrement, Duclos se retrouva en prison. On respira en France mais la situation devint critique à Angoulême. L'usine de Ferdinand Louvrier s'était mise en grève, la CGT menait le combat, le petit fabricant de papier hygiénique en tira les conclusions qui s'imposaient : l'ennemi avait investi son usine de L'Houmeau. Il décréta un lock-out, mot barbare qui signifie qu'on arrête les machines, puis, ému malgré tout de son exploit, vint déjeuner chez sa tante. Faute d'avoir trouvé une remplaçante à Berthe, Mme Viazevski avait demandé à Annette de préparer le repas et de servir à table ; elle s'en était excusée : « Tu sais que tu es une fille pour moi », avait-elle affirmé. Devant son neveu qui sirotait un petit blanc car, bien que patron, il ne répugnait pas à afficher des goûts très prolétaires, elle avait répété : « Annette est presque une fille pour moi, mon petit Ferdinand. » Ce fut probablement ce qui décida Ferdinand à être sans pitié : à force de cajoler la vieille dame, Annette allait réussir à figurer sur son testament.

Au sixième petit blanc, le neveu préféré de Mme Viazevski se sentit assez sûr de lui. Prenant prétexte de l'aider, il suivit Annette à la cuisine, la chaleur du fourneau fit le reste : la jeune fille préparait une omelette aux truffes, on dit que celles-ci ont des vertus particulières, il lui mit — il n'y a pas d'autre mot — la main aux fesses. Annette n'aimait pas ces manières, elle le lui dit vertement. L'incident serait tout de suite devenu une affaire si l'omelette n'avait été à point. Ferdinand Louvrier balança entre deux maux : renoncer pour l'instant à assouvir ses ardeurs ou manger une omelette trop cuite. Il opta pour la première solution, tous deux se retrouvèrent dans la salle à manger face à Mme Viazevski qui les regardait avec attendrissement. Elle-même avait bu un doigt de banyuls, ça lui mettait, disait-elle, du soleil dans la tête. On dégusta l'omelette, Annette parvint à revenir seule à la cuisine chercher un solide cassoulet qui mijotait depuis la veille ; la tarte aux pommes était déjà sur la desserte, rien ne pressait quant à la vaisselle : bref, Annette évita encore le pire.

Hélas, Mme Viazevski se sentit tout alourdie par ce qu'elle avait mangé. Sitôt le café bu, sa tête s'inclina sur sa poitrine, elle émit bientôt un léger ronflement, Ferdinand sut que la voie était libre. Après avoir allumé un gros cigare, il fit trois ronds de fumée parfaitement enchaînés et lança à la jeune fille :

— Qu'est-ce que tu dirais d'un voyage à Paris ?

Il jouait le grand jeu ; il n'avait pas vu d'ouvrière à L'Houmeau qui résistât à cet argument : les plus rebelles disaient oui après un bon dîner ; les plus farouches encore savaient tenir le temps de l'après-dîner, mais à l'idée d'un voyage à Paris — Ferdinand Louvrier parlait du Lutétia où il descendait, et d'une soirée chez Maxim's, où il ne s'était jamais aventuré — leur résistance fondait comme neige au soleil : elles avaient un petit hoquet parce qu'il les faisait boire, pouffaient dans leurs mains, le regardaient par en dessous d'un air déjà coquin et répondaient « Pourquoi pas ? » ou ne disaient rien, consentaient à tout. Avec Annette, il avait deviné qu'il fallait tout de suite viser au plus haut. Elle ne répondit d'abord pas, il espéra, enchaîna.

— Un dîner chez Maxim's, le Lido, le Casino de Paris, ça ne te dit rien ?

Pour son malheur, le Lido et autres Casino disaient précisément quelque chose à Annette. Dans les magazines qui traînaient chez la coiffeuse, elle avait vu des photos de girls qui levaient la jambe et, cela, en revanche, ça ne lui disait rien. Elle eut un rire narquois.

— Rien du tout, lança-t-elle.

Elle ajouta :

— Vous m'auriez parlé de sports d'hiver...

Ferdinand crut qu'elle faisait monter l'enchère. Il prit une mine désolée.

— En cette saison, commença-t-il.

On était au début du mois de mai. Annette éclata de rire.

— Justement : en cette saison.

Le papetier comprit qu'on se moquait de lui : le sort d'Annette était scellé. Il poussa le soupir de qui vient de prendre une résolution sans appel et déposa son cigare dans un cendrier. Puis il se leva, vint vers Annette.

— Assez rigolé, dit-il. Maintenant, ma petite, tu vas passer à la casserole.

Il affectait jusque-là une certaine nonchalance : il devint horriblement vulgaire, Annette recula d'un bond. La vieille dame éternua dans son sommeil.

— Si vous faites un pas de plus, je réveille votre tante.

Ferdinand Louvrier eut un rire graveleux.

— Bonne idée : je lui dirai que c'est toi qui as volé son collier, et que tu l'as mis exprès dans la chambre de la Berthe parce que tu avais peur qu'elle te dénonce.

Tant de cynisme fit à Annette l'effet d'une gifle. Elle demeura d'abord interloquée.

— Elle ne vous croira pas, dit-elle enfin.

Le rire du papetier se fit menaçant.

— Tu crois ça ? Et si elle le retrouve cette fois dans ta chambre, le collier, qu'est-ce que tu diras ?

Un soupçon traversa l'esprit d'Annette.

— C'est vous qui l'y aurez mis, murmura-t-elle.

— Qui sait ?

Ferdinand Louvrier avait la réputation d'un balourd : il n'était cependant pas si bête et jouait maintenant avec Annette au chat et à la souris. La jeune fille manqua d'à-propos. Il aurait fallu qu'elle passât outre les menaces du neveu et réveillât la tante : elle n'osa pas ; l'idée que le collier de perles pouvait bel et bien se trouver caché quelque part dans un tiroir de sa commode la terrifia. Elle eut peur. « Plus jamais je n'aurai peur d'un homme qui me désire », se promettrait-elle plus tard, mais ce serait plus tard et, ce lundi du mois de mai 1952, elle s'affola. Elle courut vers les étages. C'est ce qu'attendait Ferdinand ; il bondit derrière elle, la rattrapa comme elle passait le seuil de sa chambre et se jeta sur elle. Son haleine empestait à la fois les truffes et le cassoulet, le vin blanc et le cigare. Annette se défendit. Elle pensait à Christine : le commissaire Lestrange, au moins, était joli garçon ! Elle se défendit avec acharnement. Ferdinand était déjà parvenu à déchirer son corsage, il avait placé un avant-bras sur son cou, elle suffoquait ; de la main droite, il s'affairait sous la jupe plissée. Les doigts d'Annette s'agrippaient en vain à sa tignasse, sa main gauche battait le vide. C'est alors qu'elle rencontra sur le tapis l'un de ces chiens de cuivre qui servent, en Angleterre, à caler les portes ; c'était un cadeau de Mme Viazevski : elle sut qu'elle était sauvée. Son esprit fonctionna vite ; elle se dit : « Je le frappe, soit ; ou bien je frappe très fort et je le blesse, je le tue peut-être, il l'a mérité, ça risque de me coûter cher ; ou bien je le frappe un peu, seulement un peu, il s'en tirera à bon compte, ne me le pardonnera jamais, mais, somme toute, je m'en tirerai, moi aussi, à bon compte. » La main droite de Ferdinand Louvrier touchait au but. « Ce n'est plus le moment de tergiverser », pensa-t-elle. Sa main gauche se crispa sur le chien de cuivre. « Tout cela est un mauvais rêve », pensa-t-elle encore ; elle frappa en fermant les yeux. C'était bien un mauvais rêve.

Le hurlement de l'homme la tira de ce cauchemar. Quelque chose de tiède coula sur l'épaule, elle devina que c'était du sang. « Mon Dieu, faites que je n'aie pas tapé trop fort », pensa-t-elle une dernière fois avant de s'évanouir.

Jamais Annette Laramis ne devait se pardonner cet évanouissement. Elle se traiterait de femmelette, de donzelle, bref, elle aurait honte ; ce serait trop tard. Lorsqu'elle revint à elle, Mme Viazevski était debout dans sa chambre. À la fois penaud et triomphant, son neveu était à côté d'elle, le cuir chevelu probablement fendu, le front ensanglanté. Elle eut à nouveau peur : ce fut la plus terrible peur de sa vie ; une peur face à laquelle elle ne pouvait rien. Et si, profitant de son évanouissement, Ferdinand Louvrier... Elle porta la main à son corps, sa peur s'évanouit. Ce benêt de Ferdinand n'avait pensé à vérifier d'autre profondeur que celle de sa blessure ; puis il était allé se plaindre à sa tante, par-dessus le marché ! Elle éclata de rire.

Mme Viazevski avait pour Annette une tendresse profonde. Quand son neveu était arrivé dans la salle à manger, elle avait eu beau se réveiller en sursaut, elle avait tout compris. Elle le précéda dans l'escalier, décidée à renvoyer dos à dos les combattants. Ferdinand en serait quitte pour quelques points de suture et Annette pour la peur ; le rire de la jeune fille gâcha tout. Pendant quelques secondes,

Mme Viazevski ne voulut pas l'entendre. Elle essaya de forcer la voix.

— Ma petite fille, commença-t-elle d'un ton sévère.

Annette riait toujours. Renversée sur la carpette de sa chambre, la poitrine nue et les jambes ouvertes, une main entre les cuisses, elle était secouée par les hoquets d'un rire que rien ne pouvait interrompre. Un doute horrible traversa l'esprit de la vieille dame : et si ce pauvre Ferdinand disait la vérité ? Et si cette gamine l'avait provoqué, ainsi qu'il le prétendait, pour se dérober ensuite comme font toutes les aguicheuses, et le frapper enfin quand la situation avait failli tourner mal ?

Le rire d'Annette dura longtemps. Ferdinand Louvrier avait sorti son mouchoir, il se tamponnait le crâne. Sa tante eut pitié de lui.

— Mademoiselle, dit-elle enfin, vous allez sortir de cette maison pour ne jamais y remettre les pieds.

Annette avait compris. Pour un peu, son rire se serait transformé en sanglot. « Il ne faut pas que je pleure, se dit-elle : je ne dois pas pleurer. » Elle était horriblement malheureuse : jamais, jusque-là, elle ne s'était sentie si bien que chez Mme Viazevski. Elle se souvenait de sa mère, comme elle bafouée ; de Christine revenue hagarde du commissariat. « Je ne pleurerai pas », se répéta-t-elle. Elle se leva sans un mot.

En cinq minutes ses bagages furent prêts. Un moment, elle espéra que Ferdinand Louvrier avait bien caché le collier dans sa valise : elle l'aurait alors jeté à la tête de la tante et du neveu qui se tenaient debout, immobiles, comme la double statue d'une vengeance absurde. Le regard de Mme Viazevski, si douce, était sec et sévère : « Elle aurait cru ce qu'elle aurait voulu, je m'en serais bien moquée », pensa-t-elle. Au fond d'elle-même, et dans son désespoir, elle aurait aimé passer pour une voleuse ; ç'aurait été une ultime bravade : la vieille dame qui lui témoignait tant d'affection l'aurait-elle laissée partir entre deux gendarmes, comme n'importe quelle Berthe ?

Elle écarta la tante et le neveu pour gagner la porte.

— Je vous plains, dit-elle en passant.

Mme Viazevski ne voulut pas comprendre que c'était à elle que s'adressait cette remarque.

— Mon pauvre petit, soupira la vieille dame lorsqu'elle eut disparu dans l'escalier. Va vite chez M. Lancelot qu'il regarde un peu ta blessure.

M. Lancelot était le pharmacien de la place du Palet, il trafiquait avec la mairie, s'occupant tout particulièrement du ballet municipal ; il s'y connaissait en jeunes demoiselles autant qu'en pots-de-vin. Ferdinand eut un cri d'enfant peureux :

— Allons plutôt vérifier qu'elle ne t'a rien volé !

Il courut dans l'escalier, la porte d'entrée claqua avant qu'il eût atteint le palier. Mme Viazevski soupira :

— Pauvre gosse ! Que veux-tu qu'elle emporte ?

Berthe n'était qu'une malheureuse, elle l'avait oubliée ; elle avait bon cœur, plaignait déjà Annette ; il était trop tard.

Revenue à Saint-Cybard, Annette annonça simplement que le neveu de Mme Viazevski avait eu des gestes déplacés. C'était la vérité, on ne la crut pas vraiment, on affirma qu'elle était trop fière pour avouer qu'on l'avait chassée, ce qui était vrai aussi. Pendant une bonne heure, assise sur un banc des remparts, elle avait pensé quitter Angoulême. Mais il était trop tôt. Elle s'était souvenue des offres de Ferdinand : Maxim's, le Lido ; elle avait eu un rire amer : avec ou sans papetier, elle ne tomberait pas dans ces pièges-là. Avec Jarnigou, elle avait remporté la première manche ; Ferdinand Louvrier avait gagné la seconde, la belle serait un combat sans pitié. Sa mère avait perdu : elle devait gagner.

IV

L'ÉTÉ fut triste pour Annette. Après avoir dîné à la table de Mme Viazevski, il était difficile de retrouver l'odeur du salon de coiffure et les plaisanteries éculées du père Jarnigou. En son absence, celui-ci avait repris du poil de la bête et, s'il ne tenta plus rien auprès de sa belle-petite-fille, il ne se cachait plus pour lutiner Annick ou Lucette sous le nez de son épouse qui affectait de ne rien voir. Annette jugeait cela laid et sans conséquence. Un jour, elle le surprit : il troussait avec entrain une voisine, la grosse Mme Desblée, qui était veuve et avait des besoins, sur l'un des fauteuils à la moleskine craquelée du salon. La brave dame poussait des petits gémissements, la jeune fille passa comme si elle n'avait rien vu. Elle se dit que, pour son âge, l'ancien mécanicien avait un sacré tempérament ; il remonta presque dans son estime, elle se garda pourtant de n'en rien montrer. Annette était une jeune fille étrange qui avait sur le bien et le mal d'étranges idées ; c'était sa force, on l'a compris.

La fin des classes approchait. Annette allait au lycée en évitant les flaques d'eau. En remontant la rue de Bordeaux, elle vit son reflet dans la vitrine d'un droguiste : mouillée, les cheveux plaqués sur le front en mèches frisottées, elle se fit horreur ; sa belle énergie s'était envolée, elle ne chercha même pas à se repeigner. Elle mettait d'ailleurs un point d'honneur à se couper elle-même les cheveux. Elle pressa le pas car elle était en retard. « Je suis devenue un mouton au milieu du troupeau », se dit-elle en franchissant le porche du lycée. Ses camarades sentaient la transpiration, il n'était que huit heures et demie du matin. « Un mouton, et un mouton frisé par-dessus le marché ! » corrigea-t-elle. Elle se détestait.

— Regarde ce que Jean-Marie m'a donné, lui dit Marcelle à la récréation.

Un énorme faux diamant ne parvenait pas à briller à son doigt rouge et un peu tordu. Annette fit la grimace.

— Ce n'est pas vrai ? Tu ne vas pas épouser Naf-Naf ?

Jean-Marie Hulot était le fils unique d'une boulangère de la rue du Minage. Il était gras, blond et son nez pointu sous d'étroits yeux bleus et ses belles joues rebondies le faisaient ressembler à un petit cochon de Walt Disney. Ses amis l'avaient baptisé Nif-Nif. Un jour, presque en larmes, il demanda qu'on ne lui donnât plus ce surnom idiot : « Comment veux-tu qu'on t'appelle, alors ? » interrogea d'une voix terrible le fils Chabert qui, héritier d'une longue lignée de réparateurs de cycles, avait toujours du cambouis sur les mains et terrorisait les plus faibles. « Comment ? Naf-Naf, peut-être ? » Il avait l'air si terrible, une grande estafilade au front et ses mains qui battaient l'air comme deux clefs anglaises, que Nif-Nif balbutia un « oui » plaintif. Il fut dès lors Naf-Naf et n'osa plus s'en plaindre. À la question d'Annette, Marcelle releva la tête avec fierté.

— Pourquoi pas ? J'aurais des tas de croissants, des brioches, des petits pains aux raisins.

Puis, d'une voix tout de même hésitante, elle finit par avouer :

— Tu sais, lui et moi, nous avons... enfin... voilà, c'est fait !

Elle voulait dire qu'elle avait enfin osé faire plus que se laisser tripoter. C'était un pas qu'alors on ne franchissait pas souvent. Les jeunes filles affirmaient sans rire : « Tout, mais pas ça » et les garçons se le tenaient pour dit. Beaucoup, d'ailleurs, ne tentaient qu'exceptionnellement leur chance « au-dessous de la ceinture », puisque c'était l'expression consacrée : Marcelle était allée plus loin, comme Jarnigou elle remonta dans l'estime d'Annette. Celle-ci ne put cependant résister à une plaisanterie facile : après tout, Naf-Naf était fils de boulangère.

— Vous avez fait cela où ? Dans le pétrin ?

Marcelle haussa les épaules. Elle savait désormais les choses de la vie et se sentait très loin de cette poseuse d'Annette qui s'était à peine laissé embrasser.

— Non, mademoiselle : sur un lit, pendant que ses parents étaient à la messe.

Elle ajouta, estimant qu'il fallait donner toute véracité à ses dires et expliquer pourquoi ce dimanche-là son Jean-Marie n'avait pas accompagné ses parents à Saint-André :

— Il avait une angine et 38 de fièvre !

Annette les imagina tous deux gros et gras en train de jouer maladroitement au docteur sur des draps moites de transpiration. Sa petite pointe d'admiration pour Marcelle retomba :

— Tant que tu n'es pas dans le pétrin, lança-t-elle en tournant les talons.

Marcelle n'avait pas le sens de l'humour : elle ne rit pas. Annette était pourtant troublée. « Pourquoi elle et pas moi ? » se demanda-t-elle en s'endormant. Sur le coup de minuit, elle eut une courte insomnie, se tourna et se retourna sur son polochon et trouva la réponse : « Parce que c'est elle et parce que c'est moi. » Cette pensée la réconforta, elle se rendormit. Au lycée, les filles portaient des blouses grises, elle fit exprès d'oublier deux fois la sienne, fut collée le samedi matin et se persuada qu'après tout elle n'était pas un mouton. Elle résolut de ne plus penser aux garçons ; pour le moment. Puisqu'elle n'avait rien d'autre à faire, elle décida aussi de rattraper le temps perdu : dans le mois et demi du trimestre qui s'achevait, elle deviendrait la meilleure de la classe.

Annette partait de loin ; les cours l'ennuyaient autant que les professeurs. Elle végétait dès lors dans une médiocrité maussade, éternelle quatorzième ou quinzième, derrière des mijaurées qui croisaient les bras pour réciter mécaniquement et sans faille des leçons apprises par cœur. La plupart étaient frisées, toutes vêtues d'un tablier gris ; un jour où elle était seule, elle s'installa sur l'un des fauteuils défoncés du salon Jarnigou. Face au miroir qui renvoyait un désolant spectacle de flacons de shampooing et autres brillantines, elle saisit des ciseaux et tailla sans pitié sa chevelure ; elle se frotta ensuite les joues avec une brosse à ongles, devint d'abord écarlate puis les pores de sa peau ressemblèrent à des boutons, elle était laide à souhait, ce qu'elle désirait ; elle tacha d'encre violette sa blouse grise. Ses ongles étaient bien noirs ; le lendemain, elle se leva de bonne humeur.

Au lycée, sa métamorphose fut accueillie sans surprise. Toutes ces gamines étaient en plein âge ingrat, un jour jolies, sans charme la veille et le lendemain franchement laides ; mais elle savait ce qu'elle faisait. M. Valois était le seul homme à enseigner ces jeunes filles. Il avait soixante ans, des besicles, de grosses lèvres gourmandes : c'était peut-être un signe. Mlle Cormont, maigre et triste, longue à n'en plus finir et une poitrine qui aurait pu être belle, était professeur de français et de latin. Elle avait trente-cinq ans, en paraissait plus. On disait qu'elle avait souffert : M. Valois et Mlle Cormont seraient les deux marches qui mèneraient Annette à l'estrade des prix en fin d'année.

En mathématiques, ce ne fut pas difficile. M. Valois avait compris ce que cachaient les cheveux mal taillés de son élève : il suffit qu'Annette prît une attitude très humble et lui demandât quelques conseils pour qu'il fondît. Il y alla de leçons particulières qui n'avaient rien de particulier car, chassé jadis du lycée de Nantes pour cela, il savait à quoi s'en tenir avec les gamines précoces. Donner des cours de rattrapage après les heures de classe n'engageait pourtant à rien, il pouvait la regarder de près, assis tout à côté d'elle sur un banc étroit, sentir peut-être le frôlement de ses genoux : M. Valois était revenu de bien des plaisirs, il n'allait aux putes qu'une fois le mois, par hygiène. Les petits cours qu'il donna à Annette lui suffiraient aussi ; elle l'avait deviné, elle fit vite de grands progrès. D'ailleurs M. Valois ne pouvait plus que lui donner des bonnes notes. Pour régler les premières leçons, elle avait dérobé quelques pourboires reçus par Annick qui accusa Lucette du larcin : les deux gamines étaient vénales et idiotes, il eût été idiot de ne pas agir de la sorte. M. Valois refusa bientôt qu'elle le payât, chacun fut satisfait de l'arrangement ; on ne cherchera pas à savoir à quoi le professeur de mathématiques passait ensuite ses soirées solitaires ; disons qu'il pensait à Annette ; ce n'était pas gai, mais sans conséquence. Il finit par aller plus souvent aux putes ; une certaine Georgette, de la rue du Soleil, tira autant qu'Annette les profits de cette solution. M. Valois avait dérobé au vestiaire du lycée la blouse grise d'une élève pour que la putain fît plus vrai, il pensait toujours à Annette, y laissa une bonne partie de ses économies. Annette aurait-elle su ça, qu'elle s'en serait amusée.

Il lui fut presque plus facile de faire des progrès en français car elle découvrit vite que, si Corneille ne l'amusait guère, elle aimait Racine à la folie. Après Elizabeth Goudge et Henri Duvernois, c'était dans l'ordre des choses. Ses camarades ânonnaient les tirades de Roxane ou de Bérénice, elle récita celles de Phèdre avec flamme et le cœur de Mlle Cormont en fut chaviré. Andromaque elle-même, ou plutôt Hermione, atteignait avec elle aux degrés suprêmes de la passion.

« Je ne t'ai pas aimé, cruelle, qu'ai-je donc fait ? » lançait-elle à son professeur à travers une classe à demi somnolente, s'efforçant d'ajouter un *e* muet à la fin du mot « aimé ».

Mlle Cormont y lisait une intention particulière qu'Annette avait bien mise; par calcul, non par inclination. La bonne demoiselle la dévorait des yeux. Une camarade d'Annette, assise au premier rang, en fut, elle aussi, émue : devant Mlle Cormont, notre héroïne repoussa sans ménagement ses avances. La pauvre gosse en eut le cœur brisé mais Annette rassura son professeur; ce n'était que pour elle qu'elle était si bellement Hermione ou la fille de Minos et de Pasiphaé. Lorsqu'elle rédigea la classique dissertation sur Corneille et Racine (« Corneille peint les hommes tels... »), elle ne décrivit que Phèdre, face à n'importe quelle idiote de Chimène; elle fut cette fois si éloquente que Mlle Cormont ne douta plus de rien. Elle invita celle qui, en quinze jours, était devenue sa meilleure élève, à prendre le thé chez elle.

Cet après-midi-là, Annette inventa la stratégie des bas noirs apprise auprès de Colette et chez Francis Carco. Mlle Cormont habitait une seule pièce sur le boulevard Thiers. Pour faire plus exotique — elle était allée jadis en Tunisie avec une amie ardente et en avait rapporté des souvenirs troubles —, elle transformait dans la journée son lit en canapé arabe avec une couverture marocaine qu'elle jetait simplement dessus. Elle brûlait, en outre, de l'encens et fumait des cigarettes égyptiennes au papier de couleur en plissant ses lèvres en forme de cul de poule, mais, on l'a dit, elle aurait pu avoir du charme; Annette n'hésita guère. Elle s'installa sans façon sur ledit canapé, relevant un peu trop haut sa jupe — on voyait très bien les fameux bas noirs, presque au-delà —, elle se mit à déclamer d'une voix passionnée.

Hé bien! connais donc Phèdre et toute sa fureur :
J'aime. Ne pense pas qu'au moment que je t'aime,
Innocente à mes yeux, je m'approuve moi-même...

Les yeux de Mlle Cormont brillaient : de toute sa vie, même en Tunisie avec sa collègue qui s'appelait Sylviane et ne portait rien sous des blouses de soie, elle n'avait ressenti pareille émotion. Pour calmer les mouvements de son cœur, elle offrit à Annette du thé à la menthe, des loukoums, des grains d'anis enrobés de sucre : seule le soir dans sa chambre, à la manière de Mlle Cormont, elle se fabriquait ses petites compensations. Pour manger un loukoum, Annette sortit le bout d'une langue rose qui tranchait à plaisir avec les bas noirs. Mlle Cormont avança une main, Annette reprit sa tirade de *Phèdre*.

La main de la demoiselle se retira. La nuit, elle se mortifiait ; le jour, elle lui donnait les meilleures notes de sa classe en français et même en latin, bien qu'au-delà de *rosa rosa rosam,* Annette ne fît pas grand effort. Quand elle découvrit Virgile, les amours d'Énée et de Didon, elle découvrit en Didon une autre Phèdre et accomplit quand même quelques progrès.

Cela dura jusqu'au conseil de classe de fin d'année. Il y eut dans la salle des professeurs des discussions acharnées. Les Moulin, Perlot ou Signoret qui enseignaient en vrac la physique-chimie, l'anglais ou l'histoire et la géographie, comprirent mal comment, quinzième ou seizième en latin, français ou mathématiques aux deux premiers trimestres, les seuls résultats des compositions du dernier trimestre déterminèrent ses professeurs non seulement à donner à Annette le premier prix en ces matières mais, en outre, à exiger pour elle le prix d'excellence qu'une Emmanuelle Lebas, la bonne élève du premier rang, paraissait avoir normalement mérité. On s'échauffa ; seule, Mlle Cormont n'aurait rien pu ; toute l'autorité du mâle de cette ruche fut mise dans la balance : on hésita encore un peu, M. Valois insista, on s'inclina enfin et, le 5 juillet au matin, Annette gravit les trois marches de l'estrade aménagée dans le réfectoire pour recevoir des mains de la directrice les lauriers du prix d'excellence. Les livres reliés de rouge qui allaient avec — Hector Malot, Zénaïde Fleuriot dont l'économe du lycée possédait un stock qui datait d'avant la guerre — ne l'intéressaient guère ; mais, lorsqu'elle regagna sa place, une gravure de *Notre-Dame de Paris,* qui trônait au sommet de la pile de bouquins, retint son attention : une gamine aux épaules bien nues nommée Esmeralda (son nom était écrit dessous) dansait sans vergogne devant un jeune prêtre et un vieillard bossu. Elle se dit que c'était un signe et sans attendre la fin du palmarès, se lança aussitôt dans la lecture de Victor Hugo.

Après la cérémonie, on vint la féliciter. Elle n'avait plus besoin de Mlle Cormont, qui n'enseignait pas au-delà de la seconde ; elle fut simplement polie. M. Valois serait encore son professeur l'année prochaine, elle sut lui montrer plus de reconnaissance. Mlle Cormont passa de mornes vacances à Gap chez ses parents ; M. Valois réussit à emmener Georgette trois jours à Hossegor. Pour son malheur, Me Germain, un avocat de la ville, les croisa sur la plage où Georgette s'exhibait en maillot deux pièces — on disait encore un bikini. Me Germain partageait l'intérêt du professeur de mathématiques pour la prostituée de la rue du Soleil, il jugea inconvenant qu'un enseignant — au lycée de jeunes filles par-dessus le marché — se montrât en telle compagnie, le fit savoir, on l'écouta, M. Valois fut muté à Bressuire. Les efforts d'Annette ne servaient plus à rien, mais un autre avenir allait s'ouvrir devant elle. Pendant l'été, elle lut Racine et Victor Hugo : presque malgré elle, elle deviendrait bonne élève. Les épaules bien rondes d'Esmeralda, gravées par Gustave Doré, lui donnèrent quelques idées ; elle apprit le slow, le tango et le cha-cha-cha avec Emmanuelle Lebas, pas rancunière et qui possédait un Teppaz ; elle finit même par trouver cela agréable. La dernière scène de *Notre-Dame de Paris,* qui montre les cadavres enlacés d'Esmeralda et de Quasimodo, ne lui faisait pas peur : c'est du sommet des tours de Notre-Dame qu'elle contemplerait un jour Paris.

***

Un après-midi du milieu du mois d'août, elle chercha une papeterie ouverte pour y acheter un cahier vert à reliure spirale. De retour chez les Jarnigou, elle voulut, comme tant d'autres jeunes filles de son âge, y commencer ce qu'on appelle un journal intime. Pendant deux heures, elle resta la plume en l'air, incapable d'écrire une ligne. Dépitée, elle sortit, son cahier à la main; elle fit quelques pas dans la rue, gagna les remparts, s'assit sur un mur de pierre et là, les mots vinrent tout seuls. Avec une minutie appliquée, elle raconta les malheurs de Mlle Cormont et ceux de M. Valois. Elle en rit toute seule. Le même soir, dans sa chambre, elle voulut continuer, mais en vain. Alors elle comprit que l'atmosphère du salon de coiffure éteignait tout ce qui était vivant en elle. Il était trop tôt pour prendre de grandes décisions, elle attendrait encore. L'été s'avança. Elle revit Patrick Arnault-Dupouicq qui repassait par Angoulême entre la plage et la montagne. Il lui parla des filles qu'il avait embrassées, elle sourit, d'un sourire grave. Les temps étaient sans passion, on parlait du succès de l'emprunt Pinay, des foucades de M. Barachin, tout cela n'était pas très intéressant. Il y eut quand même un beau meurtre : toute une famille anglaise, une petite fille de neuf ou dix ans comprise, fut retrouvée assassinée au bord d'une route, en Provence. Annette découpa des articles dans les journaux qui racontaient la tuerie : c'était un vrai mystère, excitant. Annette s'intéressait à tous les exploits, même aux crimes. Plus tard, dans *Les Enfants du Paradis* qu'elle verrait au cinéma du Champ-de-Mars, elle trouverait Jean-Louis Barrault niais, Pierre Brasseur tonitruant. C'est à Lacenaire, joué par Marcel Herrand, qu'iraient ses faveurs. Puis l'été s'acheva sans autre sujet d'intérêt. On chantait « Bonbons, caramels, esquimaux, chocolats », elle écoutait plutôt Juliette Gréco qui haïssait les dimanches. Les premières feuilles tombèrent, ce serait bientôt la rentrée des classes. L'emprunt de M. Pinay avait rapporté 428 milliards de francs quand on en attendait seulement 400, une bonne partie était en or; à Angoulême, comme ailleurs, la confiance était revenue dans les foyers. Même si Jacques Duclos avait été libéré, faute de preuves (un militant particulièrement malin ayant mangé aux petits pois ses pigeons peut-être voyageurs), tout complot venu de l'Est était, pour l'instant, écarté. Plus personne, à Saint-Cybard, n'osait évoquer devant Annette l'idée qu'elle pourrait être coiffeuse.

*
**

Parfois sur la Charente, à l'endroit où le ciel rencontre l'eau du fleuve au-delà de Saint-Cybard, les couchers de soleil d'un rose transparent deviennent parfaitement irréels. Les amoureux au sortir des boutiques et les rares détenus dont les fenêtres grillagées de la prison toute proche donnent sur le rempart peuvent l'admirer à travers les grands arbres de la promenade; souvent Annette, assise sur un banc de bois à la peinture depuis longtemps écaillée, venait lire face à ces lumières qui s'enfoncent dans les prairies humides du soir. Elle était seule ce jour-là et lisait un nouveau Victor Hugo; ce n'était que *Les Misérables*, qu'elle trouvait un peu ennuyeux, mais elle se sentait bien. Elle se disait : ce sont là mes vacances, elle en profitait sûrement autant que les marmailles angoumoisines sur les plages d'Hossegor ou de Saint-Palais. Il lui avait fallu une demi-heure pour monter du salon de coiffure, il lui faudrait dix minutes pour redescendre jusqu'au faubourg; elle savourait avec délectation la belle heure qu'elle passerait là entre son livre et ce soleil dont la beauté la touchait davantage à mesure qu'il devenait plus rouge puis rosissait la plaine. Un homme s'arrêta devant elle.

— Je ne vois plus le soleil, dit-elle.

L'homme se mit à rire.

— Vous me voyez, moi, répondit-il.

C'était sans fatuité; il voulait seulement la faire rire. Mais Annette ne riait que lorsqu'elle en avait envie; ce soir, elle avait envie de lire en paix et de regarder le paysage mordoré qui continuait à s'illuminer sous les remparts. Elle haussa les épaules.

— Vous êtes à contre-jour, je ne vous vois même pas.

L'homme esquissa une pirouette qui ressemblait à un pas de danse. Au lycée, un professeur un peu plus intelligent que les autres leur avait parlé de Toulouse-Lautrec; l'homme était long et maigre comme un jour sans pain, elle se souvint de Valentin-le-Désossé : cette fois, elle se mit à rire.

— Vous me trouvez si drôle que ça? demanda-t-il lorsqu'il se trouva assis à côté d'elle sur le banc.

Le rire d'Annette s'arrêta net.

— Je ne vous ai pas autorisé à vous asseoir.

L'homme étendit ses longues jambes en avant, dans la geste de qui s'étire dans une position confortable, puis parle d'une seule haleine, comme on récite un monologue comique ou un article du code civil.

— Les bancs disposés sur les promenades et autres lieux publics sont justement appelés bancs publics. C'est-à-dire que vous et moi y avons notre place, et que la seule restriction à leur occupation serait la présence sur le même banc de cinq ou six personnes aussi maigres que vous qui rendraient le siège surpeuplé, et par cela même inutilisable — en public ou en privé.

Il avait allumé un cigare et la regarda de côté; Annette vit un très long nez, un menton presque aussi pointu, elle le reconnut.

— Vous êtes le fils Wallon, n'est-ce pas?

Le fils Wallon tira sur son cigare, en expira la fumée et sourit avec béatitude.

— Vous me connaissez?

Annette l'avait aperçu dix fois dans la pharmacie de son père à Saint-Cybard. Ce n'était pas un homme mais un jeune homme qui venait de finir ses études à Paris. Elle secoua les épaules.

— Vous ressemblez à votre père.

Le fils Wallon avait le nez de son père, le menton de son père, on disait à Saint-Cybard « laid comme un Wallon »; Frédéric Wallon le savait. Il tirait une manière de fierté de son profil de caricature : « Au moins, je ne ressemble à personne ! » affirmait-il à ses amis qui se moquaient de lui. La remarque de la jeune fille le blessa pourtant : il arrive aux plus laids d'oublier leur laideur.

— Mon père est un brave homme, répondit-il, tout le monde le sait. Tout le monde sait que, moi, je suis un bon-à-rien.

Il avait mis six ans à décrocher une licence qu'on obtenait en ce temps-là en trois ans, on en riait à Angoulême : pour cela aussi, le fils Wallon jouissait d'une gloire équivoque. Il avait ensuite passé en trois ans son certificat d'aptitude à la profession d'avocat et aurait été le modèle parfait de l'éternel étudiant à la Dostoïevski si son père n'avait décidé d'arrêter les frais, d'interrompre un doctorat qui lui aurait pris encore un bon lustre et, coupant les vivres, de lui intimer l'ordre de rentrer à Angoulême. Frédéric Wallon avait commencé un stage chez un avocat du Parc où il ne déployait pas une énergie surhumaine à effectuer les quelques tâches qu'on lui confiait.

— Et vous, qui êtes-vous ? s'enquit enfin le futur avocat. Moi, je ne vous connais pas.

— Vous avez dit que j'étais maigre ; vous savez au moins cela.

Le visage du jeune homme fut traversé d'une grimace. C'était sa manière à lui de sourire ; dans ces moments-là, son menton rejoignait presque son nez — à moins que ce ne fût l'inverse.

— Je vous ai fait de la peine ? Je vous demande pardon...

— De la peine, non. Vous savez qu'on ne parle pas de corde dans la maison d'un pendu. Et maigre pour maigre, vous vous posez un peu là, espèce de Valentin-le-Désossé !

— Parce qu'on fréquente Toulouse-Lautrec à Angoulême ? s'étonna l'ex-étudiant.

— On fréquente qui on peut, et surtout qui on veut, répliqua Annette.

Elle se leva. Ce garçon l'amusait, mais elle aussi jouait un personnage, le moment était venu de mettre un terme à la conversation. L'autre protesta :

— Vous n'allez pas partir comme ça ?

Elle était déjà partie. Le soir même, interrogeant son père, Frédéric Wallon apprit que la gamine qui s'était ainsi moquée de lui était la petite-fille de la coiffeuse. Obligeamment, Mme Wallon mère lui raconta l'histoire de la pauvre Jeanne, mais Wallon père fit de la jeune fille un portrait qui intéressa davantage son fils.

— Il paraît qu'elle est d'une intelligence bien au-dessus de la moyenne ; et particulièrement délicieuse, ce qui ne gâte rien.

C'était l'heure du dîner, Mme Wallon servait la soupe, M. Wallon trempait son pain. On a dit que M. Wallon était un brave homme, sa femme l'était moins.

— Telle mère, telle fille, probablement ! lança-t-elle en lapant le contenu de sa cuiller avec un sifflement mouillé.

Elle pensait à Jeanne ; Frédéric pensait à Annette. La gamine n'avait que quinze ans mais sait-on jamais ? Trois jours plus tard, il s'était renseigné et savait qu'Annette était bien une fille qui ne ressemblait à aucune autre. Il résolut de la revoir.

*
**

De son côté, Annette avait aussi fait son enquête. On lui avait dit tout le mal possible du fils Wallon, ce qui avait éveillé sa curiosité. « On va voir ce qu'il a dans le ventre », pensa-t-elle.

Frédéric Wallon avait vingt-sept ans. Loin d'écarter les filles, sa maigreur et sa laideur lui avaient valu de nombreuses bonnes fortunes ; on racontait qu'il en tenait une liste précise dans un petit carnet de moleskine noire fermé d'une bande élastique. De ses années parisiennes, on lui prêtait une liaison avec une starlette qui avait failli devenir célèbre, un peu de cette gloire avait rejailli sur Wallon. À Angoulême, on savait qu'une ouvrière d'une papeterie de L'Houmeau s'était suicidée pour lui, il avait la sagesse de n'en être pas fier, celles qui avaient succédé à la malheureuse Antoinette l'étaient pour lui : bref, c'était un mauvais sujet qu'on disait d'une grande culture ; on le prétendait doté lui aussi d'une intelligence au-dessus de l'ordinaire. Tout cela intéressa vivement Annette qui s'ennuyait depuis huit ans dans un salon de coiffure.

« Il faut que je le revoie, se dit-elle, mais je ne serai jamais sur le petit carnet noir. » Comme elle était certaine de ses déterminations et moins de ses caprices, elle s'écrivit une lettre à elle-même où elle se jurait, sur la tête de la pauvre Jeanne morte, qu'elle ne céderait jamais à Frédéric. Elle cacheta la lettre avec un vieux bâton de cire mauve chipé dans un tiroir chez Mlle Cormont et calligraphia son nom sur l'enveloppe. Elle l'enferma dans la boîte de phosphatine Fallières qu'elle avait gardée depuis l'époque de la rue Paul-Abadie. « Maintenant, monsieur Wallon, à nous deux ! » pensa-t-elle.

Elle avait deviné l'intérêt du fils du pharmacien pour elle : il connaissait beaucoup de choses, elle était déterminée à les apprendre par lui. La première fois que Marcelle les vit tous deux se promener sur les remparts, la grosse fille se moqua d'elle.

— Après le fils Arnault-Dupouicq, quelle dégringolade! s'exclama-t-elle..

Annette se contenta de sourire. Frédéric Wallon l'attendait au salon de thé de la place du Mûrier.

*
**

— Quelle est la différence entre le désir et l'amour? demanda Annette.

Elle venait d'achever un sublime chou à l'orange, et se lançait dans la conquête d'un puits-d'amour, tous deux spécialités de la grande pâtisserie Tiphaine établie depuis l'origine des temps au pied des colonnes blanches du palais de justice. Frédéric Wallon ne buvait que du café noir et sans sucre.

— L'amour est toujours une erreur; le désir jamais, répondit-il.

— Et la passion?

— C'est une triple erreur, mais qui peut remplacer le désir.

Il se délectait de ses propres aphorismes et plus encore de l'attention que leur portait Annette. « C'est quand même ahurissant, pensa-t-il : je connais cette gamine depuis huit jours et nous nous conduisons comme des amis de toujours; lorsque j'avais son âge, c'était un bébé et, pourtant, sa conversation m'amuse infiniment plus que les bavardages de toutes les autres filles d'Angoulême. » Annette ramassa du bout de la langue la dernière goutte de crème égarée à la commissure droite de ses lèvres; ce bout de langue était d'un rose nacré, les lèvres l'étaient aussi, mais d'un rose plus foncé. Wallon sentit qu'il bandait. « Au milieu d'un salon de thé et pour un bout de langue rose, ce n'est tout de même pas possible! » Il se hâta de commander un verre d'eau fraîche : il entendait, comme Annette, rester maître de ses sentiments et de leur expression.

— Autrefois, lorsque j'ai rencontré Patrick Arnault-Dupouicq au Jardin-Vert et que j'avais envie qu'il m'embrasse, était-ce de l'amour, du désir ou de la passion ? insista-t-elle.

Sans chercher à dissimuler les questions qu'elle se posait, elle avait fait à Frédéric le récit par le menu de ses grandes aventures de petite fille qui avait toujours refusé l'aventure. Elle savait qu'elle attisait les sentiments du jeune homme, cela ne lui déplaisait pas : elle ne risquait rien puisqu'elle se l'était juré.

— Votre Patrick est un imbécile : ce ne peut être de la passion ; vous êtes trop intelligente : ce n'est certainement pas de l'amour ; comme vous ne savez pas ce que c'est que le désir — vous l'avez dit vous-même —, ce que vous éprouvez pour l'imbécile en question n'est qu'une curiosité où lui-même n'a rien à faire.

Annette en convint : Wallon l'amusait ; il était, de loin, l'homme le plus spirituel qu'elle eût rencontré. Il fallait pourtant qu'elle prît la mesure de cette intelligence.

— Et ce que j'éprouve pour vous, c'est aussi de la curiosité ? lança-t-elle en croquant un troisième puits-d'amour miraculeusement apparu devant elle sur un simple geste de l'avocat stagiaire.

— Vous n'éprouvez sûrement pas de la curiosité pour moi, répondit-il, parce que je suis encore plus curieux que vous ; de l'amour serait, je vous l'ai dit, une erreur ; de la passion, bien prématuré ; quant au désir : regardez-moi !

Il fit pivoter sa tête au bout de son cou qu'il tendit à l'extrême et rapprocha autant que faire se pouvait son nez de son menton. Se détachant à contre-jour sur les vitres de la pâtisserie, son profil était celui d'un polichinelle en papier découpé à la manière de ceux qu'on faisait aux ciseaux sous le Directoire : il était laid, le savait ; par cela même, il devenait presque beau. Au moins toucha-t-il Annette, qui dut se répéter en son for intérieur : « J'ai juré ! »

— Alors, comme pour ce pauvre Patrick, je n'éprouve rien pour vous ?
— Si, dit Frédéric, de l'amitié.
Il prit sa main qu'elle lui laissa un instant. « J'ai juré de n'être pas à lui, mais rien n'empêche ma main d'être aux siennes », se dit-elle. Elle la retira ensuite. « Mais pas plus d'une minute, sinon je serais infidèle à moi-même. » L'épouse d'un notaire, qui se goinfrait à une table voisine, avait vu la scène : bientôt, tout Angoulême sut qu'Annette Laramis, qui avait de qui tenir, se laissait compter fleurette par un vaurien d'avocat raté deux fois plus âgé qu'elle.
— On appelle cela détournement de mineure, remarqua sentencieusement le notaire Berneville.
Mais tout Angoulême eut beau les observer, nul ne put en voir, ou en deviner davantage. D'ailleurs, Annette ne laissa plus Frédéric prendre sa main.
— Vous êtes mon ami, lui avait-elle répondu en achevant un dernier puits-d'amour, il faudra tout m'apprendre.
Sans qu'elle eût besoin de le lui préciser, Frédéric avait compris qu'elle apportait au mot « tout » une restriction de taille. Il décida que, pour avoir la jeune fille, il devrait savoir attendre et s'y résolut : à sa grande surprise, lui-même éprouvait pour elle un bien curieux sentiment. Il l'avait nommé sans le savoir : c'était l'amitié.

*
**

À partir de ce jour-là, Annette et Frédéric se virent souvent. La mère Jarnigou, qui connaissait la réputation du fils du pharmacien, chapitra sa petite-fille. Annette ne l'écouta pas. Lorsque son mari voulut en faire autant, Annette eut un sourire narquois, elle montra le cagibi, il n'insista pas.
Avec Frédéric Wallon, Annette apprit. De son côté, le jeune homme avait entrepris, comme on disait alors, de

s'acheter une conduite ; du moins en donnait-il l'impression. Il se fit presque assidu chez l'avocat qui l'avait pris en stage et personne ne sut plus rien des liaisons qu'il étalait jusque-là avec volupté au cours des longues soirées passées au Café de la Paix en compagnie d'amis aussi désœuvrés que lui.

Situé en face de l'hôtel de ville à l'extrémité de la rue de Beaulieu, le Café de la Paix était le rendez-vous de tout ce qu'Angoulême comptait de bourgeois célibataires de droit ou de fait ; on venait y jouer aux cartes et au billard, ou fumer devant un cognac ou un Pernod. Les garçons portaient de grands tabliers blancs noués derrière le dos et apportaient à chacun son petit verre, « comme d'habitude, monsieur Frédéric », ou monsieur Charles ; pourtant, le vrai plaisir n'était pas de boire, mais d'écouter. Là, avec entrain, on défaisait des réputations qui n'étaient plus à faire, ou on imaginait des intrigues qui n'allaient jamais plus loin qu'un voyage à Paris sous prétexte d'un rendez-vous d'affaires. C'était le temps des cafés à l'odeur de sueur, de cire et de sciure, des banquettes de moleskine et des tapis de cartes offerts par Pernod. On parlait du Maroc et de la Tunisie, où les choses ne s'arrangeaient pas, et on disait : « Si j'étais M. Pinay, moi... » ; la mort d'Evita Peron, le beau crime de Lurs, qui avait tant intéressé Annette, faisaient l'objet de commentaires désabusés : la belle Eva avait la cuisse légère, n'est-ce pas ? Quant aux Drummond, les Anglais du père Dominici, c'étaient à coup sûr des espions ; et puis, Sir Jack avait servi dans l'Intelligence Service, ou quelque chose comme ça, pendant la guerre. C'était un temps béni, on refaisait le monde en jouant aux dominos.

Lorsque les habitués de la Paix interrogèrent le fils Wallon sur sa nouvelle conquête, il prit un air de pudeur offensée.

— Annette Laramis ? Mais c'est une gamine !

Il expliqua avec le plus grand sérieux qu'il donnait des leçons à la jeune fille.

— Des leçons de quoi? lança un mauvais plaisant, l'air entendu, des leçons de choses?

Frédéric le foudroya du regard.

— Des leçons de littérature, monsieur. Et vous aussi, vous en auriez besoin!

Il aimait lire. Dès le lendemain, il donna un livre à Annette. C'était *Madame Bovary*; il voulait voir: il vit. Annette lisait déjà, en vrac, n'importe quoi. D'Abel Hermant, elle était passée à Victor Hugo, sans autre discernement que le hasard. Frédéric vint au moment voulu; elle apprit à choisir, quand bien même son ami choisissait pour elle. À partir de ce jour-là, Annette passa le plus clair de son temps à dévorer les bouquins achetés par Frédéric. Elle lisait avec avidité, avec une joie farouche: c'était l'ivresse de toutes les découvertes. Elle voyait s'ouvrir devant elle un monde qui était à la fois celui de la littérature et de ses personnages. Elle sut vite que Flaubert n'était ni Cronin ni même Henri Duvernois, bien qu'elle gardât pour sa Crapotte une affection toute particulière; elle aima à la folie Emma Bovary, dont elle comprit les raisons, et se mit à haïr les Homais, les pauvres Bovary eux-mêmes, qui avaient fait d'Emma ce qu'elle était: à travers les livres, elle apprenait les hommes. Tout de suite après, Frédéric lui donna à lire Mauriac; ce fut naturellement *Thérèse Desqueyroux*: il voulait être certain qu'elle comprît, et elle comprit bien. La solitude de Thérèse et d'Emma dans un univers d'hommes lui parut d'emblée un terrible avertissement; les uns, Homais, les Rodolphe étaient, disait Frédéric, des salauds; les autres, Desqueyroux, Bovary, des imbéciles.

— Le monde est divisé en deux races qui se le partagent également, lui expliqua le futur avocat: il y a les salauds et les imbéciles. Les salauds se servent des imbéciles et les imbéciles les laissent faire, car ils sont trop bêtes pour être de vrais salauds. Retiens bien la leçon: elle te servira souvent.

Il débitait des vérités premières, mais Annette l'écoutait:

tout ce qu'il lui disait depuis quinze jours confortait ses premières intuitions. Lestrange et M. Valois, Jarnigou, Ferdinand le lui avaient fait deviner : elle comprenait aujourd'hui qu'en quelques formules éculées, aussi vieilles que le monde, Frédéric Wallon lui en apprenait plus que la vieille Jarnigou avec ses leçons de devoir et de reconnaissance ou que Mme Viazevski qui regrettait seulement le passé : sur ces leçons de choses — ou d'anatomie comparée, comme on voudra — elle allait bâtir sa vie.

*
**

Frédéric l'emmena un jour au cinéma. C'était place du Champ-de-Mars. En face, des forains avaient monté un manège de chevaux de bois. Ce jeudi après-midi, il y avait une matinée à quinze heures, on projetait *Autant en emporte le vent*. Elle oublia vite le nom du metteur en scène mais retint celui de Clark Gable et surtout celui de Vivien Leigh. Elle la trouva belle.

— Il y a en elle une telle énergie en même temps que tant d'innocence ! s'exclama-t-elle à l'entracte.

Elle évoqua ensuite avec justesse le visage de la grande comédienne, parla de cette inquiétude qui vibrait dans chacune de ses expressions. Frédéric l'écoutait, rempli d'admiration. En matinée, le directeur du cinéma coupait alors le grand film d'un entracte pour pouvoir vendre davantage de bonbons et de cacahuètes aux gosses qui chahutaient à l'orchestre ; pour *Autant en emporte le vent,* il avait fait deux entractes. Frédéric avait pris les places les plus chères, au premier rang du balcon ; écouter Annette, la sentir si près de lui le bouleversait ; il aimait aussi la confiance qu'il devinait en elle. Le noir revint dans la salle. Son émotion devint une manière de trouble. Il pensa à l'un de ses amis, qui se faisait à lui-même ce genre de pari : « Je compte jusqu'à dix, se dit-il, et je passe un bras autour de son épaule. » Sous son allure de chenapan, Frédéric vivait dans la littérature : à dix exactement, il posa sa main sur l'épaule d'Annette.

— S'il te plaît, protesta-t-elle en se dégageant aussitôt.

Frédéric se sentit subitement malheureux. Sur l'écran, Vivien Leigh repoussait avec la même fermeté les avances d'un Clark Gable mal rasé.

— Pourquoi ? interrogea-t-il quelques instants plus tard, dans un souffle.

Il vit le profil d'Annette tendu, les images de l'écran rougeoyaient sur ses joues, sur son front.

— On m'a dit que tu as une maladie.

Elle avait parlé au hasard ; elle ne s'était pas trompée : depuis deux mois, Frédéric Wallon savait qu'il était atteint d'une syphilis qu'il soignait activement.

— Qui te l'a dit ?

Le visage de la jeune fille demeura impénétrable.

— On me l'a dit, répéta-t-elle. Mais tais-toi...

Lorsque le mot « fin » apparut, Frédéric ne revint pas sur la scène qui s'était déroulée dans l'ombre de la projection : pendant la dernière demi-heure, il avait pensé à Annette et à lui-même. Il savait désormais, avec une terrible certitude, qu'Annette avait dit vrai : elle serait sa meilleure amie et ne serait jamais à lui. La maladie dont il souffrait lui procurait d'étranges joies ; il se disait qu'une à une, il les souillait, ces épouses de notables ou ces midinettes imbéciles dont il faisait ses maîtresses ; il eut honte d'avoir osé penser à embrasser Annette. Il pensa : « J'aimerais mieux me faire couper la main droite. »

Quelques jours après, elle lut son premier roman de Stendhal. Elle devina que Frédéric se prenait pour Julien Sorel ; cela l'attendrit. Après *Le Rouge et le Noir*, elle dévora *La Chartreuse de Parme* et *Lucien Leuwen*. Lorsqu'elle en arriva à *Lamiel* — l'histoire d'une gamine comme elle qui veut conquérir le monde —, elle avait compris.

— Quoi ? interrogea Frédéric avec une fausse innocence.
— Trois choses, répondit-elle.

La première était que, dans un monde où les hommes sont des salauds quand ils ne sont pas des imbéciles, il fallait être sans pitié avec les uns comme avec les autres.

— Mais il faut savoir se servir d'eux en toutes circonstances, précisa Frédéric.

Annette le savait déjà. Elle avait aussi compris — c'était le deuxième point — que la vraie passion était un sentiment très rare, mais qu'on ne vit vraiment qu'après l'avoir connue.

— Je saurai la trouver, assura-t-elle, dussé-je y sacrifier tout le reste.

Elle avait enfin acquis la certitude que tout était dans les livres et qu'il suffisait de savoir lire pour comprendre le reste.

— Savoir lire, oui, remarqua Frédéric ; ou mieux encore : écrire.

— Écrire ?

C'était toujours chez Tiphaine ou au Café de la Paix. Elle acheva son verre de grenadine et hocha la tête, redit le verbe « écrire » sans point d'interrogation, et répéta sa leçon :

— Des imbéciles et des salauds ; la passion ; lire ou mieux encore, écrire : pourquoi pas ?

Elle avait l'âge où tous les engagements sont possibles ; elle savait maintenant où elle allait et Stendhal, par Frédéric Wallon interposé, serait son maître.

V

BALZAC, pourtant, décida de la suite des événements. Après Stendhal, Frédéric avait prêté à Annette *Les Illusions perdues* : comme chacun sait, le grand roman de Balzac commence à Angoulême, à L'Houmeau et sur les remparts ; Annette le lut d'un trait puis passa à *Splendeurs et misères des courtisanes*. Elle devina qu'on y parlait d'elle. Rastignac, qu'on faisait ministre, et Rubempré, pendu dans sa prison, devinrent ses héros favoris. Elle avait accroché au-dessus de son lit des portraits de Stendhal et de Balzac. La dernière page tournée, elle annonça à Frédéric :

— Je serai Rastignac, ou rien !

Elle ajouta quand même, car la politique ne l'intéressait pas :

— Un Rastignac qui écrirait, bien sûr.

Puis elle interrogea, presque inquiète :

— Crois-tu que ce soit possible d'être à la fois femme et Rastignac ?

C'était encore au Café de la Paix. Dans le fond de la salle, des hommes en bras de chemise jouaient au billard. Ils étaient pour la plupart étonnamment laids, gras, heureux de vivre, mais Annette aimait le bruit sec et mat des boules qui s'entrechoquent. Frédéric la rassura.

— À toi, tout est possible.

Il le pensait. Son amour tenait entier dans cette phrase où

l'autre n'a plus besoin de rien donner : un mot d'Annette, un espoir à peine formulé étaient déjà un cadeau dont il fallait remercier. À ceux qui s'étonnaient du changement opéré en lui, Frédéric se gardait bien de dire la vérité ; il recommençait à énumérer des maîtresses qu'il avait toujours et disait seulement qu'Annette l'amusait. On le croyait presque et lui-même, se regardant le matin dans la glace au-dessus de son lavabo, se traitait parfois d'imbécile, puis se barbouillait le menton à grands coups de blaireau et de savon à barbe pour se donner davantage l'air d'un polichinelle devenu pierrot. « Je suis un imbécile, se disait-il, le dernier des clowns. » Ensuite, de son rasoir, il faisait le geste de se trancher la gorge : ç'aurait été pour lui mourir en beauté.

Au fond du café, un gros homme du nom de Belcour venait de réussir une série de 121, ses compagnons l'applaudirent longuement ; il était ridicule de satisfaction béate mais la fumée des cigares en suspension dans l'air avait, sur les murs verdâtres de l'arrière-salle, de belles couleurs opalescentes. La jeune fille se disait qu'être méchante avec ce Belcour ou n'importe lequel de ses compagnons n'aurait même pas été drôle.

— Et pourtant, murmura-t-elle, j'aime bien ce pauvre Rubempré.

Il y avait une grande tendresse dans sa voix. Frédéric Wallon pensa qu'elle était encore une toute petite fille et il eut un frisson : Lucien de Rubempré n'était qu'un héros de roman, le jour où Annette aimerait vraiment, ce serait sans retour. Il eut peur pour elle. Dieu merci, elle savait que la passion était un art difficile.

— Allons, dit-il, nous allons marcher sur les traces de nos amis Rastignac et Rubempré, en naviguant au plus près pour éviter les écueils.

Il n'était nullement marin mais aimait les images. Il appela le serveur en tablier blanc, allongea l'ardoise qu'il avait depuis dix ans dans l'établissement et prit le bras d'Annette.

— Je t'emmène chez les Arnault-Dupouicq : ce sera un début dans la vie !

— J'y vais comme ça ? interrogea la jeune fille.

Elle montrait sa jupe plissée bleu marine et le corsage blanc qui allait avec.

— Précisément : tu as l'air de sortir du couvent, les messieurs de ce monde-là en raffolent.

Les parents du jeune Patrick, dont Annette n'avait pas voulu, étaient papetiers comme tant d'autres à Angoulême, et grands bourgeois, ce qui allait de soi. Ils habitaient sur le rempart du Midi une belle maison de pierre blanche qui aurait pu être celle de Mme de Chastenay. La porte en était sombre et verte, aux cuivres briqués chaque matin. Disposés à l'extérieur des fenêtres du premier étage, des miroirs ovales permettaient de voir de l'intérieur — et sans qu'on pût le soupçonner — ce qui se passait dans la rue : toute sa vie, Annette avait rêvé de passer de l'autre côté du miroir, elle y passa ce soir-là.

Son arrivée fut accueillie par des sourires ironiques. Mme Arnault-Dupouicq recevait des amies ; il y avait bien vingt personnes dans le salon sur les remparts : c'était un thé de dames fait pour attirer les messieurs. Quelques-uns jouaient au bridge, d'autres parlaient de chasse. On faisait les ultimes commentaires sur l'emprunt Pinay, on se désolait de « notre » faiblesse face aux Tunisiens, aux Marocains, que sais-je ? C'était, en somme un salon comme il en est quelques centaines au fond de nos plus belles provinces. On portait gilet, chaîne de montre ; les dames avaient sorti leurs bijoux, pas trop, juste ce qu'il faut, un clip ici, quelques perles là : il convenait de tenir son rang et d'être fidèle à une réputation. Marie-Thérèse Arnault-Dupouicq avait été la maîtresse de Frédéric ; elle persifla d'abord.

— Mon cher Frédéric, on m'avait dit que vous faisiez la sortie des écoles, je n'avais pas voulu y croire : c'était mal vous connaître. À moins que cette jeune personne soit votre petite cousine...

Annette la regarda. La Dupouicq avait quarante ans, voulait en paraître trente, on pouvait lui en donner cinquante.

— Ne l'accusez pas, madame, répliqua-t-elle, c'est moi qui l'ai cru lorsqu'il m'a assuré qu'il allait visiter une de ses vieilles tantes.

Il y eut un silence dans le salon. C'était un mot ; Annette ne l'avait pas fait exprès. Les dames prirent l'air indigné qui s'imposait, les messieurs se rapprochèrent, intéressés. Marie-Thérèse Arnault-Dupouicq entraîna Frédéric à l'écart.

— Comment avez-vous osé...

Elle parlait à voix basse, l'air furibond. Son mari parla, lui, à voix haute et prit l'air le plus patelin du monde.

— C'est vous, mademoiselle, qui jouez parfois avec mon fils sur les remparts...

Annette sourit, croqua un mille-feuille et répondit au monsieur. Dans l'heure qui suivit, elle avait fait la conquête non seulement du père de Patrick, mais encore d'une bonne demi-douzaine de notaires et autres chirurgiens de la ville. Sa jupe plissée y était, certes, pour quelque chose, et sa beauté aussi ; mais plus encore ses reparties faussement innocentes qui laissaient tout espérer sans rien accorder qu'un sourire narquois. Certains lui soufflaient dans le nez une haleine empestée de vin cuit tandis que d'autres proposaient déjà des parties de chasse en Dordogne. Avec une mauvaise foi farouche, Arnault-Dupouicq ne parlait que de son fils et prenait le bras de la jeune fille pour lui montrer un livre illustré par le graveur Laboureur où des baigneuses nues ressemblaient à de jeunes garçons. « Vous qui aimez la littérature, à ce qu'on m'a dit... » À l'autre bord du salon, le carré des dames s'était reformé, on murmurait qu'Annette n'avait pas quatorze ans, ce qui était faux, mais de peu. « Tant d'imbéciles réunis avec autant de salauds : c'est un délice ! » pensait la jeune fille. « Si un jour j'écris vraiment un livre, je commencerai en racontant cela ; ou mieux, je finirai par cette scène, ce sera l'apothéose ! » On était ennuyeux, elle fut drôle ; chacun semblait compassé, elle riait parfois aux éclats.

Un incident acheva de la rendre tout à fait intéressante. On parlait politique, c'est-à-dire qu'on débitait très haut des banalités. Il y avait, en ce temps-là, au ministère des Finances ou de la Guerre, un secrétaire d'État charentais. Il s'appelait Félix Gaillard, serait bientôt un brillant ministre, un éphémère président du Conseil, puis se noierait bêtement sur une plage familiale à moins de quarante ans. L'un de ces messieurs était son cousin par alliance. Il en tirait beaucoup de vanité et prenait l'air inspiré de celui qui en sait plus qu'il ne peut en dire pour énoncer les plus creux des propos.

— Je crois avoir compris, remarqua-t-il dans un moment où Annette passait dans ses parages, que le gouvernement n'en a plus que pour quelques jours.

Il ne se trompait que de quelques mois, M. Pinay présenterait sa démission l'avant-veille de Noël : le 23 décembre est précisément le jour de la Sainte-Victoire ; il y a des signes qui ne trompent pas. On écouta le beau parleur avec l'intérêt de rigueur et chacun de se lamenter : on l'aura deviné, à Angoulême, on admirait sans réserve « le seul président du Conseil vraiment respectable », selon un mot d'Arnault-Dupouicq, de cette République qui ne l'était guère. Lorsque Frédéric Wallon risqua une allusion ironique au petit chapeau qui faisait partie de la gloire, bientôt de la légende, d'Antoine Pinay, il écopa quelques regards indignés. Le cousin de Félix Gaillard prononça même à mi-voix « chenapan » qui était pour lui une insulte mortelle.

— Il faut dire, poursuivit ce M. Bernichon qui était confiseur de son état mais évitait d'y faire allusion, que ce grand flandrin de De Gaulle ne nous facilite pas la tâche, avec sa jactance et ses rodomontades.

Annette entendait pour la première fois les mots « rodomontade » et « flandrin », elle devina néanmoins que ce n'était pas flatteur. Le visage de M. Bernichon était aigu comme une lame de couteau, mais d'un couteau qu'on aurait tordu. Annette le dévisagea, il était laid, son ton plein de suffisance, il lui déplut soudain. Les propos de Jarnigou sur certain grand dépendeur d'andouilles lui revinrent à la mémoire ; elle avait bu deux doigts de pineau après sa tasse de thé, son sang ne fit qu'un tour.

— Je ne suis pas certaine d'avoir compris, lança-t-elle dans ce moment de respectueux silence qui suit toujours les professions de foi, est-ce du général de Gaulle dont vous parlez de cette façon ?

Un éclat de rire lui répondit : lorsqu'il s'amusait, M. Bernichon poussait de petits hoquets et son nez semblait se balancer tout seul. Il prenait parfois l'accent charentais pour faire rire la société :

— De qui voulez-vous que je parle, sinon de ce grand dépendeur d'andouilles ? Ça vous dérange ?

C'était trop beau. Annette se souvint de l'époux de sa grand-mère sous l'escalier : M. Bernichon devait en faire autant avec ses vendeuses de berlingots. Elle se drapa dans une dignité pas vraiment offensée. Dès le lendemain, le mot lancé par elle fit le tour de la ville ; à juste titre : Annette n'était qu'une enfant, elle fut sublime.

— Ça me dérange, oui, monsieur : je suis gaulliste, moi ; pas confiseur !

C'était venu comme cela, sans préméditation. La minute d'avant, elle eût aussi bien pu se dire socialiste ou communiste, mais c'était gaulliste qu'elle s'était proclamée. D'ailleurs c'était à cause d'une photographie du général de Gaulle qu'elle avait failli faire flamber le salon de coiffure de Saint-Cybard. Le visage du jacasseur vira au rouge sombre, bientôt à l'aubergine. Ses auditeurs ne purent dissimuler leur hilarité. Un monsieur jusqu'alors silencieux s'approcha d'Annette.

— Bien dit, mademoiselle. Trop de Français oublient trop vite : vous êtes jeune et vous avez de la mémoire.

Les souvenirs d'Annette commençaient à Jeanne, traînée sur les remparts : à l'époque, tous se disaient gaullistes pour l'accabler d'insultes ; ils avaient aujourd'hui le même rire obscène en raillant ce de Gaulle, leur héros d'alors. Les gaullistes augoumoisins avaient fondu comme neige au soleil : s'il n'en restait qu'un, elle serait celui-là ; ce serait aussi sa revanche. L'homme poursuivit :

— Je m'appelle Lucien Vannier, j'étais à Londres...

Il vivait à l'écart, dans une maison blanche de la rampe de la Corderie. Parce qu'à vingt ans Marie-Thérèse Arnault-Dupouicq avait failli l'aimer, elle le recevait encore. Le confiseur s'éloigna ; les autres invités hésitèrent, ce Vannier ne leur plaisait guère. Annette demeurait muette : Arnault-Dupouicq l'applaudit le premier ; les autres l'imitèrent. Quelqu'un baptisa propos de confiseur les déclarations solennelles du cousin de M. Gaillard ; repris par l'hôte, le mot fit le tour du salon ; il venait de Frédéric qui s'en laissa dépouiller, il mettait ailleurs son orgueil. Vannier serra la main d'Annette ; il lui fit promettre de passer le voir.

— Nous avons beaucoup à nous dire.

Elle acquiesça. Profitant d'un moment où elle était seule, Frédéric l'entraîna vers l'embrasure d'une fenêtre.

— Gaulliste, maintenant ; c'est du nouveau ! Ça t'est venu comment, cette belle idée ? Par hasard ?

Dans le miroir placé à l'extérieur de la fenêtre, s'inscrivait l'image d'un homme qui marchait vite, un chapeau sur la tête. Il s'arrêta devant la porte.

— Par hasard ? répondit Annette, non : par nécessité. Ce monsieur était trop laid.

Frédéric Wallon sourit : il aimait Annette pour ces réponses-là.

— Et tu vas rester longtemps gaulliste ? demandait-il encore.

Elle prit un air grave.

— Sûrement ; et puis, il faut bien croire en quelque chose...

Ce n'était pas une pirouette : Annette avait des doutes, il lui manquait des certitudes : sa mère allumait bien des cierges dans les églises. En s'affirmant gaulliste, elle avait en outre réussi à surprendre et à plaire ; elle s'était fait un ennemi mais vingt messieurs, déjà, ne juraient que par elle et, le moment venu, ce Lucien Vannier lui serait peut-être de quelque secours. Frédéric poussa un petit sifflement admiratif ; elle le rassura :

— Il ne faut quand même pas me prendre trop au sérieux : je fais ce que je peux.

Cette fois, c'était bien une pirouette, Frédéric éclata de rire. La porte du salon s'ouvrit, l'homme au chapeau qu'elle avait vu dans le miroir entra : c'était le commissaire Lestrange, on le recevait beaucoup. Annette trouva décidément qu'il était beau et lui tourna le dos : on verrait plus tard.

Un domestique repassa du porto, qu'elle refusa. La pendule Louis XVI sur la cheminée sonnait six coups : ce thé de dames était un succès.

Le fils de la maison parut enfin ; Patrick s'était vite consolé de son échec avec Annette ; à la voir rayonnante au milieu du salon de sa mère, il fut soudain inconsolable. Il était accompagné d'un grand dadais, fils de médecin qui portait chevalière car il avait une grand-mère née Adèle de Trailles — bien qu'il ne s'appelât lui-même que Paquet. Paquet fit des ronds de jambe à Annette qui flirta presque avec lui : il fallait aviver la jalousie des papas. La jeune fille sut ne pas aller trop loin ; elle sourit à Paquet père et revint vers M. Arnault-Dupouicq. Mme Paquet remarqua de loin qu'elle collectionnait les chevaliers servants. « Il ne faut pas exagérer, protesta aigrement Marie-Thérèse Dupouicq : elle n'en a que quatre, mon fils, le tien, mon mari et le tien. » On crut à un nouveau mot, on rit un peu par politesse ; la belle Marie-

Thérèse n'avait pas voulu être drôle, elle était seulement jalouse. À l'écart, Frédéric fumait un petit cigare qu'on appelait un voltigeur. Il s'amusait beaucoup ; Annette aussi. Elle quitta la maison la dernière. Frédéric avait été invité à deux chasses, un dîner, des bridges : « Bien entendu, vous amènerez votre amie », avait glissé à son oreille chacun de ces messieurs. En deux heures, l'élève de Frédéric Wallon avait conquis Angoulême, c'est-à-dire qu'elle s'était fait remarquer des dix messieurs qui comptaient dans la ville, et haïr des vingt femmes qu'on y aimait le moins.

— Et maintenant ? demanda-t-elle à Frédéric qui la reconduisait à Saint-Cybard.

— Mais ma belle, on continue ! lança Frédéric en allumant un nouveau voltigeur.

La nuit tombait ; rue de Bordeaux, des autos passaient vite ; après le rempart du Midi, c'était toute la tristesse des faubourgs.

— On continue comment ?

Frédéric souffla la fumée de son cigare. Il fit, tout en marchant, des ronds superbes.

— Comme tu ne peux marcher sur les traces de ton cher Rubempré et coucher avec la belle Marie-Thérèse, tu as le choix : Dupouicq père ou fils ?

Annette fit une grimace.

— Ils sont trop bêtes !

— Te demande-t-on de coucher avec eux ? Joue un rôle, comme moi. Joue à la femme entretenue, à la midinette, ce que tu veux : c'est la première étape. Ensuite, on verra.

Le mot « midinette » plut à Annette. Elle l'avait lu dans un livre.

— Midinette : pourquoi pas ?

***

Les choses allèrent très vite. Frédéric avait parlé d'étapes : il y en eut trois dans l'ascension d'Annette à Angoulême.

Paquet-le-fils lui donna rendez-vous chez Tiphaine. Il s'appelait Jules, elle n'aimait pas son nom : si, au moins, ç'avait été Julien ! Elle refusa. Elle accepta de revoir Patrick. Sous ses allures de coq du village, le pauvre garçon n'était pas insensible à Annette. Elle le comprit, but du thé à la bergamote en sa compagnie.

— Je me suis conduit avec toi en imbécile, dit-il d'entrée de jeu.

Annette acquiesça.

— Tu m'en veux ?

Elle ne lui en voulait pas.

— Alors ? Si nous recommencions à zéro ? suggéra le jeune homme.

Elle secoua la tête.

— Mais c'est trop tard, mon pauvre Patrick. Et puis, je n'ai pas seize ans : je suis une petite fille : tu ne vas tout de même pas me détourner du droit chemin !

— Une petite fille qui fait les yeux doux à mon père, oui ! s'exclama le garçon.

Il était jaloux. Cela réjouit Annette, elle protesta à nouveau.

— Que vas-tu chercher là ? Ton père est gentil avec moi, voilà tout. Je l'amuse, il invite Frédéric à la chasse, je l'accompagne.

Patrick était simplement un peu bête : il n'était pas sûr qu'Annette se moquât de lui. Il prit sa main, elle la lui laissa le temps qu'il en devinât la douceur.

— Si tu voulais, Annette...

Elle dégagea sa main. Elle pensait à Frédéric, à la scène du cinéma pendant *Autant en emporte le vent*.

— Plus tard, dit-elle.

À partir de ce jour, Patrick fut à sa dévotion. Quelques

semaines passèrent ainsi. Frédéric la faisait lire, le jeune Arnault-Dupouicq l'adorait, Arnault-le-père ajoutait les petits cadeaux nécessaires et les deux Paquet étaient du nombre des quelque vingt Angoumoisins de très belle fortune qui disaient du mal d'elle à leur femme en insistant pour qu'on la réinvitât.

Aux fils, elle faisait le coup des bas noirs, aux pères celui de la partie de chasse ; ce fut d'abord par hasard, bientôt par habitude : les bas noirs comme la chasse en forêt lui allaient au teint.

Déjà du temps de Mlle Cormont, elle avait deviné le pouvoir des mollets découverts au-dessus des bas ou des socquettes d'une très jeune fille alanguie sur un canapé. En tête à tête avec le jeune Arnault-Dupouicq, le fils Paquet ou tel autre de leurs amis, elle passa dès lors des après-midi qui firent éclore aux joues de ces jeunes gens des boutons de fièvre ; ce n'était que de l'acné ; il fallait en passer par là pour suivre les leçons de Frédéric.

La chambre du fils Dupouicq donnait sur le jardin. Annette aurait préféré la rue et le miroir qui permettait de voir dehors. Dans le jardin, il n'y avait qu'un gros chat et des géraniums : dès le premier après-midi, elle demanda à Patrick de tirer les rideaux.

— Ça fera plus intime, commenta le garçon, plein d'espoir.

Annette suggéra d'allumer une bougie.

— Ce sera plus romantique, corrigea-t-elle.

Patrick, d'abord, ne remarqua pas la nuance. Il voulut lui faire entendre de la musique et proposa Sidney Bechet. Elle écouta distraitement.

— On devrait danser, dit Patrick.

Après « Les Oignons », un classique du trompettiste noir, venait un blues : depuis un an ou deux, l'arrivée en France des microsillons permettait ces transitions subtiles. Annette refusa : elle voulait bien du tête-à-tête, pas du joue contre joue ; d'ailleurs, Patrick Arnault-Dupouicq espérait plus, c'était beaucoup trop.

— Viens, dit-elle.

Elle lui fit signe de s'asseoir sur une chaise basse, elle-même se laissa tomber sur le lit : elle avait un peu relevé ses jupes : juste ce qu'il fallait. Ses bas noirs étaient bon marché, elle les avait achetés à Noga : ils produisirent l'effet attendu. Elle sortit de son cartable un livre prêté par Frédéric et commença à lire ; Patrick retint son souffle. C'était un garçon simple : pour lui, la poésie était une matière enseignée au lycée, comme la physique ou les maths. Annette lui lut du Baudelaire, il ne comprit d'abord pas, fut distrait ; lorsqu'il finit par comprendre, il eut de drôles d'idées.

Annette n'y alla pas par quatre chemins. Elle commença par « Les femmes damnées » : « À la pâle clarté des lampes languissantes... » Sa voix était rauque ; la flamme de la bougie, les bas noirs et Patrick à ses pieds : le garçon découvrit la poésie. Il reviendrait bien vite au foot, à Sidney Bechet et aux « Oignons » mais, l'espace d'un après-midi d'hiver, il devina que Baudelaire s'épelait aussi désir. Sa gorge était nouée, il sentait gronder en lui une forme de bonheur qui ressemble à ce qu'on éprouve dans les églises, lorsque les orgues tonnent et que l'encens vous monte à la tête, avant la communion.

Sur le lit, le tronc nu sans scrupule s'étale
Dans le plus complet abandon
La secrète splendeur et la beauté fatale
Dont la nature lui fit don...

récitait la jeune fille qui savait d'instinct dire des vers, comme d'autres, devant un piano, trouvent aussitôt les notes. La flamme de la bougie trembla. Annette laissa la main du garçon prendre, sous son bas noir, sa cheville qui était fine : c'était un moment presque religieux, intime,

Patrick s'en rendit compte : il n'osa aller plus loin et il fit bien : Annette s'était dit qu'au-delà du mollet, elle aurait jeté son livre à terre et serait partie. Il demeura ainsi, la main engourdie, le pouce et l'index refermés sur la cheville frêle. Bientôt, il eut une crampe, elle lisait toujours ; il ne bougea pas. Il avait des fourmis dans le corps, sa jambe repliée sous lui était comme morte, mais jamais plus il n'éprouverait cette sorte de bonheur. Annette le devina ; elle eut pitié de lui ; elle se tut.

— C'est fini ? demanda-t-il.

Elle répondit « oui » avec douceur. Pour la première fois le désir sourd d'un garçon l'avait peut-être un peu troublée : elle ne pouvait pas se l'avouer. Elle resta encore un moment, croqua des gâteaux secs, puis rouvrit elle-même les rideaux. La nuit tombait sur le jardin. Après son départ, Patrick Arnault-Dupouicq fit ce que font les garçons de quinze ans lorsqu'ils se retrouvent seuls. Souvent, après, il avait honte : pas cette fois. Sans qu'elle s'en doutât, Annette lui avait donné quelque chose. Elle-même avait résolu d'oublier les trois secondes où la main du jeune homme avec les vers de Baudelaire avaient fait naître en elle une émotion qu'elle n'aimait pas. Elle retrouva Frédéric au Café de la Paix, lui raconta tout, sauf cela. Il tira une bouffée de son voltigeur.

— Bravo pour les bas noirs, lança-t-il, je vois que **tu peux** aussi improviser.

En compagnie du fils Paquet, les jumeaux du confiseur qui lui-même la haïssait, elle poursuivit avec succès l'expérience : elle aimait d'abord, puis n'aimait plus ; au bout du compte, elle avait quand même aimé. Elle était seulement gênée d'avoir un secret pour Frédéric qui, lui, ne lui cachait rien. Le temps d'une saison, les séances de poésie chez les fils des grandes familles angoumoisines devinrent plus recherchées que les matches de foot. Comme le tennis, cela ne se jouait qu'à deux : c'était un plaisir rare.

***

La chasse aussi lui allait bien, avait remarqué Frédéric. C'était pourtant une autre affaire : ce fut sa seconde étape dans la conquête de la ville. Ces messieurs fréquentaient en automne et au début de l'hiver les forêts de Nontron et de Brantôme. Ils y avaient des relais de chasse au milieu de clairières ou de grandes maisons en bordure des bois. On y partait en voiture à l'aube. Angoulême s'éveillait, ceux qui travaillaient tôt, même le samedi et le dimanche, n'étaient pas encore levés pour voir les grandes berlines bourrées de messieurs en canadienne, de dames en tailleur anglais, traverser les rues désertes dans une demi-brume. En route, après Ruffec ou Confolens, on sortait les flasques de cognac ou les bouteilles Thermos pleines de café brûlant qu'on savait arroser : on buvait tôt pour se garder du froid. À l'arrivée, dans les maisons où le feu brûlait depuis l'avant-veille dans les grandes cheminées de pierre, il y avait un Jean ou un Marcel pour ouvrir les portières, une Marthe ou une Camille pour servir un second petit déjeuner à ces messieurs-dames de la ville qui les appelaient par leur petit nom. On versait le café tout droit de la cafetière dans les bols de grosse faïence. Puis on resserrait les lacets des bottes, les chiens jappaient, excités, et le jour se levait tout à fait ; la buée s'échappait des bouches quand on lançait les derniers ordres. Deux ou trois jeunes gens des environs dont les pères avaient déjà rabattu pour les gens de la ville partaient devant, vêtus de vestes de velours ; les brindilles craquaient sous les pas, les feuilles mortes faisaient un tapis élastique, spongieux, plein d'odeurs et Annette, qui accompagnait Frédéric, humait l'air de la forêt, l'odeur de la terre. Elle n'avait connu que la ville et son faubourg gris, le salon de coiffure tiédasse et de brèves escapades au bois de Saint-Martin ; elle découvrait une palette de couleurs et d'odeurs qui la ravissaient. Dans les salons du rempart du Midi, elle se forçait parfois pour paraître à l'aise ; dans la chambre d'un Patrick, elle savait qu'elle se donnait la comédie ; dans les bois, en bordure d'une forêt, d'un sillon fraîchement ouvert, ses joues devenaient rouges au froid piquant comme — c'était le mot d'un avoué qui le répétait avec trop d'insistance — des pommes d'api.

On lui prêtait des bottes ; bientôt l'un de ses hôtes lui en offrit une paire, superbes, qui sentaient le cuir fauve et brillaient sous le coup de brosse de Camille ou de Marcel. Elle portait une veste de grosse toile verte, un peu cintrée, dégottée Dieu sait où par Frédéric ; son grand béret plat sur le crâne la faisait ressembler à ce qu'elle était : une collégienne en rupture de collège. Elle attendait le lever du soleil, cette boule rose, orangée, rouge, qui semblait un dessin japonais dans un ciel d'opale gris et lumineux. Les brumes vous ont, en Charente, d'étranges transparences et Frédéric, qui s'ennuyait à ces parties de chasse, marchait à ses côtés en l'admirant. Lorsqu'elle avait trop froid, il était ému du blanc qui gagnait ses joues, épargnant les pommettes ; il aimait cette pâleur qui s'étendait avec la matinée qui s'étirait. Dans l'air glacé, ses lèvres devenaient bleues ; il tirait à son tour une flasque de cognac et recommandait : « Pas plus d'une gorgée, tu m'as promis ! » Elle portait le goulot à ses lèvres, il aurait voulu être ce goulot, cette bouteille d'acier glacé. Elle lui souriait, la tête renversée en arrière, puis s'essuyait la bouche du revers de la main. Elle disait : « C'est bon, ça vous illumine les boyaux. » Un jour, dans un film, elle avait entendu Pierre Brasseur qui disait : « C'est le bon Dieu qui vous descend à l'intérieur en culotte de velours rouge » : elle le répéta, les autres chasseurs ne comprenaient pas ; Frédéric Wallon, qui se sentait parfois trop loin d'elle, retrouvait le sourire. Elle lui faisait un clin d'œil en lui rendant la bouteille.

— C'est le bon Dieu qui...
Quand Annette tirait, une drôle d'expression traversait

son visage. Frédéric savait qu'elle pouvait être cruelle ; lui-même n'aimait pas la chasse, il tirait en l'air ; ces messieurs lui reprochaient d'effrayer les animaux. Les dames s'accrochaient à son bras. « Que vous êtes maladroit, mon pauvre Frédéric ! » Il leur disait le faire exprès mais elles croyaient à une autre provocation. Quelquefois, il regardait le sourire d'Annette lorsqu'elle appuyait sur la détente : il n'aimait pas ce sourire-là. C'était la seule chose qu'il n'aimait pas en elle.

Un jour, un chien rapporta aux pieds d'Annette un lapin dont la tête entière avait été emportée par le plomb ; il n'en restait qu'une boule horrible, sale, qui ne parut cependant pas la déranger. Le chien avait déposé la chose à ses pieds. Elle fit signe à Marcel, qui la suivait, de la ramasser. Frédéric avait frémi ; il eut presque envie de vomir. Un peu plus tard, il attira Annette contre lui et lui parla à l'oreille :

— Regarde.

Il lui montrait un chasseur, quelques pas en avant, qui épaulait ; son visage se crispait, une grimace le traversait ; il n'était déjà pas beau : il était soudain repoussant, dangereux. L'homme tira, fit mouche, un sourire de béatitude bêtasse éclaira sa face de pleine lune.

— Tu vois, fit remarquer Frédéric : pour un peu, tu lui ressemblerais.

Annette haussa les épaules. Elle n'aimait pas être surprise en flagrant délit d'émotion ; Frédéric lui avait révélé le plaisir qu'elle ressentait à tuer un malheureux lapin, elle était mécontente. Le samedi suivant, elle éprouva moins de plaisir à la chasse ; elle en fut heureuse ; elle se dit qu'elle réussissait à dominer ses sentiments. D'ailleurs, la beauté de cette boule de soleil à travers les branches mortes, l'odeur de la terre, des halliers, la touchaient, c'était cela qui comptait.

Un matin, elle rencontra les frères Le Cleguen, qu'elle n'avait pas revus depuis son départ de chez Mme Viazevski. En dépit de leur fortune considérable, on ne les recevait pas volontiers ; il n'était jusqu'à leurs amitiés politiques qui ne fussent suspectes aux grands bourgeois de la ville. On se moquait du château qu'ils construisaient sur le bord de la Charente, mais on ne pouvait pas, à de trop longs intervalles, ne pas les inviter. Maurice fit un sourire amical à Annette, comme s'ils s'étaient quittés la veille ; son frère remarqua qu'elle devrait leur rendre visite. Ils donneraient bientôt une fête à La Bergerie, affirmèrent-ils sans ironie, pour remercier tous leurs amis qui les recevaient si généreusement. Derrière eux, leur chauffeur Mehmet tenait leurs fusils ; Annette le trouva toujours aussi beau. Le commissaire Lestrange, qui était de cette chasse, paraissait suivre de loin leur conversation.

Un peu plus tard, le père de Patrick la rejoignit au milieu d'un champ de bruyère. Il avait plu, la terre lui collait aux bottes.

— Je ne savais pas que vous connaissiez les Le Cleguen, remarqua-t-il.

Annette expliqua qu'elle les avait rencontrés dans une vie antérieure. M. Arnault-Dupouicq ne fut pas sûr de la comprendre mais il éclata de rire. Vers les quinze heures, on se retrouva dans la grande salle à manger des Terres brûlées, la propriété des Paquet en bordure de la forêt de Brigueuil. On servit du vin chaud, puis de grandes platées de gibier arrosé d'un château-margaux à se mettre à genoux. Les compliments portèrent Paquet-le-père au comble du bonheur. Les frères Le Cleguen buvaient de l'eau minérale ; on les regardait d'un sale œil. Mehmet refusa lui aussi le verre qu'on voulut bien lui tendre à la cuisine, où il dînait avec les gardes-chasse et les garçons du village. On se moqua de lui, on le traita de bougnoule, il répondit par un sourire. La veille, à Sfax, un attentat avait fait trois morts dans la communauté européenne ; bien sûr, Mehmet n'y était pour rien ; il n'en restait pas moins tunisien. Lorsque Marc et Maurice quittèrent la fête, conduits par un chauffeur coiffé d'une vraie casquette de chauffeur, peut-être un peu ridicule au milieu de cette campagne charentaise, Paquet, Arnault-Dupouicq, les autres, firent des réflexions qu'ils croyaient mordantes. Avant de claquer la portière sur lui, Mehmet avait adressé à Annette un sourire complice.

Dans la Buick toute neuve et blanche qui les ramenait vers Angoulême, une conversation politique s'éleva entre le père de Patrick et un certain Barzac, procureur auprès de la cour d'appel d'Angoulême. On parla du procès des Alsaciens enrôlés malgré eux dans l'armée allemande qui avaient participé au martyre d'Oradour. Leur procès venait de s'ouvrir. Dupouicq affirma que tout cela était désormais bien loin ; le procureur assurait qu'il fallait être d'une sévérité exemplaire.

— Ils savaient ce qu'ils faisaient, affirma-t-il. Ils auraient pu refuser, désobéir, que sais-je ?

C'était un homme, jeune encore, opéré d'un bec-de-lièvre. Il portait une moustache d'honnête homme, ne fumait pas, buvait peu ; il n'était pas marié, on ne lui connaissait aucune liaison. À plusieurs reprises, il avait manifesté son étonnement devant les démonstrations que ces messieurs faisaient à une jeune fille de l'âge d'Annette.

— C'était quand, Oradour ? demanda Annette.

Xavier Barzac était assis près de Dupouicq, qui conduisait d'une main, un cigare aux lèvres ; sans se retourner, le procureur donna la date exacte du massacre.

— Le 10 juin 1944, répéta Annette après lui, l'air pensif.

Puis elle ajouta :

— Que faisiez-vous, le 10 juin 1944 ?

Toujours sans se retourner, le procureur répondit qu'il était substitut auprès de la cour d'appel de Rennes. Dupouicq partit d'un gros rire.

— Vous avez demandé la tête de combien de résistants, ce jour-là ?

Barzac lui répondit d'une voix blanche :

— Ce n'était pas mon métier, monsieur.

Quatre-vingt-deux jours après Oradour, on allait raser les cheveux de Jeanne sur le seuil de sa porte. Annette voulait savoir :
— Votre métier, c'était quoi ?
Le procureur se retourna enfin.
— Si vous le permettez, mademoiselle, il y a des conversations qu'on ne poursuit pas avec des petites filles.
Annette prit son air de vraie petite fille pour lui répondre trop poliment :
— Pardon, monsieur. Je vous prie de croire que je ne le ferai plus.
Frédéric, assis à côté d'elle, lui donna un coup de coude qu'elle lui rendit. Il fallut un moment au procureur pour retrouver sa sérénité. La voiture approchait des faubourgs lorsque le père de Patrick répéta :
— Tout cela est si loin ; tant de temps est passé...
Xavier Barzac, cette fois, ne répondit pas ; comme il lui fallait tout de même se donner une contenance, il fit une réflexion à propos des frères Le Cleguen : sur le ton de la confidence, il annonça que les Renseignements généraux avaient ouvert une enquête à leur propos. Il disait : les RG.
— Bien entendu, rien ne doit sortir d'ici, ajouta-t-il.
La Buick venait de s'arrêter rempart du Midi où un souper était prévu ; Marie-Thérèse Arnault-Dupouicq les accueillit, sans un sourire. Ç'avait été, ce jour-là, une chasse d'hommes, seule Annette avait été admise ; toutes les dames, en revanche, assistaient au souper.
Le lendemain soir, Frédéric interpella rudement Annette.
— Et maintenant ? demanda-t-il.
C'était au Café de la Paix ; elle buvait du lait-grenadine, il avait commandé un pernod-fraise, et venait d'achever un second voltigeur ; il paraissait nerveux.
Elle leva vers lui un regard étonné.
— Maintenant ? Mais tu l'as dit toi-même : on continue !
Il secoua la tête.

— On continue quoi ? À montrer ses jambes aux fils et à chasser le faisan avec les papas ? Pour quoi faire ? Se dire que tous ces jeunes et vieux messieurs vont venir manger dans ta main ? Belle victoire, en vérité !

Pour la première fois face à Frédéric, Annette se sentait décontenancée ; il enchaîna aussitôt :

— Tu veux être Rastignac en louchant du côté de Rubempré ; tu veux dépasser les autres sans surtout les égaler ; tu veux vivre et tu te gorges de littérature ; tu veux tout lire et écrire tout à la fois : en un mot tu veux réussir, n'est-ce pas ? encore que je n'aime guère le mot, qui fait industriel ou politicien.

Annette le regarda : quand il s'animait il devenait d'une laideur émouvante.

— Je n'ai que seize ans, c'est-à-dire beaucoup de temps devant moi, remarqua-t-elle.

Il balaya son objection d'un haussement d'épaules.

— Détrompe-toi, Annette, à vingt ans, à vingt et un ans au plus tard, tout est à peu près fini.

— Et après ?

— Après ? Mais ça dure, simplement.

Le serveur au grand tablier blanc qui s'occupait d'eux ce soir-là s'appelait Armand. Il portait une cinquantaine avachie mais connaissait tous les secrets de la ville haute et les misères des quartiers d'en bas. On le prenait volontiers à témoin ; il donnait son avis d'un air humble, n'en pensait pas moins. Frédéric l'interpella :

— Armand, à quel âge êtes-vous entré dans cette baraque ?

Armand essuya sur son tablier ses mains qu'il avait toujours moites.

— À dix-sept ans, pour laver les verres.

— Quel métier auriez-vous voulu faire ?

— Moi ?

Le serveur s'esclaffait.

— Moi ? J'aurais voulu être domestique de grande maison.

— Pourquoi ?

Cette fois, Armand eut un sourire complice.

— Pour savoir. Savoir : c'est la seule chose que j'aurais aimée dans la vie ; je n'étais pas doué pour être professeur, j'aurais pu être domestique : pour écouter aux portes. Ici, vous le savez bien, monsieur Frédéric, on n'entend que des bribes, des mots, il faut se donner du mal pour tout rassembler ; on se fatigue vite. Tandis que, dans une grande maison, ce qu'on a raté à midi, on le retrouve au dîner du soir. On sait tout des gens. Au café, quand bien même les collègues me renseignent sur les autres, je ne suis pas un spécialiste : je survole ; rempart du Midi ou rue d'Iéna, j'aurais approfondi : j'aurais su.

— Vous n'avez jamais eu envie de changer ?

Armand eut le même sourire ironique.

— À mon âge ?

— Et avant, plus tôt ?

— Plus tôt ? À dix-neuf ans, j'ai quitté l'arrière-comptoir, je suis passé en salle : c'était déjà trop tard !

On l'appelait à une table ; il s'essuya à nouveau les mains, s'éloigna.

— Tu vois, commenta Frédéric, dix-neuf, vingt ans : après, c'est toujours trop tard ; qu'on veuille être celui qui écoute aux portes ou celui qu'écoute valet ou maître, il faut jouer son va-tout tant qu'on a toutes ses dents.

Annette n'avait pas encore tout compris. À une table voisine, une femme à l'opulente chevelure rousse buvait elle aussi son pernod-fraise. Frédéric lui adressa un petit salut : Annette ne s'y arrêta pas.

— Un beau discours pour en arriver où ? demanda-t-elle.

— Pour te dire, ma belle, que tu traînes en route ; il faut faire vite ou tu ne seras qu'une cocotte ; il faut viser beaucoup plus haut que les parties de jambes en l'air et les perdreaux du week-end, même si tu sais encore résister. Je veux que tu ailles très loin, ne fût-ce que pour les emmerder tous. Et pour ça tu dois avoir tous les atouts dans ta main.

Elle eut un rire forcé.

— Est-ce que j'en aurais oublié un ?

Il la regarda gravement.

— Tu en as oublié vingt, trente ; tu en as oublié cent : ces dames, mon ange, les épouses, les mamans tu ne t'en es pas occupée ! Ce sont elles qui vont te perdre si tu ne veilles pas au grain : il faut te mettre au plus vite dans les bonnes grâces de ces dames.

— Tu veux que je séduise la maman Dupouicq ?

Frédéric fronça les sourcils.

— Avec elle, ce sera plus difficile. Exerce d'abord ton talent sur les autres. Ces dames adorent le bridge et les petits gâteaux. Tu aimes déjà les puits-d'amour de chez Tiphaine, tâte un peu du sans-atout dans l'après-midi : tu y feras merveille.

Sous ses cheveux roux et derrière sa belle poitrine, la dame de la table voisine n'avait pas vingt ans. Elle fit à son tour un signe à Frédéric, il dut bien l'inviter à les rejoindre.

— Tu ne connais pas Georgette ? dit-il, comme la jeune femme s'asseyait à côté d'elle. Elle aussi a su choisir à temps !

Georgette appliqua d'office un gros baiser sonore sur la joue d'Annette dans des effluves d'un parfum d'alors, un Guerlain oublié.

— Qu'a choisi Georgette ? demanda Annette.

Frédéric vida son verre et se tourna vers la nouvelle venue.

— Dis-le-lui toi-même : que fais-tu dans la vie, ma belle ?

La jeune femme eut un sourire archangélique.

— Je suis putain, et je ne me plains pas.

— Tu t'es décidée quand ?
— À quinze ans : mes parents voulaient me faire coiffeuse !

Annette eut froid dans le dos. La réplique de Frédéric fusa comme un éclat de rire.

— Qu'est-ce que je te disais ? Georgette a parfaitement réussi. Tous ces messieurs que tu excites jusqu'à dix heures dans leurs salons viennent ensuite chez elle passer leur trop-plein d'émotions ; mais elle et toi vous faites le même métier : ce n'est en somme qu'une question d'horaire, sinon de calendrier. Pourtant Georgette n'a jamais voulu s'occuper de ces dames : elle a réussi, elle n'est que pute. Pour toi, rien n'est perdu.

Le sourire de Georgette était éclatant, mais il n'était pas gai. Le pauvre M. Valois lui devait son exil : Me Germain la payait grassement. Annette eut encore un frisson.

— Je vais me mettre au bridge, promit-elle.

Elle décida aussi de revoir Georgette, qui savait tant de choses. Les cartes et la putain lui enseignèrent ce qui lui manquait pour séduire les dames : elle y parvint aisément. C'était la dernière étape.

VI

Staline mourut le 5 mars 1953 : ce jour-là, Annette réussit pour la première fois un grand schlem à cœur : on fêta ce double événement.

M. Paquet, le père de Jules, avait ouvert deux bouteilles de champagne. Dehors, un reste de givre s'accrochait aux branches des arbres ; au loin, la statue du président Carnot se dressait comme un grand fantôme blanc dans la brume qui s'accrochait aux remparts.

— N'en faites-vous pas quand même un peu trop ? protesta timidement Eugénie Paquet, qui passait pour une grande malade et faisait des cures à Luchon.

Elle portait une robe de laine grise ; son mari lui reprochait de s'habiller comme une boutiquière.

— Je croyais que cette petite vous amusait ? À moins, bien sûr, qu'elle représente le péril rouge : elle vient de Saint-Cybard, après tout !

La fortune des Paquet venait du côté d'Eugénie : le père de Jules ne l'avait jamais pardonné à sa femme. Lorsque, en Corée, la situation avait paru critique, les parents d'Eugénie, née de Trailles, avaient décidé de se mettre à l'abri du danger communiste en gagnant l'Amérique : « Voyez ce qui s'est passé à Prague, à Varsovie, à Budapest : ils n'ont pas eu le temps de s'en aller, eux ! » Ç'avait été une mode, chez les grands bourgeois du début des années cinquante, que ce tourisme américain. Paquet avait été plus lucide ; il avait gardé son cabinet et sa maison sur les remparts. Il avait une maîtresse qui vendait des gants dans un magasin de la rue des Postes ; l'odeur de la boutique, le chevreau, le veau glacé, le pécari, l'émouvait : son Henriette portait des jupes étroites, de grands corsages en forme de tulipe et ne s'habillait certes pas comme une boutiquière : elle aussi rêvait d'Amérique, mais c'était d'Hollywood.

Le champagne pétillait ; un feu flambait dans la cheminée, on se pressait autour de la table de bridge où Annette avait réussi son exploit. Paquet se retourna vers sa femme.

— J'en fais trop ? répéta-t-il. Je croyais que cette petite vous amusait.

Son épouse haussa les épaules, puis elle eut un sourire attendri.

— Qui vous parle d'Annette ? Je trouve que vous fêtez un peu trop vite la mort d'un vilain monsieur qui sera sûrement remplacé par un autre qui lui ressemblera.

Il y eut chez leurs hôtes un murmure d'approbation ; on leva donc un verre au schlem d'Annette : nous dirons, à sa décharge, qu'elle avait tout de suite adoré le bridge. Lorsqu'elle avait manifesté le désir d'en pénétrer les arcanes, on l'avait interrogée : « C'est un jeu de vieilles dames : es-tu vraiment sûre ? » Elle avait secoué la tête, l'air pénétré mais était inquiète au fond de s'ennuyer.

Patrick lui avait montré les premiers rudiments ; très vite, il n'avait pu suivre les progrès de son élève ; sa mère ayant décliné l'offre de prendre la relève — Mme Arnault-Dupouicq demeurait réfractaire aux avances d'Annette qui avait beaucoup à se faire pardonner —, Mme Paquet, née de Trailles, avait accepté de la faire entrer plus avant dans les mystères du bridge-contrat qui commençait à remplacer jusque dans les provinces la rustique simplicité du bridge dit « plafond » qui n'était qu'un whist amélioré. Annette se piqua au jeu ; elle s'émerveillait qu'au fil de simples annonces codées on pût tant en faire savoir à un partenaire inconnu. Elle avait l'impression d'apprendre une langue étrangère; l'anglais, l'allemand permettent de se débrouiller en voyage, le bridge ne servait à rien : c'était peut-être pour cela qu'elle l'aimait. Et puis, le grec et le latin ne vous servent pas à grand-chose, on vous fait quand même réciter les déclinaisons ; un carreau sur un trèfle, un sans-atout pour répondre qu'on n'a rien du tout, ça vaut bien rosa-la-rose et c'est plus excitant : on peut perdre ; ou gagner. Annette gagna vite. En quelques semaines, elle devint aussi habile qu'une quinquagénaire rompue à tous les sans-atout d'hiver à Saint-Moritz, d'été à Monte-Carlo : Angoulême n'était qu'au cœur de la Charente, y réussir un schlem contré, surcontré, vulnérable, fut une apothéose. Après les époux et les fils, les dames avaient succombé à leur tour à son insolence. On ajoutera, pour être fidèle à la réalité, que ce succès obtenu, la jeune fille se désintéressa presque aussitôt des cartes et n'y toucha plus. En ce jour de mars 1953, cependant, on but sur les remparts à celle qu'on voyait déjà l'émule d'un Albarran ou d'un Roger Trézel, maîtres à penser de tout ce petit monde.

Puis chacun y alla de son couplet sur l'autre événement de la journée.

— Moi, je vous dis, assura Arnault-Dupouicq, que Beria, Malenkov et les autres, c'est blanc bonnet et bonnet blanc. Le gouvernement serait bien inspiré de ne pas croire trop vite au dégel et de surveiller les Stil, les Frachon et autres Duclos qui n'attendent que l'occasion pour nous faire le coup de Prague.

René Mayer, radical de son état, était aux affaires. Henri Queuille — on disait « le petit père Queuille », il rassurait par sa béance — jouait à ses côtés le rôle parfaitement inutile de vice-président du Conseil, et Georges Bidault menait notre politique étrangère ; c'était un ministère passe-partout attentif aux vœux de tous les Français : il n'attendit pas trois semaines pour arrêter quelques communistes pour atteinte à la sûreté extérieure de l'État.

Le père de Jules Paquet s'approcha de la cheminée. Annette était assise aux pieds de sa femme et trempait les lèvres dans les bulles d'un excellent dom pérignon.

— Et vous, chère Annette, on dirait que la mort de ce tyran vous laisse de marbre ?

Annette se releva et but encore trois bulles de champagne ; jamais bulles ne rendirent l'esprit plus clair à personne qu'à notre héroïne cet après-midi-là. Elle se vit comme au théâtre, entourée de comparses : sur la scène du petit monde d'Angoulême, elle jouait l'un des premiers rôles et, dans l'emploi d'ingénue, elle était parfaite. Elle pensa : « Jusqu'où puis-je aller trop loin ? » elle s'adressa un clin d'œil dans la glace au-dessus de la cheminée et la réponse fut immédiate : « Avec ces gens, je peux tout faire », se dit-elle. D'ailleurs le père Paquet l'encourageait.

— Alors, ce Staline...

Elle adressa encore un sourire dans la glace à la jeune fille qui buvait du champagne en se moquant du monde : de Staline, elle ne connaissait, au fond, que son portrait par Picasso : un bon garçon, jeune, aux moustaches fournies. Même le parti communiste s'était montré choqué par ce portrait : représente-t-on aussi simplement un demi-dieu de notre temps ? Annette lui avait trouvé l'air bonasse, trop innocent. On attendait d'elle qu'elle fût ironique, elle persifla :

— Je sais encore bien peu de choses, et puis, je ne lis pas les journaux. Mais j'ai cru comprendre qu'outre M. Queuille, deux hommes avaient gagné la guerre : ce pauvre M. Staline et le général de Gaulle. Vous savez que je suis gaulliste, je ne vais pas me réjouir à la mort d'un ami du Général sans être tout à fait sûre que c'était un de ses ennemis.

La jeune fille avait de l'histoire récente du monde une

vision approximative, elle en rajoutait cependant dans la dérision ; son mot fit rire ; le père de Jules, quelques messieurs se rapprochèrent, des dames aussi, on fit cercle autour d'elle ; seuls le confiseur et la belle Marie-Thérèse demeurèrent à l'écart.

— Cette petite est une teigne, murmura Bernichon à l'oreille de Mme Arnault-Dupouicq ; elle peut dire n'importe quoi, elle remporte toujours son petit succès : vous ne croyez pas, chère amie, que le moment serait venu de mettre un terme à cette ridicule comédie ?

Marie-Thérèse Arnault-Dupouicq le regarda sans répondre. Elle partageait son sentiment. Lestrange se tenait debout, un verre à la main, à quelques pas des ennemis d'Annette. Le confiseur lui jeta un regard oblique : il ne l'aimait guère, le salut pourrait pourtant venir de là. Dans le brouhaha qui suivit une nouvelle repartie d'Annette, il alla vers lui.

— Il m'est revenu, par mon cousin Félix, qu'il court de curieux bruits au Palais-Bourbon sur les frères Le Cleguen.

Le fonctionnaire, une cigarette aux lèvres, ne répondit pas. Servilement, M. Bernichon arrêta le maître d'hôtel qui passait, remplit lui-même le verre de Lestrange.

— On dit aussi que ces deux zouaves — pour ne pas dire métèques : ils ont un nom trop français — sont liés à la petite Annette. On peut se demander ce que ces gens-là fricotent...

Le commissaire vida à nouveau son verre, le rendit à Bernichon comme il l'aurait fait à un maître d'hôtel et tourna les talons.

— Ne me dites pas, remarqua le confiseur à l'endroit de la belle Marie-Thérèse, que cette gamine l'a embobiné lui aussi !

Marie-Thérèse Arnault-Dupouicq s'était déjà éloignée. Sans vouloir en donner l'air, elle se rapprocha de la cheminée : Annette la vit venir à travers la foule de ses admirateurs ; elle lui adressa un sourire désarmant.

***

Une question commença à agiter Angoulême :

— Croyez-vous qu'elle soit vierge ? interrogea un soir un avoué pour qui elle avait eu quelques regards.

— J'en mettrais ma main au feu ! répondit le père de Patrick.

— Et le fils du pharmacien ? interrogea Paquet-le-père qui invitait Frédéric à chasser le faisan mais le haïssait.

Une voix s'éleva, celle du libraire Corbin, l'ancien pion du lycée. Frédéric Wallon se procurait chez lui les livres qu'il donnait à Annette : on disait qu'un héritage lui avait permis d'acheter sa librairie ; il était, assurait-on aussi, beaucoup plus élevé dans la hiérarchie maçonnique que son métier ne le laissait soupçonner. À ce titre, on le traitait avec égards ; il parlait peu, on ne l'écouta que mieux.

— Monsieur, dit Corbin, le fils Wallon et la petite Laramis ont conclu je ne sais quel pacte, mais je peux vous assurer qu'il ne se passera jamais rien entre eux.

On voulait en savoir davantage ; Corbin n'ajouta rien ; chacun se promit en son for intérieur que la vertu d'Annette ne serait vite qu'un souvenir amusant. La gravité du ton du libraire les avait tous émoustillés. La scène se déroulait chez le Dr Vadieu qui collectionnait des livres sous emballage qu'il recevait par abonnement ; Corbin le méprisait pour cela ; il méprisait d'ailleurs aussi les autres parce qu'il était bossu, mais il fumait leurs cigares et buvait leur cognac qui était excellent. Il se dit que l'aventure d'Annette et de Frédéric était plaisante et regretta de ne pas avoir entrepris à la place de ce dernier l'éducation de la jeune fille. Lors de la visite que Frédéric lui rendit le lendemain pour acheter un nouveau Stendhal, il lui répéta fidèlement la conversation de la veille, sans oublier les propos qu'il avait lui-même tenus. C'était proposer une alliance. Frédéric le comprit et l'accepta.

— Pourquoi faites-vous cela ? interrogea-t-il.

— Disons d'abord que je m'amuse ; ensuite, votre Annette me paraît une jeune fille hors du commun : nous ne serons pas trop de deux à la guider dans la vie.

— Un jour, elle nous échappera, remarqua Frédéric.

Il avait dit « nous », il était triste.

— Rassurez-vous, Frédéric, elle s'en ira peut-être, car elle ne peut passer sa vie entre Saint-Cybard et les maisons de ces dames qui la détestent ; mais elle ne vous oubliera pas. Sous ses airs glacés, je la devine capable des plus sincères amitiés.

Il ajouta encore :

— Comme des plus grandes folies.

*
**

Annette se rendait compte chaque jour devantage que le monde ressemblait bien à ce que Frédéric lui en avait dit. Les imbéciles succédaient aux salauds déguisés en imbéciles : avant de rencontrer un salaud superbe — ce serait une expérience qu'elle attendait avec curiosité —, elle savait se jouer des uns et déjouer les autres. Seule la passion lui faisait toujours défaut ; elle se disait qu'à force de lire Stendhal ou Balzac, elle écrirait bien un jour, à son tour. Elle se lia enfin d'amitié à Corbin qui lui demanda de le laisser ignorer aux autres. Très vite, il avait pu vérifier la bonne opinion qu'il avait d'elle, aussi abondait-il dans le sens de Frédéric. Plus âgé, il était plus cruel pour le petit monde qui gravitait autour d'elle.

— Ils s'inquiètent de votre pucelage, lui dit-il, peut-être le moment serait-il venu de les rassurer.

Annette le prit au mot. Dans la semaine qui suivit, elle accepta trois rendez-vous seule à seul avec trois notables. Le premier eut lieu dans un relais de chasse en lisière de la forêt de la Braconne ; le second dans les salons privés de l'Hôtel de France ; le troisième dans une garçonnière rue du Soleil : tous trois étaient aussi compromettants que possible. Chaque fois, elle but du porto, parut presque grise, encouragea les premiers gestes puis se leva outragée.

— J'ai tout de même seize ans ! s'exclamait-elle.

Aucun de ces messieurs ne se vanta de sa mauvaise fortune ; quelque chose en transpira, on ne s'interrogea plus sur la vertu d'Annette.

Ce fut elle qui s'interrogea. Que le sujet de l'amour ne l'intéressât pas le moins du monde l'inquiétait depuis longtemps. « Est-ce que je ne serais pas normale ? » se demandait-elle. Elle ne s'en ouvrit pas à Frédéric dont elle craignait une réponse trop franche et décida de tenter l'expérience : c'était précisément le jour de son seizième anniversaire. Pendant quelques jours, elle avait balancé entre Patrick et Paquet. Patrick l'aimait trop ; Jules la désirait ; ce fut elle qui l'entraîna dans les bois de Saint-Martin ramasser, dit-elle, des fraises des bois. Ce n'était pas la saison ; le fruit que cueillit Jules, en revanche, était vert à point, rose comme il fallait. Annette n'éprouva pas grand-chose. « La vertu, en somme, n'est rien, se dit-elle, que quelques fraises écrasées. J'en écraserai quand il le faudra absolument, ce n'est pas plus désagréable que de lire Chateaubriand (qui l'ennuyait profondément) et cela peut, comme une citation bien choisie de Chateaubriand, servir à l'occasion. Mais je jure bien de ne pas perdre mon temps à ces jeux-là. » Pour la seconde fois de sa vie, elle refit le geste que faisait si souvent sa mère, elle alluma un cierge à l'église Saint-André. « Seigneur, murmura-t-elle en regardant la petite flamme briller, faites-moi connaître un jour la passion, je ne vous demande rien d'autre ; pour le reste, je me débrouillerai. » Elle ne savait pas exactement à qui elle adressait sa prière, mais elle était si fervente qu'elle ne doutait pas d'être entendue.

Le fils Paquet se vanta de ce qui lui était arrivé, le bruit s'en répandit comme une traînée de poudre, ceux qui commençaient à désespérer se dirent que leur tour pouvait venir ; on admirait Annette, on l'adula et le tour de quelques-uns vint, en effet : sans plus d'émotion pour elle mais pour le mieux de sa réputation.

Frédéric n'était pas heureux, il était trop intelligent pour le montrer. Patrick ne cachait rien.

— Pourquoi les autres et pas moi ? demanda-t-il un jour.

— Parce que toi, tu auras mieux.

C'était le milieu du mois de juin, elle savait ce qu'elle voulait. En juillet, les Dupouicq partiraient pour Hossegor, elle jouerait alors son va-tout. D'ici là, il lui restait un bon mois. Elle devinait que c'était la fin de son enfance ; elle regarda Angoulême avec d'autres yeux.

*
**

— C'est mon dernier printemps, dit-elle.

Elle était assise au pied de ce calvaire qui, vu de la ville, écorche l'horizon au-delà des Eaux-Claires. En face d'elle, la ville s'inscrivait sur le ciel comme une cité toscane au sommet de sa colline. La lèpre des banlieues n'avait pas encore rongé les marges de la ville et les maisons aux toits rouges des faubourgs de Saint-Ausone et de Ma Campagne s'égaillaient en bas des remparts parmi les arbres en fleurs et les jardins. Les formes absurdes de la cathédrale trop blanche étaient presque poétiques ; pour un peu, avait expliqué Frédéric, on aurait dit Florence et son Duomo, le campanile de Giotto et la coupole fameuse de Brunelleschi. À ses pieds, les bastions et les tours de l'enceinte faisaient aux belles demeures blanches où Annette s'était taillé sa place une couronne de pierre rude parsemée de lilas et de marronniers. On devinait la masse luxuriante du Jardin-Vert, et la statue de « Monsieur Carnot », vaste pièce montée de pierre claire, semblait sur le point de prendre son essor tant la Patrie qui veillait sur le président assassiné avait des ailes légères.

Une alouette monta au ciel, tout droit.

— Fais un vœu, dit Frédéric.

C'était une coutume de la région de Confolens ; au cri de l'alouette épinglée sur le ciel, on souhaitait un bonheur, on l'obtenait parfois. L'émotion ressentie par Annette, assise près de son ami devant la ville qu'ils avaient si bien conquise, était plus intense que tout ce que le fils Paquet et les garçons venus après avaient réussi à lui apporter. « Je ne suis pas faite pour ces joies-là », se disait-elle parfois, ce en quoi elle se trompait quand même. Frédéric tira un livre de sa poche, n'importe quoi, *La Rabouilleuse* ou *La Muse du département* ; Balzac y racontait les secrets d'une petite ville comme celle dressée devant eux, Saumur ou Issoudun ; Annette lisait après lui, ils en souriaient ensemble.

Le cœur de la jeune fille battait pourtant ; elle espérait quelque chose, c'était bien la saison. Au lycée, Marcelle avait un bon ami qui la rendait heureuse ; elle décrivait ses émerveillements : sans, bien sûr, se l'avouer, Annette l'enviait. Le nouveau galant de Marcelle était vendeur chez le gantier où servait aussi la maîtresse du père Dupouicq ; ils échangeaient des confidences ; Marcelle savait la vie que menait son amie : elle en était jalouse. Pourtant, Annette se disait parfois que la grosse fille en tablier gris avait la meilleure part.

Si bien que ce jour de printemps, face à la ville qui était le théâtre de ses exploits, Annette faillit se dire que ce serait bon de prendre la main de Frédéric. Un moment, elle pensa, comme l'avocat l'avait fait un jour : « Je compte jusqu'à dix ; si, à dix, aucun oiseau n'a chanté, je pose ma main sur la sienne et je serai à lui, là, dans l'herbe et au pied de ce calvaire. » Elle ferma les yeux, se mit à compter. À huit, une alouette chanta. Frédéric lui proposa machinalement de faire un nouveau vœu ; il ne sut jamais que c'étaient tous ses vœux à lui qui auraient pu être exaucés ; Annette soupira : elle ne serait donc pas parjure. Elle en éprouvait un regret malgré tout délicieux.

∗
∗

Le jour même, elle revit Georgette qui achevait ses soirées au Café de la Paix. Frédéric était retenu par un dossier qu'il plaiderait le lendemain : il travaillait parfois. Désolée, la jeune fille s'assit à la table de la putain qui lui raconta les derniers potins de la ville. Belcour, le joueur de billard, avait dû quitter Angoulême à la hâte : l'enquête sur M. Godiveau s'était orientée vers lui.

— Le commissaire Lestrange a voulu lui parler. Il l'avait même convoqué dans son bureau, expliqua-t-elle, il a préféré jouer la fille de l'air.

Georgette connaissait toutes les menues turpitudes et les grandes ignominies de ceux de la rue d'Iéna et du rempart du Midi ; ainsi Paquet-le-père aimait qu'on le fouettât et le Dr Vadieu, si avide de livres de faux luxe, s'offrait chaque mois le luxe d'une vraie jeune fille glanée pour lui par Belcour parmi les filles des ouvrières du Gond-Pontouvre.

— Lestrange l'a dans le collimateur, remarqua Georgette, un jour ou l'autre, il tombera.

Le Dr Vadieu était gynécologue. Annette sourit : ç'aurait été drôle de passer par ses mains pour déchaîner ensuite les foudres d'un scandale...

Georgette se laissa aller à d'autres confidences. Elle avait un amant de cœur qui était mauvais garçon. Il « piquait » des tractions avant qu'un garagiste de Ruffec maquillait pour les revendre. Les amitiés qu'entretenait la putain au commissariat principal servaient à éviter le pire.

— Tu comprends, soupira Georgette, je l'ai dans la peau...

La formule était usée, elle plut à Annette qui n'avait dans la peau que beaucoup d'énergie. « Je ne ressemble vraiment à personne ! » se dit-elle encore. Pour la première fois, elle n'en était pas fière.

***

Enfin, les Le Cleguen donnèrent dans leur château inachevé la soirée depuis longtemps promise au Tout-Angoulême.

Ce fut un après-midi beau et chaud. Depuis le matin on se préparait dans les maisons des remparts et Mlle Marnesse, la coiffeuse des beaux quartiers, allait de porte en porte, friser ici une mèche, vous monter là au petit fer des rouleaux compliqués. Les messieurs affectaient plus de désinvolture ; le procureur Barzac, qui rencontra Bernichon au bureau de tabac, résuma les sentiments de tous par cette formule lapidaire :

— Ces deux messieurs voudraient nous en flanquer plein les mirettes, c'est certain ; voyons donc ce qu'ils ont à nous montrer, on avisera après.

Le confiseur acquiesça et fit sa provision de cigares pour la soirée. Au Café de la Paix, Frédéric Wallon fumait seul ses voltigeurs et lorgnait les mollets d'une nouvelle recrue à qui Georgette faisait découvrir le monde. Mme Jarnigou proposa de coiffer sa petite-fille, mais Annette accepta tout au plus un shampooing : elle voulait paraître naturelle. Vers les six heures, tout le monde était fin prêt ; la chaleur devenait très forte, les messieurs transpiraient déjà sous leurs plastrons amidonnés.

Frédéric passa prendre Annette au volant d'une vieille Juva 4 prêtée pour l'occasion. Il conduisait sans se presser, une grande écharpe de soie blanche flottait derrière lui car la voiture était décapotable. Ce fut bientôt, sur la route de Mansle et de Verteuil, un beau défilé de Delahaye ou de

Facel-Vega dont la sobre élégance française n'était troublée que par la présence, ici ou là, d'une grosse Buick ou d'une Chevrolet nouveau riche. M. Arnault-Dupouicq avait laissé son américaine au garage pour sortir une vieille quinze-chevaux blanche que Léon, le maître d'hôtel, avait passé la matinée à frotter à la peau de chamois. Le soleil était haut encore dans le ciel et dans les champs, le long des routes, on coupait les foins.

— Ces pauvres Le Cleguen sont émouvants, remarqua Frédéric : il court sur leur compte les bruits les plus alarmants et ils s'offrent le luxe d'épater la galerie, sans savoir ce qu'il en coûte de trop bien réussir une dernière fête.

Il évoqua Fouquet, Vaux-le-Vicomte et le Roi-Soleil, pour constater qu'aujourd'hui les Rois-Soleil étaient tout juste un peu ministres, parfois seulement bourgeois sur les remparts.

— Sais-tu qui a arrêté Fouquet au lendemain de la fête qu'il donna pour le roi ?

Annette savait tout :

— D'Artagnan, bien sûr.

— Eh bien, mademoiselle Laramis, le commissaire Lestrange est de la fête : crois-tu qu'il ait une tête à mettre en tôle un surintendant des finances ?

Membres du RPF, qui était le parti des gaullistes, on assurait que leurs sympathies trop évidentes pour les milieux indépendantistes permettaient aux deux frères de sauvegarder les gros intérêts qu'ils avaient au Maroc et en Tunisie ; la « Main Rouge », qui assurait par le terrorisme la défense des grands colons, leur avait, disait-on, fait des menaces précises. Le conseiller général d'un canton voisin convoitait en outre le siège de sénateur de Marc ; il raillait leur gaullisme intransigeant et promettait à qui voulait l'entendre d'apporter les preuves de tous ces racontars. Ce de Riz était intime des Paquet, des Dupouicq et de Ferdinand Louvrier le papetier de L'Houmeau, neveu de Mme Viazevski. Beaumarchais et Rossini ont raconté sur le mode lyrique les progrès de la calomnie en toute société policée ; par chuchotis et regards de côté, la rumeur angoumoisine avait suivi le même chemin : après s'être amusé de leur folie à reconstruire Versailles sur les bords de la Charente, on avait fini de rire ; comme s'ils ne se doutaient de rien, ils donnaient leur fête ; on venait pour la voir ; après, on verrait bien.

***

Dès le début on vit, en effet, des merveilles. L'organisateur de ces menus plaisirs était un danseur célèbre venu de Paris pour l'occasion. Il avait réglé le divertissement dans ses moindres détails ; aussi avait-il prévu que les invités arriveraient au château au moment précis du coucher du soleil ; il avait donc fait tracer une route qui, serpentant à travers la forêt des statues, allait d'est en ouest vers la grosse boule rouge que la rivière faisait rougeoyer sur sa masse liquide avant de l'avaler. Ainsi les Psychés et les Callistos venues de Bohême, les Arlequins, les Colombines vénitiennes et leur Scaramouches se détachaient-ils en ombres chinoises sur le ciel qui virait au rouge sombre dans une grande aura de ciel vert et pâle. C'était très beau ; même les plus blasés admiraient : pour un peu, un Bernichon, confiseur, aurait affirmé les maîtres de céans capables d'avoir graissé la patte au bon Dieu pour lui commander un pareil crépuscule.

Le buffet était dressé face à la Charente. De grandes voiles blanches accrochées à des mâts flottaient devant la rivière. Des pyramides de gâteaux multicolores entouraient des pièces de gibier ramenés des pays de l'Est, des pots de caviar gris et des saumons fumés qui fleuraient encore bon la Baltique. Les fruits croulaient à profusion, venus des quatre coins du monde, kakis, kiwis, kaménés et autres espèces inconnues d'Annette, importées à grand prix par avion battant pavillon arabe ou panaméen ; c'était beau ; c'était trop.

Sur les marches du perron, les deux frères, vêtus de queues-de-pie, attendaient leurs hôtes, entourés de quatre violonistes qui jouaient à l'arrivée de chacun ; deux pas en arrière, des jeunes filles en marquise Louis XVI offraient des cadeaux aux invités. Les dames recevaient de grands flacons de parfums coûteux ; aux messieurs, on donnait des cigares de La Havane, un coupe-cigare en or marqué des initiales des Le Cleguen ; ce n'était pas du meilleur goût mais chaque invité l'empochait bien vite après la remarque qui s'imposait. Les deux frères savaient qu'ils dansaient sur un volcan ; avant l'éruption du Vésuve, ils voulaient tirer un feu d'artifice napolitain ; après, ce seraient les derniers jours de Pompéi : pour raconter ce balthazar, on ne peut tremper sa plume que dans l'encre d'ironie : dans leur admirable inconscience, les deux Le Cleguen s'en rendaient compte eux-mêmes, qui avaient inventé des fruits qui n'existaient pas pour les offrir aux notables charentais venus pour l'hallali.

Annette reçut son flacon de Chanel avec embarras : il était si volumineux qu'elle ne savait qu'en faire. Maurice Le Cleguen s'en aperçut, il lui adressa un clin d'œil complice : c'était la règle du jeu.

— Ils sont fous, remarqua Frédéric en coupant son cigare.

— Non, répliqua Annette, ils savent ce qu'ils font : c'est un pied de nez à tous nos chers amis.

Des danseuses masquées, presque nues, mimaient un menuet de Mozart ; la chaleur devenait accablante. Quelqu'un posa la main sur l'épaule de la jeune fille. Elle se retourna : c'était Corbin qui roulait là sa bosse avec, aux lèvres, un sourire qui ressemblait à celui de leurs hôtes.

— Le plus extraordinaire, remarqua le libraire, c'est que les maîtres de maison nous reçoivent dans un château qui n'a ni poutres ni chevrons.

La Bergerie, en effet, n'avait toujours pas de toit, tout juste un faux plafond dans un vestibule ; pour le reste, les salons succédaient aux salons sous un ciel désormais indigo, puis émeraude, enfin d'un vrai bleu de nuit d'été, plus beau, en somme, que tous les plafonds à fresques du monde.

Corbin prit le bras de Frédéric.

— J'ai pu échanger quelques mots avec notre bon procureur, lui dit-il à l'oreille. Le parquet estime avoir toutes les preuves dont il a besoin : ce n'est plus qu'une question d'heures.

Corbin, dont le réseau d'amitiés remontait jusqu'à la place Beauvau, et au-delà, était bien placé pour savoir qui avait fabriqué les preuves. Il soupira :

— Même pour nous, ils finissaient par devenir gênants.

Il ajouta :

— C'étaient des gens d'un autre temps. Il nous faut aujourd'hui des associés moins spectaculaires mais plus efficaces. Tout cela s'en va en fumée...

On allumait le premier feu d'artifice pour saluer la première étoile. Marie-Thérèse Arnault-Dupouicq passa près d'eux dans une robe au décolleté profond. Georgette parut à son tour : elle portait la même robe ; cela ne fit pas bon effet.

— Eh oui, remarqua un bel homme dont l'habit était du meilleur faiseur : ce sont nos deux frères qui l'ont invitée. Ils ont commandé eux-mêmes sa robe chez Lanvin en insistant pour qu'on recopiât le modèle de notre bonne Mme Dupouicq ; on ne fait pas ça dans ces maisons, mais ils ont dû trouver les arguments qu'il fallait pour persuader Mme Lanvin de multiplier par deux un modèle unique.

Annette reconnut Lestrange. Son teint était hâlé ; une fois de plus elle trouva qu'il ne manquait pas de charme. Lorsqu'il parlait, il découvrait une superbe denture de carnivore ; ses yeux étaient d'un bleu métallique, avec une flamme verte qui dansait dans la pupille. Il entraîna Annette, Frédéric les suivit. Le commissaire faisait sur chaque détail de la fête des remarques pertinentes ; sur chacun des invités, des commentaires insolents. Il ne restait rien du flic un peu bellâtre qui régnait au commissariat central d'Angoulême ; c'était un homme du monde qui voulait séduire. Annette pensa : « C'est tout de même ennuyeux : j'ai l'impression qu'il me plaît » ; c'était cela qui ne lui plaisait pas.

On passa à table. Le souper était servi par petites tables ; un orchestre de chambre jouait des menuets de Mozart : sous la lune, c'était encore très beau. « Trop beau », se dit Annette qui goûtait pour la première fois du caviar. Négligemment, Lestrange le mangeait avec une cuiller à soupe. Puis il se leva, car il avait à faire.

Il revint. On dansa. Frédéric tenait Annette serrée contre lui ; il avait bu, il était ému : en dépit de ses sarcasmes il succombait à son tour à la splendeur de la soirée. La tête d'Annette lui tournait aussi : elle restait pourtant lucide ; bientôt, elle le fut moins. Lestrange revint vers sa table ; on aurait dit qu'il l'avait toujours connue. Frédéric les vit s'éloigner en valsant ; il faisait confiance à l'énergie d'Annette. Il avait raison.

Serrée contre la poitrine du commissaire, elle était cependant sur le point de défaillir, comme on dit dans les bons livres. Il émanait de cet homme, qu'elle savait sans scrupules, une force animale qui, cette nuit-là, faillit l'anéantir. Elle se dit : « J'ai seize ans, et j'ai attendu cela. » Dans le même temps, le mépris qu'elle avait pour lui ne la quittait pas. Elle éprouvait une joie trouble. Un sbire du policier rompit le charme : il l'appelait de loin ; Lestrange adressa à Annette un sourire assuré et la quitta.

— Je reviens, dit-il.

À onze heures et demie du soir, la chaleur devint insupportable. À minuit, on allumerait les feux de la Saint-Jean, on danserait des farandoles. Annette voulut chercher un peu de fraîcheur. Elle quitta les salles qui n'étaient pas encore des salons et passa le perron. Elle descendit les marches de la terrasse puis s'avança parmi les statues blanches et bleues sous la lune : bergères de Bohême, marquises et archiduchesses s'échappaient une à une des contes d'une enfance qu'elle n'avait jamais eue.

Les flonflons de la musique lui parvenaient assourdis. On aurait dit, très loin, une noce. Un cor jouait une mélodie ancienne dont chaque note évoquait des nostalgies qui auraient pu être les siennes, puisqu'elles sortaient tout droit d'un livre qu'elle avait aimé. Elle se souvint d'un jeune officier en garnison à Nancy qui s'éloignait au bras de Mme de Chasteller de l'auberge du Chasseur Vert. Une heure auparavant, dans les bras du policier, elle sentait en elle une mollesse qu'elle n'aimait pas ; la tendresse émue qu'elle éprouvait maintenant était d'une autre sorte : c'était celle qui venait des livres qu'elle avait lus, c'est-à-dire du meilleur d'elle-même. « Au fond, se dit-elle, je suis une sacrée romantique ! » : elle donnait au mot romantique un sens tout personnel. Elle fit encore quelques pas. La lune découpait sur l'herbe taillée en gazon les contours très nets des statues. Près d'une Daphné que la main d'Apollon allait changer en arbre, elle distingua deux ombres qui chuchotaient à l'écart. Elle s'approcha. Le hasard fait trop bien les choses : ce qu'elle entendit des propos qu'échangeaient Lestrange et Marc Le Cleguen en était le moment crucial.

— Combien ? demandait Marc au commissaire.

C'était le nœud de l'intrigue, le moment culminant d'un roman policier. Lestrange répondit par un chiffre qui parut astronomique à Annette ; elle en conclut que son intégrité s'achetait cher : c'était, malgré tout, un bon point.

— Vous ne croyez pas que vous exagérez un peu, ce soir ? suggéra Le Cleguen.

— Vous ne croyez pas que vous avez beaucoup exagéré, et depuis longtemps ?

Tapie contre la statue, Annette se sentait devenir elle

aussi de pierre; elle retint son souffle. Lestrange tutoya rudement Marc Le Cleguen :

— Rappelle-toi, ce n'est pas seulement ta tranquillité que tu vas payer, mais aussi ta vie.

L'intrigue policière virait au mélodrame. Loin dans le ciel, un coup de tonnerre gronda : l'orage couvait depuis longtemps. Plus haut, sur la terrasse, on allumait les feux, les grands bourgeois d'Angoulême se donnaient la main pour danser une farandole. Le Cleguen eut un rire étouffé.

— Vous pouvez, à la rigueur, me faire chanter; vous ne croyez tout de même pas me faire peur, par-dessus le marché.

Le rire de Lestrange fusa, clair et net.

— Oh! si, tu as peur. Tu as reçu des lettres de menaces : j'ai des amis en Tunisie qui donneraient cher pour avoir ta peau.

Annette ne cherchait pas à comprendre : la Tunisie, les gros colons, la Main Rouge, elle ne savait rien de tout cela. Elle voyait seulement un homme en terroriser un autre; car le rire de Marc Le Cleguen s'était éteint. Le gros petit homme secouait la tête.

— Vous ne pouvez pas. Je demanderai une protection.

Lestrange parut s'amuser franchement.

— La protection de qui? De mes services?

« C'est vraiment un salaud », pensa Annette. Elle pensa aussi : « Le vrai salaud, pur et dur, que je devais bien finir par rencontrer un jour. » Pour un peu, elle en aurait été émue : mais elle avait pitié du pauvre Le Cleguen qui courbait la tête.

— Et si je paie ce que vous me demandez, qui me dit que...

Il n'acheva pas sa phrase.

— Rien, répondit Lestrange, tu n'auras que ma parole.

Il se donna le luxe d'ajouter :

— Et tu sais ce qu'elle vaut !

Annette faillit sourire ; au fond, tout cela la divertissait infiniment : cela faisait aussi partie de son éducation. Elle entendit alors un pas derrière elle, elle voulut se retourner, une main se posa sur sa bouche. Elle n'eut pas vraiment peur : elle était au théâtre et jouait à son tour un rôle dans la pièce qu'on donnait. Il y eut un silence, la farandole lui parvint comme une musique de film : l'orage était de la partie, son grondement se rapprocha.

— Ne bougez pas, monsieur Lestrange, dit enfin l'homme derrière Annette.

Il fit deux pas dans la lumière. C'était Mehmet, un pistolet à la main. Décontenancé, Lestrange regarda l'arme pointée vers lui. Des nuages avaient voilé la lune.

— Tu sais bien que tu ne vas pas tirer, lâcha-t-il.

— Vous savez bien, au contraire, que nous n'avons rien à perdre.

Lestrange l'avait compris ; il vit Annette qui était sortie de l'ombre et lui adressa un sourire bravache. Puis il montra ses mains nues au Tunisien.

— Tu vois : je n'ai pas d'arme.

Le chauffeur haussa les épaules ; il prononça quelques mots en arabe à son maître qui disparut du côté de la rivière. Lui-même regarda une dernière fois le commissaire, puis s'en alla, à reculons. L'instant d'après, Annette et Lestrange étaient face à face. L'obscurité était complète, on aurait dit que toutes les étoiles s'étaient éteintes d'un coup ; le feu de la Saint-Jean, ses musiques, paraissaient si loin. Annette et Lestrange étaient seuls au bord de la Charente. Il y eut un coup de tonnerre, le ciel se déchira, une tornade s'abattit sur les terrasses.

La pluie dura longtemps. Les invités, qui avaient d'abord cherché un abri le long des murailles nues, furent bientôt parfaitement mouillés. On courut en désordre vers les voitures. Annette retrouva Frédéric qui avait du mal à rabattre la capote de la Juva 4. Toutes les voitures s'ébranlèrent en même temps. La belle robe de Marie-Thérèse Arnault-Dupouicq et celle de la putain étaient dans le même état : bonnes à jeter. Il plut une partie de la nuit. Le lendemain, le soleil brillait, la température était redevenue normale pour la saison ; dans l'après-midi de ce dimanche-là, on découvrit le corps de Marc Le Cleguen derrière un groupe de statues venues de Bohême. Il avait une balle dans la tempe droite, on en conclut qu'il s'était suicidé.

VII

Sans qu'il l'ait vraiment désiré, le cours de ce récit a pris un tour mélodramatique dont l'auteur est le premier surpris. On lui pardonnera en se persuadant qu'il en va ainsi dans la vie et dans la plupart des romans, souvent plus vrais que la vraie vie : des moments de violence extrême, qui font les gros titres des journaux, surgissent parfois au milieu des existences les plus paisibles. L'intérêt du public s'effrite ensuite, la presse passe au crime suivant et l'infortuné qui s'est trouvé mêlé à une belle affaire sanglante à souhait retrouve le chemin de son bureau, il lit *Le Monde* ou *La Charente libre,* comme avant.

Ainsi la vie d'Angoulême reprit-elle vite son cours de tous les jours. Annette aimait bien le pauvre Le Cleguen. Elle sécha le lycée un mercredi matin pour suivre son convoi. Parce qu'il s'était, disait-on, suicidé, l'évêque refusa des funérailles à l'église. On se réunit à la maison mortuaire. Il y avait seulement son frère Maurice, Lucien Vannier, qui était un brave homme et la vieille Mme Viazevski ; Annette la revoyait pour la première fois. Il faisait beau, l'été commençait ; le président Laniel avait formé son gouvernement ; outre MM. Queuille et Corniglion-Molinier, M. Mitterrand y était encore une fois ministre. Comme d'habitude, Georges Bidault présidait aux destinées du Quai d'Orsay : le monde ne changeait guère. On s'engouffra dans deux grosses limousines pour revenir à La Bergerie derrière le corbillard. Des maçons attendaient; c'étaient eux que les deux frères avaient fait venir d'Italie pour tailler au-dessus du perron une corniche qui devait évoquer celle de Michel-Ange au palais Farnèse : elle était inachevée. La cérémonie fut très simple. On scella le corps de Marc Le Cleguen debout dans un pilier du vestibule. Par la porte sans battants, le mort regardait la Charente. Cinq grosses pierres cimentées l'une sur l'autre lui arrivèrent aux épaules. Il restait encore son visage. Annette fit un signe de croix rapide; elle se souvint de *La Grande Bretèche,* une nouvelle de Balzac. Lestrange veillait au bout d'une enfilade de murs. L'après-midi, Annette retourna en classe. Elle obtint un dix-sept en géographie parce qu'elle put réciter dans l'ordre tous les affluents de la Loire.

Il fallait pourtant en finir avec le commissaire. Depuis la nuit de la Saint-Jean, Annette n'était pas contente d'elle. Frédéric s'était bien gardé de lui faire des reproches; elle savait néanmoins qu'il lui faudrait agir seule. On l'invita à un thé donné par une certaine Mme Tondard. Cette dame avait eu des bontés pour Lestrange; il était là. Lui-même voulait revoir Annette, savoir ce qu'elle avait entendu. Il la rejoignit dans l'embrasure d'une fenêtre; avant qu'il l'interrogeât, elle avait répondu : pas un mot ne lui avait échappé du marchandage entre le commissaire et sa victime. Lestrange alluma une cigarette avec une désinvolture appliquée.

— Et que comptez-vous faire? demanda-t-il entre deux ronds de fumée réussis.

— Moi? Rien. Ou plutôt si...

Elle affecta de rougir : elle avait ça de remarquable qu'elle pouvait rougir à volonté. Lestrange insista : elle rougit de plus belle, balbutia quelques mots où il ne comprit pas grand-chose, prit enfin son souffle comme un nageur au bord de se jeter à l'eau et lança :

— Je vous trouve beau.

Elle avait lu ça dans un livre de Giraudoux. Les jeunes filles selon Jean Giraudoux souriaient aux hommes dans le reflet des glaces d'autobus ; elles obtenaient ce qu'elles voulaient en leur disant qu'ils étaient beaux. Lestrange était beau ; pour son malheur il le savait, il la crut. Mme Tondard passait les petits fours ; M. Bernichon expliquait par une prudence toute charentaise l'absence de son cousin Félix dans le nouveau gouvernement ; personne ne regardait vers eux. Le commissaire caressa de l'index la joue de la jeune fille. Elle était brûlante.

— Si tu veux, ce soir, nous pourrions...

Elle l'arrêta, avec le petit cri de jeune fille effrayée qui convient à une situation semblable.

— Pas ce soir !

Pressée par le commissaire, elle promit en revanche tout ce qu'il voudrait pour le lendemain : ils se retrouveraient chez les Dupouicq qui donnaient leur dernier dîner de la saison. Elle sortit, les joues en feu pour de bon.

Elle alla jusqu'à la statue du président Carnot qui dominait les remparts. Des enfants jouaient sur les marches de pierre, une femme poussait un landau. Assis sur un parapet, deux garçons de son âge lisaient *Miroir-Sprint* : elle avait envie de sourire ; elle était si loin de Louison Bobet et de Fausto Coppi, pourtant marqué par le destin : son destin à elle était autrement difficile.

Elle marcha encore un moment sur la promenade. Rue Louis-Desbrandes, rampe du Secours, rue Paul-Abadie : sa vie entière repassait devant elle. Elle avait vu les premiers bourgeons et les marronniers en fleur, les lilas : les feuilles étaient maintenant larges et d'un vert sombre. Par une fenêtre ouverte, lui venait un air d'accordéon ; c'était encore le temps des bals musettes, quand sa mère valsait si fort au bras de son Jean qu'on lui tuerait demain. Elle se pencha par-dessus les remparts et reconnut la rue en pente où, dans l'atelier de M. Roussy-Ravenant, des ouvrières en blouse blanche peignaient toujours des fleurs sur des petits pots à crème au chocolat. Plus loin, c'étaient le carrefour et la place en contrebas où des femmes allaient à la fontaine chercher de l'eau dans des seaux à l'émail écaillé. Il lui sembla qu'elle entendait monter une rumeur, des voix qu'elle avait oubliées. Neuf ans avaient passé, c'était toute une vie : Angoulême, pour elle, c'était bien fini. Dans huit jours, à la sortie des classes, elle partirait passer l'été à Hossegor chez les Arnault-Dupouicq. Personne ne le savait encore sauf Annette, qui venait de le décider. Se faire inviter dans la villa de bord de mer des parents de Patrick ne serait qu'une formalité, en dépit de la belle Marie-Thérèse qui n'avait pas désarmé. Elle pressa le pas, retrouva Frédéric au Café de la Paix. Toute la soirée, ils firent des plans à voix basse. L'odeur de cendre de cigare, soudain, l'écœurait.

***

Le dîner Arnault-Dupouicq fut une réussite. On servit des rougets au basilic et du gigot en croûte ; quand Marie-Thérèse mettait elle-même la main à la pâte, elle se révélait une cuisinière hors pair. À deux places d'Annette, Lestrange affectait le plus bel appétit. Parmi les convives, on comptait le procureur et même l'évêque ; c'était Frédéric qui avait suggéré de l'inviter : la fête trop païenne de la Saint-Jean lui avait fait froncer les sourcils, il importait que la société de la ville montrât de quel bord elle était. Chacun des invités expliqua dès lors qu'il ne s'était rendu à La Bergerie que par curiosité. On commenta la banqueroute des deux frères, quelqu'un y vit le doigt de Dieu : savait-on, après tout, d'où venaient ces aventuriers ? Le Dr Paquet qui avait procédé à l'autopsie n'hésita pas à affirmer que, n'eût été le serment d'Hippocrate (dont il n'était pas certain pourtant qu'il s'appliquât à ce genre d'intervention), il en aurait de belles à raconter sur les circonvolutions cérébrales du « suicidé » ; un de ses confrères renchérit : les Nègres, les Arabes, les juifs avaient — c'était la science qui parlait — des bosses ici que les bons chrétiens avaient là ; Lestrange lui-même paraissait gêné. On n'avait pas invité Lucien Vannier : son gaullisme impénitent l'aurait peut-être fait protester. On se leva de table. Dans un coin du salon, les messieurs poursuivirent, cigares au poing, cette conversation : l'assassinat de l'héritier putatif du trône de Tunis ne laissait pas de les inquiéter, le gouvernement avait, disait-on, fait saisir les biens des Le Cleguen dans la région de Sfax. Frédéric, un verre de cognac à la main, surveillait la situation.

Lestrange rejoignit Annette dans l'embrasure d'une fenêtre : c'était une habitude. À travers la vitre, elle voyait le fameux miroir qui permettait de regarder dehors sans être vu.

— Alors, murmura le commissaire après avoir solennellement tiré sur son cigare, c'est ce soir, comme convenu ?

Annette fit signe que oui.

— Pars la première, suggéra-t-il. Je te retrouverai derrière la cathédrale.

Annette secoua la tête.

— Non.

Il faillit en lâcher son cigare.

— Je croyais que tu étais d'accord ?

— D'accord, oui, mais tout de suite.

Il ne comprit pas aussitôt.

— Comment, tout de suite ? Tu veux dire ici ?

Elle acquiesça.

— Ici, oui.

« Je savais bien qu'elle était folle, se dit Lestrange, mais à ce point... »

— Tu es folle.

— Peut-être, mais j'ai envie, maintenant, ici, tout de suite.

Elle mettait les points sur les *i* ; il en fut tout émoustillé. Il avait peut-être quatre ou cinq filles par semaine, celles qu'il forçait et les autres, qui ne demandaient que cela ; ça lui en faisait trois cents par an, bon an, mal an ; soit six mille dans toute sa carrière. Quand bien même Annette devait être la six mille et unième, c'était celle qu'il désirait le plus. Il jeta un coup d'œil derrière lui : les hommes poursuivaient le cours de leurs inepties chimériques, gravement ; les dames parlaient chiffons, cinéma, peut-être amants.

— Où veux-tu qu'on fasse ça ?

Il avait, malgré tout, le souffle court.

— Dans une chambre, là-haut ; je sors d'abord, vous me rejoindrez.

La porte de la chambre de la belle Marie-Thérèse était ouverte, le lit couvert de taffetas rose ; Annette adorait le bruit du taffetas froissé.

— Pas encore, murmura-t-elle comme la main de l'homme cherchait déjà sous la jupe.

Il était couché sur elle, il l'écrasait, elle éprouvait une extraordinaire émotion. Avec Jules Paquet et les autres, elle n'avait rien senti ; elle devina que, cette fois, ce serait pour de bon. Lestrange sentait le cognac, le cigare, des tas d'odeurs d'homme qu'elle avait imaginées la nuit, dans son lit. Tous les autres n'étaient que des gamins : un instant, elle se dit : « Je me laisse aller : il me fera sûrement mal, ce sera bon. » Il lui faisait déjà mal, c'était bon, puis elle eut honte : elle n'avait pas suivi tout ce chemin pour en arriver là. Elle ne serait plus Annette — ou alors, c'était trop elle : elle redevint elle-même, se dit : « Je compte jusqu'à dix. » Elle était heureuse. Elle commença à compter. La main de Lestrange allait plus fort en elle, une joie violente la pénétrait. À sept, elle crut qu'elle ne pouvait plus tenir ; elle tint encore ; à dix, elle cria. Très fort : aussi fort qu'elle pouvait crier. Elle avait laissé la porte entrebâillée ; Frédéric n'attendait que cela.

Lorsque les Arnault-Dupouicq pénétrèrent dans la pièce, suivis de quelques invités, elle avait tout de même réussi à rabaisser sa jupe. Saisie de convulsions, elle se tordait sur le beau couvre-lit de taffetas rose souillé juste ce qu'il fallait. Lestrange n'avait pas eu le temps de se rhabiller. Annette se souvint de Jarnigou sous l'escalier : elle eut du mal à ne pas éclater de rire et dut crier plus fort pour donner le change. L'évêque était demeuré au salon, ce fut malgré tout un beau scandale. Annette expliqua plus tard que le commissaire avait pris le prétexte de lui parler à part parce qu'elle l'avait vu en compagnie du frère Le Cleguen la nuit de la Saint-Jean ; personne ne douta que ce fût la vérité. Il fallait un exemple, on muta Lestrange, en Tunisie précisément. Cette nuit-là, Annette eut l'impression que Christine n'avait pas tout perdu.

***

Le 14 juillet tombait un mardi, elle partit pour Hossegor : après les horribles moments que la pauvre enfant avait vécus, il n'avait pas été trop difficile de convaincre Marie-Thérèse de l'inviter.

Le matin, après le défilé des Champs-Élysées, des incidents s'étaient produits entre Nord-Africains et forces de l'ordre. Il y avait eu sept morts. L'été qui suivit fut un été chaud. Des grèves paralysèrent toute la France. Les trains n'arrivaient plus, on allait jusqu'en Espagne pour poster des lettres : la République se portait mal, on ne s'en rendait pas compte. Annette vit la mer pour la première fois. Elle se promena avec Patrick dans les dunes, ils firent de grandes balades en se tenant par la main ; elle lui accorda quelques baisers, pas plus. Il était rayonnant. À l'automne, il devait partir pour Paris commencer des études de sciences politiques et s'en inquiétait.

— Qu'est-ce que tu feras, quand je ne serai plus là ? Tu iras avec les autres ?

Elle ne répondit pas, l'air un peu mystérieux. Patrick lui

apprit à jouer au poker. Frédéric, qui les avait rejoints, gagna tout ce que les Dupouicq père et fils laissaient sur le tapis vert du salon en véranda au-dessus de la plage. Annette se dit que le moment était venu d'achever de séduire la mère de Patrick. Elle se fit douce, pleine d'attentions, s'enferma des heures entières à rire avec la belle Marie-Thérèse ; bref, elle s'en fit une alliée. Frédéric l'admirait : Annette pensait à tout. Une nuit, elle se baigna nue. La mer était basse, on la vit longtemps marcher sur le sable dans la lumière blanche d'une lune presque entière. Ce fut une scène très belle, de celles qu'on voit au cinéma, en scope et en couleurs, puisque le cinémascope faisait ses premiers pas. Le libraire Corbin louait une villa près de celle des Dupouicq, mais il ne jouait pas au poker.

— Si j'étais toi, dit-il à Patrick resté seul avec lui sur la plage.

— Si vous étiez moi ?

— Eh bien, si j'étais toi, je lui proposerais de monter à Paris avec moi.

Frédéric Wallon et le libraire Corbin avaient tous deux des ambitions pour Annette ; Frédéric l'aimait et voulait son triomphe ; à travers elle, peut-être pensait-il vaguement se moquer d'une société qu'il méprisait. Corbin voyait plus loin. Patrick eut un regard étonné :

— L'emmener ? Mais...

Il laissa sa phrase en suspens. La mer miroitait sous la lune. Une odeur de pin venait de la côte. Corbin avait deviné sa pensée.

— Qui te parle de l'épouser ? Il y a les filles qu'on met dans son lit et celles à qui on met la bague au doigt : ce sont rarement les mêmes !

Patrick n'avait avoué à personne qu'Annette se refusait toujours à lui ; il prit un air entendu et courut vers la jeune fille qui sortait de l'eau. Nue, elle se laissa envelopper dans une serviette de bain et s'abandonna un instant contre la poitrine du jeune homme. Jamais, sinon en compagnie de Stendhal, elle n'avait éprouvé davantage d'émotion que dans cette eau froide sous la lune.

— C'est bon, dit-elle.

Elle parlait du bain, le fils Dupouicq put croire que c'était de lui. Un coin de la serviette glissa : il vit de plus près un sein blanc : sa résolution était prise, il supplia Annette qui accepta aussitôt. On n'en dit rien à personne, mais ce fut un secret de polichinelle. La mère de Patrick fit promettre à Annette de s'occuper de son fils et de le protéger des femmes de mauvaise vie ; Annette jura — de femme à femme, dit-elle — qu'elle aurait sans cesse un œil sur lui. Béat, le garçon souriait. Le plus malheureux fut Arnault-Dupouicq père qui voyait l'oiselle lui filer entre les doigts au moment précis — une soirée au casino d'Hossegor où elle paraissait si bien femme qu'on l'avait laissée entrer, elle avait joué pour lui et perdu : il en était ravi — où il croyait parvenir à ses fins.

Seul Frédéric ne fut averti de rien. Les vacances s'achevèrent, on rentra à Angoulême, Annette retrouva la maison de Saint-Cybard et l'odeur du shampooing tiède : elle n'en avait plus pour longtemps. Les Jarnigou avaient vieilli ; ils lui parlaient avec une nuance de respect. Lucette et Annick la regardaient avec envie. On portait déjà de hauts chignons relevés sur le sommet du crâne. Annette se fit couper les cheveux pour ne pas être à la mode. « Quel massacre ! » soupira Lucette en leur donnant le coup de grâce.

— Ma belle, on est un mouton ou un canard sauvage : il faut savoir choisir.

La petite coiffeuse ne comprit pas la métaphore. Le lendemain, Annette prenait le train de Paris en compagnie de l'innocent Patrick. Au Café de la Paix, où il avait rendez-vous avec son amie, Frédéric se vit remettre une lettre par un serveur au tablier en deuil.

« Mon Frédéric, écrivait Annette, tu vas être triste mais tu ne m'en voudras pas. Tu sais trop de quoi le monde est fait pour ne pas comprendre ma décision. Hormis toi, et peut-être Corbin, il n'y a à Angoulême que des gens des deux races que tu m'as appris à reconnaître. Toi, je ne veux pas t'aimer ; Corbin, bien entendu, je ne le peux pas. Or, je voudrais pouvoir aimer. Disons que la passion me manque encore. Angoulême compte 40 000 habitants, Paris, trois ou quatre millions ; naviguant au plus près, comme tu le dis si bien, entre salauds et imbéciles, peut-être aurai-je quand même plus de chances d'en trouver un qui ne soit ni l'un ni l'autre : qui te ressemble ou qui me ressemble. Pardon. Je t'embrasse. »

À Paris, Patrick Arnault-Dupouicq avait loué deux chambres en mansarde dans le bas de la rue Saint-Guillaume, à deux pas de Sciences po. Dès la première nuit, Annette mit les points sur les *i* : ils firent lit à part.

— Pourquoi ? interrogea le garçon qui ne comprenait plus.

À un substantif près, elle lui répéta mot pour mot ce que Corbin avait dit sur la plage.

— Il y a les hommes qu'on épouse, et ceux avec qui on couche.

Cette fois, Patrick eut peur de comprendre, il n'en insista que davantage pour se glisser dans le lit de la jeune fille.

— Salaud ! s'exclama Annette. Je l'avais bien deviné : tes intentions sont honnêtes !

Elle le repoussa avec tant de violence qu'il tomba sur le plancher, se fit mal au genou. Nu, un peu gras, il gigotait, grotesque : Annette se mit à rire. Le lendemain elle s'installa pour de bon, certaine d'avoir franchi une étape importante de sa vie. Sa fenêtre donnait sur des cours, des toits ; au loin, on voyait des cheminées et des dômes. Elle y disposa deux pots de géranium et se dit : « Ça y est, je suis une midinette. »

Elle était heureuse — mais sans passion.

Deuxième partie

SCÈNES DE LA VIE PARISIENNE

VIII

En ces temps reculés d'une histoire qui est celle de nos jeunesses, la célèbre école de la rue Saint-Guillaume se composait, pour l'essentiel, d'un grand hall éclairé d'une verrière à l'allure d'aquarium ; de Basile, le salon de thé d'en face qui lui servait d'annexe ; et de la librairie voisine. Au milieu du hall, s'étendait la « péniche », un long banc de bois fait de deux banquettes accolées aux formes ovoïdes ; Noëlle, la serveuse, régnait chez Basile, elle donnait à chacun du « monsieur Jean-Jacques » ou du « monsieur Jean-Michel » ; enfin la librairie d'en face était tenue par une flamboyante Jeannette. Autour, il y avait bien des salles de cours et des amphithéâtres, une bibliothèque, mais c'était de peu d'importance. Au bout de huit jours, Annette traîna sur la péniche, devint « mademoiselle Annette » au salon de thé et fut à tu et à toi avec la libraire ; peu de carrières débutent sous de si bons auspices.

Les mois d'octobre commençaient tous de la même façon. Un groupe de vingt garçons, sous la houlette d'un Jean-Jacques, d'un Jean-Bernard ou d'un Jean-Michel, tous armés de chevalières, guettait autour de la péniche les nouvelles recrues du beau sexe. On appelait cela « faire les AP » puisque la première année de l'École était l'année préparatoire, réputée pour ses fulgurants passages de donzelles belles à en pleurer et bêtes — disait Jean-Jacques — à en tordre son mouchoir. C'était un rite. Le premier qui repérait une nouvelle à peu près désirable levait le doigt pour lancer un « à moi » énergique : les autres ne le contestaient pas. Alors, il ajustait sa cravate, traversait le hall d'un pas qui se devait d'être nonchalant, et trouvait toujours le mot pour aborder la belle, qui n'attendait que cela.

— Voilà Joëlle, qui nous arrive de Bordeaux ! annonçait-il au retour ; ou Véronique, ou Michelle venue de leur XVIe.

Joëlle — ou Véronique — serrait gauchement quelques mains, remontait son carré Hermès et Jean-Jacques ou Jean-Christian l'emmenait chez Basile : elle était prise à l'essai.

— Voilà Martine, lança ainsi Jean-Jacques en revenant avec une petite blonde, tailleur Chanel, sac aussi, un peu effarouchée.

— Bordeaux ? interrogea Jean-Claude — qu'on disait perspicace.

Jean-Jacques répondit pour elle.

— La Muette, s'il vous plaît.

On allait sourire de la tenue trop Chanel, on se retint : la Muette faisait le reste, la jeune fille était bien des leurs. Elle secoua ses épaules rondelettes.

— Je me sens un peu perdue, murmura-t-elle.

Ce n'était pas une invitation, Martine Bouilly-Leroy était timide. Jean-Jacques lui tendit une Craven à bout de liège.

— Je vous fais visiter ?

C'est alors qu'Annette arriva. Les conversations s'arrêtèrent. La jeune fille portait la petite jupe plissée qui faisait fureur à Angoulême et un sage corsage à col Claudine sous un boléro commandé pour elle par Dupouicq-le-père chez la faiseuse de sa femme ; elle était très mignonne, à sa manière résolument province.

— Saumur ou Issoudun ? interrogea Jean-Bernard.

— Issoudun : elle rabouille encore du bout des pieds, répondit Jean-Michel, dit la Miche, qui avait des lettres.

— Taisez-vous : vous ne l'avez pas regardée ! interrompit Jean-Claude.

Il venait de s'apercevoir que, pour être mignonne et un peu province, Annette était d'abord jolie. Plus que jolie : elle était belle ; il leva le doigt : « À moi ! » et alla vers elle.

Dix minutes plus tard, tous savaient qu'Annette Laramis, juste débarquée d'Angoulême, faisait des lettres en Sorbonne et venait rue Saint-Guillaume chercher un camarade ; pour la Sorbonne, elle mentait un peu. Patrick sortit de cours à ce moment, il connaissait Jean-Jacques, Jean-Paul, on lui présenta Jean-Léonard, précieux en diable avec sa canne à pommeau d'ivoire : Barbey d'Aurevilly l'avait portée, disait-il. Ils se retrouvèrent chez Basile. Noëlle servit son fameux chocolat crémeux, légèrement parfumé à la praline. Annette mangea coup sur coup deux excellentes tartes aux pommes.

— Vous verrez, lança Jean-Jacques à Martine, Sciences po est une merveilleuse école à condition de ne faire qu'y passer.

Il s'adressait en fait à Annette. Ce n'était pas très drôle, mais on rit : il était convenu de rire aux mots de Jean-Jacques, dont le visage s'empourprait dès qu'il s'amusait. Il avait le nez court et busqué, les lèvres minces : ses yeux, eux, ne riaient jamais. On le disait dur en amour ; n'était pas encore venu le temps où il serait impitoyable en affaires.

— Quelle idée de s'inscrire en Sorbonne, remarqua Jean-Léonard, on n'y trouve que les lanternes rouges de Saint-Louis ou d'Henri-IV et les premiers de Condorcet ! Ça vous a mauvais genre !

Tout en parlant il caressait le pommeau de sa canne. Annette les trouvait ridicules mais amusants : elle avait tant à apprendre ! On parlait politique, elle écouta. Les grèves de l'été avaient gêné les vacances de ces jeunes gens : on fut sans pitié pour le président du Conseil qui n'avait pas su les mater.

— Moi, je vous dis que ce Laniel, on l'aura encore un an sur le dos, s'exclama l'un.

— Il n'a pas une tête à battre des records, remarqua un autre.

— Front de bœuf, cervelle de mulot : c'est un cheval de labour.

Jean-Jacques avait conclu, on rit encore, on parla cinéma. Martine, qui s'était tue, rêva tout haut de Marlon Brando dans *L'Équipée sauvage* ; les garçons le trouvaient vulgaire et Annette se dit que la plus midinette des deux n'était pas elle. Elle en éprouva pour Martine un peu d'attendrissement, c'est-à-dire de pitié. On parla théâtre, littérature ; on parlait de tout à Sciences po — qui était fait pour cela : on y avait les idées courtes et le jugement péremptoire puisqu'on se préparait plus ou moins tous au grand oral de l'ENA dont c'étaient là les règles du jeu. Le jour viendrait où on traverserait le jardin humide qui séparait la rue Saint-Guillaume de la rue des Saints-Pères, l'Institut d'études politiques de l'École nationale d'administration, l'étudiant en serait presque haut fonctionnaire : c'était l'allée royale du pouvoir. Pour y parvenir, il fallait savoir discourir sur tout et sur n'importe quoi.

Un garçon en veste de sport, avec aux coudes les empiècements de cuir requis en Angleterre, s'assit à une table voisine. Un grand barbu s'y trouvait déjà. Ni la barbe ni la veste, pourtant de cachemire, ne trouvèrent grâce à tous les Jean. Le nouveau venu se nommait Serge Lequeu, il présidait aux destinées de l'amicale des élèves de Sciences po ; par une aberration du sort que nul n'expliquait, l'amicale penchait à gauche. « On se demande qui les a élus », s'étonnait Jean-Jacques qui ignorait superbement les mille cinq cents autres étudiants qui fréquentaient malgré tout la bibliothèque sans porter chevalière ni trois-pièces-gilet.

— Il faudra quand même faire quelque chose, remarqua Jean-Paul en dévisageant Serge Lequeu et le barbu.

Jean-Jacques acquiesça, les autres l'imitèrent; Patrick ne dit rien. Annette remarqua qu'en présence de ses amis, l'Angoumoisin ne parlait guère; depuis qu'il avait quitté sa ville natale, le jeune loup du lycée d'Angoulême s'était fait agneau. C'est là, se dit-elle, le destin des faux grands hommes de province montés à Paris : tout dévorer ou se laisser manger tout cru. Patrick Arnault-Dupouicq faisait bien sûr partie de la seconde race, c'était plus reposant. Le même soir, il tenta une nouvelle percée vers le lit d'Annette, elle le rabroua vertement, il n'osa plus rien. L'avenir de Patrick serait de ne plus en avoir.

« Pour une première année à Paris, je n'en demande pas plus », se dit Annette. Elle se sentait libre : elle s'amusait déjà beaucoup.

— Pourquoi leur as-tu dit que tu étais inscrite en Sorbonne ? demanda tout de même le garçon.

Elle crut que c'était un mensonge qui le gênait, mais c'était la Sorbonne : avec une bonne volonté émouvante, il s'efforçait d'être aussi snob que Jean-Jacques. Elle alluma une Craven à bout de liège, lui souffla la fumée à la figure avant d'éteindre la lampe de chevet.

— Que veux-tu, Patrick, je suis de Saint-Cybard, pas du rempart du Midi.

Il la fit taire; même dans une chambre sous les toits, on était quand même rue Saint-Guillaume : il est des origines qu'on n'y avoue pas.

***

Annette s'installa dans cette vie. La Miche, surtout, et Jean-Léonard la faisaient rire. Elle les trouvait exotiques.

Sous un air perpétuellement étonné, Jean-Michel était drôle. Il aimait les garçons et ne parlait que des filles : toutes, selon lui, étaient des salopes ou des oies ; cette répartition du monde en deux classes rappela à Annette de vieux souvenirs.

— Parle-moi des oies, lui demanda-t-elle.
— Regarde autour de toi.
— Et les salopes ?

Il rit.

— C'est le côté pile des donzelles : les mêmes, mais au lit.

L'humour de Jean-Michel ressemblait à celui de Frédéric. L'un était laid, elle se l'était interdit ; l'autre était pédé : il fallait donc être différent pour la distraire. Le souvenir de Frédéric lui donna une grande bouffée de nostalgie, elle lui écrivit une petite carte postale. « Même au lit, je suis une vraie salope », pensa-t-elle ; mais dans son esprit, le mot « salope » était presque louangeur. D'ailleurs, Balzac lui avait appris dans *Les Chouans* que « belle garce » pouvait être un sacré compliment.

Quant à Jean-Léonard, il n'était pas seulement snob, il était précieux, affecté et se prétendait dandy ; le soir, il portait un monocle et une écharpe blanche. Son parfum était musqué, insupportable ; il disait que c'était pour éloigner les fâcheux. Comme la Miche, il avait tout lu mais méprisait Balzac et Stendhal ; l'un était « gras » — c'était sans appel — et l'autre nigaud. Il vivait dans un univers néo-proustien, ne jurant que Guermantes ou Villeparisis, qu'il savait prononcer comme ce n'était pas écrit : blême et bouffi, il ressemblait curieusement à un jeune Charlus déjà marqué par l'âge ; il n'évoquait jamais celui-ci que par son titre de vidame de Pamier. « Il faut savoir être humble », remarquait-il en souvenir d'une gaffe illustre de Mme Verdurin. Mais il était plus à l'aise dans le monde de Jean Lorrain dont il collectionnait les premières éditions — « il faut savoir être modeste », répétait-il — et évoquait les mânes de M. de Bougrelon pour expliquer son mépris à l'endroit de tout ce qui ne lui ressemblait pas.

— Toi et moi, nous sommes pareils, affirmait-il à Annette : gantelet de fer et main de velours.

Annette riait et ne répondait pas ; quelle que fût sa sympathie pour la Miche ou pour Jean-Léonard, elle se gardait de dévoiler son jeu ; libre à eux d'en deviner ce qu'ils pouvaient.

Avec Martine Bouilly-Leroy, qui la distrayait moins, elle se livrait un peu plus. Sous le tailleur Chanel battait bien le cœur de midinette qu'Annette avait deviné. Huitième de neuf enfants, Martine croyait tout savoir de la vie pour avoir vu torcher des mômes par des nurses importées d'Écosse en même temps que le whisky du papa : elle n'en savait rien et Jean-Jacques, qui l'avait repérée le premier à son arrivée à l'École, était son premier amour : elle rêvait fiançailles et mariage en blanc.

— J'aurai six enfants, assurait-elle avec le plus grand sérieux.

Annette tentait de lui faire entendre raison.

— Es-tu certaine que Jean-Jacques...

Martine prenait un air boudeur.

— T'aurait-il fait des avances ?

Elle ne voyait pas plus loin que le bout de son nez : retroussé, tout rose, il était fort mignon et l'attendrissement d'Annette était à son comble devant tant d'innocence. Peut-être aussi les tailleurs Chanel l'impressionnaient-ils.

*
**

On ne s'étonnera pas de l'aisance avec laquelle la petite provinciale avait pénétré de plain-pied dans cette vie parisienne au sens le plus étroit, sinon le plus dérisoire du terme : notre héroïne savait où elle allait, la rue Saint-Guillaume était une étape nécessaire. Rempart du Midi, elle avait bien vite appris à imiter les grands bourgeois d'une petite ville ; singer les plus plaisants spécimens de la rue Saint-Guillaume était dès lors un divertissement. À Paris comme à Angoulême, elle s'était fixé la même règle de conduire : voir d'abord, juger ensuite, en rire enfin pour mieux les posséder. Aussi, ce fut bientôt elle qui donna à ce benêt de Patrick des leçons de savoir-faire. Elle qui, un mois plus tôt, ne savait pas distinguer un pardessus raglan d'un manteau anglais, lui apprit à s'habiller, lui démontra que le costume croisé lui allait mieux que le trois-pièces-gilet (il avait déjà un peu de ventre) et, par quelle intuition ? le fit renoncer aux cravates rayées de clubs auxquels il n'appartenait pas. Elle tenait ces nuances de Jean-Léonard dont la vanité boursouflée n'était pas exempte d'une connaissance certaine des us et coutumes du vrai monde, celui des duchesses et du temps perdu où elle découvrit qu'il fréquentait, poussant la préciosité jusqu'à laisser croire qu'il dînait seulement chez des ministres ou conseillers d'État.

— Le monde est méchant, ma petite, il faut en prendre son parti ou être plus méchant que lui, ce dont je suis bien incapable, remarquait-il en balançant son lorgnon au bout d'un cordonnet noir.

De la médiocrité des autres, Jean-Léonard avait aussi pris son parti. Il habitait parc Saint-James une vaste maison construite en 1925 par un grand-oncle architecte qui s'était suicidé au milieu de ses invités le jour où il pendait sa crémaillère. Sa mère y accumulait des tableaux superbement démodés où Tamara de Lempicka rivalisait avec d'autres peintres mondains d'un temps qui n'était plus pour peindre ce qu'il nous en est resté. Elle donnait des cocktails qu'elle appelait des raouts et Jean-Léonard obtint aisément d'Annette qu'elle y vînt sans Patrick. Ni Jean-Jacques ni Jean-Claude n'étaient de ces agapes où la moyenne d'âge s'établissait autour de cinquante ans, parce que, comme jadis chez le pauvre Godiveau, les invités étaient des adolescents hâves et chevelus, et des vieillards qui les contemplaient avec la nostalgie de leur image au passé.

Mme Melines, la mère de Jean-Léonard, était une vieille femme. On racontait qu'elle s'était fait mettre enceinte sur le lit de mort de son mari par un domestique plein de respect et payé pour cela ; vieillard entre tous les vieillards, il lui servait encore de maître d'hôtel. Les services très spéciaux de cet Henry — dont on prononçait le nom à l'anglaise — lui avaient permis d'hériter une fortune considérable. Henry passait désormais les flûtes de Krugg millésimé et les cognacs hors d'âge parmi les invités, et pinçait parfois la joue de Jean-Léonard avec une tendresse pleine de retenue. Au piano, installé sur une loggia, de vieux enfants prodiges jouaient Satie, Auric ou Stravinski. Georges Auric lui-même, sa femme Nora, plus belle encore à soixante ans qu'avant, écoutaient en souriant. Le fils de Stravinski, Soulima, était un long jeune homme qui ressemblait à son père ; il se mettait aussi au piano. Parfois, une très vieille femme, un homme plus vieux encore partaient d'un éclat de rire, sans qu'on sût pourquoi ; un soir, Annette en vit un mourir d'un coup, raidi sur un escalier. On dit à la jeune fille que c'était le frère de l'architecte qui avait dessiné la maison ; Mme Melines se cacha derrière un rideau pour essuyer une larme. Jean-Léonard promenait son monocle amusé et sa canne à pommeau d'ivoire au milieu de tout ce monde. Lorsqu'il jetait son dévolu sur un adolescent boutonneux, il s'en excusait auprès d'Annette et la laissait toujours en compagnie d'un vieillard qui saurait la distraire. L'un d'eux, l'air le plus galant du monde, demanda s'il pouvait se permettre avec elle quelques privautés : Annette refusa, il n'en fut plus question.

Une vieille femme lui sourit un soir. Elle s'appelait Marie-Line, elle était poète ; elle avait été l'égérie de tout un groupe de surréalistes ; elle racontait dans des livres qui jaunissaient sur les rayons des libraires des histoires roses et noires de petites filles perverses et innocentes, de chats hilares et de vieux messieurs ravis. Pour l'heure, un gros garçon sans âge dévorait ses économies : Marie-Line Desfarges se laissait faire avec ravissement et lui jetait une à une ses perles comme on lance des cacahuètes à un singe ; d'ailleurs, Daniel Gouzy, son amant, ressemblait à un babouin pelé.

Annette lui rendit son sourire et alla vers elle, elles parlèrent un moment, la jeune fille promit de lui rendre visite mais le maître d'hôtel au Krugg millésimé tendit un verre à la vieille dame qui fut très vite grise et l'oublia. Annette se promit de la revoir : elle lui plaisait. À minuit, Jean-Léonard la quitta pour aller chez quelques Voguë, un Noailles ou des Rohan-Chabot — l'un de leurs petits-fils était son condisciple — du côté de l'École militaire ; il ne proposa pas de l'emmener, elle savait qu'elle n'était pas encore prête. En dépit de ses allures de Charlus, il prétendait ressembler à Swann ; Annette n'avait pas encore lu Proust, elle devinait néanmoins pourquoi. Un peu du ridicule de Jean-Léonard ne lui échappait pas ; mais il était le premier à se moquer des chevalières aux armes empruntées de ses camarades et cette raillerie fit son chemin dans l'esprit d'Annette : pour être plus frivoles que celles de Frédéric, les leçons du fils de Mme Melines faisaient leur chemin. Elle entreprit d'ailleurs très vite la lecture du *Temps perdu* et tomba amoureuse d'Albertine : c'était de bon augure.

***

Par hasard, elle retrouva Jean-Pierre aux Deux Magots. Qu'on se souvienne du petit garçon qui jouait parfois avec elle sur les remparts au temps où elle était encore une toute petite fille : il habitait rue Louis-Desbrandes ou rampe du Secours, son papa vendait des étoffes. Plus tard, elle l'avait croisé, de loin en loin ils se saluaient d'un sourire, toujours gentil ; puis ils avaient cessé pour de bon de se rencontrer.

Annette venait souvent aux Deux Magots le matin. Elle aimait le soleil d'automne qui inondait la salle encore fraîche, les rares clients, les jeunes étrangères qui lisaient des journaux suédois ou américains achetés au kiosque d'en face, et les mêmes vieux messieurs toujours en train d'écrire les mêmes souvenirs sur les mêmes cahiers à petits carreaux : au début, elle croyait que c'étaient des existentialistes, qui dissertaient existence et essence ; quand elle sut qu'on avait empaillé le dernier disciple de Sartre, elle comprit qu'ils étaient simplement de vieux messieurs désœuvrés qui faisaient comme s'ils avaient beaucoup à faire.

Assis sur la banquette face à la porte d'entrée, Jean-Pierre lisait une revue littéraire ; ils tombèrent dans les bras l'un de l'autre et commencèrent par échanger des nouvelles d'Angoulême. Puis Jean-Pierre lui apprit qu'il était aussi étudiant à Sciences po ; Annette s'étonna de ne l'avoir jamais croisé : il était de ceux qui fréquentaient les cours et la bibliothèque. Il connaissait Jean-Jacques, Jean-Léonard et les autres mais n'allait chez Basile que pour y boire un café. Il expliqua ensuite qu'il était amoureux. C'était la grande affaire de sa vie. La Colette qu'il adorait traversait sagement le hall, ses livres sous le bras, ne lui accordant jamais que des sourires remplis de mystère. Elle était bonne élève, fréquentait la petite communauté catholique de l'École réunie autour du père Arnaud, jésuite enthousiaste et fiévreux qui parlait de Dieu, de l'âme, du péché et jamais des hommes, afin de ne froisser aucune susceptibilité. Jean-Pierre rêvait d'offrir à Colette des corsages à balconnet pour mettre en valeur une poitrine qu'il imaginait somptueuse, des bustiers de dentelle rose ou blanche qu'on voyait aux vitrines des magasins de la rue de Sèvres : le jeune Angoumoisin et sa princesse lointaine n'avaient pas les mêmes préoccupations ; de ces différences naissent les grandes amours.

— Tu ne m'en veux pas de te raconter tout cela ?

Il buvait son sixième café de la matinée, dont il avait remarqué en riant qu' « il n'était pas meilleur ici qu'en face ». En face, c'était le Royal Saint-Germain, café un peu sinistre, depuis longtemps anéanti pour faire place à un pub Saint-Germain plus désolant encore ; Jean-Pierre se donnait la coquetterie d'y avoir quelques habitudes.

Annette sourit : elle était heureuse de le retrouver si plein d'une belle innocence. Lorsque le garçon évoqua les souvenirs qu'il avait d'elle sur les remparts, elle crut qu'elle allait fondre.

— Tu étais si petite et si blonde, avec ton nœud dans les cheveux : on aurait voulu te prendre dans les bras et t'emmener très loin : je ne sais pas, moi, jusqu'au bois de Saint-Martin !

Jean-Pierre n'était ni beau ni laid, il était simplement très gentil. Elle prit sa main.

— Que tout cela est loin ! murmura-t-elle.

Il serra la main qu'elle lui avait abandonnée, puis remarqua :

— Crois-tu ?

L'instant d'après, il parlait des belles étrangères qui lisaient le *Herald Tribune*, la *Frankfurter Allgemeine Zeitung* ou le *Daily Telegraph* ; il venait aussi aux Deux Magots pour les regarder : il avoua qu'il pourrait être amoureux de toutes, pour peu qu'une seule lui adressât un sourire. Il revint ensuite à sa Colette, puis aux remparts d'Angoulême, Annette en conclut que si d'aucuns sont nés pour être écrivains ou diplomates, Jean-Pierre était né pour être amoureux.

— Mais j'écris aussi, corrigea-t-il en montrant devant lui un bloc de papier rayé ; et si je réussis à entrer à l'ENA, j'espère bien en sortir aux Affaires étrangères.

Ils se levèrent, marchèrent un peu sur le boulevard, léchant les vitrines de La Hune et du Divan, puis Jean-Pierre la quitta : il espérait apercevoir Colette à la sortie d'un cours. Ce serait déjà ça de pris.

Il lui fit un clin d'œil, pirouetta sur ses pas et regagna la rue Saint-Guillaume.

« En voilà un, au moins, qui ne ressemble pas aux autres », se dit la jeune fille en descendant vers les quais, car elle n'avait rien à faire de la journée et que le soleil, décidément, était au rendez-vous.

Ses premières promenades dans Paris furent un enchantement ; elle ne connaissait qu'Angoulême et Hossegor, un peu de banlieue ou de campagne autour : ce Paris d'automne la remplissait d'allégresse. De la rue Saint-Guillaume, toutes les rues conduisaient à la Seine, elle avait l'embarras du choix. La rue du Bac, la rue de Beaune étaient calmes ; aux vitrines des antiquaires s'étalait une retenue de bon aloi ; on vendait de beaux meubles, des tableaux anciens à des gens du quartier ; les cafés sentaient presque la province, avec de vieux zincs et le bruit du petit sancerre débouché à dix heures du matin. Pour le plaisir, elle croquait un œuf dur, une tartine beurrée : au Café de la Paix, on servait du café-filtre, elle n'avait jamais vu de percolateur. Rue Bonaparte, c'était une autre affaire, les vitrines étaient plus nobles, les objets exposés plus chers, on croisait des femmes élégantes venues pour regarder. Dans un magasin d'articles pour artistes, elle découvrit un moulage de cette noyée qu'on appelle l' « Inconnue de la Seine » : comme d'autres avant elle, Annette tomba amoureuse du beau visage lisse, des cheveux en bandeaux et du sourire qui disait que la mort peut parfois être douce. Mais, rue des Saints-Pères ou rue de Beaune, elle arrivait toujours à la Seine, et faisait alors durer le plaisir. En face, les couleurs du Louvre changeaient selon l'heure et la lumière. Annette s'accoudait entre deux boîtes de bouquinistes, et regardait le fleuve couler. Un peu plus haut on avait repêché l'Inconnue ; mourir, pensa-t-elle, ne lui ferait jamais peur ; devant une péniche chargée jusqu'à ses bords, elle se dit qu'elle serait capable de courir tous les risques, oser toutes les aventures. Elle ferma les yeux ; c'était le plaïsir. Un matin, son cœur battait si fort d'émotion qu'elle eut un étourdissement : il fut court : ça aussi, c'était bon. Même la pluie lui semblait bonne à Paris et l'odeur des cafés lui rappelait de vieux souvenirs. Elle y passait de longs moments. À l'angle de la rue Jacob, une petite dame presque bossue écrivait fiévreusement tous les matins devant une table de marbre poisseuse, sans lever les yeux de ses papiers ; elle prit l'habitude de lui adresser un sourire au-dessus de son café-crème. Annette lui rendait son sourire : c'était cela, Paris. Traverser ensuite le Pont-Royal ou la passerelle des Arts, c'était s'embarquer pour un voyage, Annette n'allait jamais plus loin que le Louvre ou les Tuileries ; elle s'asseyait sur un banc et regardait flirter des amoureux, des enfants qui jouaient. Elle pensait : « Je suis à Paris, c'est la plus belle ville du monde. » Elle savait qu'à Paris aussi il y avait des quartiers misérables, des banlieues tristes, des gares qui dégorgeaient à sept heures du matin des trains entiers d'employés livides : ce serait pour plus tard ; en son premier automne à Paris, elle voulait seulement aimer Paris. Ce jour-là, elle se dit que ce serait encore meilleur de se promener au bras d'un garçon qu'elle aimerait : « Je suis vraiment devenue midinette ! » pensa-t-elle, sans trop de honte. Elle remonta vers Saint-Germain.

***

La grande affaire de tous ses camarades était la politique. On se réunissait dans le hall, on discutait des articles de la Constitution, de l'impossible dissolution ; on énumérait des noms qui n'auraient bientôt plus cours, Jacquinot ou Pierre

Courant, Coste-Floret, Martinaud-Desplat ; on défaisait des cabinets, on refaisait des ministères. Pour l'heure, on complotait chez Basile : il s'agissait de renverser le Bureau des élèves considéré trop politique, et de le remplacer par une nouvelle amicale apolitique qui l'aurait été beaucoup plus, mais différemment. Sur les panneaux destinés à l'affichage des cours, on épinglait des appels à manifester pour ou contre la guerre d'Indochine ; les affaires du Maroc ou de Tunisie mobilisaient de vrais bataillons armés de matraques en bois et on était toujours prêt à en découdre avec les « cocos » qui descendaient parfois du quartier Latin faire de la provocation. Une manifestation particulièrement importante avait défilé sur le boulevard Saint-Michel, quelques membres du Bureau des élèves s'étaient joints à ceux qui demandaient l'arrêt de la guerre d'Indochine : l'heure était aux grandes résolutions.

Dans un coin de Basile, Jean-Jacques avait rassemblé ses fidèles.

— Je crois que le moment est venu de montrer à ces petits branleurs de quel bois nous nous chauffons, lança-t-il en allumant sa dixième Craven A de la journée.

Patrick acquiesça en silence : c'était sa première intervention de la semaine, ce fut sûrement la dernière. Jean-Antoine faisait une préparation militaire « supérieure » et s'était acquis à ce titre une renommée de casseur de communistes ; il proposa ses services.

— Et si nous attendions les gars à la sortie, juste histoire de se dérouiller les muscles ?

Jean-Jacques écarta la suggestion d'un nuage de cigarette.

— Il s'agit de prendre le pouvoir démocratiquement, pas d'amocher quelques zouaves qui se feront ensuite passer pour des martyrs.

Serge Lequeu, le président de l'amicale en place, sirotait un café à deux tables de là. Le regard indifférent, il tentait néanmoins d'écouter ce qui se tramait chez ses ennemis. La fille qui l'accompagnait, longue et rousse, était une Italienne ; elle s'appelait Nella.

— Voilà ce que je propose, murmura Jean-Jacques.

Il fit signe à ses camarades de se regrouper plus étroitement encore autour de la table. Noëlle, la serveuse, arrivait avec du chocolat, on s'écarta pour qu'elle disposât les tasses. Lorsque Annette rejoignit les conspirateurs au retour de sa promenade, ils étaient d'excellente humeur. Ils se levèrent pour lui faire place, avec des rires complices, comme s'ils l'attendaient. Ironique, Jean-Léonard avait repoussé son fauteuil : lui seul prenait un peu de recul dans cette affaire.

— Ma belle, lança-t-il à Annette, c'est dans les instants comme ceux-ci qu'on juge les âmes bien trempées : nos amis ont une proposition à te faire. Je ne doute pas que tu sois à la hauteur des espoirs fondés sur toi ; je ne doute pas non plus que tu ne goûtes avec délectation tout le sel de la situation.

Il avait parlé à haute voix, on lui fit signe de se taire ; l'arrivée d'Annette avait pourtant dissipé les soupçons de Serge Lequeu ; la jeune fille s'était déjà acquis une trop jolie réputation d'insolence pour qu'on l'imaginât participant sérieusement à un complot : tout au plus ses ennemis discutaient-ils d'un week-end à la campagne. L'ouverture de la chasse approchait et Lequeu, militant des beaux quartiers, imaginait très bien Annette un fusil à la main. Nella, plus blond vénitien que vraiment rousse, jeta un coup d'œil à notre héroïne ; elle la trouvait sympathique, cette gamine dont l'arrivée parmi ces bons jeunes gens semblait susciter tant de passions. Annette la remarqua, elles échangèrent un sourire.

— Alors ? interrogea la jeune fille lorsque Lequeu fut sorti avec sa compagne.

Jean-Jacques alluma une nouvelle Craven à bout de liège et murmura, onctueusement :

— Ma chère, je ne suis pas très loin d'avoir eu l'idée du siècle. Nous allons convoquer une assemblée générale des élèves, provoquer la démission du Bureau et faire élire une nouvelle amicale dont tu seras la présidente. Je vais tout t'expliquer : c'est notre seul moyen de réussir.

Annette eut du mal à retenir un fou rire : l'idée qu'elle ne fût pas élève de l'École n'avait effleuré personne.

— À partir de maintenant, je ne te quitte plus, acheva Jean-Jacques.

Cette dernière phrase et la poigne possessive posée sur l'épaule d'Annette valurent à celle-ci une ultime algarade de Patrick.

— Tu ne te rends pas compte, grogna-t-il un peu plus tard, qu'est-ce que les autres vont croire ?

La réponse d'Annette fut un prodige d'ironie, il ne pouvait pas la comprendre :

— Ils croiront ce qu'ils voudront, mon Patrick : l'important, c'est que nous soyons ensemble, non ?

Dès le lendemain, Jean-Jacques et ses amis commencèrent discrètement leur campagne électorale.

Le premier grand électeur qu'ils allèrent trouver était un gros homme rigolard qui se piquait de grec et de poésie. Un mégot accroché aux lèvres, il était auvergnat et fondé de pouvoir chez les Rothschild. On le voyait beaucoup dans les couloirs de l'École, où il occupait depuis des temps immémoriaux les fonctions de maître de conférences : agrégé de lettres anciennes, il pouvait parler de tout et à n'importe qui.

— Il faut que vous nous aidiez, Paul, lança Jean-Jacques en s'asseyant en face de lui.

C'était au Café de Flore ; les élèves de l'École le fréquentaient peu, de peur d'être pris pour des pédés. Paul Machoux s'en moquait comme d'une guigne, aimait les artistes et n'hésitait pas à gravir l'escalier raide qui conduisait au premier étage pour avoir avec un journaliste ou un politicien un tête-à-tête enfumé, d'où sortirait peut-être un article — sinon l'avenir de la France. En quelques mots, l'étudiant expliqua la situation : l'Institut d'études politiques de Paris était ce qu'il était et la gauche française avait sur le monde étudiant l'influence néfaste que l'on savait ; l'unique moyen de renverser l'amicale en place était de procéder à une élection canular qui, le moment venu, s'avérerait rigoureusement valable. Une petite provinciale délurée leur servirait de détonateur. Le projet était absurde et bien dans l'esprit élégamment tortueux de ces jeunes gens.

Paul Machoux ralluma son mégot et sourit : l'ancien normalien qui n'était pas tout à fait endormi en lui s'amusait déjà de la plaisanterie.

— Et elle est comment, votre égérie ?

— Vous voulez dire notre présidente ? Ravissante, comme il se doit.

Le maître de conférences opina du bonnet.

— Et bien bête, comme il importe également.

Jean-Jacques secoua la tête :

— Supérieurement intelligente, au contraire.

— Et vous n'avez pas peur que...

En bon Auvergnat, il n'achevait qu'une phrase sur deux, mais l'étudiant le rassura — ce dont il n'avait guère besoin, trouvant l'opération aussi divertissante que parfaitement inutile.

— Rien à craindre ; je vous ai dit qu'elle était *supérieurement* intelligente.

Il avait appuyé sur l'adverbe, Machoux redoutait l'adjectif mais, l'envie de connaître la gamine l'emporta pourtant sur ces subtilités grammaticales.

— Il faudra me montrer cette petite merveille.

Il renonça à allumer son mégot à jamais éteint et commanda un petit blanc sec. Il était dix heures du matin, Annette se réveillait dans sa chambre à la Mimi Pinson, s'étirait et poussait ses volets. Elle était nue, c'était le moment que son voisin d'en face, retraité de la SNCF, attendait depuis l'aube ; il ajusta ses jumelles : bonne fille, elle attendit le temps nécessaire à la mise au point et un peu plus, avant de tirer le rideau. Elle s'habilla ensuite sans se presser, sourit à son miroir, se disant que, pour une midinette, présider aux destinées du Bureau des élèves de l'école la plus snob de Paris, c'était une sacrée promotion. Puis elle rejoignit Jean-Pierre qui lisait *L'Express* aux Deux Magots.

— Alors ? Il paraît que tu te lances dans la politique ?

Jean-Pierre semblait beaucoup s'amuser ; il en savait un peu, elle raconta le reste.

— Et tu vas jouer jusqu'au bout le jeu de ces marioles ? interrogea-t-il enfin.

Elle eut l'air mystérieux qui convenait à la situation.

— *Chi lo sa?*

À force de fréquenter chez Stendhal, elle avait appris un peu d'italien.

— Tu sais que je t'adore ! lança alors Jean-Pierre.

Elle le regarda drôlement.

— Moi aussi.

Elle pensait : « Attention ! Je me suis juré de ne jamais aimer Frédéric, et je ne le regrette pas ; Jean-Léonard me fait rire, c'est tout ; celui-là, en revanche... Pourquoi pas ? » Ce « pourquoi pas » était un défi qu'elle se lançait. Retrouver Jean-Pierre, l'entendre parler de la petite fille au ruban blanc qui jouait sur les remparts l'avait émue : avec sa désinvolture presque tendre, ce matin, Jean-Pierre la touchait plus encore. Il demeura un moment à parler de lui, des autres, pas de politique ; c'était reposant. Un jaune et pâle soleil pénétrait à travers les rideaux, le café sentait la sciure, l'encaustique et les serveurs passaient, en grands tabliers blancs, comme jadis à Angoulême ; c'était un Paris d'opérette ou de comédie musicale américaine : sur les Champs-Élysées, on jouait *Chantons sous la pluie*, personne n'avait encore compris que c'était un chef-d'œuvre. Jean-Pierre se leva.

— Je vais essayer de voir Colette, dit-il.

Annette se retrouva seule, un peu bête, sur sa banquette de moleskine. *L'Express* traînait à côté d'elle, elle bâilla en lisant le « Bloc-notes » de M. Mauriac : on ne lui avait pas dit que c'était un maître à penser.

L'assemblée générale des élèves eut lieu comme prévu. Dûment mandatés par Machoux, qui prenait plaisir à tirer les ficelles pour agiter ces jeunes gens, deux ou trois étudiants réputés de gauche demandèrent la parole et dénoncèrent pour la droite la gestion de l'amicale. Plus occupé par la guerre d'Indochine que par le déficit chronique de son budget, le Bureau valsait avec les subventions et oubliait de recouvrer ses cotisations. Lequeu voulut revenir à la politique, on le ramena sans pitié sur le terrain des additions ; on passa ensuite à un vote de principe, sa défaite était consommée. Les vainqueurs allèrent la fêter chez Basile. Une panne d'électricité avait plongé la rue Saint-Guillaume dans les ténèbres ; on avait disposé des bougies sur les tables, l'illustre salon de thé était le centre du monde, ou du moins le cœur de Paris.

*
* *

L'automne avançait. Annette fit à Versailles une promenade en compagnie de Jean-Pierre. Patrick avait tenu à les accompagner, ils le perdirent assez vite au coin d'un bosquet. Le Grand Canal brillait dans le soleil froid, le ciel était d'un bleu presque trop sombre pour la saison. L'étudiant et celle qui jouait à ne pas l'être tout à fait parlèrent de l'avenir comme s'ils ne s'étaient jamais quittés. Ils firent un grand détour pour éviter un groupe de touristes américains derrière un guide en casquette qui décrivait une à une les statues du parc, puis Annette s'amusa à fouler des montagnes de feuilles mortes ; elle se dit que chacune représentait une minute de son passé, une seconde peut-être ; Jean-Pierre trouva l'idée jolie. Il parla ensuite de Colette ; elle avait accepté de sortir avec lui, c'était pour bientôt, Annette eut l'impression d'être triste : elle se dit qu'au fond, elle ne s'amusait pas tant que ça.

— Et la passion ? demanda-t-elle.

Sans s'en rendre compte elle avait parlé à haute voix. Jean-Pierre s'arrêta, surpris.

— La passion ? Mais j'aime passionnément Colette.

Il aimait aussi Brigitte, qui l'avait quitté quelques semaines auparavant ; il aimerait Claudine, Antoinette, Véronique ; il aimait les femmes peintes par Tiepolo, bleues et noires tant elles étaient blanches et il aimait cette Pomone en statue près du banc de pierre où ils s'étaient assis. Annette n'insista pas. D'ailleurs, l'aurait-il aimée qu'elle aurait probablement perdu l'intérêt attendri qu'elle avait pour lui ; et puis, elle aimait en lui sa gentillesse, son ironie distraite et le mépris amusé qu'il avait pour ses camarades. Elle pensa ; « Je suis bien avec lui » et ne parla plus de passion. Patrick reparut là où on ne l'attendait pas, il était de très mauvaise humeur, elle lui fit deux bises sur les joues : il ne lui servait en somme plus à rien. Pourtant, l'hiver avait beau approcher, les beaux jours étaient encore loin. C'est à ce moment qu'elle décida : « Je le quitterai au printemps. »

*
**

On dansa un soir chez Martine. Celle qui se croyait presque fiancée à Jean-Jacques avait organisé un dîner par petites tables. On avait invité les amis habituels et des nouveaux, des cousins, des étrangers ; certains étaient en smoking ; un ami anglais portait une vraie cravate d'un vrai club, mais on la trouva vulgaire. Pour se payer leur tête à tous, Jean-Léonard proposa ses services ; il jouerait les extras, le maître d'hôtel. On trouva l'idée excellente. Il décida en outre de se maquiller ; une raie au milieu quasi proustienne et la moustache firent de lui un autre lui-même :

plus que Charlus, il était devenu le petit Marcel ; ce fut un succès. Il se promena parmi les dîneurs, renversant ici une sauce, faisant là une réflexion incongrue. Quelques invités se fâchèrent, on s'amusa au son des Platters. Martine avait traité ses hôtes au champagne, elle était un peu ivre. Tout d'un coup, elle se mit à pleurer. Annette voulut s'approcher d'elle, mais elle s'était déjà essuyé les yeux ; Jean-Jacques l'invita à danser.

On sonna à la porte. Avec force cérémonies, Jean-Léonard introduisit Serge Lequeu accompagné de son amie Nella. Jean-Jacques se détacha de Martine.

— C'est toi qui as invité ce type ?

Il était blême de fureur. Annette crut qu'il allait la frapper. Martine s'expliqua : elle n'avait invité que Nella ; les deux jeunes filles avaient sympathisé en salle de gymnastique. Jean-Jacques la planta là et invita à danser n'importe quelle Marie-Renée. Martine était mignonne et pas très intelligente ; cette Marie-Renée était belle et bête à souhait, il n'en demandait pas plus. Martine fit signe à Jean-Léonard et vida une coupe de champagne pour se consoler.

Serge Lequeu fit le premier pas. Il s'approcha d'Annette avec une désinvolture trop appuyée.

— Alors ? On fait de la politique, maintenant ?

C'étaient presque les mots de Jean-Pierre. Il but une gorgée de Perrier-citron — il ne buvait jamais d'alcool en signe de protestation contre les bouilleurs de cru qui constituaient alors un État dans l'État — et remarqua d'un ton sentencieux :

— La politique est un art trop sérieux pour qu'on le laisse aux femmes et aux militaires.

La flamboyante Nella les avait rejoints ; elle le rabroua :

— Vous l'entendez, ce *macho* ?

Le mot n'était pas entré dans les mœurs, même pas dans le langage des dames ; Annette dut se le faire expliquer. Elle put ensuite protester :

— La politique ne m'intéresse pas, répliqua-t-elle, je vous la laisse. Ce qui m'intéresse, moi, c'est parfois les militaires et, pour le reste, deux fois rien : le pouvoir !

L'homme de gauche bon teint qu'était Lequeu — c'est-à-dire tout juste un peu rosé aux entournures — rougit : cela se remarqua.

— Vous dites des choses terribles, murmura-t-il, la vie est un combat, pas un jeu.

Un moment, Annette l'avait espéré plus drôle que les autres : il était aussi ridicule. Elle résolut d'être sans pitié.

— Un de ces jours, invitez-moi donc à déjeuner ; vous me raconterez avec qui vous jouez, et à quoi ; je vous dirai peut-être contre qui je me bats, et pourquoi. Tant pis pour vous si vous ne comprenez pas.

Le garçon rougit davantage ; il sembla à Annette que son amie souriait : c'était un bon point pour elle. Elle se retourna vers Nella.

— Et vous, la politique ne vous intéresse pas ?

La jeune fille secoua sa crinière.

— Disons que la politique s'est trop intéressée à moi.

Jean-Léonard vint interrompre cette confession énigmatique. Son plateau à la main, il fit mine de trébucher et renversa consciencieusement trois verres d'une orangeade poisseuse sur le costume de Serge Lequeu, qui venait si ouvertement de chez Sigrand (ou Thierry) que le fils de Mme Melines avait jugé utile d'y remédier. La réussite fut complète ; en dépit de sa perruque chavirée et de la moustache en partie décollée, Lequeu ne le reconnut pas. Il lui adressa un juron sonore, le traita de loufiat, ce qu'il avait sûrement lu dans un livre ; Jean-Jacques s'offrit le luxe d'intervenir le priant, trop poliment, d'être moins rude avec le petit personnel. L'altercation faillit tourner au pugilat, Lequeu s'en alla en claquant la porte ; Annette et Nella échangèrent un regard navré : elles avaient encore beaucoup à se dire.

— Décidément, ces gens de gauche sont incapables de se conduire en gens du monde, remarqua Jean-Jacques avec componction.

Jean-Léonard renchérit et rappela l'exquise politesse du duc de Guermantes, qu'il appelait Bazin avec les domestiques ; on se retrouva entre soi. Du coup, Annette reçut les confidences de Jean-Michel ; un voyou l'avait agressé au sortir d'une tasse — elle se fit expliquer le terme ; il raconta l'émotion qu'il avait éprouvée.

— On entre là-dedans le cœur battant, on en ressort parfois la gueule battue, mais entre les deux, quelle aventure !

C'étaient les temps bénis d'une pissoire célèbre, à deux pas du Café de Flore en face d'un magasin d'orthopédie. Le voisinage des attelles et autres bandages herniaires avec la rotonde puante faisait parfois rêver. Annette s'était même dit qu'un jour, déguisée en garçon... Pourquoi pas ? Mais en ce milieu des années cinquante, on n'affichait pas encore aussi ouvertement la couleur de ses plaisirs, lorsque ceux-ci vous portaient vers le rose.

La Miche la quitta pour boire de la Bénédictine ; Jean-Antoine était une brute, il avait belle allure, Annette se laissa entraîner dans un boogie agité. Autour d'elle, on se déhanchait à cœur joie, on avait dix-sept ans, dix-huit ans, elle se dit qu'elle aurait pu se contenter de ces jeux-là. Des lumières tamisées éclairaient à peine des tableaux de prix et des vases de Chine : c'était de bon goût, les jeunes gens étaient charmants, les filles assez jolies avec leurs épaules nues. Elle-même portait une robe à volant, son jupon empesé lui faisait de jolies jambes, elle devina qu'on enviait Patrick à qui elle se refusait : dire oui ce soir-là à lui ou à un autre n'aurait pas été trop difficile ; elle aurait fait alors un beau mariage en blanc à la Madeleine ou à Saint-Thomas-d'Aquin. Les orgues tonneraient dans des fumées d'encens et le suisse en bicorne frapperait solennellement le pavé de sa lourde canne d'argent : les boogies mènent à tout à condition de savoir s'arrêter à temps ; c'était sa vie qui se jouait ce soir. L'odeur d'aisselles moites des demoiselles aux épaules nues devint plus forte en dépit du Guerlain ambiant. Annette se vit soudain face à ce Jean-Antoine qui se trémoussait comme elle, elle se dit : « Les autres regardent mes jambes », c'était vrai ; elle transpirait un peu, elle pensa : « Ils s'en rendent compte », ce n'était pas vrai. Aussi agitée qu'eux, elle les trouva grotesques, devina qu'elle l'était aussi, ce n'était pas faux, elle éclata de rire ; le tableau de Bazille au-dessus de la commode Louis XVI était sûrement faux : jusque dans ce boogie effréné, rien ne lui échappait. « Je continue encore un peu, pour voir », pensa-t-elle. Elle continua.

Au douzième retour des Platters, quelqu'un finit par protester, Sidney Bechet revint en force, on se réconcilia autour des « Oignons » et Martine se remit à pleurer : elle avait beaucoup bu.

Annette aussi avait bu, un peu moins. Elle l'entraîna dans sa chambre ; c'était une vraie chambre de jeune fille, avec des porcelaines de Paris peintes de fleurs, des roses et un lit étroit. Il y avait au mur une aquarelle de Marie Laurencin et un portrait à l'huile de Mme Bouilly-Leroy quand elle était petite. Martine s'effondra sur son lit ; le rimmel qui coulait tacha la toile de Jouy. Entre deux sanglots, elle avoua qu'elle était enceinte.

— De Jean-Jacques ? demanda Annette.

L'autre s'arrêta de pleurer. Elle était presque indignée.

— De qui voudrais-tu que ce soit ?

Les larmes redoublèrent, Annette s'assit à côté d'elle, la moucha dans son mouchoir et, mot après mot, lui fit tout raconter. Dans sa famille, les jeunes filles se mariaient vierges ; aussi, lorsque, à l'occasion d'un week-end normand, Jean-Jacques avait voulu obtenir d'elle ce qu'elle lui refusait, elle s'était vertement récriée. Tout au plus — elle entra dans les détails — avait-elle permis qu'on la « touchât un peu, mais au-dessus de la ceinture » ; on ne faisait pas mieux à Angoulême. Le week-end s'était mal terminé, sous la pluie et dans les larmes. Jean-Jacques avait traité la jeune fille d'oie blanche : il avait été « voir des femmes ». Sur ce dernier point — elle était curieuse de ces choses —, Annette n'obtint pas d'autre explication. Probablement, pensa-t-elle, Jean-Jacques avait menti. Toujours est-il qu'au week-end suivant, qui fut bellifontain et presque aussi mouillé, la diplomatie de Martine lui conseilla d'accepter qu'il franchît la frontière interdite de la ceinture dorée. Ce fut le temps du « tout mais pas ça ». Elle révéla alors, entre de nouveaux sanglots, des précisions presque gênantes, fût-ce dans une conversation entre filles : la bonne volonté de Martine avait été sans limites, Jean-Jacques en avait profité sans vergogne. « Ça ne me dégoûtait pas, tu sais ! » s'étonna au passage la jeune fille, avec une remarquable innocence — qui en disait d'ailleurs beaucoup sur l'innocence des oiselles de ce temps. Et puis, au fil des week-ends, la ceinture dorée avait fini par se dénouer tout à fait.

— Du jour au lendemain, je ne l'ai plus intéressé, avoua Martine dans un pénultième sanglot.

La dernière larme coula lorsqu'elle en revint au début de leur conversation : cette chose qui gigoterait bientôt dans son ventre.

— Tu n'as pas pensé à te faire avorter ? interrogea Annette.

La vertu bien ébréchée de la jeune fille se trouva cette fois outragée.

— Je suis croyante, tu sais !

Elle ajouta dans un soupir qu'elle en avait parlé au père Arnaud sous le sceau de la confession et que celui-ci lui avait enjoint de supporter chrétiennement l'épreuve, de garder l'enfant.

— ... et de me faire épouser par Jean-Jacques, conclut-elle.

— Alors ?

Ce fut le dernier sanglot.

— Il ne veut pas !

La scène était classique et ridicule. Annette fut quand même émue. Barbouillée de rouge à lèvres et le corsage déboutonné, Martine était l'image même de la victime des hommes. Annette caressa une épaule, la jeune fille se pelotonna contre elle. N'eussent été les invités qu'on entendait rire au son des « Oignons », Annette se serait attardée sur cette épaule, voire un peu plus loin. Elle se souvint aussi de Christine : un jour, elle avait déjà eu cette tentation. Mais on avait blessé Christine dans sa chair : elle résolut d'agir.

— Laisse-moi faire, dit-elle.

Elle se leva, alla droit au salon et posa une main sur l'épaule de Jean-Jacques qui dansait son Bechet plaqué contre Marie-Renée.

— Il faut que je te parle.

Elle l'entraîna dans la bibliothèque voisine, remplie de fausses éditions de luxe que le père de Martine, chirurgien de talent, avait payées très cher : il y avait même le *Code de la route*, illustré par Dubout, c'était laid à vomir, mieux valait attaquer. L'explication fut orageuse, le ton monta ; des invités pénétrèrent dans la pièce pour assister à ce moment qui fit date dans l'histoire de la petite communauté de la rue Saint-Guillaume : Annette traita le séducteur de salopard, celui-ci répondit d'une gifle. Qu'on s'en étonne ; c'était la première fois qu'un homme la frappait ; elle en perdit ses moyens. La suite fut héroïque : Patrick se crut obligé d'intervenir, il n'était pas malin mais costaud, et cassa proprement le nez déjà busqué de Jean-Jacques d'un coup de poing. Il y eut du sang, on alla à Cochin, on fit des points de suture et Martine profita du désordre pour faire une fausse couche dont elle ne se rendit pas tout de suite compte. Tout le monde se réconcilia à quatre heures du matin devant une soupe à l'oignon. Annette avait retrouvé quelques-uns de ses moyens mais elle avait un peu perdu l'esprit. Rentrée rue Saint-Guillaume, l'alcool abondamment ingurgité avant, pendant et après l'explication faillit lui faire perdre le reste, elle voulut faire un geste pour Patrick, le remercier, en somme. Ce fut elle qui vint se coucher dans son lit, mais Patrick avait bu encore plus qu'elle : il ronflait déjà. L'infortuné garçon ne sut jamais à quel bonheur il avait échappé cette nuit-là ; au matin, Annette, elle, se félicita de l'heureux dénouement d'un moment d'égarement. Elle raconta tout à Jean-Pierre, qui rit beaucoup.

*
**

Elle revit plusieurs fois Nella chez Basile, mais la jeune Italienne était toujours accompagnée, elle lui faisait un sourire de loin ; Annette avait envie de se retrouver seule avec elle. Un matin, elle s'aventura au Flore, dans l'espoir que la belle rousse hantait peut-être ces lieux ; elle en fut quitte pour un café solitaire à côté d'un monsieur qui s'était fait la tête de Jean-Paul Sartre, mais en avait confondu l'œil gauche avec le droit : à la table d'en face, une dame en turban lui jetait des regards courroucés. Annette revint deux jours après ; l'Italienne était bien là, en compagnie d'une petite femme maigre penchée vers elle ; elle avait les yeux rouges, l'autre lui parlait à voix basse, d'un ton rageur. À l'arrivée d'Annette, elle leva les yeux, vit le sourire de Nella et se leva brusquement, jetant un billet sur la table.

— Tu garderas la monnaie, souffla-t-elle aigrement.

Nella fit signe à Annette de s'asseoir près d'elle, un serveur apparaissait, elle commanda d'office deux cafés.

— J'avais peur de ne jamais vous revoir, dit-elle.

Elle ajouta :

— Est-ce que je vous fais si peur que ça ?

Annette protesta en riant, mais, en son for intérieur, il lui fallait bien en convenir : d'une certaine manière, cette

Italienne qui semblait sortir tout droit d'un magazine de cinéma l'effrayait un peu. Elle voulut se donner du courage en allumant une cigarette, chercha vainement une Craven dans son sac, Nella lui tendit une Boyard papier maïs, elle toussa un peu mais s'habitua vite. Alors, tout à trac, et parce qu'elle ne savait que dire, elle lui raconta sa vie. Elle parla de Patrick, de Jean-Jacques, de ce qui ne comptait pas ; en vint à Angoulême, aux remparts, elle arriva à Frédéric, puis à Christine, à ce qui comptait ; ne dit rien pourtant de sa mère et de ce qui comptait vraiment : c'était quand même une belle preuve de confiance. Nella prit sa main et la serra très fort. Il y eut un silence.

— Et toi ? demanda Annette.

— Oh ! moi...

Nella en dit beaucoup moins, elle raconta surtout les mois qui avaient précédé, où la presse à scandale avait, dit-elle, souvent cité son nom. Elle était l'amie d'une jeune fille retrouvée morte sur la plage d'Ostie qui s'appelait Wilma Montesi. Les *paparazzi*, puis la justice s'étaient emparés de l'histoire, en avaient fait une affaire, et l'affaire Montesi défrayait la chronique italienne ; *Samedi-Soir* et *France-Dimanche* avaient publié les photos des Montagna et Piccione, plus ou moins accusés de meurtre ou d'incitation à la débauche. Wilma Montesi à peine majeure venait d'une famille pauvre, sinon vraiment méritante.

— J'étais son amie, répéta Nella.

Elles eurent ensuite une de ces conversations de filles où l'on dit tout le mal qu'on sait des hommes : pour Annette c'était la première fois, il fallait que quelqu'un le lui apprît, ce fut Nella. L'Italienne raconta comment Piccione, ami du Tout-Rome et chevalier servant de la grande Alida Valli, l'avait trahie ; comment l'infâme Montagna avait abusé de son innocence et l'obscur journaliste par qui le scandale avait éclaté, de sa crédulité. Elle avait été la dernière à voir Wilma vivante, elle savait qu'on l'avait droguée, on voulait recueillir son témoignage, la police la recherchait : elle avait fui en France de peur qu'on ne voulût la faire taire comme Wilma Montesi.

— Ici, à Paris, on ne sait rien de moi, acheva-t-elle. Seulement toi...

— Nella, c'est ton vrai nom ? interrogea pourtant Annette.

La jeune fille eut un frisson.

— Ne me demande rien.

Elle serra sa main plus fort. Solide et fine à la fois, osseuse et douce, sa main paraissait moulée pour tenir celle d'Annette. Elle paya les consommations, Annette se leva la première. Un taxi les conduisit à un grand appartement du XVIIe arrondissement, près de la porte des Ternes, prêté par un ami. Il était sept heures du soir, elles se levèrent au matin. Pour la première fois de sa vie, Annette avait cru sentir quelque chose, elle en tremblait. Nella, de trois ans son aînée, lui caressa le front d'un doigt.

— Ne t'inquiète pas, dit-elle, ce n'est pas grave.

— Tu crois ?

Annette avait répondu dans un souffle. Elle aurait donné tout ce qu'elle possédait, c'est-à-dire deux fois rien, pour que son amie protestât, lui jurât que tout cela était terriblement sérieux, mais Nella se leva. À contre-jour, devant la fenêtre ouverte, le matin entrait de partout dans ce grand appartement vide, moderne et déjà vieillot.

— Si je le crois ? J'en suis convaincue, assura Nella.

Elle ajouta :

— Sans cela, nous ne nous serions pas retrouvées toutes les deux ici.

Annette la suivit jusqu'à la salle de bains vaste et lumineuse, tout en miroirs et en faux acajou. L'Italienne s'assit devant une coiffeuse et commença à se maquiller. À mesure qu'elle se peignait d'ocre, de rouge, de jaune, bientôt de vert et de violet, le visage de Nella s'éloignait ; elle devenait une autre femme, sophistiquée, mondaine, qui souriait à Annette d'un air absent dans le miroir. Lorsqu'elle eut achevé, elle se retourna, c'était une inconnue. Le passeport de Nella Bellini disparaîtrait dans une bouche d'égout, Maria Novella di Capriano sortirait de cet appartement anonyme, prendrait à Orly un avion pour une destination inconnue.

— Ma petite copine, hier au Flore, m'expliquait qu'on m'avait retrouvée. Elle m'avait apporté des papiers, un billet d'avion.

— Mais vous vous disputiez ?

— Elle voulait passer cette dernière nuit avec moi ; moi, je voulais être seule.

— Tu es pourtant restée avec moi, non ?

Elle se sentait ridicule ; elle avait l'impression de ressembler à tant de ces gamines qu'elle méprisait si fort et qu'on savait si bien abandonnées. Nella ne répondit pas.

— Maintenant, qu'est-ce que je vais faire ? interrogea Annette.

La jeune inconnue s'approcha d'elle et lui donna un baiser sur le front.

— Tu vas rentrer très vite rue Saint-Guillaume et demander pardon à ton Patrick d'avoir découché.

Cette fois, Annette eut honte. Elle protesta.

— Mais je n'aime pas Patrick, je ne l'ai jamais aimé.

Le rire de la nouvelle Maria Novella ressembla au cri d'un oiseau blessé.

— Tu crois que moi je les aime, les Piccione et les Montagna ?

Elle tendit à Annette une photo de Wilma Montesi nue et morte sur la plage d'Ostie.

— J'aimais Wilma : voilà ce qu'ils ont fait d'elle.

Annette regarda la photo, voulut la lui rendre, elle la repoussa.

— Garde-la.

Ses pas s'éloignèrent. La porte d'entrée claqua très loin dans ce grand appartement d'un quartier impossible. Elle était déjà partie. Annette demeura seule un moment. On aurait dit que personne, jamais, n'avait couché avant elle dans la chambre aux boiseries Arts déco ni lu un journal au salon ou bu un café dans la cuisine. Elle sortit à son tour et, de retour rue Saint-Guillaume, jura à Patrick qu'elle n'avait pas passé la nuit avec un garçon ; c'était vrai, il ne soupçonna rien de plus.

Elle enferma la photo de Wilma Montesi morte dans un sous-main de cuir rouge rapporté par la Miche d'un voyage à Tanger. Elle chercha ensuite des articles sur l'affaire, elle découpa même quelques photographies dans un journal italien. Nulle part elle ne trouva le nom de Nella ni la moindre mention d'une femme qui aurait pu lui ressembler.

*
**

Cette belle histoire de crime et d'innocence l'avait laissée rêveuse : il y avait bien en elle un côté midinette, elle aimait les romans noirs, les grands crimes sanglants ; déjà, à Saint-Cybard, elle se délectait de la lecture de *Détective* que Jarnigou achetait en cachette parce que, parmi les cadavres et les enquêtes, il y avait souvent des photos de filles à demi nues sur fond sépia. Plus tard, elle découpa d'autres photos d'autres affaires, d'autres crimes. Ainsi conserva-t-elle longtemps le portrait de Pierre Carrot, dit Pierrot le Fou numéro deux ; ou celui de Pauline Dubuisson, jeune femme méritante qui avait tué un amant volage. Le destin de cette Pauline, qui avait voulu se venger de tous les hommes et n'avait pour cela trouvé qu'un revolver, l'intéressait ; elle était grande, belle, calme ; elle avait le regard clair. Dix ans plus tard, acquittée, elle se suiciderait au Maroc où elle était allée servir comme infirmière ; elle mourrait en écoutant du Mozart. Cela, Annette ne le savait pas ; son cœur battait pourtant, elle chercha, dans de vieux journaux, d'autres crimes, encore d'autres photos qu'elle enferma dans le sous-main de cuir rouge. Elle éprouvait, en feuilletant son contenu, un sentiment étrange, un plaisir pas si éloigné de celui ressenti dans l'appartement des Ternes.

Un matin, elle reçut une lettre d'Angoulême. C'était Frédéric, elle l'avait presque oublié. À mots voilés — il n'osait pas avouer sans détours une inquiétude aussi bourgeoise — il lui suggérait de faire attention à ses fréquentations ; le conseil venait, disait-il, du libraire Corbin, qui avait des amis à la préfecture de police : on aurait vu Annette, concluait-il, en compagnie d'une jeune femme qu'il valait mieux éviter.

Vexée d'être traitée en petite fille, elle faillit faire une boulette de la lettre de Frédéric, puis se ravisa. D'une cabine, elle téléphona à Angoulême. Frédéric monta à Paris, elle l'interrogea sur Nella. Il ne la connaissait pas plus que Maria Novella, fit l'innocent, affirma ne plus se souvenir des termes de sa lettre ; Annette ne put lui en vouloir ; sa présence lui redonnait la force qu'elle avait perdue. À la fin de la matinée qu'ils passèrent à déambuler dans Paris, Nella était presque sortie de son esprit, elle en conserverait seulement la photo, parmi d'autres photos de crimes et de criminels. Avant de reprendre le train pour Angoulême — il semblait pressé —, Frédéric l'interrogea pourtant :

— Il paraît que tu vois de temps en temps Jean-Pierre Augereau ; tu as raison, c'est un bon garçon !

— Et Patrick ? demanda quand même Annette.

Le rire de Frédéric le fit à nouveau ressembler à ce polichinelle qui l'avait si fort déroutée sur les remparts.

— Garde-le : il ne te fait pas de mal.

Annette dut en convenir. Elle l'accompagna à la gare. Le train allait s'ébranler quand il avoua qu'il pensait faire de la politique. Dès que l'occasion s'en offrirait, il se présenterait à un siège de député. Elle fut interloquée ; le train démarra.

***

On entra dans le fort de l'hiver. La direction de l'École avait décidé de faire passer avant Noël des examens à blanc qu'on appelait des galops d'essai ; on remit à plus tard les élections. La campagne ne s'en poursuivit pas moins. À côté des deux listes officielles, celle de Lequeu, et celle du nommé Jean-Gérard Brunier, qui s'affirmait apolitique, la liste menée par Annette amusa d'abord, séduisit bientôt. Jean-Jacques avait eu l'idée de n'y faire figurer aucun garçon : Martine en était vice-présidente, les trésorières, secrétaire générale et autres déléguées s'appelaient Véronique, Brigitte ou Madeleine. La Colette aimée de Jean-Pierre était déléguée aux affaires sociales, son père était sénateur, c'était dans l'ordre des choses. Annette se souvint de ses professions de foi d'Angoulême : lorsqu'on l'interrogeait sur ses opinions, elle répondait qu'elle était libérale et gaulliste, ce qui divertissait tout le monde. Elle poussa le zèle jusqu'à accrocher une photo du Général dans l'angle d'une affiche à l'entrée du grand amphithéâtre ; ce fut un trait de génie. Elle reçut les félicitations de la plupart des huissiers qui traînaient sans dire un mot dans cette antichambre du pouvoir, ainsi qu'une grosse bise des dames des vestiaires, toutes alsaciennes, blondes et nostalgiques d'un RPF pur et dur auquel, pendant longtemps, elles avaient cru. Elle trouva aussi dans son courrier plus de cinquante messages d'encouragement d'élèves de l'École ; entre Lequeu qui ne leur plaisait plus et Brunier qui ne leur plaisait guère, ils affirmaient avoir trouvé une troisième solution. Elle n'en dit rien à personne, surtout pas à Jean-Jacques. Seul Paul Machoux, ce maître de conférences aussi auvergnat qu'agrégé de lettres classiques, lui donna rendez-vous au sortir d'une conférence.

Ils se retrouvèrent naturellement au Flore, ce qui rappela

à Annette des souvenirs brûlants ; l'heure était pourtant à l'avenir.

— Je voulais vous rencontrer depuis des semaines, expliqua le fondé de pouvoir de chez Rothschild, son mégot collé à la lèvre inférieure ; mais on dirait que ce bon Jean-Jacques veut vous garder pour lui tout seul.

Annette répondit qu'elle n'appartenait à personne.

— Et ce petit Angoumoisin, avec qui vous vivez ?

L'Auvergnat avait fait son enquête. Annette haussa les épaules, il n'alla pas plus loin. Il parla de la province, pour laquelle il gardait un curieux sentiment d'amour mêlé de haine, et de Paris, auquel il s'était livré corps et âme. Il évoqua des galeries, des amis musiciens ou peintres, s'étonna au passage de la parfaite candeur d'Annette et de son ignorance de la vie politique ; il admira, en revanche, l'étendue de ses lectures, discuta avec elle des mérites comparés de Balzac et de Stendhal. Il cita tel passage de *De l'amour,* elle enchaîna : il comprit qu'ils se comprenaient. Il était un peu gros, lippu, le cheveu collé, mais son œil luisait ; avec tout pour osciller entre le salaud et l'imbécile des classifications premières d'Annette, il n'était cependant ni l'un ni l'autre ; il était à part et se moquait de savoir à quoi il ressemblait. Il amusa Annette. Elle se dit que, plus tard, elle aurait beaucoup à apprendre de lui. On aurait dit qu'il sentait en elle des choses à venir, lointaines encore, dont il se réjouissait. Elle parla des notes qu'elle prenait, pour garder une trace de ce qu'elle vivait ; il s'y intéressa, elle crut qu'il demanderait à les lire, il ne le fit pas. Il se moqua ensuite des politicailleries de tous ces jeunes gens à chevalière, railla un peu l'arrivisme de Jean-Jacques qui n'arriverait à rien, tout au plus à être banquier, et promit enfin à Annette ce qu'il appela un grand destin ; à condition bien sûr, précisa-t-il en riant, que les petits cochons ne la mangeassent pas : des gros, il était certain qu'elle saurait se défier. Il lui conseilla aussi de poursuivre le petit jeu électoral et sciences-posard commencé, sans le prendre au sérieux.

— Qui vivra verra, dit-il en écrasant son mégot dans un cendrier déjà plein.

Puis il fit un salut à la dame au turban toujours à la même place et quitta Annette en riant doucement. Elle se dit : « Il est rigolard »; le mot, l'aspect même de ce curieux maître à penser pour jeunes gens de bonne école lui déplaisaient; l'homme, en revanche, l'attirait. Elle redescendit lentement vers la volière du rez-de-chaussée où des perruches qui ressemblaient à des gamins tristes hoquetaient très haut en buvant des boissons très douces.

Pendant ce temps, à Versailles, un autre scrutin avait commencé, moins important aux yeux du Tout-Sciences po, puisqu'il ne s'agissait que d'élire un président de la République pour succéder au président Auriol dont on raillait l'accent du terroir. Les scrutins étaient compliqués; l'enchevêtrement des votes inextricables : au dixième tour, après cinq jours de conclave, rien n'en était sorti.

— Ils vont voter pour le plus bête ! lança Jean-Léonard, désabusé.

Il s'en moquait puisqu'il s'affirmait royaliste; au treizième tour de scrutin on élut le bon M. Coty dont personne n'avait entendu parler. Le soir des résultats, Jean-Pierre emmena Annette au théâtre. Ils virent *L'Alouette* de Jean Anouilh. Suzanne Flon était admirable en messagère païenne d'un dieu approximatif. À la sortie, Annette s'amusa à imiter son accent rauque et grave. La petite Jeanne l'avait eu, son grand destin : la question était de savoir s'il s'était bien ou mal terminé pour elle.

— Tu ne trouves pas que je lui ressemble un peu? demanda Annette à Jean-Pierre.

Elle avait besoin d'un encouragement. Elle pensait : « Tous ces jours-ci, je flotte », elle n'aimait pas cela. Jean-Pierre répondit : « Pas du tout »; peut-être était-ce, malgré tout, un encouragement. Il lui fallait bien cela : les vacances d'hiver qui suivirent furent horriblement ennuyeuses.

***

Jean-Pierre passait les fêtes de Noël à Angoulême chez ses parents; Jean-Léonard s'était installé à Cabourg, dans un hôtel désert que sa mère avait fait rouvrir pour l'occasion : Annette se retrouva seule à Chamonix avec Patrick, Jean-Jacques et les pires de ses amis.

Leur chalet était pourtant superbe. L'un des premiers construits dans la vallée par des « étrangers », au début du siècle, c'était, au-dessus du hameau des Tines, l'arrivée obligée des skieurs intrépides qui « faisaient la vallée Blanche ». Du balcon au promontoire, on pouvait voir très loin au-delà de Chamonix et des Houches; le dôme du Goûter, en face, avait de belles couleurs roses au coucher de soleil.

Pour peu qu'on se retournât, c'étaient les Drus et l'aiguille Verte qui flamboyaient de l'autre côté; entre les deux, les aiguilles de Chamonix déployaient leurs dentelles inaccessibles. La Miche — il était du voyage — avait passé une année dans un préventorium au pied du Brévent et connaissait le nom de chaque sommet. C'était curieux de l'entendre, lui si loin des plaisirs du sport et de la montagne, en détailler la liste comme on récite un poème. Il prenait un air extasié, transporté peut-être dans ses souvenirs de petit garçon parmi les petits garçons. Pour le reste, il semblait s'ennuyer autant qu'Annette et oubliait jusqu'à l'art de savoir être drôle au moment voulu, qu'il possédait jusque-là parfaitement. La première soirée donna le ton du reste du séjour. Ils retrouvèrent d'autres jeunes gens de leur acabit dans un restaurant enfumé, Le Chouca. Tout le monde y tutoyait tout le monde, on trempait allégrement des petits cubes de pain dans du fromage en fusion et les moniteurs de ski s'y choisissaient sans vergogne leur fille de la saison : c'était à qui, chez ces demoiselles, se ferait remarquer la première : tout en fuseaux et pulls collants on moulait sans vergogne ce dont on disposait; les Parisiens qui auraient aimé rabattre ce gibier facile se faisaient tailler des croupières par de grands garçons hâlés en pull-over rouge à l'accent traînant.

Colette, la bien-aimée de Jean-Pierre, était venue seule, elle fut la première à emporter le morceau. Sa réputation de vertu était à toute épreuve; dans la chaude ambiance du Chouca, elle fondit comme neige au soleil. Son choix se porta sur un Bernard Cardoz que ses amis appelaient Doudou; le choix fut si réciproque qu'à la fin de la soirée, Annette se trouva parfaitement écœurée. L'infortuné Jean-Pierre lui rebattait les oreilles avec la pureté de sa princesse lointaine : celle-ci se laissait pétrir avec ravissement tout ce qui tombait sous les mains épaisses du moniteur, y compris ce à quoi il n'aurait pas dû atteindre.

Sur le coup d'une heure du matin, gavés de fondue savoyarde, ivres d'un médiocre « fendant » que chacun avait fait mine de trouver délicieux, ils se retrouvèrent avec d'autres Parisiens — voire un peu lyonnais — dans les rues désertes de Chamonix. La Miche, Colette, un autre, vomirent juste ce qu'il fallait pour se sentir moins mal; puis les filles firent comprendre aux champions en pull-over rouge, plus éméchés encore mais qui supportaient mieux le mélange vin blanc-kirsch, qu'elles étaient adeptes du sacro-saint « pas plus bas que la ceinture »; pour ce soir au moins, il fallait en rester là. Doudou, Nanard et Charlie le comprirent sans mal : ils connaissaient sur le bout des doigts — ce n'est pas une manière de parler, qu'on nous le pardonne! — la demi-vertu des demoiselles en vacances d'hiver. On s'empila dans des 2 CV en beuglant des chansons de corps de garde, croyant faire preuve d'une audace peu commune. La voiture de Jean-Paul rata un tournant et s'abîma dans la neige fraîche. On dut chercher des pelles, des chaînes, un automobiliste de bonne volonté pour remorquer le tout; on se coucha vers les quatre heures du matin avec n'importe qui, les filles assez lucides pour demeurer cramponnées à leurs principes. Le chalet sentait la sueur, la laine mouillée. On vomit encore, on tira des chasses d'eau puis tout se calma pour quelques heures.

À sept heures, le chalet fut réveillé au clairon — un vrai clairon apporté par Jean-Paul à cette fin — car on avait prévu une descente de la vallée Blanche. Somnambules et gueules de bois, la joyeuse bande avala du café brûlant, fit gronder les planchers du fracas d'une douzaine de paires de chaussures de ski amplifié par l'admirable caisse de résonance en bois de pin de la maison, chef-d'œuvre d'architecture alpine. À sept heures et demie, tout le monde disparut dans la nuit ; Annette put enfin se rendormir. Elle se réveilla vers les midi et passa la fin de la journée sur le balcon à relire *Lamiel,* car le moment venait de prendre une décision. Elle vit la vallée passer par toutes les couleurs de l'arc-en-ciel, salua le facteur qui était joli garçon, croqua du chocolat suisse ; elle savait maintenant que le temps de Patrick et de ces charmants jeunes gens touchait à sa fin. « Rien ne vaut Stendhal pour analyser ses sentiments », se dit-elle. Elle nota à ce sujet quelques phrases définitives sur un de ses cahiers ; c'étaient presque des aphorismes, elle fut ravie, ferma les yeux et somnola. Elle eut un drôle de rêve, plein de violences, de dangers ; lorsqu'elle rouvrit les yeux, elle se sentit déçue : elle avait oublié son rêve. Sur les six heures du soir, le couchant était violet ; de la vallée montaient une brume à peine opalescente et des bruits, des cloches, des appels. Toujours sur son balcon, Annette avait frais mais savourait la poésie de cet instant qui durait si bellement. Le martèlement des souliers de ski la tira de sa rêverie. La bande était partie à douze, ils revinrent dix. Une jambe cassée était à l'hôpital et un deuxième larron perdu on ne savait où. C'était Jean-Paul, il y avait des crevasses perfides en haut de la vallée Blanche, Annette eut un espoir ; mais non : Jean-Paul avait rencontré une copine sur le chemin du retour ; comme

Brigitte (avec qui il était venu) avait fini par échoir à Nanard, il avait déserté le groupe. On le reverrait le lendemain soir : la Valérie trouvée dans la vallée Blanche était de ces rares jeunes personnes à ne pas avoir les principes de Colette : généreux, Jean-Paul voulut bien la présenter à ses amis, on en fit, dit Jean-Jacques, « un pot commun ». Plus dégoûtée que jamais, Annette avait résolu de se taire. On lui reprocha de « faire la gueule » : elle répondit qu'en effet, elle faisait la gueule : Patrick fut navré, mais on parla poker, il se souvint qu'il y avait joué, jadis, à Hossegor... Il y eut dès lors des parties enflammées ; Patrick en oublia de demander à Annette pourquoi elle était si mécontente. Elle aurait été incapable de lui répondre et lui, de la comprendre.

« Et la passion, dans tout cela ? » s'interrogeait-elle. Au moment de prendre place dans le lit de bois que Patrick voulait faire croire conjugal à ses amis, elle fut prise d'une grande angoisse. Frédéric avait raison : seule la passion pouvait justifier son existence. Sans passion, elle traînait.

Le 22 décembre, Patrick Arnault-Dupouicq perdit beaucoup ; le 23, il perdit davantage et, la veille de Noël, il signait des billets à l'ordre de Jean-Jacques, qui gagna effrontément lorsque Martine, déçue par ses aventures para-chamoniardes, lui fut tout à fait revenue.

On alla à la messe de minuit dans la petite église de Chamonix, noire de monde. Un inconnu jouait de l'orgue. Il entonna préludes et canons de Bach avec une maestria remarquable ; Annette pleura : depuis une petite semaine qu'elle était là, c'était la première chose un peu belle qu'elle voyait ou entendait. Pendant ce temps, les autres se lamentaient : allait-on enfin le chanter, le « Minuit, chrétiens » de circonstance ? On le chanta, mal, mais nul hormis Annette ne s'en rendit compte : quelques-uns, dont Martine, Colette et Valérie, communièrent dévotement. À la sortie, le bras de Doudou entoura la taille de Colette qui, toute sanctifiée qu'elle fût, ne pouvait pas refuser. On retourna au Chouca, on but encore, on vomit un peu. C'est en cette nuit de Noël que Colette pécha vraiment contre la chair pour la première fois.

Le lendemain, Annette résolut de rentrer à Paris. Patrick, qui n'avait plus un sou vaillant, n'insista pas pour rester. Le réveillon du nouvel an, dans un Paris désert, fut sinistre. « Si la passion n'éclate pas toute seule, se dit Annette, je saurai la provoquer. » Elle sourit à son miroir en se lavant les dents : sa décision était prise ; c'était un cadeau qu'elle se faisait pour le jour de l'an.

***

Dans les premiers jours de l'année 1954, la situation en Indochine acheva de se détériorer ; pour la première fois, le nom de Diên Biên Phû résonna sinistrement aux oreilles des Français : encerclé, le camp retranché tenait encore mais l'attention de tous les politiciens convergeait vers lui.

Parce qu'il fallait résister aussi à l'intérieur, les jeunes gens de Sciences po se remirent avec ardeur à « casser du coco ». Ce sport était intéressant et la plupart du temps sans danger. On repérait le week-end un vendeur de *L'Humanité-Dimanche* isolé près d'une bouche de métro, et on lui tombait dessus à sept ou huit ; le jeune militant communiste y laissait généralement quelques dents et garderait en souvenir un œil au beurre noir, voire une belle côte cassée. Ou encore, on choisissait avec soin, quelque part entre Sorbonne et Invalides, un maigre défilé pour la paix en Indochine ; armé de matraques et de planches cloutées, on allait alors à sa rencontre, sous l'œil bienveillant de la police qui emmenait ensuite les rescapés au poste, histoire de panser leurs blessures.

Jean-Jacques, Jean-René, Jean-Paul étaient très actifs à ces jeux-là. Patrick l'était également sous la houlette de Jean-

Antoine qui se procurait à l'occasion quelques outils plus efficaces, manches de pioches, voire grenades lacrymogènes : on se lamentait sur l'Indochine trahie mais on ne s'ennuyait pas sur le boulevard Saint-Germain.

Lorsque vint le jour des élections au Bureau des élèves, une dépêche de l'AFP en provenance d'Hanoi laissait redouter le pire. Du coup, les alliances traditionnelles se reformèrent, la gauche affronta la droite et la droite ne passa pas. La liste menée par Annette obtint tout de même un bon quart des voix. Le mot « gaulliste » étant hors de propos, les politologues de la rue Saint-Guillaume expliquèrent ce succès relatif en parlant de canular. « Mais les étudiants de l'Institut d'études politiques de Paris sont plus sérieux que cela : à l'heure où le destin de la France se joue à l'autre bout du monde, ils ont su éviter le piège tendu par une poignée d'irresponsables », commenta le plus solennel d'entre eux. Vu la gravité de la situation, Serge Lequeu troqua ses vestes de tweed à empiècements de cuir contre des trois-pièces-gilet — qu'il acheta, hélas, chez Brummel, le magasin pour hommes du Printemps, ce qui n'arrangea pas vraiment les choses. Il était ennuyeux, il le fut davantage, mais le Bureau des élèves de Sciences po devint le fer de lance de la lutte estudiantine. Seul Paul Machoux regretta l'échec de l'opération qu'il avait couverte en sous-main.

— Douze petites filles, et jolies de surcroît, nommées légalement à la tête de mille huit cents étudiants, ç'aurait été une démonstration par A plus B de l'inanité de nos institutions politiques, remarqua-t-il avec tristesse, lui qui enseignait sans entrain la Constitution de la IVe République.

C'était au Flore. Il ralluma son mégot et se retourna vers Annette.

— À propos : êtes-vous quand même un peu élève de cette digne École ?

Notre héroïne avoua ; elle n'était élève de rien, pas même étudiante en Sorbonne où elle affectait pourtant de suivre de temps à autre des cours de littérature.

— Je n'ai pas mon bac, conclut-elle.

— Comment avez-vous pu vous faire propulser tête de liste de cette malheureuse élection ?

Le sourire de la jeune fille devint candide.

— On ne m'a rien demandé ! dit-elle.

Machoux poussa un petit sifflement admiratif.

— Il faudra que nous nous revoyions, dit-il enfin. Que faites-vous, ce soir ?

Elle répondit du tac au tac :

— Je suis libre, mais ça ne servira à rien, vous savez : je suis dans mes mauvais jours, sinon mes mauvaises années.

Il soupira comiquement :

— Je m'en doutais. Tant pis : je sais que nous nous reverrons.

Ils se quittèrent sur une vigoureuse poignée de main. « Cette petite ira loin », se dit Paul Machoux en redescendant l'escalier du Flore. Il avait trois fois son âge ; faire un bout de chemin en sa compagnie l'aurait diverti. Ainsi s'acheva pourtant la carrière politique d'Annette.

*
**

Les habitudes que Patrick avait prises aux sports d'hiver avaient empiré. Il jouait désormais presque tous les soirs. On a parlé du Basile et de Noëlle, sa serveuse ; on n'a encore rien dit de Mme Louise, la patronne. C'était une grosse petite femme alerte qui rendait service à droite et à gauche, c'est-à-dire qu'elle prêtait à taux d'or quelques vieux billets chiffonnés à des étudiants triés sur le volet. Son manège discret était connu de toute l'École. Jeannette, la libraire d'à côté, avait entrepris contre elle une lutte acharnée ; bonne fille, elle faisait crédit à qui le lui demandait, y perdait tout ce qu'elle voulait et prêtait sans intérêt le peu qui lui restait à ceux dont la tête lui revenait. Une rivalité s'était donc instaurée entre Mme Louise et Jeannette, qui faisait les beaux jours de la rue Saint-Guillaume.

Mme Louise avait une fille, grasse, blondasse, qui s'appelait Renée ; on disait : « Mademoiselle Renée ». Mlle Renée habitait un minuscule appartement au-dessus du salon de thé tout encombré de poupées en taffetas et de souvenirs de la Costa Brava ; il communiquait avec le salon par un escalier en colimaçon réservé à quelques privilégiés. En bas, on buvait du chocolat, à la rigueur du whisky au verre ; on avait en haut sa bouteille de JB ou de Glenlivet et on jouait aux cartes. Mlle Renée avait en effet un amant, M. Karl, ancien légionnaire. M. Karl faisait volontiers le coup de main avec Jean-Antoine et ses amis pour chasser le coco sur le boulevard ; il possédait à cet effet un coup-de-poing américain gravé à ses initiales. En son temps, Karl Blasfeld, ancien SA reconverti, savait déjà comment s'y prendre au fort de Montluc puis à Fresnes avec d'autres Français dont la tête ne lui revenait pas. Déserteur de la Légion, devenu Karl Basile par l'amour de Mlle Renée, Blasfeld organisait chez sa maîtresse des pokers d'enfer. Patrick Arnault-Dupouicq plaisait à Mme Louise, elle lui prêta quelques sous puis lui montra l'escalier en colimaçon, histoire de lui permettre de se renflouer.

Le pauvre garçon n'était pas, on l'a vu, très intelligent. Il n'avait pas non plus de chance au jeu ; en quinze jours, il laissa tout ce qu'il possédait sur un tapis vert percé de trous de cigarettes ; il signa quelques chèques en bois puis, pour corser l'affaire, imita la signature de son père. Bref, la situation devint désespérée.

Un soir, Annette le retrouva vautré sur son lit. Il avait avalé six cachets d'aspirine et croyait s'être suicidé. Un café très fort fit l'affaire. Patrick s'expliqua. Il pleurnicha et supplia Annette de se rendre à Angoulême pour arranger les choses. Notre héroïne avait une soudaine nostalgie de la petite ville fermée qu'elle s'était si bien ouverte ; elle avait aussi envie de retrouver Frédéric et l'odeur du Café de la Paix : elle prit le 63 jusqu'à la gare d'Austerlitz, puis le premier train pour Angoulême où elle débarqua sans crier gare.

En six mois, rien n'avait changé. Les mêmes joueurs de billard balourds poussaient sans illusion leurs boules dans l'arrière-salle de son café bien-aimé et, sur les remparts, les jeunes mères très dignes poussaient dignement les mêmes hauts landaus. Elle retrouva Frédéric à la grande pâtisserie de la place du Mûrier et goba deux ou trois choux à l'orange, sous son regard ravi ; à la caisse, Mme Tiphaine ressemblait à une belle marquise Louis XV, grasse comme une petite caille. Elle lui fit un sourire amical, demanda des nouvelles de Jean-Pierre, qui était un peu son neveu.

Frédéric parut plus gai que lors de son voyage à Paris. Il s'ennuyait ferme à Angoulême, et n'y restait plus que pour s'y faire élire député. Corbin, le libraire, et ses compagnons francs-maçons, comme les Arnault-Dupouicq, tous leurs amis papetiers, bijoutiers et autres marchands de pantoufles dont il était devenu inséparable, lui accordaient un soutien sans partage. « Je ne dois pas les décevoir », remarqua-t-il quand même avec un rire sarcastique.

— Et toi ? Il paraît que tu fais de grandes choses.

Elle ne comprit pas ce qu'il voulait dire ; il s'expliqua :

— Un vieux camarade à nous nous a parlé de toi ; Paul Machoux, le type de chez Rothschild.

Annette éclata de rire. L'aventure de l'élection au Bureau des élèves avait été un divertissement sans lendemain.

— Qui sait ? murmura Frédéric. Qui sait ?

Puis il traça de la petite société d'Angoulême un tableau sans pitié. La belle Marie-Thérèse couchait avec le secrétaire général de la préfecture, qui était champion de bridge. Ferdinand Louvrier, le neveu de Mme Viazevski, n'avait évité une faillite frauduleuse que par un mariage inespéré avec une quadragénaire remarquable par son embonpoint ; elle avait réussi à se faire mettre enceinte dans les six mois : comme son père avait servi en Indochine, elle avait un domestique thaï et chacun s'interrogeait sur la couleur du bébé à venir. Une affaire avait surtout bouleversé la ville et failli briser la carrière d'un jeune secrétaire d'État natif des Charentes qui fréquentait l'établissement où travaillait Georgette ; lors d'une rafle survenue à point nommé après une dénonciation trop anonyme, on l'avait interpellé, il avait résisté, on lui avait passé les menottes puis conduit en caleçon au commissariat : prévenu — par quel hasard ? — un photographe avait saisi l'instant. La bourgeoisie des Remparts s'était cotisée pour verser les pots-de-vin nécessaires, un maître chanteur récalcitrant avait échoué à l'hôpital, bref, la ville demeurait ce qu'elle était : un charmant chef-lieu de département doté d'une remarquable cathédrale romano-byzantine trop remaniée au siècle dernier par Paul Abadie, architecte du Sacré-Cœur.

Ces nouvelles mirent du baume au cœur d'Annette : à Paris, elle se sentait loin de tout.

— Et toi ? interrogea encore Frédéric, qu'as-tu fait de beau, en dehors de tes grandes menées politiques ?

Elle dut reconnaître qu'elle n'avait rien fait de beau ni même de franchement laid.

— Au début, corrigea-t-elle, je trouvais ça drôle ; ces petits jeunes gens dorés sur tranche, leur chevalière et leur parler haut : c'était presque exotique.

— Et puis ?

— Et puis, rien : j'ai cessé de m'amuser.

Frédéric alluma un voltigeur. Elle en huma le parfum : c'était aussi par mélancolie.

— Tu n'as pas l'intention d'y passer ta vie, je suppose ?

Elle devint grave, joua du paradoxe.

— Bien sûr que non. Mais j'avais besoin d'apprendre un

peu les us et coutumes du monde ; Angoulême sent sa province : il s'y passe trop de choses. Là-bas, on est entre soi, c'est le calme plat : l'atmosphère idéale pour faire vite et bien de grands progrès.

Elle expliqua qu'elle savait désormais reconnaître une Weston ou une Church's d'une chaussure André ; elle avait appris à lire entre les lignes du *Monde* ce que les bons esprits ne pouvaient dire. Elle avait même une pointe d'accent parisien : quelques semaines encore, et elle passerait à autre chose.

— À quoi ?

Elle eut un rire de petite fille.

— J'irai voir ailleurs si j'y suis !

Frédéric sourit de ce raisonnement.

— Promets-moi, demanda-t-il quand même, de te tirer très vite.

Elle le jura, puis raconta les difficultés financières du jeune Arnault-Dupouicq : elle parla de l'ambassade qu'il lui avait confiée.

— Tu auras du mal à obtenir quelque chose du papa, remarqua Frédéric. Les affaires vont mal et la fin de la guerre d'Indochine, après celle de la guerre de Corée qui avait déjà été fatale à beaucoup, n'arrangera pas les choses. Ce brave Dupouicq n'a pas des intérêts que dans le papier, et le canon risque bientôt de se vendre mal pour la saison : il faudra faire preuve de persuasion.

Annette redressa le corps, secoua ses cheveux, ses épaules.

— Crois-tu que je manque d'arguments ?

Elle riait trop fort. « Elle n'est pas gaie », pensa Frédéric.

Il ne s'était pas trompé. La maison Arnault-Dupouicq était déserte ; Marie-Thérèse jouait au bridge à la préfecture. Le père de Patrick reçut Annette dans son bureau sur le jardin. Il y avait une bibliothèque avec les mêmes faux livres de luxe que chez les parents de Martine. Annette était presque sa bru : Arnault-Dupouicq l'écouta patiemment parler de son fils qu'il n'aimait, au fond, pas beaucoup. Lorsqu'elle énonça le chiffre de sa dette, dûment augmentée des cinquante pour cent qu'elle prendrait en commission, le papetier siffla entre ses dents.

— Le cochon, murmura-t-il.

Il ne s'attendait pas à tant : « cochon » devenait un compliment. Il interrogea ensuite la jeune fille sur ses rapports avec Patrick : après tout, elle devenait une grande fille ; quelles étaient ses intentions ? Elle protesta aussitôt.

— Elles sont pures, monsieur.

Elle n'avait jamais pensé à se faire épouser. Sans avoir été vraiment inquiet, il fut tout de même rassuré. Il eut alors un rire gras.

— Et moi, dans tout ça ?

Annette fit un rapide calcul. Il lui fallait l'argent demandé par Patrick, car elle avait besoin de la commission qui allait avec. Dupouicq ne paraissait pas vraiment décidé à payer ; elle ne le détestait ni ne le méprisait : elle s'était habituée à lui ; au fond, il était « brave » et elle ne se sentait pas méchante. Elle ne courait donc aucun risque.

— Vous ? Mais je suis venue vous demander de quoi payer les dettes de votre fils et c'est tout.

— Et si je paie ?

« Il n'est pas vraiment ignoble », se dit-elle encore, pour se conforter dans l'idée d'aller au bout de cette médiocrité.

— Payez d'abord ; on verra.

Elle se sentit vulgaire à souhait : il fallait aussi cela. « J'étais une midinette, je deviens une petite grue : c'est parfait », pensa-t-elle. Elle se dit encore qu'à tout prendre, elle préférait le père au fils. Dupouicq sortit son carnet de chèques.

— En liquide, s'il vous plaît, corrigea-t-elle.

Elle savait qu'il existait un coffre caché derrière la dame nue de Van Dongen à côté du canapé. Dupouicq sourit, alla vers le canapé, Annette le suivit : il retourna le tableau, elle s'assit sur le coussin de cuir; il sortit une liasse de billets, entreprit de les compter, elle les lui prit des mains et s'allongea tout à fait : elle ne sentit pas grand-chose, pas même un écœurement. Lorsqu'elle sortit de la maison, Marie-Thérèse rentrait chez elle.

— Tout s'est bien passé ? interrogea la mère de Patrick, à qui son fils avait avoué la démarche d'Annette.

— Parfaitement, répondit la jeune fille.

Les deux femmes échangèrent des baisers pointus, Marie-Thérèse monta dans sa chambre, Annette reprit son train. Pendant tout le trajet, elle écrivit; elle fit de Dupouicq père un portrait qui l'amusa; elle essaya aussi d'imaginer son épouse dans les bras du secrétaire général de la préfecture, le résultat lui parut enlevé. Lorsque le train entra en gare d'Austerlitz, il était trop tard pour passer à la banque où elle mettrait en sûreté la part qui lui revenait; elle ne voulait pas rentrer les mains trop pleines dans sa chambrette, elle loua donc une chambre au Ritz. On la prit pour une putain, elle en fut ravie; on lui aurait envoyé un client, un prince arabe ou un gros Allemand, qu'elle l'aurait reçu à bras ouverts. Mais on crut qu'elle avait déjà fait affaire, c'était vrai, on la laissa dormir jusqu'à dix heures du matin.

*
**

Son retour chez Patrick fut moins affligeant qu'elle pouvait le redouter. Ne la voyant pas rentrer la veille au soir, il en avait conclu qu'elle passerait la nuit à Angoulême. Il en avait profité pour ramener chez lui une gamine dodue qui lui faisait les yeux doux depuis quelques semaines. Cette Carine avait bien entendu tout permis mais pas ça, c'était pourtant déjà ça : Annette n'en accordait pas autant et le jeune Arnault-Dupouicq avait du tempérament. À l'arrivée d'Annette, ils dormaient; elle se fit une joie de jouer les fiancées trompées, cria juste ce qu'il fallut pour effrayer les coupables puis ouvrit la porte ; d'une main ferme, elle projeta la ronde Carine sur le palier, parfaitement nue.

Un poison était pourtant entré dans son cœur : elle ne s'aimait plus. Pour une fille de seize ans qui a décidé de dévorer le monde, c'est un péché capital. Il n'y avait que Jean-Pierre à qui elle pût se confier, il l'emmena à nouveau au théâtre.

En attendant Godot défiait depuis quelques mois la critique. Jean-Pierre avait de drôles de goûts : il lisait Alain Robbe-Grillet, il aima la pièce de Beckett ; Annette s'ennuya. Elle tint pourtant jusqu'à la fin. L'enthousiasme de son compagnon ne la toucha pas. Elle aimait trop Vanina Vanini et Mathilde de La Mole pour se sentir à l'aise dans le monde de Pozzo. « Ce n'est qu'une question de temps ; si c'est si bien, je finirai par arriver à l'aimer », se dit-elle pour se rassurer. Attablée à La Coupole devant une douzaine de belons, elle interrogea quand même son compagnon.

— Qu'est-ce que tu trouves dans tout cela qui t'intéresse tant ?

Jean-Pierre fut éloquent, il parla de l'absurde, d'un théâtre qui niait le théâtre, de la langue, du verbe ; elle ne fut pas convaincue.

— Et si tu écrivais, aujourd'hui, demanda-t-elle, qu'écrirais-tu ?

Elle pensait à ce nouveau cahier à reliure spirale acheté à la gare d'Angoulême, avant de prendre son train ; pendant le trajet du retour, elle en avait couvert treize pages d'une écriture ironique et penchée.

— Si j'écrivais ? protesta Jean-Pierre, mais tu sais bien que j'écris.

Il n'en dit pas davantage. Elle comprit que Jean-Pierre était un jeune homme heureux : il avait une passion. Elle l'interrogea par des voies détournées, ses réponses ne lui apprirent rien de plus : sur tout ce qui le concernait, y compris ses aventures féminines, il était d'une remarquable éloquence ; il ne parlait jamais en revanche de ce qui comptait vraiment. Ce silence fortifia Annette dans sa conviction : écrire était plus qu'une passion pour Jean-Pierre, c'était sa vie. Elle l'envia, le lui dit ; il rit.

— Moi ? Je suis le plus malheureux des hommes !

Il énuméra alors les mille misères dont il souffrait, ses migraines et ses chagrins d'amour : parlant de lui, il usait du même ton de dérision que Frédéric, jadis. Seulement, Frédéric était laid ; Jean-Pierre avait un certain charme, Annette se mit à réfléchir : « Ce n'est pas possible, tout de même, que je puisse l'aimer ! » Pour s'en convaincre, elle se rappela qu'elle avait joué avec lui sur les remparts ; elle essaya d'avoir de lui des souvenirs un peu ridicules : à sept ans, il avait peur de monter sur une bicyclette ; mais elle se mit à rire et constata qu'elle était attendrie : ça ne marchait pas. Elle ferma les yeux et se laissa aller. Jean-Pierre se souvenait précisément des remparts, de la statue de M. Carnot et de cette satanée bicyclette rouge ; il lui sembla que le jeune homme reprenait en écho ses pensées les plus secrètes ; pour un peu, elle aurait pris sa main. En pensant à Patrick qui l'attendait dans sa chambre d'étudiant, elle eut un frisson. Après avoir parlé d'Angoulême, Jean-Pierre revint à Paris, à ses lectures du moment ; il parla même politique. C'était la première fois. Il prononçait le nom de Pierre Mendès France avec une déférence remplie d'espoir : quelques mois plus tôt, il avait manqué dix voix au chef du parti radical pour devenir premier ministre ; on lui avait préféré Joseph Laniel au front de bœuf de labour : bientôt son heure viendrait.

— Vois-tu, remarqua Jean-Pierre avec les accents de la plus innocente sincérité, je crois que Mendès France est le seul, l'unique homme politique intègre de ce temps.

Piquée au vif et fidèle à ses souvenirs, Annette avança le nom du général de Gaulle ; il s'ensuivit une discussion saugrenue à cette heure, en ce lieu, entre ces deux-là.

Annette se voulait mordante, Jean-Pierre ironique; faute d'autres arguments et pour mieux préciser le bien-fondé de leur admiration, ils en vinrent chacun à railler l'idole de l'autre; Annette se fâcha la première; Jean-Pierre faillit l'imiter. Il se retint; tous deux alors éclatèrent de rire. Puis Annette prit la main de Jean-Pierre.

— Tu me ramènes? dit-elle.

Lorsqu'ils furent assis dans sa voiture, elle ajouta :

— Chez toi.

Jean-Pierre habitait un appartement au dernier étage du square de l'Alboni, en plein cœur du XVIe, qui donne à la fois sur la Seine et sur le métro aérien. Sa chambre était une pièce circulaire au sommet d'une coupole absurde; on aurait dit un sein de femme dressé. Il mit en marche un tourne-disque qui joua une sonate pour piano et violon de Brahms; une petite ritournelle, tendre et gaie, courait sur tout le premier mouvement pour revenir à la fin, presque à la sauvette, subitement grave. Annette se déshabilla, se mit au lit, Jean-Pierre continua d'égrener les images de leur enfance, Angoulême, les remparts, le gros nœud dans les cheveux blonds; il l'embrassa longuement — et ce fut tout. Pas vraiment penaud, il finit par se redresser sur un coude et cita Stendhal. Il raconta l'histoire d'un beau lieutenant de hussards qui, les trois premières nuits qu'il passa avec une maîtresse adorée, ne put que l'embrasser et pleurer de joie. À la suite de leur ami Beyle, Jean-Pierre cita Mme de Sévigné, son fils et la célèbre Champmeslé; bref, il parla doctement du fiasco et fut le premier à en rire. Annette ne riait pas. Pour rien au monde, elle n'aurait voulu faire de peine à Jean-Pierre, mais elle éprouvait une tristesse infinie : peut-être aurait-il suffi que cette nuit-là cet homme-là la prît dans ses bras pour qu'elle devînt une fille comme les autres; elle éprouvait la nostalgie d'un paradis aperçu. Pendant ce temps, gentiment, Jean-Pierre pérorait. Elle reprit ses esprits, se trouva bête, se dit ensuite qu'elle l'avait échappé belle : pour un peu, sans passion, elle serait tombée amoureuse. Lorsque, las de raconter ses échecs avec Marie-Noëlle ou Émilie, ses succès avec Marie-Paule, son attente de Brigitte ou de Colette, Jean-Pierre s'endormit, elle se leva et nota ses sensations sur le cahier à reliure spirale qui, désormais, ne la quittait jamais. Elle se voulait froide et lucide. Quand elle quitta la chambre, Jean-Pierre dormait encore, elle laissa un mot sur l'oreiller : elle l'avait vu faire dans des films.

***

Il fallait provoquer le sort. Une jolie bagarre éclata peu après et lui en donna l'occasion. On était réunis dans le hall de l'École, Diên Biên Phû tenait toujours, on savait que cela ne pourrait durer : les esprits s'échauffaient. Jean-Antoine annonça qu'un cortège d'étudiants de gauche venu du quartier Latin — tous des communistes, naturellement ! — s'aventurait du côté de Saint-Germain. On envoya quelques provocateurs casqués pour les détourner vers la rue Saint-Guillaume. Aux cris de « Le fascisme ne passera pas », les communistes tombèrent dans le piège. Jean-Antoine, suivi de Jean-Claude et de quelques séides recrutés pour l'occasion, s'avancèrent en groupe compact, protégés par des pèlerines bleues, façon agent de police, que Jean-Paul ou Jean-Bernard avait payées treize à la douzaine aux Puces. Les communistes brandissaient des banderoles, les Sciences po des manches de pioche ; la mêlée eut lieu à l'angle du boulevard et de la rue Saint-Guillaume. On tapa sec, on se défendit comme on put, il y eut des nez cassés, une mâchoire éclatée, puis les assaillants refluèrent prudemment vers l'École car des renforts arrivaient au pas de course du carrefour de l'Odéon. Jean-Claude, Jean-Antoine étaient déjà rentrés, les appariteurs prêts à refermer les grilles sur les derniers élèves. Trois cars de CRS, jusque-là en faction discrète au carrefour, déversèrent leur cargaison armée de matraques et de boucliers. Annette, tel Fabrice à Waterloo, n'avait vu que des bribes du combat ; elle avait néanmoins remarqué un jeune homme au regard fiévreux sous une mèche de cheveux très noirs qui courait vers la rue de Grenelle. Elle le trouva beau et fragile : pour peu qu'elle s'en donnât la peine, ce pourrait être la passion. Elle s'arrêta, le regarda ; il la vit, fit de même, un de Sciences po bondit alors, le rattrapa et lui cassa une canne sur le crâne. Le garçon s'abattit, les grilles d'or se refermèrent sur son agresseur : Annette était restée dans la rue. « Ce sera lui », se répéta-t-elle. Elle sentit son cœur déborder d'espoir et se pencha sur le jeune homme : il gémissait faiblement. À travers les grilles, Patrick et Jean-Jacques l'appelaient ; elle leur répondit d'un « merde » sonore.

Quand les CRS apparurent au bout de la rue désertée, elle fit encore une fois ce qu'elle avait vu faire au cinéma : elle releva le corps du garçon, l'appuya inconscient contre le mur de l'École et là, sous les regards horrifiés de ses camarades, l'embrassa éperdument. La flicaille passa sans les déranger. Les CRS tabassèrent ensuite comme il convenait deux ou trois maladroits qui avaient cherché refuge sous des portes cochères : patriotes jusqu'au fond de leur loge, les concierges les avaient débusqués d'un coup de pied au cul ; Annette put enfin interrompre l'un des plus longs baisers de l'histoire du cinéma. Un ami de son blessé parvint à les rejoindre sur un innocent scooter, ils s'y installèrent à trois, Annette fit un pied de nez à la rue Saint-Guillaume et s'envola vers son destin.

IX

Il fallut vingt minutes pour rallier la porte de Clignancourt, où la famille de Victor Afkadian avait élu domicile dans un garage désaffecté. Pendant la durée de ce trajet — un voyage en somme à l'autre bout de l'ennui puisque l'ennui avait amené notre héroïne à se conduire en héros —, Annette, assise à l'arrière du scooter, retint sur son épaule la tête du jeune communiste coincé entre elle et le conducteur. La bagarre, l'excitation de la comédie jouée, maintenant l'air vif de ce Paris de cinq heures du soir : elle se sentait comme ivre d'aventure et de vitesse. Et puis, cette tête inconnue aux longs cils de fille contre elle : elle se prenait pour Mathilde de La Mole ramenant à la fin du *Rouge et le Noir* la tête de Julien décapité pour l'amour d'une autre — et l'idée l'enchantait. « Je vais enfin vivre dangereusement », se dit-elle. La formule aussi lui plut. Elle avait vu *Senso*, de Visconti, on y montrait des révolutionnaires en dentelles souillées d'un peu de sang sur fond de draperies précieuses : elle se rêvait *pasionaria* d'une grande noblesse. De la rue Saint-Guillaume à l'impasse des Anges, à Clignancourt, il y avait moins d'une demi-heure de scooter mais des années-lumière d'imagination : elle avait connu la vanité des choses de ce monde, elle apprendrait la foi.

***

La famille Afkadian était communiste depuis quatre générations. Du côté maternel, Garibaldi sur la route de Teano avait embrassé la grand-mère de Victor tendue à bout de bras au général triomphant par une mère en chemise rouge. Vassili Afkadian, son grand-père paternel, avait derrière lui un père anarchiste dont la tête sanglante avait orné les murailles d'un pacha quelque part entre Smyrne et Andrinople. Le fils de l'Arménien libertaire avait rencontré la fille des carbonari émigrée comme lui, il en était né un ouvrier chaudronnier de chez Billon, à Clignancourt, disparu en 44. La grand-mère Chiarini affirmait qu'il était mort en héros au fort de Montrouge ; d'autres assuraient qu'il vivait encore en Basse-Saxe, remarié et sous un nom d'emprunt. Maroussia, la mère de Victor, observait sur ce point un silence prudent et recevait parfois des lettres d'Allemagne, ce qui n'empêchait pas tous les Afkadian et Chiarini réunis de militer activement au sein de leur cellule respective. Ainsi, chaque dimanche matin, Victor vendait-il à ses risques et périls *L'Humanité-Dimanche* au métro Porte-de-la-Muette ; il se proclamait le seul juif arménien communiste du quartier Clignancourt, en tirait de la fierté ; les filles le trouvaient joli garçon, il s'en moquait éperdument.

Lorsque le scooter peint en rouge vif parvint au garage désaffecté, le jeune homme était évanoui, un peu de sang maculait l'épaule d'Annette. La grand-mère Chiarini psalmodia des lamentations en une langue bâtarde et se mit à insulter la gamine. Plus tard, Annette comprit que toutes ces femmes — Victor avait aussi une sœur, prénommée Maria-Libertà — montaient autour de l'homme de la maison une garde sourcilleuse. On installa le blessé dans sa chambre. C'était un réduit au sommet d'une échelle de poulailler accrochée à la paroi du garage. Le reste de la famille vivait en bas, en vrac, parmi des pneus hors d'usage et des poules qui picoraient çà et là. C'était pittoresque. La chambre de

Victor était tapissée de drapeaux rouges et de photos de Staline, de Lénine et de Mao, puisque la Chine était encore un pays frère. Les photos de Staline portaient un crêpe noir ; une veilleuse brûlait devant l'une d'elles, comme devant n'importe quel saint italien dans une église du Trastevere.

Victor délirait. Annette monta s'occuper de lui ; les trois femmes poussèrent des cris de fureur. Annette avait un ami un peu avorteur connu pour ses services rendus à une Véronique et à quelques autres ; elle eut raison de la résistance familiale et appela le médecin. Les blessures étaient superficielles. Le Dr Lavenant fit quelques points de suture et s'étonna de trouver Annette en pareille compagnie. Elle portait toujours sur elle une partie du magot extorqué au père Dupouicq ; le reste était en sécurité chez Rothschild ; elle lui mit dans la poche un billet de cinq mille francs et fit promettre le silence. Après avoir brûlé de fièvre dans l'étroite couchette qui sentait la sueur et les huiles de vidange, Victor se mit à grelotter. Annette se déshabilla et se coucha nue contre lui, comme dans un film encore. Surprise du silence qui régnait dans le poulailler, la mère de Victor passa une tête dans la porte retenue par une ficelle ; au spectacle qu'elle découvrit, elle faillit hurler d'horreur ; Annette la fit taire : son fils dormait. Tard dans la nuit, les trois femmes Afkadian complotèrent. C'était la première fois que leur homme ramenait une fille à la maison ; que ce fût plutôt elle qui l'eût ramené ne changeait rien à la situation. Faute de réponses aux questions qu'elles se posaient, elles convinrent d'attendre pour chasser l'intruse et se saoulèrent à l'éther. Victor délira encore trois jours. Il mêlait les noms de Staline et de Lénine à des bribes de la thèse qu'il préparait en Sorbonne sur « Le jeune Marx et le socialisme des années quarante-huit » ; ou encore, il récitait par cœur des passages entiers de la *Critique de la raison dialectique*, invoquait son directeur de thèse, un certain Althusser, et fredonnait « La bandera rossa » qui avait bercé son enfance. Puis il fermait les yeux, calmé en apparence.

En dépit des assurances de son avorteur, Annette était inquiète. Elle fit un tour rue Saint-Guillaume pour y prendre quelques vêtements ; elle s'arrangea au passage avec le pharmacien de la rue des Saints-Pères — à qui quelques sourires suffisaient — pour obtenir des antibiotiques sans ordonnance. Elle acheta aussi des babioles, une boîte de cigares pour la grand-mère qui fumait les mêmes voltigeurs que Frédéric ; des dessous à froufrous pour la maman dont elle avait deviné le métier et quelques volumes de la collection de la Pléiade pour Maria-Libertà, ne désespérant pas de faire son éducation. Elle revint porte de Clignancourt. Entre-temps, les femmes avaient pris une décision ; elles lui barrèrent l'accès du pigeonnier. Annette sortit ses cadeaux ; le temps qu'on les déballât, elle grimpa quatre à quatre l'échelle de bois. Victor était réveillé ; il la regarda sans comprendre.

— Puis-je vous demander, mademoiselle, ce que vous faites ici ?

Son langage était châtié. Annette raconta ce qui s'était passé, grossit les dangers dont elle l'avait protégé.

— Un CRS levait déjà sa matraque, accusa-t-elle, il portait des lunettes de motard, je me suis interposée.

— Et alors ?

— Alors, rien : la matraque est retombée.

Pour un peu, elle aurait affirmé avoir payé de son corps cette clémence ; elle comprit qu'il ne fallait rien exagérer.

— Il ne faut pas tant vous agiter, suggéra-t-elle.

Elle lui tendit deux comprimés donnés par le pharmacien, un verre d'eau, la tête du jeune homme retomba sur l'oreiller : il avait vraiment de très jolis yeux. Partie comme elle l'était, elle n'aurait rien pu lui refuser ; il lui demanda seulement de trouver sur une étagère un volume du *Capital*, histoire de continuer la lutte, fût-ce au lit. Dieu merci — ses paupières retombèrent assez vite ; elle redescendit à pas de loup l'échelle de poulailler.

Les femmes étaient réunies au salon, c'est-à-dire réparties sur trois banquettes de Chevrolet des années quarante transformées en canapés. La grand-mère fumait un cigare ; Maroussia portait une blouse grise sur les dessous froufroutants qu'elle avait reçus ; la sœur considérait d'un air ahuri ses volumes de Stendhal en Pléiade sans savoir à quoi ça pouvait bien servir. Elles étaient, en outre, affublées de pullovers et de corsages, voire de bijoux de fantaisie qu'Annette reconnut : sa valise était ouverte dans un coin, chacune s'était servie ; toutes l'ignoraient superbement. Puis la plus vieille se leva ; d'un pas traînant elle se dirigea vers une sorte de cabine en tôle ondulée située dans un coin du garage ; l'odeur qui s'en échappait ne laissait aucun doute sur sa destination. Sans fermer la porte, la grand-mère s'assit sur le siège ébréché et continua de fumer son cigare. La chose faite, elle demeura sur place et commença à invectiver Annette. La jeune fille devait découvrir qu'elle s'installait là chaque fois qu'elle avait une chose grave à dire. En son parler verdoyant, fait d'italien oublié, d'arménien appris sur le tas et d'un peu d'arabe qui traînait dans le quartier, elle expliqua à Annette qu'elle se trouvait parmi des prolétaires ; les prolétaires de tous les pays devaient s'unir mais elle ne voyait pas pourquoi Annette s'unirait, fût-ce brièvement, à son petit-fils. La mère et la sœur renchérirent, Annette apaisa tout le monde avec quelques billets, se félicitant une fois de plus de sa mission à Angoulême. La grand-mère remarqua que Trotski lui-même... mais on la fit vite taire, elle était âgée, confondait les hommes et les idées. Maria-Libertà, sur le ton dont on récite les fables de La Fontaine en cours élémentaire, cita Marx et conclut que l'argent des riches n'avait jamais retardé la Révolution.

Annette profita de l'accalmie pour se laisser tomber sur une banquette de Studebaker demeurée libre : on parlait tout juste de *design*, c'en était un chef-d'œuvre. Elle alluma une Craven A en cachette, de peur qu'on lui prît aussi ses cigarettes, puis réfléchit un moment à la situation historique : elle était plutôt floue. Elle avait quitté la rue Saint-Guillaume sur un coup de tête calculé : au vu de son voyage à Angoulême, un procureur habile aurait même conclu à la préméditation. Avec une générosité propre à sa nature, elle avait choisi son camp, elle espérait le grand soir, elle était tombée sur les Marx Sisters. C'était à mourir de rire. Elle décida de garder son sérieux. Victor avait une foi inébranlable en des lendemains qui chantent : c'est la foi qui bâtit des montagnes, il n'y avait pas de quoi s'en faire un Himalaya. Et puis, sous ses cils de fille, Victor avait décidément de beaux yeux. Alida Valli, dans *Senso*, Mathilde de La Mole, Vanina Vanini avaient joué ce jeu-là, elles s'y étaient brûlées mais, Dieu, que ç'avait dû être bon ! Elle pesa le pour et le contre, pensa à Patrick, à Jean-Pierre qui avait cité Stendhal au mauvais moment et résolut de rester. Elle passa la nuit près de Victor, ils dormirent comme frère et sœur ; d'ailleurs, la vraie sœur les surveillait d'en bas. Le lendemain était dimanche, en dépit de ses blessures Victor fut debout à l'aube : c'était l'heure de *L'Humanité-Dimanche*.

Victor était un pur. Il partageait ses journées en trois parties égales : il militait huit heures, préparait sa thèse en Sorbonne et dormait huit heures ensuite pour récupérer. Son travail comme son sommeil étaient au service du Parti ; c'est dire qu'il militait vingt-quatre heures sur vingt-quatre : il trouvait parfois que ce n'était pas suffisant. Petit, étroit d'épaules, il assistait à tous les meetings, était de tous les défilés, partant, de toutes les bagarres. S'il encaissait mal, il encaissait beaucoup : c'était sa manière à lui d'en faire plus, il y prenait un subtil plaisir. Il promenait sur le monde où il recevait des coups le regard clair de qui n'a jamais douté ; d'aucuns auraient dit que c'était un saint Bon nombre de ces moines laïques moins accessibles au doute que saint Antoine au stupre et à la tentation allaient perdre de leurs illusions au lendemain du XXIVe Congrès, Victor Afkadian les garderait toutes : *L'Humanité-Dimanche* était son évangile.

Il y avait dans un coin du garage un triporteur protégé d'une bâche ; c'était son instrument de travail. À six heures et demie du matin, claquant un peu des dents, il fit pétarader sa machine. Annette s'installa en croupe derrière lui. Ils passèrent d'abord au carrefour Châteaudun ; les journaux sortaient tout frais des presses. « C'est vrai que leur odeur vous fait tourner la tête », pensa Annette, les mains maculées d'encre d'imprimerie. Elle découvrait ainsi, par la voie la plus humble, les ivresses du journalisme ; plus tard, se promit-elle, elle y entrerait, mais par la grande porte. Dans les rues d'un Paris endormi, ils gagnèrent Auteuil : seuls, aux stations de métro, d'autres vendeurs de *L'Humanité-Dimanche* battaient la semelle en soufflant dans leurs doigts pour se réchauffer.

L'avenue Paul-Doumer était déserte ; rue de Passy deux policiers en uniforme semblaient attendre ; une boulangerie avait ouvert sa porte avenue Mozart, des messieurs en pantoufles en sortaient, chargés de croissants chauds. « Ça aussi, c'est la poésie de Paris le matin », se dit Annette qui découvrait un monde nouveau.

Victor arrêta son triporteur à une distance raisonnable de la station de métro ; il savait ce qu'il faisait. Il adressa un clin d'œil à Annette :

— Faudrait pas qu'on m'abîme mon outil de travail !

Ils se mirent à deux pour transporter les piles de journaux à la bouche de métro. A sept heures trente, Victor fit sauter la corde du premier paquet, l'instant d'après, d'une voix un peu enrouée, il lançait son « Demandez *L'Humanité-Dimanche* » ; à dix heures, il en avait vendu deux exemplaires. A dix heures quinze : six ou sept jeunes gens du quartier, de ceux qu'on appelle des blousons dorés, se préparaient alors à gagner le golf de Saint-Cloud. En chemin, ils s'arrêtèrent, comme tous les dimanches, à la station Porte-de-la-Muette. À la même heure, un peu partout entre Invalides et porte Maillot, des groupes de jeunes gens bien mis faisaient la même promenade dominicale, les vendeurs de journaux les attendaient, le reste n'était plus qu'un rite établi depuis des années. Ils se mirent à trois pour maintenir Victor, un quatrième lui bourra l'estomac, la figure aussi, de coups de poing ; les autres dispersèrent dans le caniveau ce qu'il lui restait de journaux. Un peu bêtement, Annette se dit qu'elle devrait intervenir, mais Jean-Paul passait par là en survêtement de sport, il la retint fermement. À dix heures vingt, un second œil au beurre noir et le menton ouvert, Victor gisait au milieu de ses journaux. Les deux flics en faction rue de Passy le firent circuler rudement. Annette était folle de colère ; Victor, philosophe, l'apaisa.

— J'ai l'habitude, dit-il.

Le triporteur était à l'abri, il se remit en selle et regagna la porte de Clignancourt ; la grand-mère et la sœur avaient déjà préparé mercurochrome et sparadrap. Maroussia travaillait surtout en fin de semaine, elle n'était pas encore rentrée. On le pansa, dorlota, on lui fit boire un café très fort puis il reprit son triporteur et, Annette toujours en croupe, ils allèrent passer la fin de la matinée du côté de l'île de la Jatte. Victor n'avait posé aucune question à Annette, celle-ci n'avait rien demandé, on aurait dit un vieux couple. Annette trouva cela amusant ; c'était populaire en diable. Elle se dit qu'elle aurait pu être ouvrière ou petite main, travailler six jours par semaine, se faire sauter par le patron et passer ses dimanches les pieds dans l'eau. Elle aurait lu des romans d'amour, *Nous Deux* et *Confidences* ; son Victor aurait milité. Victor ne fumait pas, ne buvait pas, mais il lui permit d'allumer une Craven ; à la seconde, il lui conseilla de ne pas exagérer, ça ne valait rien pour la santé : elle remit la Craven à bout de liège dans son paquet plat. Elle se dit : « Je suis docile » ; elle n'en avait pas l'habitude, elle trouvait ça drôle. Victor avait sorti un volume d'Aragon de sa poche. Il était le tome trois des *Communistes*. Annette voulut lui dire qu'*Aurélien,* c'était tout de même mieux. Elle cita la première phrase : « La première fois qu'Aurélien vit Bérénice, il la trouva franchement laide ; elle lui déplut, enfin. » Victor haussa les épaules sans répondre. Il était un ferme partisan du dialogue démocratique, mais entre camarades ; Annette était une fille : au fond, il ne savait qu'en faire. À l'heure du déjeuner, il sortit de sa musette un seul sandwich au saucisson sec : la grand-mère n'avait pas prévu Annette ; généreux, il le rompit, il y avait un grand morceau, un plus petit, il hésita puis lui tendit le plus grand. Annette, qui ne s'était jamais levée de si bonne heure, mourait de faim, elle l'accepta sans hésiter : Victor trouva qu'elle manquait de tact mais eut la délicatesse de n'en rien laisser paraître : elle était pour lui un étrange animal. À deux heures et demie, il l'emmena néanmoins chez Jean Bourgeois, son copain de cellule, qui habitait derrière la place Clichy.

*
* *

La cité Chanteau est un havre de grâce au milieu de vilains immeubles de brique entre l'avenue de Clichy et l'avenue de Saint-Ouen. Bordée de maisons basses et d'ateliers, il y pousse du lierre autour des fenêtres et des marronniers dans de minuscules jardins fermés de grilles jadis vert pomme ou bleu canard. On s'y interpelle de maison à maison, on s'y parle par la fenêtre, le linge sèche sur les façades, pour un peu on se croirait à Naples, ou même à Montparnasse. Au numéro 2, un accordéoniste qui jouait le soir rue de Lappe faisait chanter « Le petit vin blanc » : c'était un autre Paris que celui du carrefour Saint-Germain, aussi vivant, mais différent. Annette regardait tout, écoutait en se disant qu'il ne fallait pas avoir l'air d'une touriste des beaux quartiers égarée là par exotisme ; d'ailleurs, elle aimait ce Paris-là qui paraissait sortir tout droit d'un film d'avant-guerre où les hommes portaient des casquettes, les femmes des foulards noués sur les cheveux.

Le père de Jean Bourgeois était menuisier. Il avait jadis entreposé sous un hangar dans le fond du jardin, collé à la façade aveugle d'un immeuble 1930, tout un matériel de tourneur et fabriquait au choix des chaises Henri II ou des fauteuils Louis XV pour le faubourg Saint-Antoine; à sa mort, on avait transformé le hangar en salle de réunion avec de gros fauteuils clubs venus d'un music-hall de quartier démoli après la guerre. Jean était projectionniste rue des Dames dans le cinéma qui l'avait remplacé. Il jouait aussi le rôle de directeur artistique de l'établissement et choisissait les attractions qui passaient en première partie de programme; il entretenait aussi d'éphémères liaisons avec des prestidigitatrices ou des lanceuses de couteaux et laissait ses copains entrer gratuitement le dimanche. Sa sœur, Henriette, était communiste comme lui; aucun n'avait jamais pardonné à leur père d'avoir été anarchiste pendant soixante-cinq ans pour mourir reconquis par les curés. Si le communisme de Jean Bourgeois était bon enfant, avec un côté 1936, congés payés et balade à vélo sur les bords de la Marne, celui d'Henriette était pur et dur, comme celui de Victor; Ernest Lavisse, le chef de cellule d'Henriette, en avait conclu qu'ils étaient fiancés, on les considérait comme tels : Victor présenta Annette à ses amis en disant que c'était une camarade. Elle portait au doigt un assez joli brillant donné par Patrick pour son anniversaire, il fit un drôle d'effet. On prépara du café, on mit de la musique. D'abord, on écouta religieusement les chœurs de l'Armée rouge sur un disque crachouillant rapporté de Prague ou de Berlin-Est, puis d'autres chants religieux, ceux de la guerre d'Espagne et de la Commune, le chant des Partisans allemands du temps du spartakisme, bref, tout un répertoire entraînant. Victor ou Henriette reprenait tour à tour un refrain, Annette les regardait effarée ; elle n'était jamais allée à l'Opéra mais elle imaginait que Wagner ou Verdi suscitaient la même ferveur. Jean Bourgeois, lui, fumait un voltigeur ; cela lui fit plaisir.

Le reste de l'après-midi fut plus éprouvant. Lavisse faisait figure de maître à penser ; il enseignait la philosophie au collège Chaptal. Il bourra une pipe et, d'un geste, interrompit le concert.

— Quoi de neuf dans le monde ? interrogea-t-il.

C'était, chaque dimanche, la formule magique, le commencement d'un vaste tour d'horizon. Il procédait ainsi avec ses élèves ; en classe, on lui répondait n'importe quoi, des insanités, une nouvelle victoire de Louison Bobet ou l'apparition d'un bout de sein dans un film interdit aux moins de seize ans ; il traitait alors ses élèves d'imbéciles et se plongeait dans la lecture de *L'Humanité*. On le prenait pour un pitre ; cité Chanteau, il passait pour un sage. Henriette, la première, évoqua la mise en œuvre du plan de redressement économique engagé par le gouvernement Laniel pour relancer la croissance après l'expérience Pinay : chacun fut d'accord pour considérer que, globalement, chaque détail en était une insulte aux travailleurs. La voix d'Henriette était pâle de colère. Annette fit mine de s'intéresser à ce débat sans contradiction. On parla ensuite de l'Europe et de la Communauté européenne de défense, cette CED qu'on voulait imposer au pays : il s'agissait, cette fois, d'une insulte à la France et Victor, d'un ton de tribun qui surprenait chez ce garçon plutôt frêle, voua l'Allemagne d'Adenauer aux mêmes gémonies que celle d'Adolf Hitler ; Annette faillit faire quelques remarques, tenter une mise au point ; elle se tut : à quoi bon ? On évoqua enfin l'affront de l'extrême droite à MM. Laniel et Pleven lors d'un dépôt de gerbe à l'Arc de triomphe ; Annette crut que ses amis allaient se réjouir qu'on traînât ainsi dans la boue ceux qu'ils couvraient eux-mêmes d'injures, mais Vannier déclara qu'il y avait eu là insulte à la République. On procéda ensuite au vote d'une motion demandant le retrait immédiat de l'armée française d'Indochine ; elle fut adoptée à l'unanimité, Annette n'étant pas autorisée à prendre part au vote. On convint d'en transmettre le contenu à *L'Humanité* qui le publierait dans une de ses prochaines éditions et on leva la séance.

Tous sortirent, bras dessus bras dessous. Il faisait presque beau ; la cité Chanteau s'animait avec la fin de l'après-midi. Quelque part, un phono jouait l'air du duc de Mantoue, Jean Bourgeois le reprit, en français : « Comme la plume au vent... » Il avait une jolie voix de ténor léger. L'accordéon répondit, il y eut un bruit de vaisselle cassée, un merde sonore et des éclats de rire : c'était bien un film réaliste et poétique d'avant la guerre, un Paris qui n'existait déjà presque plus. Un peu d'herbe, des fleurs de pissenlit poussaient entre les pavés ; deux chats jaunes et laids s'étiraient en dormant sur le trottoir. On marcha au hasard à travers les rues, rue Lemercier, rue des Dames, rue Biot. Il y avait la fête sur le boulevard des Batignolles, on décida de pousser jusque-là. Annette enfourcha le monstre du Loch-Ness, c'était une longue chenille tournant à une vitesse ahurissante ; par moments, une sorte de capote la recouvrait, on pouvait alors embrasser la passagère de devant ; la capote s'abattit sur le manège, personne n'embrassa Annette. Victor était pourtant derrière elle. Elle aurait presque aimé qu'on lui soulevât les jupes mais, sur ce monstre-là, c'était de toute façon très difficile. On fit un second tour en changeant de place ; lorsque la capote les recouvrit, une main se posa cette fois sur sa nuque ; elle devina celle de Jean Bourgeois. Elle le laissa un peu faire, il en fit un peu plus ; quand la capote se releva, elle fit comme s'il n'avait rien fait. La tête lui tournait ; elle mangea de la barbe à papa qui lui collait aux lèvres : la fête foraine en ce temps-là avait ses goûts, ses odeurs, le berlingot, la guimauve ; elle avait aussi ses couleurs qui étaient rose bonbon, pistache et blanc cassé : les couleurs des stucs rococo du château de Dame Tartine ; et puis la fête avait ses musiques, pas seulement flonflons : chansons qui n'étaient déjà plus à la mode avec partout l'accordéon. Annette en oubliait la morne séance de la cité Chanteau. D'ailleurs, elle entra dans la guitoune d'une chiromancienne qui lut un grand voyage dans la paume de sa main. Puis elle voulut faire un carton, tira cinq coups, cinq fois dans le rouge, gagna une bouteille de mousseux ; le patron avait l'air désolé ; ils burent sur place à sa santé. D'un manège venait la musique d' « Étoile des neiges », d'un autre « Là-haut sur la montagne », c'était grisant ; un verre de bière encore, à la terrasse de la brasserie des Champigneules, à l'angle de la rue de Turin, et Annette se sentit tout à fait ivre. Victor affirma qu'elle était pompette. Les autos tamponneuses l'achevèrent ; au côté de Jean Bourgeois qui lui caressait les cuisses à pleine main, elle riait, la tête renversée en arrière. Assis près d'Henriette, Victor conduisait sa voiture d'une main ferme, il évitait soigneusement tout carambolage. Ce n'était pas de jeu. Puis Jean Bourgeois regarda sa montre ; c'était l'heure de la séance de cinéma rue des Dames. On quitta la fête à la hâte. La caissière les fit passer par la sortie de secours avec un sourire complice. Victor s'installa à côté d'Henriette puisqu'ils étaient fiancés ; elle posa sa tête sur son épaule. Ils virent les actualités, un documentaire, les attractions et le grand film. C'était un film idiot ; Robert Lamoureux était amoureux de la bonne de la maison ; Gaby Morlay jouait le rôle de sa mère : chacun, dans la salle, se reconnaissait en l'un ou l'autre des comédiens. On riait beaucoup. Annette rit un peu, comme tout le monde ; elle se souvint d'*Autant en emporte le vent*, à Angoulême, et de la main de Frédéric qu'elle avait repoussée : Jean Bourgeois était dans sa cabine, Henriette fermait les yeux sur l'épaule de Victor, elle se dit qu'il fallait tout de même qu'il se passe quelque chose de plus.

On se sépara sur le coup de onze heures du soir. Henriette fit la grimace lorsqu'elle vit Annette emboîter le pas à Victor, mais n'osa trop rien dire : d'ailleurs, ç'avait été un bon dimanche.

De retour dans le garage désaffecté, Annette, qui n'en avait pourtant pas particulièrement envie, décida de passer aux choses sérieuses. Victor, surpris, l'écarta vertueusement ; elle se fit plus insistante, le mit en situation, il fit ce qu'il savait, sans plus. Ça ne fit à Annette ni chaud ni froid, elle prit l'air heureux qui convenait. Sans la moindre gêne, Victor expliqua que c'était la première fois. Elle s'étonna :

— Mignon comme tu es ? Ce n'est pas possible !

Il secoua la tête : c'était comme ça.

— Pourquoi ? Tu as pourtant dû en trouver, des filles !

Elle oubliait que les demoiselles de Clignancourt ont en commun avec celles de la Muette d'en prêter parfois un peu, mais d'en donner le moins possible ; là n'était pourtant pas la question. Victor secoua la tête.

— Si tu crois que j'en ai eu le temps !

C'était vrai : étudiant, militant et dormeur pour la plus grande gloire du Parti, Victor Afkadian ne pouvait se consacrer *aussi* aux choses de l'amour. Annette insista :

— Et tu as trouvé ça comment ?

Il était d'une immense franchise, c'est-à-dire d'une insigne muflerie.

— Tu veux que je te dise franchement ? Eh bien, je n'ai pas trouvé ça très intéressant.

Qu'on veuille le croire : Annette en fut attendrie ; bien qu'elle n'eût pas elle-même un goût marqué pour ces divertissements, elle résolut de convaincre son compagnon qu'il s'était trompé, en conclut qu'il lui fallait rester encore un peu porte de Clignancourt. Pour l'instant, Victor, qui avait tenu à baisser l'abat-jour, ralluma la lumière et reprit son volume du *Capital* ; il lut tard pour rattraper le temps perdu.

Ce fut une nuit agitée, pleine de bruit et de ferveur. La grand-mère Chiarini fit bien dix allers et retours jusqu'à la guitoune en tôle ondulée qui tenait lieu de cabinets ; elle avait deviné que son petit-fils venait de perdre son pucelage et jurait en sa langue contre les putains montées des beaux quartiers pour détourner de son combat le prolétariat innocent. Maroussia ne dormit guère plus : elle ne reconnaissait à personne le droit de s'occuper de son fils ; quant à Maria-Libertà, elle pleurait à gros sanglots car elle éprouvait pour son frère des sentiments non avouables. Annette dormit d'un trait et du sommeil du juste.

***

Le printemps s'écoula sans incident majeur. Venu à point nommé, un défilé de 1ᵉʳ mai qu'on interdit permit au PC de mobiliser ses troupes, on dénonça très haut cette atteinte à la liberté des travailleurs et on alla cueillir du muguet au bois de Vincennes. Maurice Thorez était un peu pâle, on murmurait que, cette fois, il était bien malade. Jacques Duclos fut virulent, puis une petite fille enrubannée lui offrit des fleurs, il l'embrassa sur les deux joues, il eut un beau sourire. Marcel Cachin, le doyen des camarades, paraissait absent. Pour le reste, chaque dimanche matin, Victor se faisait dûment tabasser porte de la Muette, Annette le ramenait à Clignancourt, la journée se terminait au cinéma. Henriette posait, comme convenu, sa tête sur l'épaule de son fiancé ; de retour au garage, Annette commençait peu à peu à intéresser Victor à ce qui, jusque-là, ne l'intéressait pas.

Elle eut des nouvelles de la rue Saint-Guillaume. Ce fut d'abord une bouffée d'air frais, puis elle se souvint des chevalières aux doigts des bons jeunes gens, de la vertu ébréchée de Martine et se repentit de sa faiblesse. Un faire-part lui annonça le mariage de Jean-Jacques et de Martine, prévu pour le 7 mai ; il y aurait une réception au Cercle militaire, Annette y était conviée ; Martine avait remarqué un jour que rien n'était plus beau que des jeunes gens dansant la valse en queue-de-pie ; il y aurait sûrement un bal et des valses : Annette en eut un petit haut-le-cœur ; elle répondit pourtant. Elle reçut aussi une lettre de Jean-Pierre ; il regrettait le temps perdu. Ses amours avec Brigitte ou Marie-Dominique étaient toujours aussi malheureuses, il lui proposait de l'emmener un soir au théâtre.

Elle revit bientôt Frédéric. Celui-ci monta à Paris : pour ses affaires, dit-il. Annette le crut à moitié. Aux questions qu'il lui posa avec une désinvolture trop appuyée, elle devina qu'il s'inquiétait de son aventure de Clignancourt. Il remarqua d'ailleurs, avec un sourire amusé, qu' « on se préoccupait d'elle à Angoulême ». Elle se voulut évasive, il fut précis, elle finit par avouer : elle cherchait toujours la passion et le sort avait choisi pour elle Victor Akfadian. Frédéric tenta de se donner l'air de ne pas en avoir trop l'air :

— Il baise bien, au moins ? demanda-t-il avec une ironie trop appuyée.

Elle haussa les épaules :

— Tu sais, ces choses-là ne m'ont jamais intéressée...

Une vague de regret souleva le cœur de l'avocat. Il pensa : « Décidément, je serai toujours le seul à savoir l'aimer ! » Il avait l'impression qu'elle n'était pas vraiment heureuse. Elle eut un geste pour rejeter ses cheveux en arrière avec une belle désinvolture, renversa sa tête sur le côté ; la ligne de son cou était d'une rare finesse. Annette avait tout juste un peu plus de dix-sept ans : jamais elle n'avait été plus belle. Sans raison, Frédéric qui n'avait jamais pleuré sentit des larmes lui monter aux yeux. Il l'imagina dans son garage de la porte de Clignancourt, elle lui avait parlé de la grand-mère Chiarini et de la grosse Maroussia ; il se dit que la jeune fille avait conquis Angoulême, ravagé les couloirs de la rue Saint-Guillaume et avait choisi de vivre parmi les zonards ; il l'admirait plus que jamais.

— Tu es sûre de ne pas faire de bêtises, au moins ?

Annette eut une seconde fois le même geste pour écarter ses cheveux de son front ; Frédéric trembla. Elle le regarda avec tendresse.

— Est-ce que tu n'aurais plus confiance en moi ?

Pour que la coupe fût tout à fait pleine, elle entra dans les détails, parla des dimanches matin à la Muette et des soirées de cinéma rue des Dames, sans omettre de raconter la tête d'Henriette sur l'épaule de Victor.

— Tu vois : je garde mon sens de l'humour !

Frédéric la quitta, rassuré. Il passa tout de même un coup de téléphone à un ami et, le dimanche suivant, les policiers en faction rue de Passy intervinrent énergiquement : deux ou trois blousons dorés se retrouvèrent au poste ; Victor assisté d'Annette put vendre en paix ses *Humanité-Dimanche*. Il parut néanmoins déçu...

***

Annette avait accepté d'accompagner Jean-Pierre au théâtre de l'Atelier où on jouait *La Mouette*. Ils se retrouvèrent sur la petite place Dancourt, éclairée de réverbères encore très 1900. Les rues avoisinantes, les cafés ouverts, les arbres ressemblaient à des peintures d'Utrillo : on se serait cru dans un chromo d'un autre temps, jusqu'aux lumières jaunies sur la façade du théâtre. D'une fenêtre ouverte, car l'été approchait, venait un air d'opéra italien. Annette serra le bras de Jean-Pierre.

— Je suis bien avec toi, tu sais.

Il serra à son tour son bras.

— Je suis bien aussi, tu sais.

On entendit résonner les maigres sonneries qui annonçaient le début du spectacle. Dans la foule des spectateurs, Jean-Pierre reconnut des amis. Il y avait aussi un couple qu'Annette crut reconnaître, une très vieille dame, très maigre, très maquillée, accompagnée d'un gros garçon à la brosse brune de sous-officier. La femme lui sourit ; au début de la pièce elle se souvint de Marie-Line, la poétesse rencontrée un soir chez la mère de Jean-Léonard. Mais le rideau se levait déjà : la pièce de Tchekhov la frappa de plein fouet.

Toute sa vie, elle garderait le souvenir de ce qu'elle avait vu, ce soir-là, sur la petite scène du théâtre de l'Atelier. Le rôle d'Arkadina était tenu par Valentine Tessier, qui était une admirable comédienne ; Paul Bernard jouait Trigorine, l'écrivain qui doute de lui-même : l'acteur mourrait peu après, il avait été le héros pitoyable des *Dames du bois de Boulogne*, l'aristocrate blessé de *Lumière d'été*. Annette n'avait pas vu les films de Bresson et de Grémillon ; Jean-Pierre aimait le cinéma, il les avait aimés, elle se promit de tenter sa chance dans un cinéma du quartier Latin. Mais c'est vers Catherine Sellers, la Nina de Tchekhov, que son attention se concentra. Brûlée par la passion — l'amour, le théâtre —, la jeune comédienne était bouleversante et, de bout en bout, moments de joie moments de drame, Annette eut la gorge serrée. Elle découvrait sur la scène ce qui lui manquait dans la vie : « Mieux vaut mille fois, pensa-t-elle, finir brisée comme Nina, que dans un fauteuil de théâtre, perles au cou et mari à côté, comme toutes ces femmes autour de moi. » À la fin de la pièce, elle se mordit les lèvres au sang.

Ils se retrouvèrent sur la petite place d'opérette. Jean-Pierre venait de lui réapprendre à sentir, elle qui avait failli oublier : il prit à nouveau son bras. Elle le laissa faire. Elle se dégagea doucement lorsqu'il affirma ne pouvoir vivre sans elle. Il était trop tard, Jean-Pierre était passé très près d'elle, pour un peu, ils auraient fait un bout de chemin ensemble, mais il n'avait fait que passer. Il voulut qu'elle l'accompagnât chez lui, comme le soir de son grand fiasco. Elle refusa, gentiment.

— Ce n'est tout de même pas ce Victor. ., gémit Jean-Pierre.

Elle lui avait raconté sa vie à Clignancourt ; en entrant au théâtre, elle aurait pu le suivre : elle avait vu Catherine Sellers en Nina déchirée, elle ne s'en sentait plus le droit.

— C'est lui, ce n'est pas lui : je ne sais pas, murmura-t-elle.

Ils avaient gagné le boulevard Barbès ; les lumières et les néons la giflèrent ; une pute embarquait un client ; une autre faisait le pied de grue devant une vitrine de sous-vêtements féminins éclairée *a giorno* : on pouvait y voir des guêpières à balconnet comme celles que Jean-Pierre rêvait autrefois d'offrir à ses petites amoureuses. Elle ajouta, d'une voix rauque :

— Je crois surtout que c'est moi.

Elle précisa encore :

— Je crois que c'est *en* moi.

Jean-Pierre s'accrocha à son bras ; il paraissait désespéré.

— Toi et moi, dit-il, ç'aurait pu être si bien...

Elle ne voulut pas lui faire davantage de peine, elle se tut. Ils marchèrent un moment parmi les filles, les macs et les musiciens paumés qui traînaient autour de la place Blanche. C'était un Montmartre dérisoire, une caricature de la vie de plaisirs ; aux portes des cabarets, des photos montées sur transparents représentaient des filles blondes aux gros seins blancs. Un portier en casquette galonnée les aborda : il eut un mot obscène pour les inviter à entrer. Jean-Pierre se rebiffa, l'écarta ; Annette était triste et excitée, elle ne savait pas ce qu'elle voulait, elle savait seulement ce dont elle ne voulait pas.

— Entrons, lança-t-elle.

Elle pensait qu'il fallait dissiper à jamais dans l'esprit de Jean-Pierre le souvenir de la nuit ratée du square de l'Alboni. « Il faut tout laver, se dit-elle : la grande lessive ; et le mieux pour cela, c'est le savon noir. » Une chaleur étouffante régnait à l'intérieur du cabaret et les quelques spectateurs assis devant des bouteilles de champagne tiède étaient laids, gros, parfois en couples. Les hommes affectaient de rire trop fort pour ne pas montrer que ce qui se passait sur la petite scène aux rideaux de velours mité les touchait malgré tout. Annette tint à s'installer au premier rang juste devant l'estrade de bois. Jean-Pierre ne comprenait pas ; il la suivit. Une grande fille blonde achevait un strip-tease gris ; elle avait des gestes saccadés ; on aurait dit un homme maladroit. Lorsqu'elle fut nue, le seul faisceau de projecteur qui l'épinglait au centre de l'estrade s'éteignit d'un coup : « Après tout, c'était peut-être bien un travesti », pensa Annette. Jean-Pierre ne disait rien. Il tenait la main de la jeune fille entre les siennes, elles étaient devenues moites. Annette eut l'impression qu'il pleurait ; elle ne voulait pas le regarder. Tout en elle la poussait à se tourner vers lui ; elle aurait dû accepter de retourner dans la chambre au-dessus de la Seine et du métro aérien, mais elle ne pouvait pas. « Je crois, pensa-t-elle, que je suis en train de devenir une statue de sel ; je rêve tant de passion que j'en perds mon cœur ! »

Deux filles masquées avaient remplacé le travesti sur l'étroite scène. La plus grande, à la chevelure d'un roux flamboyant, effeuillait l'autre qui se laissait faire avec les mimiques convenues d'une parfaite soumission. D'un air détaché, la rousse s'arrachait elle-même, de-ci de-là, un morceau de chiffon mais ne laissait pas sa victime la toucher. Lorsque celle-ci fut nue, elle parut maigre et pâle ; l'autre avait gardé deux ou trois morceaux de tissu sur le corps qu'elle enleva du bout des doigts, comme des choses sales. Son corps était d'une immense beauté, les seins surtout étaient les plus beaux qu'Annette eût jamais vus ; on aurait dit pourtant que cela ne comptait pas. Elle ne fit rien pour se mettre en valeur en une pose provocante comme c'est la règle dans ces spectacles-là. Annette crut que l'unique projecteur allait à nouveau s'éteindre, mais ce n'était pas fini. La plus grande l'annonça d'ailleurs, d'une voix dont Annette crut reconnaître l'accent.

— Et maintenant, avait dit la fille, le moment suprême !

Les spectateurs attendaient le pire — ou le meilleur; même les dames qui accompagnaient ces messieurs retenaient leur souffle : la jeune femme rousse fit claquer un fouet tendu à travers le rideau de fond par une comparse et Annette la reconnut : c'était Nella, l'amie de Wilma Montesi disparue de sa vie aussi vite qu'elle y était entrée. Elle la regarda si intensément que la fille dut la voir : il y eut dans ses yeux, derrière le masque, une lueur désespérée. Annette comprit : il fallait qu'elle ne montrât rien. Imperceptiblement, Annette remua la tête pour que Nella sût qu'elle ne la trahirait pas. La jeune femme rousse fit claquer son fouet une seconde fois : tout n'avait duré que quelques instants ; puis elle arracha le masque de sa compagne, qui poussa un cri de douleur. Sous le masque, il n'y avait rien qu'un visage nu, blême, plus nu que nu : traversé par le désespoir. Pour Annette, l'image fut insoutenable ; elle détourna les yeux. La lumière s'éteignit, les spectateurs applaudirent mollement ; ils en attendaient plus, se sentaient floués.

— Sortons vite, dit Annette.

Elle entraîna Jean-Pierre, qui se sentait lui aussi floué, sans savoir pourquoi. Il la raccompagna porte de Clignancourt, elle le quitta après un rapide baiser sur les lèvres.

— On se reverra, je te le promets, lui dit-elle.

C'est à la porte de la chambre de Victor qu'elle se rendit vraiment compte du choix qu'elle avait fait. Victor dormait, nu, les draps repoussés. Il était petit et maigre, il rappela à Annette la victime de Nella. « La passion, donc... », murmura-t-elle en se glissant près de lui.

Elle sut tout de suite trouver les caresses pour le réveiller ; pour la première fois — pris, en somme, au dépourvu —, il parut trouver quelque plaisir à la chose. Le lendemain, il en redemanda. Annette avait oublié les pensées nostalgiques de sa soirée montmartroise. Quoiqu'elle-même n'éprouvât pas grand-chose aux gestes maladroits du jeune homme, elle se sentait presque heureuse et se donnait encore plus de mal pour le paraître. Elle retourna pourtant rue Bonaparte acheter le moulage de l' « Inconnue de la Seine » qu'elle accrocha au-dessus du lit : la jeune noyée au visage serein lui parlait d'amour — faute de passion.

Diên Biên Phû tomba enfin. C'était le jour prévu pour le mariage de Jean-Jacques et Martine : au dernier moment, « en raison du deuil qui frappait la France », on remit la cérémonie ; le jeune homme en profita pour s'envoler vers l'Amérique et ne revint que beaucoup plus tard. On ne sut pas très bien si Martine portait le deuil du camp retranché investi par l'ennemi ou celui de son amour envolé.

Quelques semaines après, par 419 voix contre 47 et 143 abstentions, parmi lesquelles tous les communistes, Pierre Mendès France était investi président du Conseil. Il se donnait quarante jours pour faire la paix en Indochine. Pour la première fois, les gaullistes soutenaient activement le gouvernement : pendant deux ou trois jours, Victor parut inquiet ; il ne savait plus où était la vérité. Jusque-là, au PC, on était toujours contre, c'était facile ; cette abstention des communistes le laissait perplexe. Pendant ce temps, Annette avait entrepris de relire *La Mouette*, tout le théâtre de Tchekhov, puis les grands romans russes. *L'Idiot,* surtout, la captiva ; on était loin de Stendhal, mais elle crut reconnaître en Victor une sorte de prince Mychkine ; un Mychkine prolétaire, plus incertain encore de lui que le héros de Dostoïevski. C'était faire beaucoup d'honneur au jeune Afkadian dont le destin s'arrêterait à vingt-huit ans ; après son échec à l'agrégation et vingt-huit mois de service militaire qu'il terminerait caporal, il accepterait d'être professeur à Poitiers ; il épouserait la fille d'un pharmacien, voterait communiste encore un an ou deux puis s'abonnerait à *Libération* et ce serait fini : le pseudo-Mychkine passerait ses vacances à Hossegor, comme les Arnault-Dupouicq et les Paquet. Annette, qui ne pouvait deviner cela, se sentait désormais la Nina de *La Mouette* face à un personnage de Dostoïevski ; du moins voulait-elle le croire.

***

    Jean Bourgeois paraissait lui aussi préoccupé. Les après-midi du dimanche devenaient d'ennuyeuses messes. On évoquait la guerre d'Indochine avec prudence. « En fait, en arriva à se dire Annette, ces pauvres garçons sont désolés ; si ce Mendès France conclut la paix en Indochine, ils ne sauront plus que faire de leurs défilés ! » Bourgeois affirmait pourtant qu'il fallait faire confiance à Mendès ; Victor s'en tenait à la ligne du Parti : attendre et voir ; leurs débats en pâtissaient. Jean Bourgeois aurait voulu qu'Annette prît parti, s'engageât : il l'invitait du regard, d'une bourrade amicale, mais elle s'en gardait bien. Les bourrades de Jean Bourgeois étaient chaleureuses, on y devinait de l'affection ; un peu plus, même. Henriette, sa sœur, l'épiait sans rien dire. Elle ne reprenait vraiment possession de Victor que pendant le film ; alors, elle redevenait la fiancée du jeune homme ; Annette savait se tenir à distance. Le soir, elle racontait tout dans ses cahiers à reliure spirale, puisque trois, quatre cahiers avaient déjà été noircis de sa petite écriture de chat, à l'encre violette qu'elle aimait.
    Le cinéma de la rue des Dames faisait relâche le mardi. Un mardi soir, Bourgeois proposa à ses camarades de les emmener voir une pièce montée en banlieue par l'un de ses amis. Il fallut longtemps pour y arriver ; d'abord en métro, jusqu'à la porte de la Chapelle, puis en autobus, enfin à pied dans les rues d'Aubervilliers. Dieu merci, l'été était presque là, il faisait encore jour ; mais les rues étaient désertes, ils se perdirent deux ou trois fois. On dut s'arrêter pour demander le chemin du théâtre, que personne ne connaissait. À la troisième halte, Jean Bourgeois finit par s'étonner qu'en plein cœur d'Aubervilliers on ne sût rien de son ami artiste

venu jusqu'au peuple apporter la culture. C'était dans un café éclairé d'une lumière jaunâtre : une douzaine d'Algériens buvaient du thé à la menthe devant un poste de télévision qui débitait leur « Joie de vivre », par Jean Nohain interposé. À leur entrée, on leva des regards vides. Le seul Européen était le bistrotier, né à Bab el-Oued. Il se gratta la tête pour remarquer d'un ton sentencieux qu'encore heureux qu'il n'y eût pas de théâtre à Aubervilliers : ça lui mangerait sa clientèle. Le pied-noir prêtait à la magie du théâtre des vertus que Bourgeois désespéra bientôt de lui trouver. Par hasard, ils arrivèrent place Joseph-Staline, au coin du boulevard Maréchal-Tito qu'on avait oublié de débaptiser. Deux ans plus tard, on l'appellerait quand même carrefour de la Colombe, ça n'engageait à rien ; quelques années encore et ce serait la place Salvador-Allende. Le Théâtre populaire d'Aubervilliers, ou TPA, se dressait là, au milieu d'un entrepôt prêté par la commune.

La pièce avait commencé ; c'était un soir de première, la salle était à moitié pleine. On jouait du Brecht : *La Bonne Âme de Setchouan* transposée dans la France contemporaine. Les vilains Chinois étaient des capitalistes bien de chez nous et la musique faisait penser à du Maurice Jarre revu par Turandot ; ou le contraire. Tout était simple : blanc et noir ; Annette s'ennuya à peu près autant qu'à *Godot* : c'était trop blanc ou trop noir. À l'entracte, on se retrouva dans un foyer éclairé d'une seule barre de néon ; on buvait de la bière dans des verres en plastique. Victor eut beau chercher parmi le public, il ne put rien discerner qui ressemblât à un ouvrier d'Aubervilliers. Tout au plus Annette remarqua-t-elle un garçon un peu timide dont Jean Bourgeois lui dit qu'il s'appelait Maillot ; il était bien sûr au Parti mais écrivait des vers. Victor le jugeait sévèrement : en ces années de lutte, on devait mettre jusqu'à sa prose au service du Parti et ne pas perdre son temps à rimailler, fût-ce en vers libres. Ce Maillot était d'ailleurs l'unique représentant de son espèce dans la lumière glauque du foyer; il tourna vite les talons. Le Tout-Paris des premières et générales, en revanche, était là. Jean-Jacques Gautier, silencieux, paraissait seul goûter l'ironie de la situation; Jacques Lemarchand, d'*Arts-Spectacles*, aimait, sans plus; Jérôme Verdon, de *France-Observateur,* adorait. Bourgeois le connaissait un peu; il fit quelques pas vers lui. Le critique pérorait au milieu d'un groupe de dames d'un certain âge dont les bijoux de prix agrémentaient les désolants décolletés. Il l'accueillit avec indifférence, se ravisa quand il remarqua Annette et fut, dès lors, d'une politesse exquise. Il proposa un souper aux Halles, après le spectacle; Annette accepta, Victor refusa; il avait des principes : on ne mange pas la soupe à l'oignon au milieu des travailleurs; Annette dut s'incliner. Son air navré enchanta Verdon. La sonnerie annonça la seconde partie du spectacle.

— On se reverra, n'est-ce pas? dit le critique en serrant longuement la main de notre héroïne.

Annette répondit qu'elle en était convaincue. Bourgeois lui jeta un regard soupçonneux, ils en eurent encore pour deux heures et demie de Brecht revu mais pas corrigé sur des bancs sans dossier puis mangèrent un sandwich, debout, à côté du métro La Fourche. Tout le monde trouva que ç'avait été une belle soirée, Annette se garda de formuler un avis. Henriette et Victor se quittèrent après un chaste baiser. Une heure plus tard, Victor, qui découvrait décidément une félicité nouvelle, s'écria, retombant sur l'oreiller :

— Si Henriette savait !

C'était faire preuve de peu de tact, Annette l'interrogea.

— Tu ne comptes pas vraiment l'épouser?

Il la regarda, interdit :

— Mais bien sûr que si; nous sommes fiancés, non?

La jeune fille ne répondit pas; elle se jura de trouver une solution à ce problème.

***

La conférence de Genève avait commencé : à mesure que se rapprochait la paix en Indochine, Victor devenait plus inquiet. En négociant ensuite avec les Tunisiens, Pierre Mendès France devait, d'ailleurs, lui couper une seconde fois l'herbe sous le pied : on n'aurait plus ni Indochine, ni Tunisie, ni les beaux défilés qui allaient avec. Les remous qui se produisirent alors en Algérie lui redonnèrent un peu d'espoir ; il y aurait toujours de par le monde des occasions de protester contre une sale guerre. Le pauvre Victor ne pouvait se douter que ce serait cette fois son propre parti qui ne jouerait pas le jeu en se rangeant du côté de tous les Guy Mollet et autres Bourgès-Maunoury, pour réussir en Algérie ce qu'ils avaient raté en Extrême-Orient. Pour l'heure, la presse et la radio n'en avaient que pour le nouveau président du Conseil, qu'on appelait déjà PMF, ce que Annette mit un certain temps à comprendre. La grand-mère Chiarini ayant fait une mauvaise chute, elle dut garder le lit plusieurs semaines ; toute la famille se cotisa et acheta à crédit un poste de télévision pour arrêter ses vociférations. Du coup, Annette put voir sur le petit écran le visage de ce PMF ; elle lui trouva l'air fatigué mais malin, du charme aussi. Elle se souvint que Jean-Pierre l'admirait quand il n'était pas au pouvoir et s'étonna qu'il n'ait pas reparlé de lui lors de leur soirée à l'Atelier.

**

Peu après l'équipée d'Aubervilliers Annette reçut un message elliptique de Jean Bourgeois. Il devait avoir une conversation avec elle et lui fixait rendez-vous le soir même dans la cabine de projection de la rue des Dames. C'étaient les premiers jours du mois de juillet, il faisait une chaleur étouffante, elle arriva dans une mignonne robe blanche à pois bleus achetée au Prisunic de la Fourche — côté avenue de Saint-Ouen — car elle avait renoncé aux petits tailleurs qui plaisaient tant rue Saint-Guillaume. Jean la fit entrer dans son cagibi. On jouait *L'Équipée sauvage,* en version française naturellement, et la première bobine venait de s'achever : dans la cabine, c'était la canicule ; Marlon Brando, en blouson noir sur l'écran, réchauffait encore l'atmosphère, les spectateurs étaient haletants. Jean buvait du vin blanc, il en offrit un verre à son amie, le bruit des projecteurs était assourdissant.

— Il faut que je te parle ! hurla-t-il.

Elle cria qu'elle l'écoutait. Ce qu'il avait à dire était grave. Sur le même ton, il lui donna alors une extraordinaire leçon de morale appliquée à la classe ouvrière. Depuis son arrivée à Clignancourt, elle avait sur la vie de Victor, affirma-t-il, la plus pernicieuse des influences ; elle le distrayait dans ses études théoriques, comme dans son travail politique ; elle perturbait sa vie privée en jetant le trouble dans ses fiançailles ; elle affichait enfin à l'endroit d'autres hommes une attitude provocante, qui ne pouvait que nuire à l'image de Victor, voire à celle du parti communiste français.

Jusque-là, Annette l'avait écouté : elle s'amusait ; elle ne comprenait plus, elle l'interrompit. Marlon Brando sur sa moto venait de renverser un vieillard, la salle entière avait le souffle coupé.

— Moi, je provoque d'autres hommes ?

Jean Bourgeois cultivait sa ressemblance avec le Jean Gabin d'avant-guerre : pour y parvenir, il usait sans le savoir des tics qui seraient, vingt ans plus tard, ceux d'un Gabin vieillissant. Dans la lumière mouvante de la cabine et le fracas du projecteur, les yeux furibonds du garçon constituaient un étonnant spectacle.

— Oui, ma petite, tu joues les aguicheuses, et je n'aime pas cela !

Il s'expliqua, et ne trouva pas de mots assez durs pour fustiger son attitude lors de la soirée brechtienne de banlieue ; elle avait, prétendit-il, tenté de séduire Jérôme Verdon, ce critique théâtral qu'il lui avait présenté. La bande-son du film de Brando emportait tout sur son passage et Jean Bourgeois dut rugir à son tour ; il se croyait terrible, il était grotesque. Annette l'aimait bien : elle ne pouvait pas lui dire qu'il devenait ridicule ; depuis son entrée au communisme, elle avait, en somme, fait vœu de bonté. Lorsque Bourgeois l'accusa de rouler des hanches et de tortiller du reste, elle ne put se retenir et éclata de rire. Les grimaces du projectionniste s'arrêtèrent sur-le-champ. Toute bonhomie envolée, il jeta dans un coin le mégot qu'il avait aux lèvres.

— Tu te moques de moi, hein ?

Puis il lança l'injure suprême :

— Petite bourgeoise, va !

Il y avait un temps de repos sur l'écran. La ronde infernale des motos s'était interrompue, Brando taillait deux doigts de cour à une blondinette fadasse : l'apostrophe du projectionniste retentit jusque dans la salle ; quelques spectateurs levèrent la tête. Annette l'avait pris jusque-là pour un brave type, elle se dit : « C'est un imbécile. » Elle allait tourner les talons ; l'autre la rattrapa si brusquement que la manche à pois bleus de la jolie robe lui resta dans la main.

— Pas si vite, poupée !

Après Gabin dans *La Belle Équipe*, c'était Eddie Constantine dans on ne sait trop quelle comédie policière en noir et blanc rigoureusement d'époque : il avait même esquissé un doigt d'accent américain. Annette virevolta sur l'extrême pointe de ses talons aiguilles : elle s'était trompée, ce n'était pas un imbécile, mais un beau salaud. Il la saisit à deux mains, fourragea sous la robe, par en haut, par en bas, elle se débattit et la seconde bobine de *L'Équipée sauvage*, arrivée à son terme tourna dans le vide. Tout à son entreprise, le projectionniste ne s'en rendit pas compte. On commença à siffler dans la salle, Annette lui flanqua une paire de gifles, il se fit plus violent, elle trébucha, glissa devant le projecteur toujours allumé et bientôt leurs ombres chinoises dansèrent allégrement sur l'écran. Les cris de la salle évoquaient ceux d'un combat de boxe. Bravement, Annette défendait sa vertu — il lui en restait beaucoup. Lorsqu'elle s'abattit enfin, elle entraîna dans sa chute deux bobines entières : pataugeant dans le celluloïd, Jean Bourgeois allait parvenir à ses fins quand le mégot jeté négligemment porta ses fruits : le projectionniste retrouva à temps ses esprits, un extincteur fit le reste, le public de la rue des Dames ne sut jamais qu'il était passé à deux doigts d'une catastrophe comme celle qui avait fait quatre-vingt-dix morts sept ans auparavant dans un cinéma de Rueil-Malmaison.

« Lorsque j'ai entrepris mon voyage dans les couches profondes du parti communiste français, se dit Annette en se rajustant du mieux qu'elle le pouvait pour regagner la porte de Clignancourt, je croyais arriver chez des anges ; après mes bourgeois d'Angoulême et les jeunes gens de la rue Saint-Guillaume, c'était rafraîchissant ! » Elle venait d'apprendre que les prolétaires sont des hommes comme les autres ; son innocence méritait bien la leçon que Jean lui avait donnée. Celui-ci fut ignoble jusqu'au bout, il affirma qu'elle était venue le relancer dans sa cabine, il lui avait résisté de son mieux ; Henriette le répéta à son fiancé, Victor se fâcha pour la première fois. Il avait l'humeur morose. Pierre Mendès France avait rencontré Chou En-lai à Berne, la paix en Indochine était pour demain, Victor redoutait les lendemains qui chanteraient peut-être : que ferait-il de ses dimanches matin ? Annette dut faire preuve d'imagination pour éviter le pire. Il fut violent, ça la toucha. Sans qu'elle en éprouvât un plaisir extrême, son orgueil était satisfait : c'était chez elle un signe de santé. « Et s'il m'aimait ? » se demanda-t-elle. Elle le laissa faire, il aima ça et oublia Marx pour quelques heures. Le lendemain matin, Mendès France déclarait à l'Assemblée nationale qu'en cas d'échec des négociations en cours, il enverrait le contingent en Indochine ; tout n'était pas perdu : Victor reprit espoir.

**

Annette avait décidé de se venger de la duplicité de Jean Bourgeois. Henriette précipita les événements : invitée du gouvernement soviétique, elle passait ses vacances dans un camp près d'Odessa : avant de partir si longtemps, elle voulait, affirma-t-elle, « régulariser la situation ». En huit jours, on improvisa de vraies fiançailles, Annette conseilla même à Victor d'acheter une bague. Ils trouvèrent un minuscule brillant monté sur beaucoup d'améthystes qui faisait grand effet. Les camarades se cotisèrent pour offrir un véritable balthazar. Bourgeois avait composé le menu. D'une belle écriture fine de syndicaliste formé sur le tas, il le rédigea sous la supervision d'Ernest Lavisse qui apporta une touche de philosophie. Aux bouchées à la reine en « Nuages roses » et aux sardines à l'huile baptisées « Demoiselles d'Odessa », succéderait un « Filet à la Trotski », qui témoignait d'un certain humour parce que c'était du bœuf bien saignant. La jardinière de légumes devenait dès lors « Arc-en-ciel sur la Volga » et la chicorée du Nord « Salade Rosa Luxembourg ».

On avait prévu le festin pour midi, le mousseux était déjà frappé, le dernier invité arriva à midi cinq. Henriette était en blanc, Annette n'était pas là ; ce fut jugé d'un grand tact. On attendit alors le fiancé. On consulta sa montre, on s'étonna, on décida d'aller le chercher. Jean Bourgeois grimpa jusqu'à la chambre, frappa sans succès ; il frappa plus fort, un grognement lui répondit.

— Il ne va pas tarder, affirma le projectionniste en regagnant sa place.

C'était faire preuve d'optimisme. Midi et demi sonna au carillon Westminster. Victor n'avait toujours pas paru. On déboucha quelques bouteilles pour se donner du courage, puis la mère de Victor fut à son tour envoyée en députation. Elle réussit à entrouvrir la porte et redescendit silencieuse. Il fallut lui servir à nouveau à boire pour qu'elle retrouvât quelques couleurs.

— Commençons sans lui, suggéra-t-elle.

On commença. Henriette reniflait ; subitement, son frère soupçonna le pire. Ce fut pire encore : à treize heures trente très exactement — on venait d'en finir avec les « Demoiselles d'Odessa » —, la porte de la chambre s'ouvrit et Annette apparut. Quelques années plus tard, elle raconterait la scène à un jeune cinéaste d'origine russe ; ce Vadim Plemiannikov, dit Roger Vadim, l'écouterait avec un sourire et ce deviendrait l'un des moments les plus scandaleux d'*Et Dieu créa la femme* : sans le savoir, Annette inventa en somme Brigitte Bardot. Elle parut au sommet de l'escalier, vêtue d'un peignoir de bain entrouvert. Pour faire plaisir à ses amis, elle sifflotait une chanson de la guerre d'Espagne. Avec une parfaite insolence, elle descendit les marches de bois ; arrivée à la table de famille, elle sourit à chacun et chercha un plateau. Puis elle cueillit au hasard quelques sardines, un peu de pain, du fromage et prépara ainsi une légère collation. Devant le mousseux tiède, elle fit une grimace et alla chercher sous l'évier une bouteille de Roederer Cristal qu'elle avait mise en réserve. Elle adressa ensuite un sourire mutin à Jean, un autre, trop contrit, à Henriette, laissa s'ouvrir un peu plus son peignoir, montra très haut ses jambes et remonta l'escalier.

Avant de refermer la porte de la chambre, elle se retourna :

— Continuez sans nous : ne vous gênez pas.

Comme le « Filet à la Trotski » et l' « Arc-en-ciel » pouvaient refroidir, on continua mais sans entrain. Puis Henriette éclata en sanglots ; Jean Bourgeois attendit le dessert, le café et le pousse-café avant de jouer les frères nobles ; il posa une main sur l'épaule de sa sœur et opéra une retraite pleine de dignité. Les imprécations de la grand-mère n'éclatèrent qu'au départ de la fiancée trahie. Trois jours après, Victor et Annette quittaient Paris ; après tout, c'était la saison.

*
* *

Il fut pluvieux, l'été de cette année-là. Victor avait équipé son triporteur d'une bâche ; la pluie la traversait aisément et l'aérodynamisme en était incertain : dès la porte d'Orléans, ils furent trempés mais n'avancèrent pas plus vite. Sur la plate-forme, le jeune homme avait accumulé un matériel de camping qui datait du temps du Front populaire : il en était particulièrement fier.

Leur première étape fut La Ferté-Saint-Aubin. Le trajet leur prit tout de même six heures et quelques ennuis de bougies : outil de travail de Victor, le triporteur n'était pas fait pour le grand tourisme. À l'entrée du bourg, Annette remarqua une jolie auberge aux volets peints en vert mais Victor mit tous les gaz, ils passèrent sans s'arrêter. Il choisit un verger après les dernières maisons et montèrent leur tente sous la pluie, ce qui dura longtemps ; il leur en fallut plus encore pour ne pas réussir à allumer un feu, tant le bois mort au pied des pommiers était mouillé. On dîna donc d'une boîte de cassoulet froid — c'était le premier jour, c'était la fête — avant de se glisser à deux dans un sac de couchage humide. Victor voulut ce qu'Annette lui avait appris à goûter ; il y prenait goût, la jeune fille en avait moins envie, mais ce fut vite fait. Le propriétaire du verger les délogea à l'aube, une fourche à la main.

— Les paysans de ce pays n'ont pas encore compris que nous luttons pour eux, remarqua Victor en enfourchant la moto qui ne démarra qu'après le temps nécessaire à laisser respirer un carburateur noyé.

Le lendemain, à Montluçon, il pleuvait toujours. On évita Néris-les-Bains, trop bourgeois, pour s'arrêter dans une grange qu'on négocia cette fois avec le fermier. Dans le foin nouveau, Victor fit part à Annette de ses projets pour l'été; elle était partie sur un coup de tête, elle en fut horrifiée.

L'été précédent avait vu les plus grandes grèves de la France d'après-guerre; puis M. Laniel avait fini par calmer le jeu, Mendès France détournait l'attention des prolétaires vers des horizons plus lointains : Victor s'était mis en tête de les ramener à la réalité. Il s'agissait dès lors de gagner la vieille France industrielle, celle d'Alès, de Carmaux et des mines qu'on allait fermer, pour réveiller une classe ouvrière endormie en soutenant ici et là les grèves qui ne pourraient manquer d'éclater. Ainsi, le triporteur n'était-il en rien le véhicule de grand tourisme qu'avait cru y voir Annette, mais bel et bien encore une fois l'instrument de travail du valeureux Victor. D'ailleurs, sous la tente style 1936 et les tapis de sol en caoutchouc décaoutchouctisé, il y avait ce qu'il fallait de drapeaux rouges pour redonner du cœur au ventre à des ouvriers qui n'en avaient plus. Victor avait aussi prévu un petit porte-voix; il y manquait les piles, d'un modèle peu courant, mais il affirmait en trouver à Clermont-Ferrand. Clermont fut leur étape suivante; ils firent dix magasins, trouvèrent enfin les piles.

— Tu vois : la fortune nous sourit, assura Victor.

Annette ne put se résoudre à en convenir; elle se tut pourtant. Ils traversèrent alors l'Auvergne par le chemin des écoliers : c'était samedi matin, on avait du temps devant soi. Sur les routes sinueuses du Cantal, le triporteur faillit rendre l'âme. On dérangea un pompiste de Condat-en-Feniers à l'heure du bifteck-pommes frites, on attendit la fin de son café, il trafiqua le carburateur et ça coûta quand même cinq mille francs. Victor tenta bien d'obtenir une ristourne en arguant de la solidarité prolétarienne, mais le pompiste lui mit le pied au derrière. Heureusement, Annette avait emporté quelques économies.

— Encore un qui n'a pas compris! se lamenta le jeune homme sur la route qui descendait vers le village de Riom-es-Montagnes.

Ils abordèrent la côte du Puy-Mary avec des hordes sages de vacanciers. Beaucoup étaient des congés payés, certains roulaient encore dans des voitures d'avant la guerre : Victor se sentait bien. Il était presque heureux, il chantait à tue-tête : « Avoir un bon copain »; la chanson n'était plus à la mode, mais il connaissait tous les couplets. Lorsqu'il acheva le dernier refrain, le triporteur abordait la descente vers Dienne, un joli village de pierre avec une belle église romane. Encore sous le coup de sa chanson, il se retourna vers Annette en affirmant qu'elle valait presque tous les copains du monde; elle en fut à moitié heureuse, lui donna une bourrade dans les côtes, il perdit le contrôle de sa machine, tous deux échappèrent à l'accident par miracle. Devant la jolie église romane, Annette fit un signe de croix; sans trop savoir pourquoi, Victor l'imita.

La soirée fut belle. Le gros curé de Dienne les avait aperçus, il les invita à partager son dîner, mijoté par sa servante au grand cœur qui excellait dans tout un répertoire du terroir, allant des tripoux aux choux farcis. Comme il s'était remis à pleuvoir, le curé leur prêta la chambre de l'évêque, la plus belle de la cure. Victor se débrouilla fort bien sous le gros édredon rouge; cette fois, Annette fut presque heureuse.

Jusqu'au lundi matin, Victor se révéla un autre homme; il était gai, gamin, lançait des calembours, oubliait Marx et la solidarité prolétarienne. Annette retrouva dans son regard l'éclat qui l'avait frappée rue Saint-Guillaume. Elle faillit se dire « Pourquoi pas ? » Heureusement pour elle, elle n'en fit rien car, dès qu'il eut atteint Bessèges, première étape de son itinéraire de révolutionnaire voyageur, il devint morose. Les usines étaient fermées, mais pour les congés annuels ; les ouvriers qu'il espérait en colère se trempaient les pieds dans l'eau à Palavas-les-Flots. Il décida de gagner La Grand-Combe où quelques puits étaient en activité au milieu de l'été. On l'accueillit gentiment, les camarades l'écoutèrent puis lui conseillèrent fermement de ne pas « venir foutre la merde » : ce furent les mots d'un responsable CGT de la ville. D'abord, Victor n'en crut pas ses oreilles ; il insista, on fut plus ferme, on finit par l'empiler sur la plate-forme du triporteur avec sa tente du temps du Front populaire, les drapeaux rouges et Annette (qu'on traita avec plus d'égards : elle était mignonne, après tout) ; un chauffeur de poids lourd enfourcha lui-même la moto et les laissa sur la route d'Alès. Il faisait beau, le camionneur repartit en sifflotant une rengaine américaine qui acheva de désespérer Victor : comme s'il n'y avait pas assez de « Temps des cerises » dans notre beau pays de France.

Il en alla de même à Alès, à Salindres, à Carmaux : jamais la France prolétaire ne s'était sentie si travailleuse. Le samedi suivant, ils se retrouvèrent du côté de Nîmes, désœuvrés. Le triporteur rendit alors l'âme. Victor s'assit sur le bord de la route et pleura. On était le 25 juillet. Annette se dit qu'elle devait être bonne. Elle le consola comme elle put dans un petit bois tout proche puis, à bout d'arguments, arrêta une Buick qui passait par là ; le conducteur les emmena au centre de Nîmes non sans avoir fait à la jeune fille les propositions d'usage. Il était marchand de voitures, elle n'aimait guère les garagistes et le lui fit savoir ; il les jeta à proprement parler dehors devant la Maison Carrée.

Annette fit ce dont elle rêvait depuis leur départ de Paris. Elle entra dans le plus grand hôtel de la ville, s'en fit donner la meilleure chambre et coucha enfin dans des draps blancs. Victor à côté d'elle ne la dérangeait pas trop. Il s'étonna pourtant qu'elle fût si riche, protesta pour la forme puis la blancheur des draps lui donna des idées : à mesure que

Victor s'intéressait à la chose, Annette s'en lassait. Elle le lui signifia, éteignit la lampe de chevet et tourna le dos. Le lendemain, elle loua une voiture. Victor ne protesta plus. Il conduisait bien ; ils se retrouvèrent à Avignon.

**

C'était la grande époque du Festival d'Avignon. Si Gérard Philipe n'y jouait pas cette année-là, Jean Vilar faisait toujours figure de moine-soldat ; Annette ignorait tout d'Avignon, du Festival et même du TNP (elle ne connaissait que le TPA d'Aubervilliers) ; elle était arrivée là par hasard, elle se laissa griser.

L'hôtel d'Europe est un vieil hôtel rempli de charme tout à côté des murailles ; y trouver un lit en période du Festival aurait relevé du miracle, mais le directeur était bon enfant, il aimait les jolies filles et les belles liasses de gros billets : Annette en avait dans son sac, elle se fit donner une chambre sur la cour où une fontaine chantait. C'était divin. Victor estima devoir se fâcher, s'affirma prolétaire, non un gigolo ; Annette le laissa faire.

Dans la cour d'honneur du palais des Papes, on se pressait sur des gradins inconfortables. Des hirondelles traversèrent le ciel encore un peu bleu, puis des lumières s'allumèrent, des projecteurs trouèrent le soir et la nuit tomba. Il y eut de très nobles appels de trompettes, on faisait flotter des étendards. Annette était émue, sans raison : *La Mouette* du théâtre de l'Atelier lui avait appris le doute, elle apprenait ici la beauté. Après le spectacle, elle titubait de bonheur dans la foule qui s'écoulait. Victor, derrière elle, boudait. Un groupe la bouscula, elle manqua tomber quand une poigne énergique la retint. C'était Jérôme Verdon, le critique de théâtre d'Aubervilliers. Il était avec une blonde sans importance, il fut courtois, s'en débarrassa et invita Annette à dîner au restaurant : remarquant Victor qui traînait la patte, il l'invita aussi.

Quelques comédiens les rejoignirent ; Vilar lui-même passa quelques minutes à leur table. Il avait l'air doux et grave, un peu triste ; il ne dit pas grand-chose, Verdon parlait pour tous. Il discutait les mérites du spectacle, moins bon que l'année précédente, meilleur que celle d'avant : c'était un habitué. Ce faisant, il adressait des clins d'œil à Annette, mais des clins d'œil complices, pas salaces. D'ailleurs, il affirmait à Victor sa profonde solidarité avec le parti communiste français, auquel il n'avait jamais adhéré parce qu'il ne s'estimait pas prêt. Victor dut s'en convaincre : pour n'être pas du Parti, Jérôme Verdon était quelqu'un « de bien ». Il l'affirma plus tard, d'un ton sentencieux. Annette n'en était pas sûre, elle approuva pourtant. Le reste de leur séjour en Avignon fut parfait, ils revinrent à Paris en Mistral et en première classe. Ils s'étaient fait de nouveaux amis : ç'avait vraiment été un bel été ; pluvieux, mais rempli d'imprévus.

*
**

Leur amitié dura jusqu'au début de l'hiver. Annette évita de revoir Jean Bourgeois et Henriette. Ernest Lavisse se crut quelque chance ; ayant appris qu'Annette n'avait pas son bac, il proposa de lui donner des cours du soir ; après tout, il était prof au collège Chaptal ! La jeune fille sut refuser à temps : elle avait encore beaucoup à apprendre mais n'avait pas besoin d'un professeur. Lavisse s'en montra marri ; en privé, il affirma à ses camarades que l'agrégation ne servait plus à rien.

Puis vint la grande fête de Victor : c'était la fête de *L'Humanité* qui se tenait alors au bois de Vincennes. Jérôme Verdon proposa d'y aller avec eux : lui-même emmena une amie un peu starlette qui se faisait appeler Dany parce que ça sonnait américain, à cause aussi de Dany Robin. On s'y rendit en Porsche rouge : Verdon avait une amie brésilienne qui ne lui refusait rien. Pour changer, il pleuvait, mais c'était sans importance. Dès l'entrée de la fête, Verdon prit le bras d'Annette. On se perdit ensuite mais on retrouva Victor devant une boutique de merguez. Là, Victor fut splendide : il voulut régaler tout le monde ; Jérôme Verdon fut plus splendide : il refusa ; il avait fait vœu de ne pas manger de merguez tant que le Maghreb entier ne serait pas libéré. C'était, assurait-il, un hommage rendu aux peuples combattants. Victor murmura « Chapeau ! » et se jura à partir de maintenant, d'en faire autant. Annette se retint pour ne pas rire ; Dany, elle, rit beaucoup.

Puis il y eut des flonflons sous un chapiteau. Amable ou Yvette Horner jouait de l'accordéon, Annette voulut danser. Saisie d'un remords, elle prit la main de Victor, mais celui-ci aperçut Jean Bourgeois, Henriette, Lavisse et fut pris à son tour de remords : il avait failli venir à la fête de *L'Humanité* pour s'amuser.

— Attends-moi, lança-t-il à Annette.

On attaquait une valse musette, elle avait envie de valser, et voilà tout. « Attendons », se dit-elle pourtant. Jérôme dansait avec Dany, elle attendit. Gravement installés autour de bouteilles de bière, Victor et ses amis discutaient de l'avenir du monde. Jérôme revint vers elle ; Dany valsait dans les bras d'un beau blond.

— Tu viens ? demanda-t-il.

Annette regarda encore une fois du côté de Victor ; celui-ci l'interpella : « Encore une minute, s'il te plaît ! » du ton de qui n'est pas habitué à commander. Annette compta soixante secondes et décida que c'était fini. La fête battait son plein, son cœur battit un peu, Jérôme Verdon insistait.

— Vous venez ?

Elle décida de jouer au jeu qui l'amusait. « Je compte

encore jusqu'à dix, se dit-elle, si à dix, Victor n'est pas revenu, je pars avec ce Jérôme. » Elle compta ; à dix, Victor n'était pas là ; elle tendit la main à Jérôme.

— Vous venez ? demanda-t-elle à son tour.

L'orchestre s'était arrêté pour une pause. Sur l'estrade voisine, on préparait des micros, les discours allaient commencer. Verdon mit quelques secondes à comprendre.

— Où donc ? finit-il par dire.

Elle haussa les épaules.

— Chez vous, pardi !

Avant de quitter le bois de Vincennes, Annette regarda encore une fois Jérôme Verdon. La quarantaine bien sonnée, le cheveu poivre et sel, le verbe haut et la citation à la bouche, c'était un bellâtre de l'esprit ; elle s'ennuyait avec Victor et l'amour qu'elle avait fini par éveiller ne l'amusait plus ; d'ailleurs, elle n'avait plus rien à apprendre de lui. En faisant un bout de chemin en compagnie de Jérôme Verdon, elle s'amuserait sûrement davantage ; elle se dit aussi qu'elle apprendrait encore un peu. « Je crois deviner que c'est un salaud, pensa-t-elle, mais j'ai peur d'en être sûre : ce pauvre Victor était un imbécile ! » On sait que, sur ce point, elle avait fait un choix. La silhouette de Victor Afkadian se confondait déjà avec d'autres rassemblées autour du podium. On applaudissait à tout rompre le premier secrétaire du Parti : il ahanait comme un bœuf ; ils étaient des moutons.

— Allons-y ! dit-elle à Jérôme.

Elle avait pris son bras ; ils fendirent la foule et gagnèrent la sortie.

X

Il y a des rues, disait Balzac, qui sont au cœur de Paris des cicatrices jamais guéries sur des corps toujours malades : jusqu'à une date récente, la rue Visconti était de celles-là. Entre les rues de Seine et Bonaparte, elle est l'une des plus étroites, l'une des plus profondes entailles tracées au flanc du VIe arrondissement; c'est aussi une ultime survivance d'un passé lointain, quand la rue des Fossés-Saint-Jacques et celle des Grands-Augustins étaient des corridors nauséabonds où s'empilaient la misère sur la crasse, la maladie sur les trognons de choux. Pourtant, dès le début des années cinquante et par la grâce de promoteurs inspirés, la rue Visconti était déjà devenue l'un des hauts lieux d'une société pour qui les poutres apparentes d'un galetas Grand Siècle valent tous les faux lambris du XVIe arrondissement. Ainsi, Jérôme Verdon était plus fier de son cinquième étage de la rue Visconti que de n'importe quel six-pièces avenue Victor-Hugo.

On y accédait par un long escalier aux marches tour à tour de pierre, de tommettes puis de bois blanc usé par les talons de générations de bonniches et d'étudiants. Quand Annette arriva en trébuchant sur les pavés de la ruelle, elle trouva la maison laide. Pour atténuer sa mauvaise impression, Jérôme fit remarquer que Balzac avait eu son imprimerie dans la maison voisine. La minuterie ne fonctionnait pas, ils montèrent dans le noir. « J'ai quitté un bouge à Clignancourt pour un taudis au quartier Latin », se dit-elle. À tâtons, ils parvinrent devant la porte, qu'il fallut deux tours de clef dans trois serrures de sécurité pour ouvrir. La jeune fille put alors découvrir le cadre de vie d'un intellectuel progressiste en ces années de guerre froide.

Livres et peintures peuplaient comme il se doit l'appartement ; les livres, pour la plupart des éditions originales, étaient d'auteurs de ce siècle — avec une prédilection pour les surréalistes : on y reviendra ; les peintures et les dessins étaient autant de cadeaux reçus d'amis peintres par Jérôme Verdon qui égrenait pour eux au fil des ans préfaces de catalogue et articles de complaisance : chroniqueur théâtral six jours sur sept, il était critique d'art à ses heures perdues et savait se faire remercier, selon l'usage. Les canapés étaient de cuir patiné ; il y avait un reste de braises dans la cheminée, qu'une banquette anglaise entourait sur trois côtés. Une collection de disques, où Glenn Miller et Mahalia Jackson voisinaient avec Bach et Albinoni, occupait l'unique panneau resté libre entre les livres et les tableaux. Des journaux, enfin, des magazines abandonnés au hasard des sièges, quelques ouvrages publiés aux éditions du Seuil ou de Minuit, ne laissaient aucun doute sur les opinions de Jérôme Verdon : il n'appartenait à aucun parti, respectait ses amis communistes et professait hautement que la droite française était la plus bête du monde ; il était, au demeurant, d'une tolérance extrême. Les nécessaires poutres apparentes, passées au brou de noix, achevaient le décor.

À leur entrée, Jérôme posa un disque sur le plateau de son électrophone. Annette eut la surprise de constater que c'étaient des chansons de la guerre d'Espagne ; il voulait l'étonner, elle ne se sentit pas dépaysée. Puis le journaliste annonça qu'il allait faire un peu de ménage et passa dans la chambre à coucher pour en extirper la locataire en place ; celle-ci cuvait les excès de la nuit précédente. C'était une jeune fille de bonne famille qui jouait les mannequins sous le nom de Bri-Bri. Jérôme faisait partie de ce petit groupe de mâles éclairés qui militaient déjà aux côtés des fémininistes contre l'idée de femme-objet : Bri-Bri n'étant que cela, il ne se gêna pas pour la pousser sur le palier. Il jeta en vrac derrière elle une brassée de vêtements et deux valises ; saisi d'un remords, il ajouta quelques bijoux et referma la porte à double tour. Il revint alors vers Annette, les bras ouverts ; elle savait à qui elle avait affaire, elle savait aussi ce qu'elle voulait en faire.

Dans les minutes qui suivirent, elle connut pourtant une émotion qu'elle n'avait pas prévue : ses lunettes à grosse monture d'écaille enlevées, Jérôme se révéla un amant hors pair. Dans sa jeunesse, on l'appelait l'étalon ; il rougissait sans démentir. D'autres l'avaient affublé d'un sobriquet plus malsonnant encore : il était la tête et les c... ; il s'en félicitait presque. Par trois fois, Annette découvrit ce qu'aucun de ses précédents amoureux n'avait su lui faire éprouver. Ce sentiment n'était certes pas la passion ; quel qu'en fût le nom, c'était une bonne raison de rester rue Visconti. D'ailleurs, à peine sorti des draps, Jérôme alluma une cigarette et parla longuement de la grande misère des peuples qui ont faim : à toutes les cordes de son arc, il ajoutait celle de chroniqueur indépendant d'un mensuel catholique qui militait pour le désarmement. Son plus grand regret était qu'on ne l'eût pas appelé à signer l'appel de Stockholm ; il aurait eu des scrupules, aurait su en faire état, puis il aurait signé. Ainsi, après avoir connu la foi et l'espérance, Annette allait-elle apprendre la charité. Qu'on nous pardonne ce préambule ironique : en dépit de sa félicité, notre héroïne n'avait pas perdu son sens de l'humour.

***

Jérôme Verdon écrasa sa cigarette et enfila son tricot de corps ; la nuit était encore jeune, il fallait songer à dîner. Jamais, depuis qu'il habitait rue Visconti, Verdon n'avait pris un repas chez lui ; ses moyens, expliqua-t-il gravement à Annette, ne le lui permettaient pas. « Chez soi, précisa-t-il, on mange du caviar ou de la merde, et comme je ne peux pas me payer du caviar... » Il se faisait donc inviter chaque soir chez des amis plus fortunés que lui. C'était en général à deux pas, rue Jacob ou rue Grégoire-de-Tours ; on ne sortait pas du quartier ; on se retrouvait entre soi, littérateurs à court de littérature ou journalistes sans journaux, réfractaires aux opinions des autres mais ouverts à tous les débats. On s'aventurait parfois plus loin, avenue Montaigne ou à Neuilly ; des dames d'œuvres tentaient d'y passer pour dames du monde en tenant table ouverte : on retrouvait les mêmes, on les mélangeait un peu et on recommençait ; s'y ajoutaient çà et là un jeune compositeur à qui l'hôtesse offrirait un orchestre, un peintre dont elle paierait les toiles, et puis d'autres petits caporaux de cette grande armée : critiques aux ordres, chroniqueurs partisans, faire-valoir, guichetiers. Neuilly ou rue Jacob, peu importait l'adresse : c'était la grande réconciliation de l'art et de la presse autour d'un cassoulet.

Pour l'heure, on allait rue de l'Abbaye où Jacqueline Souza, romancière de son état, avait organisé un pot-au-feu. Son nom ne disait rien à Annette : plus tard elle apprendrait que la bonne dame s'était donné pour pseudonyme le nom d'une femme de lettres du début du XIXe siècle ; Annette avait croisé Mme de Staël, voire Mme de Genlis, elle n'avait fréquenté ni chez Mme de Duras ni chez Mme de Souza.

Jérôme lui tendit quelques vêtements oubliés par Bri-Bri, y ajouta le collier de vraies perles qu'il avait lui-même négligé de jeter derrière elle dans l'escalier. Annette trouvait l'équipée divertissante ; elle s'habilla de pied en cap en aventurière de roman, se rougit les lèvres au violet foncé, peignit ses yeux de noir et de doré : elle se plut. Elle plut aussi à Jérôme dont les appétits jamais assouvis bouleversèrent ce bel ordonnancement. « Décidément, se dit-elle, j'ai bien changé. » Elle n'en éprouva pas de remords : elle avait suivi son nouvel amant « pour voir », elle voyait.

À onze heures et demie elle se rhabilla. Quelques minutes plus tard, ils se retrouvaient chez Mme Souza. Entre deux âges comme entre deux amants, la romancière habitait elle aussi un cinquième étage entre cour et jardin. Dans la cour, une fontaine sans eau représentait un dieu néo-classique. Jérôme chuchota que leur hôtesse avait substitué une copie à l'original vendu très cher à un musée américain pour s'offrir un gigolo.

— Mais ce sont les mauvaises langues qui racontent ça, corrigea-t-il ; c'est une femme libre : ils sont jaloux !

« C'est vraiment le dernier des salauds, se dit, cette fois, Annette qui n'avait pas eu, jusque-là, le temps de confirmer sa première opinion. Mais je sens que je vais m'amuser » ; après son apostolat porte de Clignancourt, elle le méritait bien.

La romancière vint leur ouvrir, un verre à la main ; Jérôme l'embrassa sur les deux joues. Elle était myope et ne reconnut pas Annette : c'était pourtant la petite dame un peu bossue qui écrivait sans fin dans un café de la rue Jacob ; elle avait alors souri à Annette, mais c'était d'un sourire de myope destiné à tout le monde. Chez elle, Jacqueline Souza souriait peu, parlait haut, jugeait tout. Un jour, elle serait illustre ; ses livres étaient déjà courts et secs ; elle était encore un peu poète. Du pot-au-feu annoncé, il restait des feuilles de chou au fond d'une marmite mais Jérôme Verdon avait parlé de caviar : l'un des invités revenait d'Union soviétique ; il était allé juger sur place les mensonges colportés par la presse bourgeoise où il écrivait : il en avait surtout rapporté deux kilos de caviar achetés au marché noir. On en ouvrit une boîte ou deux ; la vodka circulait avec le JB dont Annette découvrit ce soir-là la place qu'il pouvait tenir dans la vie de tous les jours.

Un homme d'environ cinquante ans, voûté, le profil aigu, lui tendit son premier verre.

— À la santé d'une nouvelle recrue ! dit-il en vidant son verre.

Il était lui aussi écrivain : que pouvait-on être d'autre, ici et à cette heure ? Jérôme précisa à l'oreille d'Annette qu'il avait, dans sa jeunesse, milité à l'Action française, ce qui justifiait pleinement la place qu'il occupait désormais dans la hiérarchie du parti communiste français ; Annette en conclut qu'il devait exister des différences entre les communistes de Clignancourt et ceux de Saint-Germain-des-Prés. C'était une première leçon qu'elle énonça sur le ton badin. Sa remarque déplut à Jérôme ; il lui demanda de ne pas la répéter. D'ailleurs, ce Serge Alexandre aimait les femmes, il trouva tout de suite les mots pour en prévenir la jeune fille.

— Venez par ici, suggéra-t-il en l'entraînant près d'une bibliothèque où l'œuvre de Beckett et de Robert Pinget se mêlait à celle, plus rebondie mais déjà démodée, de Jean-Paul Sartre.

Ils s'installèrent dans un canapé en tous points semblable à ceux de la rue Visconti ; la main de l'écrivain se posa vite sur les genoux d'Annette ; elle était habile, Annette la supporta. Il parla alors de Laclos, dont il était un spécialiste, de Rétif de La Bretonne qu'il méprisait pour son laisser-aller, et de Vivant-Denon, dont la jeune fille ignorait tout.

— Parmi les chefs-d'œuvre absolus de tous les temps, remarqua sobrement l'écrivain, je mettrais côte à côte *Point de lendemain* de Vivant-Denon (je vous le ferai découvrir) et l'Évangile de saint Jean : tous deux sont des livres d'amour.

À la mort de Serge Alexandre on publierait son journal, compte rendu scrupuleux de tête-à-tête avec sa conscience en même temps que description détaillée de ses corps à corps avec ses maîtresses : il ne s'aimait guère et les aimait trop, c'est-à-dire qu'il ne les aimait pas et se portait à lui-même un singulier amour ; Choderlos de Laclos était, en somme, de la même trempe. Mais Serge Alexandre était pour le moment bien vivant, et sa main sur le genou d'Annette, bientôt sur sa cuisse et plus haut, était là pour en témoigner.

— Baiser et prier relèvent de la même démarche, affirma-t-il.

Il tendit son verre à l'hôtesse qui passait, le vida et conclut :

— Tout le reste est littérature.

Annette l'écouta, se disant qu'elle avait décidément encore plus à apprendre qu'elle ne l'avait cru. Un cinéaste les rejoignit. Il écrivait dans une revue spécialisée et avait commencé deux ans auparavant un court métrage sur le musée du Louvre qu'il appelait le plus grand cimetière du monde. C'était lui qui avait apporté le kilo de caviar. Il était aussi grand pratiquant de Laclos, mais estimait également Rétif ; ce fut l'occasion d'une joute animée : il s'agissait, en gros, de savoir si Rétif de La Bretonne était notre conscience et Laclos notre regard, ce que soutenait l'un ; ou le contraire, ce qu'affirmait l'autre. Le cinéaste ayant bu autant que l'écrivain, la discussion dura longtemps et le second genou d'Annette se retrouva tout aussi occupé. Elle eut la présence d'esprit de profiter d'un silence pour semer le doute parmi ces beaux esprits. Elle glissa tout à trac :

— Avez-vous lu Mme de Genlis ?

Les deux compères la regardèrent, interloqués. Le plus gravement du monde, elle affirma qu'à côté de ses romans au moralisme laborieux, l'illustre préceptrice d'un roi de France avait écrit une œuvre secrète à l'érotisme troublant. C'était faux, Mme de Genlis n'avait jamais fait que des pipes aux enfants du duc d'Orléans mais Annette ne le savait pas, elle avait lu son nom dans le Petit Larousse et tentait sa chance. Les deux hommes se souvinrent pourtant d'avoir parcouru, jadis, cette face cachée de l'œuvre de la bonne dame. Annette osa citer quelques titres inventés pour l'occasion qu'ils avaient naturellement lus, ils burent à sa santé; on félicita Jérôme sur le choix de sa nouvelle amie, d'autres invités se rapprochèrent. L'entrée d'Annette dans un monde qui n'était pas encore tout à fait le sien s'annonçait bien : depuis les salons du rempart du Midi, elle était habituée à ces triomphes.

— Vous n'allez pas me l'accaparer! intervint Jacqueline Souza.

Annette avait du succès, l'autre pouvait la haïr ou s'en faire une amie, elle l'entraîna à l'autre extrémité de la pièce.

— Ils sont merveilleux tous les deux, remarqua-t-elle en se versant un verre de rhum; mais à jeun, et pris séparément : ensemble, ils deviennent parfaitement insupportables.

Annette sut plus tard que l'écrivain n'avait pas voulu d'elle; le cinéaste l'avait eue, très peu de temps. On lui attribuait pourtant des talents, d'aucuns affirmaient que ce n'était pas pour la littérature. La conversation prit un autre tour. La romancière revenait d'Amérique, elle se lança dans un réquisitoire impitoyable.

— Nulle part au monde, énonça-t-elle, je n'ai éprouvé un pareil sentiment d'oppression.

Un gros garçon blafard l'écoutait avec un sourire ironique. Il fit un clin d'œil à Annette, que la Souza ne goûta pas.

— Toi, tu as assez bu : à la niche! s'exclama-t-elle.

Le gros garçon fit un second clin d'œil, posa son verre sur le coin d'une table et s'endormit sur un canapé. Il ressemblait à un bébé hirsute; bientôt ses ronflements sonores devinrent sa manière à lui de se moquer de tous. La romancière put alors développer sa thèse : le maccarthysme avait transformé l'Amérique en un immense camp de concentration où chaque Américain était prisonnier de tous les autres; c'était la forme la plus accomplie de l'univers concentrationnaire. On l'écouta en silence. Une jeune femme blonde, déjà bronzée au soleil de Gstaad, renchérit :

— À New York, plus personne n'ose se servir du téléphone.

Jérôme eut, sur le sujet, le mot de la fin :

— À tout prendre, je me suis senti plus libre sur la place Rouge qu'au Rockefeller Center un matin de Noël : tous ces patineurs qui tournaient en rond — et dans le même sens ! — m'ont terrifié !

C'était une affirmation courageuse, car il disait bien haut que, toute sa vie, il avait choisi de ne pas choisir : « Je vis comme Sartre, affirmait-il, sur la lame étroite d'un couteau : entre deux abîmes. » Puis on passa à un autre sujet : qu'un lecteur non prévenu veuille bien croire que tout ce qui se dit ce soir-là chez la dame Souza, Annette l'entendit : c'étaient les conversations du temps. Pour le reste, selon le mot de Serge Alexandre, tout ne fut que littérature. En quittant Jacqueline Souza, Annette comprit que, tout bien pesé, la romancière avait décidé qu'elle ne l'aimait pas, ce que notre héroïne lui rendit aussitôt, sans vraie raison : elle avait seulement du goût.

Revenue à son nouveau domicile, longuement besognée par Verdon, elle s'endormit après avoir fait dans son cahier à reliure spirale le résumé qu'on vient de lire de la soirée écoulée. Sa vie nouvelle commençait sous d'heureux auspices.

*
* *

Le 1er novembre de cette année, se produisit un événement qui devait lui donner un tour décisif : les premières bombes à Oran et à Constantine, les premières rafales dans les Aurès marquèrent le début de la guerre d'Algérie. Jérôme et ses amis, que la fin de celle d'Indochine avait failli réduire au silence — pour des gens comme eux, c'était une forme de chômage — retrouvèrent une raison de vivre : ils allaient à nouveau pouvoir se battre. D'autres le feraient l'arme au poing, voire la tête au fond d'une baignoire ou des électrodes au bout du zizi, ceux-là lutteraient à coups d'articles et de manifestes, de chroniques et d'appels. Entraînée dans leur sillage, Annette vivrait l'agonie d'une République : en quelques jours, la guerre d'Algérie — on disait par prudence « les événements » — était devenue une gangrène.

Au début, ce fut seulement un sujet de conversation. On parlait d'une pièce d'Anouilh que Jérôme venait d'éreinter, ou du nouveau film de John Ford pour qui il n'était pas plus tendre, avant d'en arriver aux « événements ». Alors on ricanait : un incendie à Boufarik, un couple d'instituteurs mitraillé du côté de Biskra, ce n'était qu'un commencement, on verrait ce qu'on allait voir !

Jérôme rédigea son premier article à la terrasse de la Rhumerie Martiniquaise sur un coin de table poisseux ; il se voulait prophétique. « L'heure est venue pour les intellectuels de prendre la tête du combat », écrivit-il au crayon à bille au dos d'une enveloppe. Égarée quelque part entre *Esprit* et *Témoignage chrétien*, Annette essayait de le suivre. Il suça la pointe de sa bille et continua : « Chaque guerre perdue sera pour nous une victoire. » La formule était sans appel ; il en était fier et sentait monter en lui un grand frémissement quand une blonde aux cheveux en frange l'interpella de la table voisine.

— Alors ? Toujours au théâtre, Jérôme ?

Il eut un sourire rempli de commisération.

— Non, ma belle : à la guerre.

Il se souvint du petit coup de menton qu'en août 14, on avait attribué à Maurice Barrès et pensa : « Pourquoi pas ? » Un étrange patriotisme le saisissait ; d'un geste vif, il barra le titre d'abord donné à son article pour le remplacer par un autre qu'il voulait claironnant : « Un nouveau patriotisme ». La blonde aux cheveux en frange s'intéressait aussi à la politique.

— Tu me le montres ? demanda-t-elle.

Il tendit l'enveloppe. Elle parcourut le texte, le lui rendit.
— Tu sais ce que tu risques ?
Il haussa les épaules.
— Et après ?
— Entre douze et trente-six mois de prison ferme pour...
Pour avoir une frange amusante, Jeanne-Marie Lobstein était aussi avocate, elle connaissait son métier.
— Tu en es sûre ?
— Absolument.
Jérôme réfléchit un instant, haussa à nouveau les épaules et fourra l'enveloppe dans sa poche.
— Tant pis, murmura-t-il courageusement. C'était tout de même bien, non ?
Il se vengea sur une pièce de Graham Greene vue la veille au théâtre Saint-Georges : elle n'était ni bonne ni mauvaise, il la descendit en flammes, c'était une consolation. Témoin de la scène, Annette n'avait rien dit. Elle avait honte pour lui. Les plus grandes batailles commencent parfois par une retraite précipitée : on expliquera plus tard qu'elle était tactique. Intellectuel de combat, Jérôme Verdon était aussi un stratège prudent ; il fallait bien qu'il se le pardonnât : avisant à une autre table un clochard qui cherchait dans ses poches de quoi payer un petit blanc, il tendit un billet de mille francs.
— Tenez, mon vieux, et gardez la monnaie.
Il se sentait déjà en paix avec sa conscience. Le clochard remercia en bougonnant, rangea le billet dans son portefeuille et partit sans payer.
— Tu l'as reconnu ? interrogea l'avocate.
L'homme que Verdon venait de prendre pour un miséreux était l'auteur de quelques pièces portées aux nues dans les colonnes de son journal ; il faillit lui courir après, c'était trop tard. Il rajouta deux adjectifs plus cinglants encore à sa critique de Graham Greene, ramassa les journaux épars devant lui et entraîna Annette, bien décidé à ne plus jamais

reconnaître Mlle Lobstein au café ou dans la rue. Il se sentait maussade : décidément, comme celle d'Indochine, la guerre d'Algérie serait une sale guerre. Cette idée le réconforta ; pendant huit jours il n'écrivit plus que sur le théâtre. À la terrasse du café, un homme au visage basané avait assisté à la scène. C'était Mehmet, le chauffeur tunisien des frères Le Cleguen.

***

À partir de ce jour, les sentiments d'Annette furent partagés. Elle vivait intensément le drame algérien, parce qu'Alger et Oran, c'était tout de même plus près qu'Hanoi ou Saigon : l'hystérie des uns ou la rage des autres évoquaient pour elle de sombres souvenirs. L'image de l'infortunée Jeanne bafouée à Angoulême lui revenait à la mémoire ; des larmes lui montaient parfois aux yeux.

Dans le même temps, le spectacle offert par Jérôme et ses amis ne pouvait que la faire sourire. Elle tenait ainsi, dans son cahier à reliure spirale, une chronique plus grotesque que tragique des heurs et malheurs de ses compagnons. Hier, Jérôme avait déchiré son article, demain il en publierait un autre, signerait un appel et s'arrêterait là : d'autres mourraient, pas lui. Il y aurait quelques procès, voire des arrestations ; ce serait, en fin de compte, pour sa plus grande gloire. « À la terrasse de leurs cafés parisiens, ils ne sont que de tristes clowns », nota la jeune fille avec la cruauté froide d'une entomologiste ; puis elle corrigea : ce n'étaient pas des clowns, mais des papillons.

L'un de leurs terrains d'élection était Vacherin, une boîte de nuit de la rue Saint-Sulpice. On y était en terrain neutre puisque y buvaient au coude à coude lecteurs de *L'Express* et vieux hussards de *Carrefour* ou de *La Parisienne*. On avait lu les mêmes livres, on buvait le même whisky, chacun avait sa bouteille de JB et on se retrouvait à la même table, face à la porte d'entrée. Au sous-sol, dans un tohu-bohu de jazz et de samba, s'agitait la piétaille à laquelle on ne se mêlait pas. Mais, de l'étroit rez-de-chaussée, bien serrés sur deux banquettes, on pouvait juger d'un regard les nouveaux venus, les habitués ou ceux qu'on appelait des cousins de province : jadis, sur la péniche de la rue Saint-Guillaume, on n'avait pas d'autre divertissement. Du même regard on jaugeait aujourd'hui les filles, on leur donnait des notes — 9 ou 18 sur 20 — selon l'allure, les yeux ou les mensurations.

L'un des sports favoris de tous ces vieux jeunes gens était d'enlever aux cousins de province leurs plus jolies cousines. Ainsi, gauche et droite confondues, la bande s'enrichissait-elle chaque semaine de nouvelles recrues féminines dont chacun s'efforçait de vérifier tour à tour — l'expression était de Jérôme lui-même — ce qu'elles avaient dans le ventre. Les plus bêtes duraient au plus trois semaines, le temps qu'à tour de rôle chacun fît le tour de la question ; celles qui l'étaient moins duraient un peu plus ; puis on les laissait regagner leurs provinces natales de Neuilly, ou quelque part au fond du XVIe arrondissement. Certaines n'y retournaient pas, on les repassait à des copains, en quelques mois elles avaient fait le tour du quartier et rendaient de menus services, trop heureuses des bribes de conversation qu'on leur abandonnait ici ou là. Pour les unes comme pour les autres, Annette devint sans pitié car, plus encore que les imbéciles du sexe mâle, elle méprisait les idiotes. Deux ou trois cousines échappaient parfois au lot commun ; c'est qu'elles avaient vraiment quelque chose dans le ventre : de l'esprit, de l'argent ou autre chose, ce qui arrivait plus souvent qu'on aurait pu le croire. Elles ralliaient alors à part entière le petit groupe de noctambules qui discutait jusqu'à l'aube des livres d'hier et du cinéma d'aujourd'hui, des filles qu'on avait eues et de la guerre d'Algérie qui allait encore durer huit ans, tout en pratiquant avec un bel entrain l'autre sport en vigueur dans le quartier : vider un verre de JB comme de la limonade. Sur ce terrain, Jérôme Verdon put venger sa déconfiture de la Rhumerie Martiniquaise. Dès la première soirée qu'elle passa là, Annette sut à quoi s'en tenir.

Le groupe des vieux jeunes hommes qui professaient d'autres idées que lui les accueillit avec des rires goguenards.

— Alors, Jérôme, une nouvelle ? lança l'un d'eux à leur arrivée.

Il s'appelait Blaise, écrivait un peu : on le surnommait Pascal parce qu'il allait à la messe. Verdon répondit du tac au tac :

— Et toi, Pascal, toujours le vide ?

Le jeune homme répondit par la note — 17 sur 20 — qu'il donnait à Annette. Celle-ci fut vexée de ne pas obtenir davantage et décida de se taire ; Jérôme, en revanche, parla plus fort que d'habitude : le ton était donné. Deux heures plus tard, Annette était devenue l'amie de tous et l'Algérie était au cœur de leurs conversations : les uns prêchaient la morale, les autres l'insolence.

— Voyez-vous, remarqua un grand garçon très blond qui avalait en dix minutes ce que les autres buvaient en une heure : que l'Algérie soit aujourd'hui la France ou demain algérienne, je m'en moque éperdument ; ce qui m'agace, c'est de vous voir assurer avec autant de certitude que vous détenez la vérité. Moi, je suis sûr d'une seule chose, c'est que je ne suis sûr de rien. Pour le reste, je m'en remets à mon oracle, que je trouve toujours au fond de mon verre. Pour en savoir davantage, je bois un verre de plus et, le miracle, c'est qu'arrivé au fond de la bouteille, je suis parfaitement lucide : je sais enfin ce dont je suis certain. Mais c'est en général sur le coup de six heures du matin, il faut bien aller se coucher : quand je me réveille à midi, j'ai tout oublié, il ne me reste plus qu'à recommencer.

La main de ce Bertrand Chaussepierre se posa sur la nuque d'Annette dont les deux genoux étaient déjà occupés puisque Serge Alexandre avait rejoint Jérôme : elle la trouva carrée, solide : en éprouva même un petit frisson qui descendit plus bas. Chaussepierre était romancier, il avait écrit des livres très courts et il parlait de lui avec une désinvolture narquoise ; il s'y peignait ivrogne ou gamin mal dans sa peau ; souvent, ses héros étaient des garçons qui avaient attendu 1944 pour faire le plus mauvais choix : lui-même, en ce temps-là, n'avait rien choisi du tout puisqu'il était en sanatorium. D'ailleurs, il toussait encore beaucoup et n'écrivait à peu près plus.

Sa profession de foi avait choqué l'idéal de Jérôme ; saisi d'une vertueuse indignation, il entreprit de lui répondre ; Serge Alexandre prit le relais avec plus d'ironie : il usait du paradoxe qu'il alliait à la contrepèterie ; c'était un art subtil : les Français garderaient l'Algérie, dit-il en substance, tant qu'ils arriveraient à pied par la Chine. Souza ne voulut pas en rire ; c'était son moindre défaut. Blaise Pascal attaqua à son tour, assisté d'un certain Bezut, qu'on disait médecin : MM. Queuille et P. H. Teitgen en furent quittes pour une opération sommaire. Quelqu'un prononça le mot torture, les autres l'ignoraient, on expliqua des techniques, on évoqua des contre-poisons, Bezut et Alexandre, Pascal et Jérôme Verdon faillirent en venir aux mains ; la Souza les traita de boy-scouts : les fleurets étaient mouchetés, les revolvers chargés à blanc, les pires injures ne faisaient pas mal et les plus sensibles avaient une peau d'éléphant.

Seul un homme plus âgé que les autres les écoutait avec une satisfaction amusée. Ce Casalis adressait de temps à autre un clin d'œil au gros garçon hirsute qui s'était endormi avec béatitude sur le canapé de Jacqueline Souza — il s'appelait César Franck. Casalis faisait parmi eux figure de grand écrivain : on le disait énigmatique sans qu'on sût vraiment pourquoi ; il avait des amitiés politiques. César Franck avait écrit, n'écrivait plus, rien ne lui échappait ; quand il ne dormait pas, il les contemplait tous en riant en lui-même.

On passa au Jack Daniel histoire, fit remarquer Chausse-pierre, de ne pas oublier l'Amérique ; c'était de la provocation, la Souza manqua s'étrangler : ses principes refusaient l'Amérique en bloc, jusqu'au bourbon du Kentucky. À trois heures du matin on déambula dans les rues, on renversa quelques poubelles, les agents du quartier qui connaissaient leur clientèle conseillèrent plus de modération, chacun finit par se coucher. Une cousine de province que nul n'avait remarquée se retrouva dans le lit de Jérôme : lorsqu'il s'en rendit compte, elle dormait déjà à poings fermés. Il se rattrapa avec Annette : l'alcool et la nuit à peu près blanche n'avaient en rien entamé ses moyens.

Le lendemain, on recommença.

*
**

La réapparition soudaine de Victor faillit jeter une note discordante dans cette harmonie. Annette le trouva un matin, mouillé et transi sous le porche de la rue Visconti qu'on fermait à clef chaque soir car on se méfiait des clochards. Il tenait à la main un paquet enveloppé de papier journal qu'il tendit à Annette, c'était l' « Inconnue de la Seine » ; il espérait l'attendrir.

Il avait encore maigri, ses cheveux avaient poussé, il n'était ni propre (ce qui ne changeait guère) ni rasé ; ses yeux brillaient, bien entendu, de la même lumière sombre, Annette se souvint : quelques mois auparavant, elle espérait la passion : elle fut touchée de son regard et l'emmena à la Pergola, à la sortie du métro Mabillon.

Un juke-box régulièrement alimenté par deux petits voyous débitait sans cesse une chanson de Gilbert Bécaud ; d'autres voyous de plus grande envergure parlaient dans un coin ; à l'étage, on faisait un poker et le barman jouait au 421 avec un client aux doigts couverts de bagues qui gagnait à chaque coup de dés. Enfin, dans un coin sombre, un homme au visage basané paraissait attendre, c'était à nouveau Mehmet, l'ancien chauffeur des Le Cleguen. Annette commanda un express, Victor un crème et des tartines, il était épuisé. Lorsqu'il se fut restauré, il commença à geindre.

— Pourquoi m'as-tu abandonné?

Il était jusque-là si sûr de lui-même et de ses convictions qu'Annette se sentit une âme de grande sœur : chez elle, ce n'était jamais bon signe. Elle tenta d'expliquer que le monde n'était pas ce qu'il croyait, rouge et noir, comme à la roulette : il y avait aussi un peu de rose, beaucoup de gris. Victor l'écoutait en reniflant ; elle lui tendit son mouchoir.

— Et puis, tu n'es pas seul : il y a le Parti!

Elle s'était efforcée de faire sentir la majuscule au début du mot et Victor se moucha de plus belle : le Parti, parlons-en! D'émotion, il laissa tomber son paquet ; le visage de l' « Inconnue de la Seine » s'effrita sur le pavé mouillé. Il militait toujours, mais sans joie.

— D'ailleurs, plus personne ne m'attaque jamais au métro Porte-de-la-Muette!

C'était un cri de désespoir. Annette savait à quoi s'en tenir : elle se promit d'appeler Frédéric pour que les agents de la rue de Passy fassent preuve d'un peu moins de zèle ; elle faillit le promettre à Victor, puis se ravisa : ç'aurait été détruire une autre de ses certitudes.

— Henriette est fiancée avec Ernest, ajouta-t-il comme si c'était là la goutte d'eau qui faisait déborder le vase.

La sœur de son ami Bourgeois et le prof de philo du collège Chaptal s'étaient mis d'accord pour le trahir à leur tour ; Annette voulut le requinquer ; elle parla de l'Algérie :

— Au moins tu vas pouvoir t'en donner à cœur joie! remarqua-t-elle avec une naïveté bien à la mesure de son ignorance politique.

Elle pensait aux défilés que le Parti ne tarderait pas à organiser où Victor trouverait mille occasions de se faire rosser par les fascistes qui ne passeraient pas, au pire d'être tabassé par la police. Il prit un air navré pour annoncer que la position du Parti était plus ambiguë; il ressortait de ses explications laborieuses qu'il y avait guerre et guerre, gros colons et petits colons : le parti communiste français ne pouvait pas trahir les petits colons français qui (il n'alla pas jusqu'à le dire) votaient souvent pour lui.

— D'ailleurs, le voudrions-nous que nous ne pourrions pas nous le permettre, précisa-t-il.

Ce n'était même plus de la basse politique, mais de la haute cuisine — électorale, cela s'entend. Annette fut déçue. Pour ennuyeuse qu'elle fût, elle croyait à la vertu de Victor : il n'était plus qu'un militant fidèle aux convictions des autres, qui n'en avaient plus. Elle chercha sans les trouver des paroles apaisantes, et le laissa partir. Dehors, il pleuvait, il n'avait pas de manteau. Mehmet n'avait rien perdu de la scène, il griffonna quelque chose sur son petit carnet. Annette soupira : ainsi allait le monde, ce n'était pas sa faute ; elle sentit bien son cœur se serrer un peu, mais c'était à cause de l' « Inconnue » brisée.

*
**

Elle revit bientôt Bertrand Chaussepierre, le gros César Franck, l'énigmatique Casalis, elle eut d'autres sujets d'étude et d'intérêt. Tous fréquentaient, avec Jérôme et ses amis, le salon de Marie-Line, la vieille dame poète, où le champagne était de qualité. Après avoir été l'égérie de tant de grands auteurs morts, elle attirait désormais chez elle de petits écrivains bien vivants qui l'amusaient. Elle habitait rue de l'Université un superbe premier étage où les têtes chinoises du VIe siècle voisinaient avec des peintures de ses amis d'autrefois ; André Masson, Yves Tanguy, Man Ray et leurs compagnons y tenaient une place de choix : c'était d'un niveau nettement plus relevé que rue Visconti. Il y avait aussi beaucoup d'éditions originales de poètes d'hier et d'avant-hier, des livres illustrés dédicacés. Annette ne tarda pas à comprendre d'où venait la bibliothèque de Jérôme ; le critique en faisait d'ailleurs commerce avec la complicité de Daniel Gouzy, l'amant en titre de Marie-Line, qui les subtilisait pour lui sur les rayons de la vieille dame. Celle-ci, que l'âge poussait vers les très jeunes filles, ne se rendait compte de rien. Son amant lui offrait des nymphettes, remplaçait les beaux livres par des romans policiers ; les bibliothèques et le cœur de Marie-Line étaient pleins, elle perdait un peu la tête et tout allait pour le mieux dans le plus laid des mondes possibles à quelques plaquettes d'Éluard ou de Max Ernst près.

Marie-Line avait édicté un principe : chez elle on ne parlait pas politique. Comme tout, pour la Souza, était politique, c'était aller contre ses principes : elle refusait ses invitations mais participait activement à la razzia de livres qu'on faisait chez elle en rachetant à Jérôme les volumes qui l'intéressaient ; il lui faisait des prix. À une Souza près, les soirées de la rue de l'Université rassemblaient la même faune que les nuits de Vacherin. Annette préféra tout de suite la compagnie de Marie-Line à celle de la romancière bossue. Elle passa des moments exquis.

Outre les jeunes gens plus si jeunes que nous connaissons, la poétesse réunissait d'autres vieux amis dont le moindre mérite était de lui ressembler. Ainsi se croisaient dans les salons l'éditeur Paul Jasmin, qui venait de découvrir une enfant poète et Claude Legagneux, si souvent jadis dans le sillage de Gide ; Georges Hedder, survivant de tous les dadaïsmes, venait pour y rencontrer Roland Penrose, l'ami anglais de Breton et de Picasso, dont la femme avait joué les statues vivantes dans des films de Cocteau : c'était animé, délicieux, extravagant. S'il y avait parfois des fausses notes, on fermait les yeux ; ainsi, ce jeune critique monté d'une banlieue niçoise qui voulait être romancier en dépit de ses mains d'une indécente moiteur et de la véhémence qu'il mettait à dire du mal de ses amis dans le moindre de ses articulets ; ou cet autre bon jeune homme qui flattait les vieillards de droite et les politiciens de gauche, dans l'espoir d'obtenir bientôt une page entière dans un magazine sans opinion. Les uns compensaient les autres et on outrepassait les oukases de la maîtresse de maison en parlant littérature comme si c'était de la politique : avec fièvre et passion.

Annette avait tout de suite aimé Marie-Line, lorsqu'elle l'avait vue de loin ; à mieux la connaître, elle en fut presque amoureuse : la vieille dame était douce et fragile. On la disait cardiaque ce qui ne l'empêchait pas de se maquiller comme une petite fille et de mener, du fond d'un canapé couvert d'indiennes, toutes les conversations.

Elle eut avec la jeune fille de longs apartés, l'écouta lui raconter son enfance, s'émut aux noms de Saint-Cybard et du rempart du Midi ; elle-même venait de Limoges, son père fabriquait des porcelaines, elle avait peint des fleurs bleues sur des assiettes fines, son premier poème était venu de là.

— Je crois que nous nous comprenons, lui dit-elle avec une grande tristesse.

Elles se comprenaient en effet : auprès d'elle, Annette appréciait la douceur de l'âge et la poésie.

Un soir, alors qu'Annette évoquait le petit monde d'Angoulême et ses grands complots, Marie-Line avisa un homme entre deux âges qui discutait de Giono ou de Morand en compagnie de Blaise Pascal.

— Vous connaissez André Louvrier, n'est-ce pas ? lança-t-elle en désignant le monsieur gravement vêtu d'un complet gris souris.

Annette ne se souvenait pas, le monsieur se rappelait parfaitement : c'était le frère de l'abominable Ferdinand, le neveu de Mme Viazevski. André, l'éditeur, avait monté au lendemain de la guerre une petite maison qui publiait quelques romans, des traductions ; puis le succès imprévu d'un récit comique, traduit du persan, avait décuplé les moyens de son entreprise. Dès lors, aux côtés du Seuil et de Gallimard, de Grasset, voire de ce Paul Jasmin qui aimait les enfants poètes, il était devenu l'un des premiers éditeurs de la capitale. Il eut la courtoisie d'exprimer des regrets sur la manière dont son frère s'était conduit — il l'avait appris trop tard — puis se retira vite, car il se couchait désormais tôt pour se lever aux aurores : à sa manière, c'était une sorte de moine-soldat. Annette en avait croisé au parti communiste ; c'était le premier qu'elle rencontrait dans le monde de l'édition.

— Je suis convaincu que nous nous reverrons, dit-il à notre héroïne en lui serrant la main avec chaleur.

Après son départ, Annette poursuivit le récit des intrigues angoumoisines : elles rappelaient à Marie-Line son enfance à Limoges. Elle en fut distraite par deux fausses gamines, la trentaine largement dépassée, qui vinrent en minaudant offrir des cigarettes à bout doré à la vieille dame : Gouzy, qui veillait sur sa fortune mieux encore que sur sa santé, les avait appelées à la rescousse de crainte de voir notre héroïne entrer trop vite dans ses bonnes grâces.

— Tu es sûr, au moins, de ta putain ? demanda-t-il à Jérôme.

Verdon le rassura, affirma qu'il la tenait bien en main ; c'était une expression figurée, qui ne péchait pas non plus par excès de délicatesse. Gouzy le comprit et eut un rire gras. Le critique aux mains moites était pour un quart dans toutes leurs opérations, il lança à tout hasard qu'on ne saurait être trop prudent avec « ces pisseuses » ; il n'aimait guère les dames. Jérôme réitéra ses assurances. Il n'était pas loin de penser qu'Annette serait la meilleure affaire de la saison.

À l'éditeur Louvrier succéda l'éditeur Jasmin ; sa protégée l'accompagnait. La gamine avait treize ans, des cernes mauves sous les yeux et une maman abusive qui ne la quittait des yeux que lorsque c'était absolument nécessaire à sa carrière, ce qui arrivait parfois.

— Jérôme m'a dit que vous écrivez, dit Jasmin à Annette.

La petite fille s'était blottie contre lui ; faute de mieux elle suçait son pouce. Dans l'embrasure d'une porte, Marie-Line s'évanouissait un peu, on la fit s'étendre sur un autre sofa : les cigarettes à bout doré contenaient juste ce qu'il fallait d'autre chose pour lui faire tourner la tête. Elle disait à qui voulait l'entendre que fumer était son dernier plaisir : elle parvenait alors à écrire ; un peu.

— Cette pauvre Marie-Line devrait se ménager, remarqua Paul Jasmin à qui le manège des deux fausses gamines, puis le bout de cigarette doré, n'avaient pas échappé.

Annette faillit s'émouvoir de cette attention, mais l'éditeur ajouta :

— Au train où elle va, elle va encore m'écrire six ou sept pages cette nuit : ajoutées aux cinq ou six de la semaine dernière et à la bonne centaine pondue depuis l'automne, je ne pourrai pas y échapper, il faudra les publier !

Les livres de Marie-Line se vendaient à deux cents exemplaires, elle rachetait le reste pour le distribuer à ses amis : l'opération ne coûtait rien à Jasmin mais perturbait le sens aigu que l'éditeur avait de l'édition. Cette diversion oubliée, il revint à Annette.

— Alors, mademoiselle, ce livre que vous nous préparez ?

La jeune fille qui n'avait derrière elle qu'une pile de cahiers à reliure spirale remplis de tout et de n'importe quoi eut un rire amusé.

— Un livre ? C'est un bien grand mot, tout au plus quelques notes.

La question de Paul Jasmin l'avait pourtant flattée. Elle se souvint de ses ambitions angoumoisines : être Rastignac ou rien ; un Rastignac qui écrirait.

— Vous êtes sûre que vous n'avez rien à me montrer ? reprit Jasmin tout en caressant d'une main paternelle le mollet à socquette de l'enfant poète qui ronronnait de plaisir.

Annette l'assura qu'elle n'écrivait encore, selon la formule consacrée, « que pour elle ». Elle se promit néanmoins de relire les notes griffonnées jusque-là, d'y mettre un peu d'ordre. Après tout, on écrivait tant autour d'elle, elle pouvait peut-être y ajouter sa voix. Le Blaise surnommé Pascal s'affala à son tour sur le sofa, bientôt rejoint par Serge Alexandre, Chaussepierre. On parlait toujours de Morand, on glissa vers Chardonne, vers Joseph Delteil, que tous ces jeunes gens de droite et de gauche réunis admiraient. On raconta que Morand préparait des nouvelles; il existait quelque part un roman de jeunesse inédit de lui. Chaussepierre évoqua avec lyrisme les premières pages d'une vie de La Fayette parfaitement inventée que Joseph Delteil avait écrite avant la guerre : le plus illustre des Français de l'Amérique s'y roulait sur des talus auvergnats, ivre de confiture; Chaussepierre avait un air gourmand... Jacques Chardonne était charentais, quelqu'un fit un clin d'œil complice à Annette qui se promit de lire dès le lendemain *Porcelaine de Limoges*; elle dévorerait aussi *Ouvert la nuit* et la vie d'une *Jeanne d'Arc* qui lui ressemblait sûrement.

Puis elle parla à son tour de Stendhal; elle en parla bien, professant hautement son admiration pour *Lamiel*; peu de jeunes filles ont lu *Lamiel,* elles ont tort : comme notre héroïne elles en auraient tiré des leçons. Un journaliste, Stéphane, ou l'un de ses compères, Roger — elle ne se souvint plus très bien lequel —, promit de lui en offrir l'édition originale; elle n'était pas très rare, puisque posthume, c'était quand même un mot gentil. Elle remercia avec effusion, il prit un air de mystère amusé : « Nous reparlerons de tout cela. » Quelqu'un prononça ensuite le nom de Gobineau, Annette avoua qu'elle n'avait pas lu *Les Pléiades,* tous s'accordèrent pour affirmer sa culpabilité mais on lui pardonnerait si elle comblait cette lacune dans les huit jours, car *Les Pléiades,* professa Stéphane, était un des plus grands livres de tous les temps.

Son ami Roger en cita par cœur les premières lignes. Seul

Jérôme Verdon se récria : le comte de Gobineau avait écrit l'*Essai sur l'inégalité des races humaines,* il était à vouer à toutes les gémonies. César Franck partit d'un rire narquois.

— Tu as lu, au moins, l'*Essai* de notre comte diplomate ?

Verdon affirma l'avoir lu de la première à la dernière ligne ; quelqu'un cita la première édition de *L'Être et le Néant* dont personne n'avait remarqué qu'on en avait oublié un cahier au brochage ; Jérôme nia la véracité de l'anecdote, défendit la qualité Gallimard, on se lança dans une belle querelle littéraire qui devait, la semaine suivante, s'étaler en première page d'*Arts*. Annette s'endormit, épuisée par tant de culture et de champagne millésimé.

***

Noël approchait. Pierre Mendès France tenait bon ; il achevait d'enterrer la CED, la remplaçant par l'UEO (Union de l'Europe occidentale) et voulait faire entrer la Grande-Bretagne dans la CECA (Communauté européenne du charbon et de l'acier). Annette se perdait un peu dans toutes ces initiales, mais Jérôme Verdon la tenait bien en main, elle s'avouait d'ailleurs sans trop de honte qu'elle ne détestait pas cela. Frédéric monta à Paris le temps d'un week-end ; il avait été soulagé de sa rupture avec Victor et s'inquiéta de sa nouvelle liaison : lorsque Annette lui en révéla le ciment, il se montra rassuré :

— Tant que c'est le cul, je peux dormir sur mes deux oreilles ! remarqua-t-il finement.

Annette l'embrassa sur le bout du nez, il rougit, puis redescendit vite à Angoulême où ses « activités politiques » l'appelaient. Il était mystérieux, Annette ne lui avait pas posé de questions ; il en fut un peu triste. Noël se rapprocha encore. Annette rêva quelques heures sur une longue interview publiée dans *France-Dimanche* de Marie Besnard ; elle se dit que quelques pincées d'arsenic dans les consommés à la tortue agrémentés de xérès qu'on servait chez Marie-Line pourraient avoir des conséquences sans nombre sur toute l'intelligentsia parisienne ; elle fut presque tentée, pour voir, mais renonça. Elle vit aussi *Les Sorcières de Salem,* avec Simone Signoret et Yves Montand qu'elle aima bien, mais ne parvint pas jusqu'au bout du dernier prix Goncourt : il est vrai que c'était *Les Mandarins,* de Mme de Beauvoir. Elle suivit enfin Jérôme dans le Midi où il allait passer les fêtes.

※※

Ce fut un joyeux Noël et une bonne nouvelle année. L'énigmatique Casalis possédait une grande et belle maison dans un coin alors perdu de Provence, le Luberon. Au milieu du village de Ménerbes, elle était faite de tours et de terrasses encastrées dans des murailles. La chambre d'Annette ouvrait sur une montagne bleue le matin et violette le soir : c'était autrement plus poétique et moins vulgaire que les aiguilles de Chamonix de l'hiver précédent. On mangea bien, on but de même ; la cave de Casalis était l'une des plus riches au sud de Valence et ses foies gras venaient tout droit d'une autre propriété qu'il avait dans le Périgord. Comme il avait aussi des domaines en Alsace, pour le sanglier, et un château dans le Perche, pour le plaisir de la pluie, Annette remarqua qu'entre Casalis et Carabas, il n'y avait que quelques lettres à franchir, point n'était besoin de bottes de sept lieues. Elle le dit tout haut ; ce n'était pas très drôle, le grand écrivain s'en amusa pourtant. On commençait à murmurer qu'elle avait de l'esprit.

Elle décida de se mettre sérieusement au travail ; elle s'installa sur une terrasse face au Luberon, relut les notes qu'elle avait prises depuis deux ans, trouva une idée ici, une autre là. Jérôme était inquiet, presque jaloux. Lorsqu'elle annonça qu'elle avait entrepris un roman, il ne trouva pas assez de mots pour la décourager, citant en vrac les exemples édifiants de Marie-Line, de Jacqueline Souza, de Mme de Beauvoir.

— Tu ne vas tout de même pas te mettre à imiter ces rombières ! s'exclama-t-il.

On sait qu'il était résolument féministe ; il n'en portait pas moins un jugement résolument pessimiste sur ce qu'il appelait les romans de bonne femme : « On n'écrit pas avec son ventre, affirmait-il, mais avec sa queue. » C'était un point de vue. Un peu plus tard, ces dames diraient ce qu'elles pensaient de ces messieurs-là ; mais l'heure était à d'autres combats. Annette le rassura. Elle n'écrirait qu'un livre de jeune fille. Il parut soulagé.

Elle fit quelques promenades en compagnie de Casalis. Le grand écrivain l'emmena au sommet de la montagne du Luberon. Il y avait une forêt de cèdres ; ils marchèrent une heure dans le sous-bois pour déboucher face à une vue qui s'étendait jusqu'à la plaine d'Aix et au-delà. Ils parlèrent peu : Casalis avait le silence noble. Tout au plus regretta-t-il que ce fût à Jérôme qu'Annette eut attaché son affection. Il trouvait Chaussepierre ou son ami César Franck plus distrayants ; il employa le mot « fréquentables ». Sans s'attarder sur les détails (ceci expliquait cela), elle lui répéta ce qu'elle avait dit à Frédéric : elle vivait sans passion. Après Frédéric et Jérôme, mais pour d'autres raisons, l'écrivain fut à son tour rassuré. Les couchers de soleil sont beaux dans ces montagnes : très loin, à l'ouest, les Alpilles baignèrent dans une lumière rosée, écarlate ensuite, bientôt verte et pâle puis ce fut la nuit. Des musiques venaient de la vallée.

— Oui, remarqua Casalis, moi aussi je les ai entendues quelquefois.

Ce soir-là Annette était la seule à savoir les entendre.

— Il faut être rempli de rêves, de jeunesse, de passion, pour les deviner, poursuivit Casalis.

— De passion ?

Il eut un bon rire et la jeune fille crut qu'il allait lui passer un bras autour des épaules.

— Oui, de passion, répéta-t-il, sachez attendre encore un peu.

Il avait gardé ses mains croisées derrière le dos, à la manière d'autres géants qui s'avancent parfois ainsi, du fond des âges. Lorsque la nuit fut tout à fait tombée, ils regagnèrent la voiture qu'ils avaient laissée là où s'arrête la route et commencent à la fois les plateaux et le ciel. Casalis tourna le bouton de la radio sur le tableau de bord, une musique s'éleva, c'était Mozart. La voiture était une Rolls ; elle allait bien avec Mozart.

— Quand je suis très incertain de moi, de mes sentiments, j'écoute un peu Mozart ; lui seul parvient à me réconcilier avec moi-même.

C'était le mouvement lent du Concerto pour clarinette : mille idées assaillaient Annette : dix, quinze au moins pourraient entrer dans son roman. Son cœur battait très vite ; elle se sentait plus riche, plus intelligente — plus sévère aussi envers les autres, envers elle-même. Elle se souvenait de sa petite enfance. Après-dîner, Jérôme, Bertrand Chaussepierre, ce drôle de César Franck qui semblait s'être fait une règle de vie de ne rien prendre au sérieux, discutèrent quand même un peu politique. Ils parlaient de Mendès France, certains l'admiraient, d'autres moins. Encore sous l'effet de l'émotion éprouvée au sommet de la montagne, Annette lança à nouveau le nom du général de Gaulle. Ça lui était venu d'un coup, avec ses souvenirs. On la regarda avec surprise.

— Ce fou ! commenta Jérôme avec son tact habituel.

Seul Stéphane, le journaliste aux petites lunettes rondes, ne s'étonna pas vraiment. Casalis regarda Annette avec attention : il devinait beaucoup plus de choses en elle qu'elle ne pouvait s'en douter. Il sortit de sa bibliothèque le premier volume des *Mémoires de guerre* du Général. Laissant de côté

Gobineau qu'elle savourait lentement, comme un plat très riche dont il ne faut perdre aucune miette, Annette lut avec passion cent vingt pages pendant la nuit : ç'avait été, jusque-là, une manière de jeu de surprendre ses amis ou ceux qui ne l'étaient pas en jetant au hasard d'une conversation le nom du Général ; à partir de cette nuit du 30 décembre 1954, il en fut autrement. Qu'on ne fasse pas d'ironie à bon compte sur notre Annette : on a dit qu'elle cherchait la passion, elle aimait aussi la vraie littérature ; elle fut d'abord frappée par le style du Général. Roger, le journaliste, était devenu son ami : il partageait son admiration, elle eut avec lui aussi de longues conversations.

Le réveillon de la Saint-Sylvestre se passa sans histoire ; le dimanche suivant, on fit une virée à L'Isle-sur-la-Sorgue où se tenait un marché, une brocante. Casalis, avec Annette, rendit visite au poète René Char, dans sa maison toute proche. Ni le poète, ni le romancier, ni Annette ne parlèrent beaucoup. Ils burent un pastis, deux pastis en regardant les rangées de roseaux courbées par le mistral dans l'angle de la cour ; les cyprès demeuraient droits, ils étaient très verts, la maladie des cyprès, comme celle des ormes un peu plus tard, ne s'était pas encore abattue sur eux. Pendant ce temps Jérôme avait trouvé à la brocante un presse-papiers où de la neige en pétales tombait sur une petite femme nue, très 1900. Il en était ravi. Annette le fut pour lui. Ils revinrent à Paris où notre héroïne continua à écrire.

**

Les événements se précipitèrent. Un matin, le téléphone sonna au moment où, à la fin d'une phrase, elle remplaçait un point d'interrogation par trois points de suspension. Elle n'était pas satisfaite : noter au fil des jours des impressions fugitives était un exercice auquel elle était rompue depuis longtemps ; construire une intrigue, conduire un personnage de chapitre en chapitre comme on se promène dans le monde, était autrement difficile : la sonnerie du téléphone vint la distraire à point nommé. En décrochant l'appareil, elle n'entendit d'abord rien : le silence se prolongea, une voix haletante prononça enfin son nom : « Mademoiselle Laramis. » On ne l'appelait guère qu'Annette, elle fut surprise. Son interlocuteur lui demanda ensuite si elle était seule ; Jérôme effectuait un reportage dans un théâtre de banlieue, elle n'avait rien à perdre.

— Pouvez-vous me rejoindre tout de suite au café du coin de la rue des Beaux-Arts ? suggéra l'inconnu.

Elle voulut en savoir davantage, on se borna à lui affirmer que c'était affaire de vie ou de mort. Elle insista : comment reconnaîtrait-elle son correspondant ? On avait déjà raccroché. Annette avait le goût de l'aventure ; et puis, écrire ne l'amusait guère ce matin-là : elle barra d'un court trait ses trois points de suspension, esquissa le début d'un nouveau point d'interrogation et descendit les cinq étages sans s'interroger plus avant.

Le café des Beaux-Arts était presque désert : un couple d'amoureux s'embrassait dans un coin, deux hommes, à deux tables différentes, lisaient le même journal. À l'entrée d'Annette, nul ne bougea. Éliminant les amoureux, elle dévisagea tour à tour les lecteurs du *Figaro* ; l'un était chauve, l'autre ne l'était pas, aucun ne leva les yeux. Elle insista, le chauve finit par la remarquer ; il lui adressa un sourire qu'elle lui rendit, transporta son journal et son petit blanc à sa table et lui fit tout de suite une proposition assez obscène. Elle allait répondre vertement lorsqu'une sonnerie retentit.

— Madame Laramis ? lança à la cantonade la patronne en sarrau bleu.

L'appel était pour elle ; c'était le même inconnu qui, sans demander qu'elle l'excusât du procédé, fixait maintenant un autre rendez-vous à La Pergola. Le lecteur chauve du *Figaro* la regarda partir, désolé.

Au café du métro Mabillon, les Jazz Messengers régnaient en maîtres par juke-box interposé. Dans ce déluge sonore, Annette se dirigea vers le comptoir, commanda un café et attendit le prochain coup de téléphone qui ne manquerait pas de l'entraîner dans une nouvelle direction. L'aventure, somme toute, la réjouissait. Après quelques minutes, ses yeux s'habituèrent à l'obscurité de l'établissement. Elle remarqua contre le mur du fond un petit homme qui la regardait intensément ; il ne lui faisait ni geste ni signe, il fixait seulement ses yeux sur elle. L'air parfaitement désinvolte, elle commanda un second café, saisit un journal puis s'installa à la table voisine du petit homme, affectant beaucoup d'intérêt pour un numéro du *Monde* vieux de quinze jours ; tirant une cigarette de son sac, elle demanda du feu à son voisin et noua la conversation.

— C'est vous qui m'avez appelée ? chuchota-t-elle.

L'autre ne releva pas la tête.

— Parlez moins fort, s'il vous plaît.

Presque imperceptible, sa voix était teintée d'un fort accent étranger. Il poursuivit :

— Je suis un ami de Mehmet ; vous vous souvenez de Mehmet ?

Le Tunisien, dit-il, l'avait chargé d'entrer en rapport avec elle « en cas de coup dur ».

— Il paraît qu'on peut avoir confiance en vous...

L'homme était petit, luisant de graisse, on l'aurait imaginé vendeur de souvenirs en cuivre dans un bazar de la porte de la Chapelle ; il se présenta tout de suite comme un nationaliste algérien. En quelques mots il expliqua qu'il était surveillé par la police ; une certaine Claudine leur avait servi jusque-là de facteur : elle portait des lettres, des paquets, passait pour eux des coups de téléphone. Elle avait disparu depuis huit jours ; Mehmet lui-même avait été blessé lors d'une arrestation manquée : on avait besoin d'Annette.

C'étaient les tout premiers temps de la guerre d'Algérie ; la jeune fille ignorait que les nationalistes algériens bénéficieraient bientôt d'un réseau d'amitiés et de complicités ; les mots « porteur de valise » n'avaient pas encore été fabriqués : pour tout dire, elle avait sur ce qui s'était passé de l'autre côté de la Méditerranée depuis la Toussaint sanglante des idées généreuses mais, vivant au milieu d'hommes pour qui la politique était une excuse à toutes les dérobades, elle s'était bien juré de ne jamais les imiter. Aider un parti à en duper un autre, un groupe de nationalistes à lutter contre un État organisé, c'était « faire de la politique » : elle refusa tout net.

— D'ailleurs je n'ai pas le temps ! lança-t-elle.

Ça lui paraissait un argument imparable : on n'a pas le temps d'aller au théâtre, de prendre un café, d'aller à la guerre. Le gros petit monsieur sourit. Il expliqua doucement que Mehmet avait placé beaucoup d'espoir en elle ; qu'il l'avait vue se conduire noblement à Angoulême (le mot « noblement » fit sourire Annette : c'était d'un autre temps, une autre littérature). Il parla ensuite de la peur qu'elle éprouvait peut-être — Annette dressa l'oreille —; enfin, il cita par inadvertance le général de Gaulle.

— De Gaulle ?

— Le général de Gaulle, oui : lui aussi s'est battu pour la liberté de son pays. Et je suis convaincu que, s'il était encore au pouvoir, il ne répondrait pas aux justes demandes du peuple algérien par l'envoi de régiments.

Au milieu de sa rhétorique à tout faire de parfait militant, ce n'était pour l'interlocuteur d'Annette qu'un argument parmi d'autres : sans le savoir, il avait choisi le meilleur. La jeune fille alluma une Craven à bout de liège, commanda un dernier café et demanda simplement :

— Vous en êtes sûr ?

L'expérience soudain la tentait. De salon à soupente entre Seine et Saint-Germain, elle vivait parfois des soirées divertissantes, mais les journées étaient longues. Elle sentait en elle cette énergie qu'elle mettait à vouloir aller toujours plus loin ; et puis, la passion lui faisant défaut, il fallait bien qu'elle se passionnât pour quelque chose. Elle se dit « Pourquoi pas ? » et se lança dans l'aventure.

Une nouvelle existence commença : elle avait deux vies. Le soir, elle retrouvait Marie-Line et ses éditeurs, ses journalistes et ses amis de peu ou de prou de talent, elle dormait peu, se levait tôt ; tout le jour, elle découvrait ensuite un nouveau Paris. Jamais plus Annette ne descendrait comme elle le fit alors la rue du Télégraphe à l'heure où les concierges lavent le trottoir devant leur porte et où des nuées de gamins en blouse grise, cartable sur le dos, pataugent dans les ruisseaux sur le chemin de l'école : tout en bas, dans Paris, la tour Eiffel épinglait le ciel et, lorsqu'il pleuvait, Annette ouvrait un parapluie. Jamais plus elle ne remonterait la rue Saint-Jacques pour se perdre vers la porte d'Orléans ou escalader les rochers du parc Montsouris avec la même allégresse. Elle grimpait six étages sans ascenseur du côté de la porte Dorée, frappait à une porte, déposait une lettre, en prenait une autre et l'apportait dans un café de la place Blanche où des musiciens sans orchestre se donnaient rendez-vous. La rue Pigalle semblait encore paresseuse, des filles sortaient en peignoir comme dans un roman de Simenon, pour acheter des demi-baguettes ; les bars louches étaient tout à fait innocents et quand les mauvais garçons la croisaient, place de Vintimille ou rue de Douai, ils lui adressaient une œillade et oubliaient de se tirer dessus. Elle avait aussi des rendez-vous dans des cinémas, l'Artistic en face du lycée Jules-Ferry, où on donnait des films policiers américains en version sous-titrée ; ou le Rex, immense cathédrale dont les derniers rangs étaient un dortoir pour amoureux. Elle fréquenta aussi le Gaumont-Palace, qui avait des allures de transatlantique ; l'orgue électrique remontait des soutes tout auréolé de tubes lumineux, on jouait « La Cucaracha » et personne n'aurait songé à deviner les manèges qui se déroulaient au premier rang. Elle éprouvait une excitation insolite à traverser la ville de part en part, s'accouder à un parapet au-dessus de la Seine dans un demi-brouillard qui était celui de l'hiver à Paris.

À plusieurs reprises, elle avait voulu revoir Mehmet, dont elle se souvenait qu'il était joli garçon, mais elle n'y était pas parvenue ; c'était un homme important : elle n'était, en somme, qu'une de ses employées des postes ; une petite, une obscure, et la guerre était vaste.

Le vaste monde allait d'ailleurs aussi son train. Un MRP remplaçait un SFIO à la présidence de l'Assemblée nationale, c'était André Le Trocquer, ce fut Pierre Schneiter, ça demeura sans importance ; Jacques Soustelle occupa le bureau d'un certain Roger Léonard, il devint gouverneur général de l'Algérie, ce fut plus intéressant mais on ne s'en rendit pas compte ; et puis, le 5 février, par 319 voix contre 273, l'Assemblée refusa la confiance à Pierre Mendès France ; René Mayer fut l'artisan de sa chute, Edgar Faure le remplaça dix-sept jours plus tard : la crise avait été longue, mais pas désespérée. Norodom Sihanouk, qui n'était encore que roi du Cambodge, avait abdiqué en faveur de son propre père ; le monde tournait mais n'était plus ce qu'il était. Les noms de Messali Hadj et de Ferrat Abbas s'effacèrent devant ceux d'Abane et de Krim Belkacem. En mars, le département d'État rendit public le compte rendu de la conférence de Yalta, quelques masques tombèrent, des illusions, des certitudes. Cependant, Annette trouvait encore le temps de lire. Après *Les Pléiades*, elle découvrait les *Nouvelles asiatiques* du même comte de Gobineau et s'enflamma pour Omm-Djéhâne, la danseuse de Shamakha. Elle relut encore une fois *Lamiel* pour s'assurer que la moins vertueuse des demoiselles de Stendhal lui ressemblait tout à fait. Dans le projet de Stendhal, le livre s'achevait par un embrasement général : Lamiel devenue femme tombait amoureuse de Lacenaire, l'assassin aux jabots de dentelle qui appelait Arletty « mon ange » dans *Les Enfants du Paradis*, elle mourait avec lui dans l'explosion de son repaire ; ce n'était pas très conforme à la vérité historique mais peut-être plus beau. Mehmet était un nationaliste, tout au plus un terroriste ; un jour elle trouverait son Lacenaire ; elle s'enflamma : ce serait un beau feu d'artifice. Entre deux tournées de facteur, Stendhal apaisait ses angoisses. Les prix Goncourt et Fémina de l'automne faisaient piètre figure auprès de ces feux-là : seule, dans la vie littéraire de son temps, la mort de Claudel parvint à émouvoir Annette. Elle avait lu à haute voix *Le Soulier de satin* et appris par cœur la tirade du père jésuite attaché au mât de son radeau :

> *Et s'il désire le mal, que ce soit un tel mal qu'il ne soit compatible qu'avec le bien,*
> *Et s'il désire le désordre, un tel désordre qu'il implique l'ébranlement et la fissure de ces murailles autour de lui qui lui barraient le salut...*

C'était peut-être lourd, boursouflé, c'était beau. Elle vit aussi les films qu'elle devait voir, Marlon Brando dans *Sur les quais* et Gérard Philipe dans *Monsieur Ripois* ; on parlait beaucoup de *Johnny Guitar*, on disait que c'était un chef-d'œuvre, c'était un western. Au Gaumont-Palace, elle vit bien quelques images du *Napoléon* de Sacha Guitry mais elle était trop occupée sous l'écran à échanger des mallettes pour en savoir davantage ; d'ailleurs Raymond Pellegrin grassouillet ne ressemblait plus vraiment à Bonaparte. Quand on joua *Ping-Pong* au théâtre des Noctambules, Jérôme en fit une critique enthousiaste et préféra oublier qu'il avait glissé un billet de mille francs à l'auteur ; bref, Annette vécut intensément l'aventure intellectuelle de son temps, qui était morose.

**

Elle se rendait souvent seule chez Marie-Line. La vieille dame poète lui racontait les grands moments de sa jeunesse, qu'elle enjolivait. Elle ouvrit un soir un coffre dissimulé sous un portrait d'elle et dont elle seule avait la combinaison ; il contenait les lettres de tous ses amants et de ceux, à peine moins nombreux, qui ne l'avaient pas été. Annette les lut. André Breton avait appelé Marie-Line son chat des villes et René Crevel sa jolie chatte venue des champs ; les autres disaient simplement « chère Marie-Line » et lui racontaient de drôles d'histoires qui ne leur étaient pas toutes arrivées. Ces lettres étaient souvent belles ; beaucoup étaient enjolivées de dessins, de graffitis, de lettrines. Annette s'attendrissait aux passages les plus amusants ; Marie-Line lui disait qu'elle ressemblait alors à un fennec, ces renardeaux du désert dont les femmes raffolaient. Annette lui lisait aussi des petits bouts de son roman, la vieille dame poète corrigeait les accords de participe : elle lui faisait boire un vin blanc sucré, du beaume-de-venise, venu de Provence dans de jolies bouteilles ni rondes ni plates, dorées et cannelées.

— Tu devrais profiter de l'influence que tu as sur elle pour te faire donner quelques-unes de ses lettres, suggéra Jérôme qui ne perdait ni le sens de la littérature ni celui des affaires.

Annette ne voulut pas l'entendre. Elle revoyait aussi Bertrand Chaussepierre qui l'amusait par ce qu'il n'écrivait plus mais savait raconter ; ou César Franck, par ce qu'il ne disait pas : elle les sentait complices ; un jour elle se sentit complice aussi, et s'en félicita. Son éducation prenait tournure : elle aiguisait les angles, goûta même au Jack Daniel, et aima ça.

Paul Jasmin apprit qu'elle avait suivi ses conseils et écrivait un roman ; il voulut en lire à son tour quelques pages. Annette se fit un peu prier et accepta ; il ne corrigea aucun participe, trouva tout très bien. Annette fut ravie. Comme Jasmin avait fini par se lasser de son enfant poète de treize ans dont la maman jouait trop bien son rôle de mère abusive, il reporta son affection sur notre héroïne, qui en fut moins heureuse. Il lui proposa de signer un contrat pour le livre pas encore écrit et lui fixa un rendez-vous entre cinq et sept : à l'occasion, son bureau pouvait servir de garçonnière. La lutte fut brève car Jasmin souffrait d'asthme : il ménageait ses forces. Annette s'en tira avec un bout de jupon déchiré, ne signa rien du tout et se fit offrir, pour oublier, une belle gouache de Klee que Jasmin plaçait sur son bureau. Il fut marri, dut s'exécuter. Ce n'était ni un salaud ni un imbécile, ce n'était qu'un éditeur. Marie-Line, à qui Annette raconta la scène, eut un rire de gorge semblable à la plume qui gratte sur le papier : notre héroïne, on le voit, prenait aussi une part active à la vie littéraire de son temps.

Il y eut des moments historiques. Le soir où l'honorable M. Boulganine remplaça le non moins intéressant M. Malenkov à la tête du Kremlin, Jérôme avait entraîné Annette chez Vacherin. Chaussepierre s'y trouvait déjà, l'un et l'autre burent beaucoup. Après avoir parlé d'eux-mêmes, ils passèrent au reste du monde. Chaussepierre, qui pensait à droite, fit quelques commentaires ironiques sur l'avenir de l'Union soviétique ; Verdon se déclara peiné ; depuis dix ans qu'il avait choisi de ne pas choisir, il ne se reconnaissait en rien le droit de juger le grand pays frère : pour lui, c'était de l'anticommunisme primaire que lire *Le Figaro*.

— Et Staline ? interrogea Bertrand Chaussepierre.

Jérôme but à sa santé ; l'autre évoqua le massacre de Katyn, Jérôme répondit SS et provocation ; ils faillirent se battre mais se réconcilièrent quand, quelque part au sous-sol, un trompettiste entonna la musique de *La Strada* de Fellini qu'ils avaient tous deux aimée. Ils burent davantage ; Bertrand Chaussepierre devint écarlate et s'écroula. On le crut mort, il n'était qu'ivre mort ; Jérôme en conclut qu'il avait marqué un point et leva à nouveau son verre à la santé de Staline qui avait gagné par KO. César Franck ricana, mais il avait mauvais esprit ; comme on avait bien fini par en arriver aux événements d'Algérie, il demanda une minute de silence en hommage à son juste combat : aucun ne se rendit compte qu'il se moquait de tous. Jérôme se tut gravement comme les autres pendant soixante secondes, puis fit honte à Annette d'avoir failli sourire.

— Il y a décidément des combats que tu ne peux comprendre ! s'exclama-t-il.

Cette fois Annette sourit vraiment ; Jérôme ne comprit pas pourquoi.

Le lendemain, elle échappa de justesse à un mouchard qui l'avait repérée rue du Télégraphe et perdue un peu avant Pigalle. Le destin fit bien les choses : ce soir-là Mehmet l'attendait dans un bar à maquereaux de la rue Chaptal. Pour donner le change, il était déguisé en marlou et encaissait la recette de Lola et Manou, deux filles qui travaillaient pour lui. Elles s'éclipsèrent à l'arrivée d'Annette en l'appelant M. Charles, ce qui s'accordait parfaitement au paysage. M. Charles la fit asseoir en face de lui et commanda un pineau des Charentes en souvenir des jours anciens. Ils parlèrent un moment. En dépit des apparences, M. Charles était un pur : seule comptait la cause qu'il défendait. Ils se retrouvèrent néanmoins dans une chambre d'hôtel que Manou venait de quitter. Le Tunisien avait à l'épaule gauche une légère cicatrice ; Annette l'admira : il ne se battait pas à coups de manifestes. Mehmet se garda d'avouer que c'étaient les traces d'une ancienne chute de vélo ; avec Manou, il se promenait parfois le dimanche sur les bords de la Marne ; il y avait encore des guinguettes : pourvu qu'on ait l'ivresse ! Pour le reste, il fut parfait ; c'était quand même moins bien qu'avec Jérôme. Si la passion n'était toujours pas au rendez-vous, il y avait le danger, ceci compensait presque cela. Avant de la quitter, Mehmet lui confia une petite mallette qu'elle devait remettre gare d'Austerlitz à un ami. Elle contenait, dit-il, un réveille-matin ; Annette ne savait pas que la sonnerie du réveil à l'ancienne, gros cadran et petite clochette, était reliée à deux bâtons de dynamite dissimulés sous des chemises de chez Charvet. Pour être un ardent partisan de la cause d'un pays frère, Mehmet savait choisir ses fournisseurs lorsqu'il s'appelait M. Charles. La bombe explosa dans un train, comme prévu, mais ce n'était pas le bon train ; ce fut en pleine nuit sur une voie de garage en gare des Aubrais. Personne n'entendit le bruit de l'explosion, le feu ravagea toute une voiture, on crut qu'un clochard avait passé la nuit dans un wagon de première et laissé tomber un mégot : l'enquête en resta là, Mehmet fut mécontent ; il battit Annette pour la première fois. Le 21 mars, on proclama l'état d'urgence en Algérie, c'était son anniversaire, elle avait dix-huit ans.

On souffla chez Marie-Line les dix-huit bougies d'un superbe gâteau en forme de marguerite. La vieille dame était lasse, elle avait pourtant tenu à donner une fête en l'honneur d'Annette. Frédéric était monté d'Angoulême ; il avait emmené avec lui Corbin. Le libraire avait quitté trois mois plus tôt sa boutique de la rue de Périgueux pour ouvrir une grande librairie rue du Faubourg-Saint-Honoré. Il vendait désormais des livres de prix et fit cadeau à la jeune fille d'une édition originale de *De l'amour* : la vraie, celle de 1822 qui avait paru sans le nom de Stendhal. Elle était reliée d'un de ces maroquins violets dont les catalogues d'ouvrages précieux disent qu'il est à « long grain ». Jérôme avait apporté le dernier livre de Roland Barthes ; Bertrand Chaussepierre un vieux roman de Roger Nimier : tous s'étaient mis en frais, jusqu'à l'énigmatique Casalis qui offrit un petit diamant sans rien demander en retour. Marie-Line donna à Annette une longue lettre qu'Apollinaire lui avait précisément adressée pour son dix-huitième anniversaire : elle était ironique et tendre, tout en vers de mirliton ; il l'appelait sa souris blanche, qu'il faisait rimer avec son « doux déhanchement de hanches », la rime n'était pas heureuse, chaque mot de la lettre respirait cependant le bonheur : le pauvre Guillaume allait mourir deux mois après, puisque la guerre était finie. Annette remit la lettre dans son enveloppe qu'un timbre à la Semeuse écarlate tachait déjà de sang ; elle glissa l'enveloppe entre les pages du premier volume de Stendhal : c'étaient des cadeaux qu'on garde toute une vie.

Puis on parla de tout, de rien. Jérôme Verdon laissa déborder son cœur de la pitié qu'il avait pour le monde : il parla de l'abbé Pierre qui collectionnait les couvertures pour ceux qui n'avaient pas de lit et des petits camarades du PC trop prudents dans leur amitié algérienne : personne n'eut grâce à ses yeux ; il fut ennuyeux. Blafard et hirsute, son ami Franck déclara que s'il devait un jour aimer une femme, ce serait Annette. Elle avait déjà soufflé ses bougies, il insista pour les rallumer et les souffler à nouveau avec elle ; à chaque bougie, il faisait un vœu, ça ne lui ressemblait pas. Comme il avait déjà aimé beaucoup de femmes, il traînait derrière lui un cœur de collégien toujours brisé ; on ne le prit pas au sérieux ; on eut tort : toute sa vie, César Franck fut fidèle à Annette et dans les tableaux cruels de ce temps-là qu'il publia plus tard, elle seule échappa à sa verve caustique.

Frédéric donna à Annette des nouvelles d'Angoulême. Ferdinand Louvrier, le frère de l'éditeur, avait dû fermer son usine, obstiné qu'il était à fabriquer des rouleaux de papier hygiénique léger alors que la mode était au molletonné confortable. La belle Marie-Thérèse couchait avec un échotier de *La Charente libre* ; elle s'était laissée aller à des confidences qui mettaient en danger la carrière de son mari ; quant à lui, Frédéric, il avait désormais toutes les chances de se trouver numéro un sur une liste gagnante aux prochaines élections : l'avenir était radieux.

— Et tu te contentes de cela, mon pauvre Frédéric ? soupira Annette.

Son plus ancien ami se pencha vers elle :

— Tu sais bien que non ; mais un siège de député, c'cst

comme ta jolie frimousse : un bon marchepied. Le tout est de ne pas s'arrêter en route.

Un maître d'hôtel passait avec du champagne : Frédéric prit une coupe, la tendit à Annette.

— Fais attention, souffla-t-il à son oreille, à ne pas t'attarder trop longtemps : tu as encore beaucoup à faire.

Ivre, Jérôme Verdon pérorait à quelques mètres d'eux ; Chaussepierre la regardait fixement. Tout d'un coup, la jeune fille se dit qu'il avait du charme. Ce fut une impression fugitive ; elle y repenserait plus tard.

— Tu sais que tu peux compter sur moi, répondit-elle.

Frédéric vida son verre, fit une grimace, fut à nouveau très laid ; il voulait qu'elle rie, il n'avait pas d'autre arme.

— Mais je compte sur vous, mon enfant !

Elle éclata de rire : c'était le rire des après-midi sur les remparts. Un flot de tendresse envahit l'avocat, il prit sa main.

— À vingt et un ans, je te le jure, j'aurai fait de grandes choses, promit-elle.

Ils demeurèrent un moment à écouter César Franck qui jouait du Schubert au piano. Il ne jouait pas vraiment bien mais, à cette heure-là, personne ne s'en rendait compte. Annette eut un remords : « Peut-être n'ai-je pas toujours été fidèle à ce que je m'étais promis », se dit-elle. Frédéric devina sa pensée.

— N'aie pas peur, petite fille, un jour, on les aura tous.

César Franck, ou Bertrand Chaussepierre, le mystérieux Casalis, Marie-Line, bien sûr : tous étaient pourtant charmants. Annette soupira :

— Je n'ai pas vraiment peur, tu sais !

Elle était un peu triste. Frédéric se leva avec une dernière grimace pour entendre à nouveau son rire. Jérôme Verdon continuait ses pitreries, Chaussepierre buvait en silence. Annette n'était pas seulement triste, elle se sentait seule. Le libraire Corbin s'approcha.

— Vous permettez ?

Il portait un costume trois-pièces noir aux fines rayures claires qui réussissait presque à dissimuler sa bosse ; à la boutonnière, il avait un œillet blanc. Il commença par énoncer quelques idées générales sur la vie parisienne qu'il compara à celle de province, c'était balzacien à souhait. Ses ongles étaient manucurés de frais ; Annette remarqua derrière l'œillet blanc un ruban rouge d'une discrétion extrême. Il se racla la gorge, but une gorgée de cognac et commença :

— Ma petite Annette...

Il avait quelque chose à lui dire et ne savait comment s'y prendre. Annette était lasse, rien n'est moins gai qu'un dix-huitième anniversaire ; elle ne fit rien pour l'encourager à continuer. Lorsqu'il se décida à parler à mots couverts d'idéalisme et de la cruauté des temps, des choix qu'on croyait devoir faire, voire des risques qu'on prenait — elle comprit l'avertissement : bien qu'il se gardât de mettre les points sur les *i*, le libraire savait tout de ses allées et venues dans Paris. Sans trop s'y attarder, il fit allusion à ses amis de la préfecture de police et du ministère de l'Intérieur : Annette fit semblant de ne pas l'entendre ; il sut qu'elle avait compris.

— Enfin, soupira-t-il, vous venez d'avoir dix-huit ans : vous êtes une grande fille, maintenant !

Son sourire n'était pas ironique, il était inquiet ; comme Frédéric, elle le rassura.

— Je suis une grande fille, oui...

Elle avait envie de pleurer. Affalé dans un fauteuil, Jérôme Verdon était laid et Bertrand Chaussepierre trop ivre pour être de quelque secours. « Pourquoi faut-il que le seul être auquel je tienne vraiment soit ce Frédéric que je me suis précisément interdit ? » se demanda-t-elle. Elle avait les larmes aux yeux et honte, en même temps, de s'apitoyer sur elle-même. La soirée allait se terminer. Marie-Line était fatiguée, elle alla se coucher la première, demandant qu'on ne se dérangeât pas pour elle. Avant de quitter la pièce, elle avait tendu à Annette l'une de ses cigarettes à bout doré.

— Fumes-en quand même une : ça te donnera des rêves...

Annette alluma la cigarette ; la pincée de poudre brune qu'elle contenait lui fit voir quelques étoiles, elle finit par oublier sa tristesse. Les invités commençaient à s'en aller. L'un des derniers à partir fut Frédéric ; il lui tendit une enveloppe de carton brun scellée d'un cachet rouge :

— Je n'ai pas voulu te donner ton cadeau d'anniversaire devant les autres, dit-il, promets-moi de ne l'ouvrir que demain.

Casalis reconduisit Annette et Jérôme jusqu'à la rue Visconti. Il avait sa vieille Rolls bleu de nuit ; sur le tableau de bord en bois précieux la radio de la voiture jouait encore Mozart ; c'était toujours cela de gagné.

— Faites quand même attention à vous, Annette, murmura-t-il à son tour au moment de la quitter.

Elle se demanda : « Sait-il, lui aussi ? » mais elle était trop fatiguée pour tenter de répondre à cette question. Incapable de monter une marche, Jérôme s'était affalé au pied de l'escalier ; elle le laissa là et se coucha désespérée : ni le livre de Stendhal ni la lettre de Guillaume Apollinaire posée sur sa table de nuit pouvaient rien y faire.

Au matin, elle ouvrit l'enveloppe brune qui contenait une photo. C'était une photo prise à la libération d'Angoulême par un photographe de presse. On y voyait une femme tondue, à demi nue, qu'on traînait dans les rues. Sous les huées et les menaces, l'œil de l'objectif avait pu saisir un moment unique où la femme semblait sourire, bouleversée de bonheur. C'était le dernier sourire de Jeanne. Annette le regarda longtemps et le même sourire éclaira son visage. Ses angoisses de la nuit s'évanouirent, elle avait dix-huit ans et un jour. Lorsqu'elle apprit, peu après, que Mehmet, arrêté par le commissaire Lestrange qu'on avait fait revenir à Paris pour l'occasion, s'était suicidé, rageusement, elle écrivit dix pages en deux heures sur son cahier à reliure spirale. On retrouva d'ailleurs dès le lendemain le corps de Lestrange criblé de balles dans un hôtel de la Goutte-d'Or : la boucle était bouclée. Tout le reste n'était que détails de l'Histoire.

*
* *

Marie-Line mourut à son tour. La poétesse était vieille et son cœur plus vieux encore. Un appel de Daniel Gouzy, qui devait jouer jusqu'à la fin le rôle du gigolo, avertit la jeune fille que sa vieille amie était au plus mal. « Elle te réclame, annonça le garçon, fais-toi donner la combinaison du coffre. » Il pensait aux lettres qu'il contenait. Jérôme prodigua d'ultimes conseils : « Si tu sais te débrouiller, dit-il, nous serons riches, tu n'auras pas à le regretter. » Il était parfaitement ignoble. « Comment ai-je pu tenir tout ce temps ? » se demanda Annette. À son arrivée rue de l'Université, l'amie d'Apollinaire et d'André Breton était étendue sur son lit, vêtue d'une chemise de dentelle fermée d'un ruban rose : elle avait l'air d'une petite fille ridée et racornie. Elle dormait. Annette tira une chaise et resta près d'elle ; en dépit des efforts de Gouzy qui allait et venait dans la pièce, la vieille dame ne paraissait se décider ni à mourir ni à se réveiller. N'y tenant plus, le garçon s'accroupit devant le coffre et essaya, au hasard, quelques combinaisons classiques : la date de naissance de Marie-Line, son numéro de téléphone : aucune n'était la bonne. Excédé, il finit par sortir, pour respirer un peu, expliqua-t-il. Annette n'avait pas bougé. Elle regardait son amie, tentant de retrouver sur son visage les traits de la femme jeune et belle qu'elle avait été, de la jeune fille, de la petite fille. Peu à peu, elle devinait, au-delà des plis amers au coin des lèvres, le commencement d'un sourire enfantin ; le front parut se dégager de ses rides, les cheveux eux-mêmes n'étaient plus vraiment blancs mais cendrés, d'un blond cendré.

— Tu dors ? interrogea Marie-Line.

Annette sursauta.

— J'ai failli dormir, oui, pardonnez-moi.

La vieille dame était méconnaissable : le front désormais lisse, les lèvres charnues, elle était redevenue la petite biche de Guillaume Apollinaire, dont la peau blanche rimait avec le déhanchement des hanches. Elle prit la main d'Annette.

— Dépêche-toi, dit-elle.

Elle lui montrait, derrière son portrait peint par Max Jacob, le coffre que Gouzy n'avait pas pris la peine de dissimuler. Elle murmura à son oreille trois chiffres aussi faciles à deviner que ceux qu'avait essayés le gigolo ; il n'y avait pourtant pas pensé : c'étaient le 21, le 3 et le 37, la date de naissance d'Annette. Celle-ci fit jouer le bouton qui grinça un peu, ouvrit le coffre ; les lettres étaient là, liées par des rubans de couleur.

— Vite, dit encore Marie-Line.

Annette savait ce qu'elle avait à faire. Elle leva le manteau de la cheminée, frotta une allumette : il lui fallut quatorze minutes pour brûler des mots d'amour qui avaient duré toute une vie. Le dernier « toujours » s'envolait en fumée quand Marie-Line ferma les yeux. Daniel Gouzy rentra dans la chambre ; le visage de Marie-Line était redevenu celui d'une vieille femme, elle était morte. Il voulut gifler Annette qui lui échappa d'une pirouette. Il avait perdu les lettres, il se rattrapa sur la bibliothèque qu'il vendit encore palpitante à un libraire de la rue de Seine : pour la vieille dame morte, c'était sans importance.

***

La foi et l'espérance : auprès de Jérôme Verdon, intellectuel scrupuleux, Annette en savait désormais assez sur ce qu'était la charité. Elle passa deux jours encore avec lui, attendant pour le quitter une occasion propice. L'affaire des lettres brûlées avait suscité sa colère : elle avait crié plus fort que lui, il en avait été surpris ; c'est elle ensuite qui l'avait mis dans son lit, pour profiter au moins, se dit-elle, de ses derniers instants. Il ne fut pas mal du tout ; elle ne regretta pourtant pas sa décision ; et puis les exercices souvent répétés auxquels elle se livrait en sa compagnie ne l'amusaient plus autant : elle n'éprouvait plus ce tressaillement qui l'avait tant surprise après la fête de *L'Humanité*. Lui-même y mettait moins de cœur. Le voyage de MM. Khrouchtchev et Boulganine à Belgrade, la réconciliation de l'Union soviétique avec Tito laissaient perplexe : il avait l'esprit ailleurs.

Elle l'accompagna encore une fois rue Saint-Sulpice. Rien ne paraissait changé, Chaussepierre, Blaise Pascal et les autres étaient à leur poste ; ils guettaient les provinciaux et notaient les filles. Elle les aimait bien tous, elle choisirait au hasard. Jérôme demanda sa bouteille de JB, Annette but autant que lui. Casalis était là, il ne buvait que du Perrier avec une rondelle de citron. Un couple inconnu pénétra dans la boîte de nuit. L'homme était sans importance : grosses lunettes d'écaille et petit nœud papillon ; la femme avait dans les trente ans, la poitrine bien dessinée sous un pull-over collant. Jérôme lui donna 19,5 sur 20 : c'était le plus beau score de la saison. Annette en fut piquée.

— Et moi, alors, combien ? demanda-t-elle.

Jérôme évita de répondre ; Annette faillit le gifler. Elle surprit un coup d'œil de Casalis à Bertrand Chaussepierre qui avait déjà bu autant que Jérôme et Annette réunis ; le grand écrivain semblait suggérer quelque chose à Chaussepierre, elle voulait savoir quoi.

— Et moi, alors, répéta-t-elle, combien ?

Elle avait ouvert son corsage, elle ne portait pas de soutien-gorge ; ses seins, en cet instant, valaient bien 20 sur 20. Chaussepierre le cria d'une voix enrouée :

— 20 !

Annette avait compris. Elle fit un clin d'œil à Casalis :

— 20, une fois ; 20, deux fois ! 20, trois fois : adjugé !
Elle quitta la boîte de nuit au bras de Bertrand Chaussepierre qui n'en revenait pas, tandis que Jérôme se faisait casser la figure par le monsieur à lunettes et au nœud papillon : c'était certes un provincial, mais un provincial costaud et jaloux. Son épouse en goguette poussait des cris d'oiselle effarouchée. Casalis se leva et paya l'addition.

XI

L'APPARTEMENT de Bertrand Chaussepierre ressemblait à celui de Jérôme. Il était lui aussi situé au dernier étage d'une maison ancienne, mais les poutres apparentes avaient disparu sous la chaux. Pour le reste, les livres disputaient âprement l'espace aux dessins, aux tableaux ; il y régnait pourtant un désordre de meilleur aloi que rue Visconti. Les livres n'étaient pas les mêmes. On y trouvait davantage de Brasillach, de Céline et de Francis Carco que de Sartre ou de Camus ; les jeunes romanciers du moment, de Félicien Marceau à Michel Déon, y montaient une garde discrète sous l'œil des anciens, les Chardonne et les Morand ; Bertrand Chaussepierre avait un goût particulier pour Jean Giraudoux dont l'œuvre complète occupait deux rayons de bibliothèque. Sur le bureau qui lui servait de table de travail, l'écrivain avait placé une belle sanguine de Stefano Della Bella, graveur italien élève de Callot ; elle représentait la mort attirant à elle une jeune et jolie personne à l'entrée du tombeau : sous son regard aux yeux vides, Chaussepierre avait écrit jadis ses meilleurs livres. Par une fenêtre en vasistas, on pouvait voir la Seine, à condition de grimper sur un escabeau disposé à cet effet : le fleuve apparaissait entre deux toits en mansarde hérissés de cheminées. C'était à la hauteur du quai Voltaire ; en face s'étendait la masse grise du Louvre.

Bertrand Chaussepierre menait là une existence très provinciale, qui durait chaque jour jusqu'à la tombée de la nuit, faisant avec une régularité consciencieuse le tour des bistrots du quartier. Il se réveillait souvent maussade, l'œil terne, les cheveux en désordre ; la nuit avait été courte, il avalait un café noir et passait sur son pyjama une vieille veste de tweed pour descendre ses cinq étages d'un pas lourd. À dix heures du matin, il accompagnait la lecture de *Combat* de son premier canon de rouge sur le zinc de Lantier, un ancien bougnat de la Bastille reconverti en bureau de tabac des beaux quartiers ; l'écrivain y bavardait avec des petites gens, des concierges, un facteur, le balayeur nègre préposé à l'entretien du bout de quai entre les rues des Saints-Pères et Solférino ; il se tenait au courant des menus événements, des joies ou des grands drames qu'on vivait à deux rues de chez lui et qu'à Paris on ignore si superbement. Il commentait ainsi les naissances, les deuils, félicitait ce maître d'hôtel de la rue du Bac qui gagnait parfois aux courses et buvait sans façon avec lui une partie de ses gains. Ragaillardi par ces premières libations, c'est d'un pas tout à fait assuré qu'il parvenait à la Seine. L'air du large, disait-il, achevait de le requinquer ; le Quai-Voltaire, café-restaurant tenu par un philosophe aux moustaches rousses, l'accueillait le temps de passer du rouge au blanc car, jusqu'à midi, il ne mélangeait pas les espèces. Il affectionnait le sancerre, certains jurançons ; lorsque ses moyens le lui permettaient, le pouilly fumé ; en dépit de l'appartement riche en livres et en dessins, Chaussepierre vivait avec quelques pièces en poche. « Si j'en ai plus, affirmait-il sans vouloir y mettre une once d'humour, je le boirai. » Il buvait alors jusqu'à épuisement de sa ferraille, puis se faisait offrir à boire.

Il déjeunait ensuite d'une omelette et d'un demi-bordeaux au bar du Pont-Royal. C'était un bar en sous-sol où se retrouvaient déjà écrivains, éditeurs et journalistes. Francis, qui venait y faire ses premières armes de barman, lui apportait un verre de marc avant son café, un autre avec le café et un troisième après. Il se trouvait toujours dans les environs un fils Gallimard ou l'un des petits curés qui officiaient chez Julliard ou à La Table Ronde pour payer son addition dans l'espoir que tant de prévenances le feraient changer d'éditeur ; car Bertrand Chaussepierre, qui n'avait rien publié depuis un bon lustre, traînait encore derrière lui une réputation d'écrivain de qualité. On admirait sa verve et sa désinvolture. Quelques jeunes gens s'acharnaient à voir en lui un maître qui aurait pu, pour peu qu'il l'ait voulu, devenir l'égal des Blondin et des Marceau ; César Franck était de ceux-là ; c'est à lui qu'un soir de demi-lune, à l'entrée de la passerelle de Solférino, il avoua qu'il avait conclu un pacte avec lui-même : il n'écrirait plus une ligne, parce qu'il ne s'aimait plus : « Qui plus ne s'aime ne peut semer ! » grogna-t-il d'une voix éraillée, l'index pointé en avant, le regard voilé. André Louvrier, resté son éditeur, ne voulait croire à ces déclarations : « Serments d'ivrogne ! » affirmait-il : il continuait à lui verser, le premier du mois, un à-valoir pour un bouquin qui ne venait jamais ; Chaussepierre l'avait bu dès le six ou le sept, offrant des tournées à la ronde ; le reste du mois, il vivait de ce qu'il n'avait plus.

L'après-midi ressemblait à la matinée. Le bistrotier charentais de la gare d'Orsay recevait ses confidences ; il faisait un somme dans un lit de noyer clair, chez son ami Vassili, antiquaire rue de Verneuil, poussait jusqu'au coin de la rue de Furstenberg discuter livres et bibliophilie chez Gilles Brisseau, qui aimait autant le vieux cognac de propriétaire que les premières éditions de Balzac ; puis il regardait l'heure et rentrait chez lui. L'itinéraire était invariable, Annette ne pouvait que s'y sentir à l'aise : c'était le Paris de son premier automne ; il avait pourtant coulé beaucoup d'eau depuis sous la passerelle des Arts et celle de Solférino.

Chaussepierre prenait un bain et se préparait une inhalation. Enfoncé jusqu'au cou dans l'eau savonneuse, il respirait pendant dix minutes des vapeurs mentholées, pour en sortir un autre homme : la soirée était jeune, elle pouvait commencer. Il boirait certes encore mais, jusqu'à ce qu'il regagnât la rue de Beaune, il jouerait à la perfection son rôle de causeur amusant et disert, de sceptique, de brillant paresseux qui cultivait la provocation à coups de paradoxes. Il lui arrivait d'ailleurs de se prendre à son jeu, d'évoquer l'œuvre en chantier, le livre à venir ; d'aucuns y croyaient presque.

Dès le premier soir, Annette sut à quoi s'en tenir. Obligeamment, Casalis les raccompagna rue de Beaune ; au premier palier, Chaussepierre s'arrêta. Il soufflait très fort, il s'appuya au mur.

— Tu as une idée, toi, de ce que tu es venue faire ici ? demanda-t-il à la jeune fille.

Elle-même avait bu ce soir-là.

— Franchement non ; pas la moindre, avoua-t-elle.

Chaussepierre parut soulagé ; il ne redoutait rien plus que l'amour d'une femme.

— C'est pas ma gueule, tout de même ? lança-t-il par précaution.

Annette rit.

— Tu veux que je te dise la vérité ? Ce soir, j'ai failli trouver que tu avais du charme. Mais ce n'est pas ta gueule, non.

La minuterie s'était éteinte. Toujours appuyé à son mur, il ne bougeait pas ; elle décida de prendre les choses en main : pour commencer, elle prit son bras.

— Allons, viens, vieux frère, dit-elle presque tendrement.

Elle le soutint jusqu'à la chambre, il s'effondra sur son lit ; elle chercha parmi les disques qui traînaient en vrac sur des étagères et posa sur le plateau de l'électrophone une musique dont elle ne connaissait rien, c'était une Partita de Bach. En face d'elle, au milieu de ce désordre de livres que Chaussepierre avait jadis lus mais depuis bien oubliés, se dressait un long miroir, vertical, dans un cadre doré. Elle se déshabilla, se vit nue dans la glace et se trouva jolie.

— Courage, ma belle, murmura-t-elle, la vie ne fait que commencer.

Avec Chaussepierre elle apprendrait la patience, l'attente des femmes : elle était montée à Paris pour en savoir plus, c'était un savoir qui lui manquait encore. Elle éteignit les lampes, revint dans la chambre, s'étendit près de Bertrand, s'endormit aussitôt. Au matin, elle prépara du café très fort et très noir; Chaussepierre s'étonna : il ne se souvenait plus avoir ramené chez lui la moindre jeune fille, puis il se fit à cette idée. Elle avait changé de cinquième étage sans prendre le temps de changer de robe; elle voulut passer reprendre quelques vêtements rue Visconti; Jérôme balança dans la cage d'escalier les deux valises rapportées de Clignancourt. Elle se souvint de Bri-Bri : on peut imaginer qu'elle ne regretta rien. Son compte en banque n'était qu'ébréché, elle s'acheta une garde-robe.

*
**

Parce qu'il avait publié son premier livre chez lui, voilà bien longtemps, Gaston Gallimard avait gardé à Chaussepierre un bureau dans sa maison. C'était une petite pièce au dernier étage sur le jardin. On y accédait par une succession d'escaliers et de paliers si compliquée que Bertrand n'y mettait les pieds qu'à chaque fin de mois après avoir épuisé l'à-valoir de Louvrier et le crédit de ses amis. À ces moments critiques de son existence — et poussé par l'instinct de survie — il parvenait à trouver son chemin dans l'univers gallimardesque; il ouvrait au hasard des portes, pénétrait dans des bureaux pour s'affaler dans le fauteuil de tel collaborateur de la maison qui avait reçu de Gaston instruction d'être gentil avec lui : qui sait s'il ne lui reviendrait pas un jour ? Vers le 25 du mois, le vieil et habile éditeur laissait d'ailleurs une enveloppe sur le bureau qu'il lui avait assigné : Chaussepierre disait qu'il allait à la soupe et se servait sans honte ; après la soupe, il faut bien boire !

Annette était entrée dans sa vie un 20 avril, elle l'accompagna donc rue Sébastien-Bottin : ce fut un étonnant voyage. Le vieux Gaston avait toujours aimé les demoiselles, il adora Annette ; son fils, ses neveux partagèrent vite cette admiration avec quatre ou cinq habitués de l'auguste maison ; Annette revint bientôt chaque jour occuper le petit bureau sur le jardin. Là, face à un gazon qui lui rappelait celui de la rue Saint-Guillaume que ces messieurs de Sciences po s'appliquaient tant à vouloir franchir pour entrer à l'ENA, elle se sentait à l'aise : elle avait envie d'écrire. Des merles piquaient l'herbe grasse où l'on donnait, une fois l'an, un cocktail d'été ; de l'autre côté du jardin, Raymond Queneau inventait des mots, Roger Nimier flirtait avec des secrétaires et, quelque part dans des salons transformés en tabernacle, on fabriquait la collection de la Pléiade dont celui-ci ou celui-là firent bientôt cadeau à Annette d'à peu près tous les volumes. En même temps qu'elle se constituait une bibliothèque, notre héroïne sentait les idées monter en elle, elle se disait que les mots lui venaient aisément et les pages succédèrent aux pages ; elle écrivait beaucoup. Elle parlait de ceux qui l'avaient entourée jadis avec une allégresse narquoise.

Rue de Beaune, chez le bougnat du quai Voltaire où elle suivait souvent Chaussepierre, on ne parlait pas politique : elle en fut d'abord étonnée ; elle n'imaginait pas qu'on puisse vivre à Paris sans que la politique ne fût au cœur des conversations. Chez Vacherin au petit matin, Chaussepierre donnait parfois le change, il défendait des causes perdues, c'était seulement pour le plaisir de voir les Jérôme et les Alexandre monter sur leurs grands chevaux devant ses provocations. « En réalité, je m'en fous éperdument ! » reconnaissait-il aussitôt dégrisé — ce qui ne durait guère.

Quelques lignes de Morand ou une nouvelle insolence de M. de Montherlant valaient pour lui tous les discours sur l'Algérie, les atermoiements du parti communiste, les états d'âme des radicaux, voire les combats de géants entre MM. Mendès France et Martinaud-Desplats. Il faisait partie de cette génération de hussards pour qui mieux valait parler légèrement des sujets les plus graves que discuter gravement, comme Jérôme et ses amis, de questions si frivoles. Ravie, Annette le suivait sur ces chemins : elle avait l'impression d'être en vacances.

C'étaient aussi des vacances qu'elle passait au lit. Bertrand parlait beaucoup des choses de l'amour, il avait écrit sur le sujet des contes ironiques et conservait un catalogue du temps de sa jeunesse où le nom de chacune de ses maîtresses était agrémenté de notations précises. Mais l'alcool, qui le rendait si plaisant, avait diminué son énergie. Il parlait beaucoup, n'écrivait guère, s'endormait vite ; cela ne l'émouvait pas, ça n'émut pas non plus Annette : pratiquées sans passion, ces choses-là, on l'a dit, ne l'intéressaient pas beaucoup. Ils vécurent dès lors comme frère et sœur et partagèrent une brosse à dents. Ils parlaient souvent littérature.

— La seule chose qui compte vraiment pour moi, dit un matin Bertrand, c'est le bonheur. Seulement voilà : je n'ai jamais su ce que cela voulait vraiment dire, bonheur. Alors, je cherche...

Ils étaient au Quai-Voltaire. Bertrand avait commandé son troisième pouilly fumé, c'était le moment de la journée où ses idées étaient le plus claires. Accoudés près d'eux au zinc, deux hommes les écoutaient ; l'un portait une moustache en croc de major anglais ; l'autre, la barbe broussailleuse d'un barde d'Irlande ; tous deux avaient déjà beaucoup bu ; c'étaient de vieux compagnons de Chaussepierre, ils entrèrent de plain-pied dans la conversation.

— Pour moi, remarqua l'homme à la moustache, le

bonheur c'est un voilier de six mètres entre Saint-Malo et les Sorlingues, un beau grain, des creux de trois mètres et un roman de Faulkner à mon retour.

— Moi, répondit le barbu, c'est faire le tour du quartier chaque matin et me dire que je n'en sortirai jamais, puis découvrir à mon retour trois lignes de Stendhal que je n'ai encore jamais lues.

Après avoir bien réfléchi, Chaussepierre vida son ballon de pouilly fumé.

— Je crois bien qu'en ce moment, le bonheur, c'est ça, murmura-t-il en montrant son verre; mais à midi, ce sera un Glenlivet sans glace avec un peu d'eau tiède; à six heures un JB; à minuit ma bouteille de Jack Daniel.

— Et la littérature, dans tout cela? interrogea Annette avec une candeur à peine feinte.

Chaussepierre commanda un autre pouilly fumé.

— C'est ça, la littérature.

Il montra son verre, le vida aussitôt pour ajouter :

— Mais ce n'est déjà plus le bonheur; il est vide!

C'était son heure triste; Annette aurait voulu l'embrasser; elle avait compris pourquoi il n'écrivait plus rien. Elle fut sur le point de commettre n'importe quelle folie; pour un peu, elle l'aurait demandé en mariage. Ils traversaient la rue de Beaune, elle se sentait pleine d'une immense tendresse pour ce grand garçon désespéré; une voiture arriva très vite, qui faillit les renverser; Bertrand en laissa tomber ses journaux du matin, invectiva le conducteur, elle dut reprendre son bras, le calmer, elle oublia sa demande en mariage : le même soir, il était entré à son tour dans son roman. Elle mélangeait le présent au passé; son livre devenait un tableau des mœurs de ce temps. Pour faire bonne mesure, elle y ajouta quelques écrivains barbus, des journalistes rencontrés nulle part et ailleurs; tous y tinrent des propos d'une désolante platitude : elle ne faisait que transcrire ce qu'elle avait entendu. Ainsi son livre se peuplait-il de ceux qu'elle croisait. Après les

Marx Sisters de Clignancourt, c'étaient les Pieds Nickelés de la littérature. Ribouldingue s'appuyait sur Filochard pour aider Croquignol à changer de crèmerie. Elle-même se mit à boire pour les imiter tous ; elle s'en voulait ensuite de ne pas partager leurs grandes détresses : elle demeurait lucide, trop attentive à ce qui se disait autour d'elle : elle aurait voulu comme eux divaguer.

**

Jérôme et ses amis jonglaient avec des idées creuses ; Chaussepierre tentait de construire des mots : la nuance était d'importance. En passant des poutres apparentes du VIe arrondissement aux soupentes du VIIe, Annette avait pénétré sans d'abord s'en rendre compte dans l'étroit ghetto de la littérature. Bien sûr, ni Bertrand ni Pillot ou Grégoire Lhermitte, ses amis du Quai-Voltaire qu'elle revoyait souvent, n'écrivaient guère : la quête du mot était pourtant au cœur de leurs vies ; tous trois vivaient dans la nostalgie du livre perdu. Boire faisait partie de leur méthode de travail. Ceux qui les entouraient partageaient leurs angoisses : à vivre parmi eux, Annette apprit à son tour la peur d'en arriver à se taire un jour, qui est le ferment du métier d'écrivain.

Elle passa, dès lors, de longues journées au bar du Pont-Royal d'où Bertrand rêvait de diriger de loin une revue. Elle y retrouva quelques-uns de ceux qu'elle avait croisés avec Jérôme : Blaise Pascal ou César Franck ; et puis de nouveaux venus, des jeunes gens pour qui les années de guerre et la Libération n'étaient que les dernières pages d'un livre d'histoire, une ou deux filles ambitieuses dont l'énergie égalait la sienne. On s'affirmait désinvolte, on écrivait de courts romans qui n'auraient jamais de prix littéraire : l'amour et le bonheur qu'ils chantaient si désespérément étaient, avec la page blanche, le seul vrai sujet de leur préoccupation. Alors on s'invectivait pour des futilités, on raillait les tenants des vieux romans à thèse que des tâcherons bien pensants croyaient devoir encore écrire : on savait ces débats vains, on n'y mettait que plus de flamme. Toujours lucide, Annette observa ces jeux, puis s'y mêla.

La plupart étaient aussi lucides qu'elle ; on savait bien qu'aucun combat livré entre Seine et Saint-Germain ne méritait plus qu'un sourire ironique. Le plus narquois était César Franck. Son ironie était féroce mais son sourire de bébé désarmant. Le seul livre qu'il ait publié était un libelle de quatre-vingt-dix-neuf pages en gros caractères où il se moquait d'abord de lui, ensuite de ses amis de tous bords qu'il renvoyait dos à dos. Lorsqu'il déclara à Annette vouloir coucher avec elle, elle refusa, sans savoir pourquoi ; elle comprit ensuite qu'il ressemblait à Frédéric. Elle avait dit non à Frédéric, il ne lui faudrait jamais succomber au charme noiraud du gros garçon : comme Frédéric, César Franck était presque aussi fort qu'elle. Elle décida qu'il serait, comme Frédéric, son ami. Franck rechigna un peu : l'emploi ne lui plaisait pas, puis se laissa faire car il était bon bougre. Annette ne s'ennuyait pas.

***

Si les bistrots de la rue de Beaune ou du quai Voltaire étaient les étapes nécessaires d'une matinée bien équilibrée, le bar du Pont-Royal devint bientôt un quartier général.

Les tables y sont basses, les fauteuils profonds et le barman connaît ses habitués. Lorsqu'un étranger s'y égare, un touriste descendu de l'hôtel, on lui fait bonne figure, on lui sert à boire comme à n'importe qui, mais une barrière invisible le sépare de ceux qui boivent là au mois ou à l'année. Annette aima son atmosphère de club ; le cuir racorni des fauteuils, les lumières orangées et puis les odeurs de cigare, de vrai et pur whisky qui flottaient dans l'air, évoquaient pour elle une poésie d'un autre temps : un temps où, précisément, la littérature aurait pu être au cœur de toutes les vies.

On y discuta longtemps du projet de revue de Chaussepierre. Il y en avait pourtant déjà beaucoup, en ces temps heureux. Mais la *NRF* les ennuyait un peu ; *Preuves*, *Esprit*, *Europe* les ennuyaient beaucoup, *Les Temps modernes* à la folie, *Tintin* ou *Spirou* pas du tout : nos héros avaient des opinions tranchées. *L'Express* les faisait rire à cause des articles de Mauriac ; *France-Observateur* les faisait bâiller, c'était vraiment imprimé sur du trop mauvais papier. Seul *Arts*, l'hebdomadaire jaune et de couleur que dirigeait Jacques Laurent, les amusait ; c'était un peu court, on convint que, sur ce marché encombré, on manquait d'insolence. L'énigmatique Casalis acceptait de combler les trous d'un budget en forme de passoire : il annonça la nouvelle, on but plus que de coutume, mais à sa santé : *L'Insolente* était née.

— Il nous faudra être léger, annonça gravement Bertrand qui se vit promu rédacteur en chef.

Depuis le temps qu'il n'écrivait plus, ce serait peut-être l'occasion de tailler ses crayons.

— Léger, mais néanmoins grave, corrigea César Franck avec une légèreté parfaitement appuyée.

Il refusa pourtant le titre de secrétaire de rédaction, incapable, assura-t-il, d'assurer d'autres fonctions que celles de bouffon.

Grégoire Lhermitte, le Filochard barbu, suggéra de publier des nouvelles : c'est un genre qui se perd ; on approuva.

— En six mois, j'arriverai peut-être à vous pondre six lignes, promit-il.

Il se voulait gai : il semblait parfaitement désespéré. On le savait amoureux d'une gamine de quinze ans dont il avait jadis aimé la mère (la grand-mère aussi, soufflaient les mauvaises langues) au même âge. Lors d'une enquête auprès de quelques écrivains, comme il s'en faisait beaucoup en ce temps-là, on l'avait interrogé : quelle est votre vraie profession (on supposait qu'écrire n'était qu'un passe-temps), il avait répondu : « poivrot », pour corriger aussitôt « détourneur de mineurs, ou mineures au féminin ».

Pillot aux moustaches en croc se chargea de la rubrique cinéma ; Blaise Pascal des idées, parce qu'il n'en avait pas. On distribua encore quelques rôles ; une très jeune fille au pseudonyme de demi-mondaine se vit chargée des rubriques nécrologiques qu'on espérait abondantes et nombreuses ; une autre de la chronique du temps qu'il ferait, c'était de la météorologie littéraire, ou l'art de crever les nuages. Casalis prenait des notes sur un calepin à couverture de cuir et signait des chèques ; il s'adressa à Annette :

— Et vous-même, que comptez-vous faire dans cette joyeuse bande ?

Elle le considéra de cet air innocent qu'elle avait mis au point depuis quatre ans.

— Moi ? Mais regarder, simplement.

Il approuva, interrogea quand même :

— Je croyais pourtant que vous écriviez...

La jeune femme au pseudonyme de demi-mondaine venait de publier un roman mince comme une plaquette de poésie mais gros de beau style, comme disait César Franck. Elle eut pour Annette un coup d'œil de côté : notre héroïne avait onze mois de moins qu'elle, n'allait-elle pas lui voler son bout de trottoir ? Grégoire Lhermitte la surprit.

— L'écriture, comme la prostitution, est affaire de chasse gardée, remarqua-t-il trop sentencieusement pour être vraiment sincère. Le chat, le chien marquent leur territoire et pissent dessus : ces demoiselles ne vont tout de même pas se battre pour une petite crotte !

Béatrice de Mérode (la jeune romancière) ne trouva pas cela amusant ; Annette rit mais ne le montra pas ; après Casalis et César Franck, ce Grégoire Lhermitte lui plaisait à son tour. Elle décida de surveiller son mètre de bitume et, si nécessaire, de balayer devant la porte.

— Si ça peut vous faire plaisir, lança-t-elle à la cantonade, j'accepte trois pages et demie, pas une de plus, pour parler des autres, pas de moi. Je dirai tout le mal que je pense des livres des gens que je n'aime pas.

Elle se promettait de s'amuser. On la regarda avec surprise, elle était la plus jeune et n'avait lu en somme que Stendhal et Balzac. Sa remarque témoignait cependant d'une connaissance aiguë de la critique littéraire de son temps, de ses méthodes et de son objectivité. L'idée plut néanmoins à Bertrand : il n'était pas encore revenu du miracle qui avait mis Annette dans son lit ; bien qu'il en fît un usage modéré il commençait à la désirer. Patron d'une revue qui n'existait pas encore, il trancha.

— Annette sera chargée du recensement totalement injuste et parfaitement partial de tous les livres qui lui tomberont entre les mains ; on a souvent besoin d'un bon sauvage : ce sera notre Huronne.

César Franck ne reculait pas devant un calembour : et suggéra qu'elle signât « La gaie luronne », on l'applaudit ; il fallut la sagesse de Casalis pour faire admettre qu'Annette signerait simplement ses articles Laramis puisque, après tout, c'était son nom et un nom de mousquetaire. Notre héroïne fut ravie ; elle se dit que les catégories autrefois définies par Frédéric ne correspondaient plus tout à fait à la réalité ; peut-être ceux qui l'entouraient n'étaient-ils pas tous très malins, en dépit de leur immense culture : au moins n'y avait-il parmi eux aucun véritable salaud. C'était nouveau ; c'était aussi reposant : elle aimait se mettre en congé de ses angoisses. Le barman se mêla à la conversation ; il avait un faible pour elle et promit qu'à l'avenir elle serait son invitée. À l'autre extrémité du bar, un couple se disputait ; un autre, à une autre table, réglait ses consommations pour gagner une chambre, quelque part dans les étages de l'hôtel : Annette ferma les yeux, ça n'était plus de son âge. De la barbe de Lhermitte à la moustache en croc de Pillot en passant par la toison hirsute du bon César Franck, elle vivait au royaume des masques, au paradis des postiches, ça la changeait des potiches. Elle défendrait désormais, bec et ongles, ses amis, dirait tout le mal possible de ses meilleurs ennemis : c'était la loi du genre.

Elle rédigea dès le lendemain son premier article ; sa victime fut le jeune critique littéraire aux mains moites monté de sa banlieue niçoise. Pourri de circonvolutions néoproustiennes, son dernier roman racontait ses vertiges de petit garçon devant l'édicule malodorant alors en place face au Flore, Annette n'en aimait plus la couleur, elle fut cruelle à souhait ; il n'était que ridicule, il devint grotesque, on assura qu'elle disait enfin tout haut ce que les autres pensaient tout bas : ce devint dès lors un jeu que se payer la tête du vilain petit canard : à sa manière de blanchisseuse, Annette avait entrepris de nettoyer la littérature. Étiemble, qu'elle admirait, lui envoya un mot de félicitations.

Cela dura plus d'un an ; il y eut d'autres grandes querelles. On faillit se battre pour ou contre le nouveau roman ; Alain Robbe-Grillet publia *Le Voyeur* : Annette y vit un roman policier, l'affirma, déplut à l'auteur comme à ses amis mais l'auteur n'était pas de ses amis. Plus tard, elle aima *La Chute* de Camus, ce ne fut pas du goût de Bertrand ou de Grégoire Lhermitte, mais elle ne connaissait pas Albert Camus : on a parlé de littérature à l'estomac, pour elle, c'étaient des coups de poing au ventre. Elle avait les poignets fragiles, frappait juste, ça faisait partie de son charme, affirmait Grégoire Lhermitte qui avait un faible pour elle bien qu'elle fût trop âgée pour lui. Alors, elle l'accompagnait à la sortie des écoles : il jouait au grand-père : elle, à la grande sœur, il publia sa première nouvelle dont elle était l'unique personnage : c'était *La Gaie Luronne,* ce fut son dernier livre : il avait sept pages ; une de plus que prévu.

Les combats se poursuivaient, acharnés, sur le front des lettres ; là-bas, en Algérie, on pacifiait sans résultat, bientôt on rappellerait les « disponibles » ; ici, on voulait fusiller Anouilh qui se moquait des Robespierre de province dans une pièce sur la Libération. Les amis d'Annette aimèrent la pièce, Annette aimait Anouilh mais pas ce *Pauvre Bitos*. Quelqu'un lança tout à trac qu'elle n'avait pas connu les « excès de la Libération » ; elle ne répondit pas, se souvint de Jeanne ; elle découvrait qu'il y avait en elle une volonté farouche d'être *contre* : ceux qui déchaînaient contre Anouilh les foudres de leur bonne conscience faisaient partie des imbéciles ; beaucoup de ceux qui l'applaudissaient étaient bel et bien des salauds, elle les renvoya dos à dos. Seul Casalis parut comprendre.

On se battit encore. Annette fit feu de tout bois en l'honneur de Brigitte Bardot dans le premier film de Vadim : *Et Dieu créa la femme* était, après tout, un peu de son histoire. Elle aima aussi beaucoup un roman de François Nourissier, *Les Orphelins d'Auteuil,* mais la lutte reprit de plus belle à propos de Nathalie Sarraute, de Michel Leiris, de Mme Duras. Quand Raymond Aron publia *L'Opium des intellectuels* chacun affirma qu'il s'était trompé d'une guerre ; Annette ne savait pas pourquoi. Pendant ce temps, Edgar Faure s'essayait au jeu subtil de la dissolution, Guy Mollet recevait des tomates à Alger, on réhabilitait Béla Kun et la nouvelle Assemblée refusait d'abroger la loi Barangé : l'Histoire allait bon train ; pour Bertrand, Lhermitte, Pillot et leurs amis, c'était la petite histoire.

*
**

Un soir au Pont-Royal, Annette trouva Chaussepierre en compagnie d'une femme âgée qui se leva à son arrivée, la salua très vite et s'en alla.

— C'est Aline, dit Chaussepierre.

Il avait besoin de parler ; Annette l'écouta. Aline avait été sa femme. Ils avaient vingt ans tous les deux, étudiaient en Sorbonne, allaient au cinéma, au théâtre ; ils étaient curieux de tout et s'aimaient longtemps chaque soir dans une chambre de la rue Cujas. Auprès d'Aline, Bertrand avait écrit son premier livre, elle l'avait tapé à la machine ; elle avait ouvert une bouteille de champagne quand Gallimard l'avait accepté. Il avait publié son second livre, un troisième.

— Le succès, dit-il, m'a tourné la tête.

Ils habitaient désormais rue de la Bûcherie ; de son bureau on voyait Notre-Dame mais Bertrand rentrait tard le soir, ou ne rentrait pas : il était écrivain, il avait tous les droits. Il avait commencé à lever des gamines dans des cafés, ses amis le savaient, Aline aussi : elle était restée encore un an, puis elle était partie, elle s'était remariée avec un médecin, elle était heureuse, disait-elle.

— Au début, je ne me suis pas rendu compte, murmura Chaussepierre ; je me suis senti libre ; j'ai cru que j'écrirais plus, mieux ; que je ne vivrais que pour cela.

Le combat avait commencé ; la bataille contre la page blanche, la lutte avec la bouteille de JB. Il était écrivain, n'avait d'autre droit que celui d'écrire. Il écrivait sans fin, raturait, déchirait, recommençait.

— Un jour, je n'ai plus raturé, dit Chaussepierre en faisant signe au barman.

Il avait déjà trop parlé ; le moment était venu de se taire : le JB l'y aiderait.

— Alors ? demanda Annette.

Elle sentait une grande compassion en elle : pour une fois, elle n'en avait pas honte ; elle devinait un monde d'angoisses, d'incertitudes, qu'elle avait jusque-là visité en touriste. C'était le monde où elle vivait depuis l'entrée de Bertrand dans sa vie, elle ne le savait pas : il avait seulement été une silhouette falote, il devint un masque poignant, celui de l'écrivain qui s'est tu.

— Alors? — Chaussepierre eut un mauvais rire. — Alors? Eh bien, j'ai encore publié un livre ou deux, sans ratures; on les a trouvés moins bons, je ne m'en rendais pas compte. Je n'allais plus au théâtre ni au cinéma, je n'étais plus curieux de rien; seul comptait le livre qui ne venait plus.

Le jour où la feuille était restée blanche, la bouteille de JB était vide : Bertrand Chaussepierre était devenu l'écrivain qu'Annette connaissait. Elle posa une main sur sa nuque; un instant Chaussepierre se laissa aller.

— Rassure-toi, ce n'était qu'un mauvais moment à passer; tu sais que j'ai le vin gai!

Lhermitte, Pillot, deux gamines aux cheveux dans la figure pénétraient dans le bar, Chaussepierre leur fit un grand geste de la main. Annette savait pourquoi elle avait choisi de vivre auprès de lui : il lui apprenait que l'art est d'abord un désespoir.

*
**

Ils entreprirent peu après une expédition en Bretagne. Bertrand caressait depuis longtemps le désir de faire à nouveau de la voile. En compagnie de Pillot et de Grégoire Lhermitte qui ne quittaient plus le Quai-Voltaire et ses environs, il avait autrefois passé des journées de bonheur entre les côtes anglaise et normande. Ils avaient trente ou trente-cinq ans, parlaient de Proust ou de Morand dans les coups de tabac et enfilaient de gros pull-overs irlandais pour se sécher le soir devant les feux de bois entretenus pour eux par des Anne-Marie ou des Gabrielle. Ils choisissaient leurs voiliers longs et fins, leurs filles opulentes et longues; le cheveu roux ou blond avait leur préférence : après la mer démontée, la flambée dans la cheminée et l'éclat du blond vénitien, ils écrivaient comme des dieux. Puis était venu le temps des nuits blanches de Saint-

Germain et des matins du Quai-Voltaire, ils avaient moins écrit et n'allaient plus en mer.

Une ancienne maîtresse de Pillot s'appelait Thérèse. Elle était mariée et divorcée, mère de deux gamines de quinze ans, et possédait une île en Bretagne du côté de Lézardrieux. La maison était tenue par un couple de gardiens, les Belin. Thérèse Benjamin avait trente-cinq ans, les cheveux presque roux qu'exigeaient les circonstances et une affection passionnée pour Georges Pillot dont nul n'ignorait qu'il vivait confortablement de cette passion-là. Elle aimait bien Lhermitte aussi, et Bertrand. À plusieurs reprises, elle les avait invités dans son île mais il leur était devenu difficile à tous trois de lever l'ancre du Quai-Voltaire. Dans une crique à l'abri de tous les vents, Chaussepierre amarrait pourtant l'unique objet auquel il eût jamais vraiment tenu; c'était un cotre de six mètres acheté lors d'un prix Médicis obtenu tant d'années auparavant qu'il ne savait plus quand. Nestor Belin l'entretenait avec un zèle jaloux, Bertrand en rêvait comme d'un paradis perdu.

Annette retrouva la photo d'un portrait de groupe avec un voilier; Thérèse y trônait au milieu des trois hommes et d'autres filles sans importance. Elle interrogea Bertrand qui évoqua l'Île-aux-Cerfs — c'était le nom que le père de Thérèse avait donné à son île pour y lâcher deux cerfs qui s'étaient reproduits en liberté : il devint lyrique et raconta la mer et les rochers, la tiédeur du Gulf Stream et les seins généreux de Thérèse, le charme enfin de ses deux filles; Annette eut envie d'aller y voir de plus près. « Pourquoi pas ? » se demanda Bertrand.

Pillot et Lhermitte répondirent de même; aucun pourtant ne prit la décision de quitter son port d'attache : l'un et l'autre avaient à parachever quelques-unes de ces besognes littéraires qui remplacent les travaux et les jours de la vraie littérature. Annette dut faire preuve d'énergie; elle retrouva Thérèse au Pont-Royal à l'heure où les trois compères naviguaient plus loin; elles éprouvèrent l'une et l'autre le coup de foudre qu'on est en droit d'attendre de complices et complotèrent dans le secret jusqu'à ce que le départ fût donné par surprise. Casalis prêta sa Rolls, qui pouvait les contenir tous, Thérèse y entassa les trois écrivains, Annette, ses deux filles; on bourra le coffre jusqu'à la gueule de pull-overs bleu marine, des indispensables casquettes, de disques de Bach car on avait décidé voilà dix ans que seul Bach convenait aux soirées près du feu : ils prirent la route de Lézardrieux.

Le pouilly fumé et le rouge des bonnes années tenant trop de place, on s'embarqua avec du gin et de la vodka qui sont des boissons de navigateurs ; dès Rouen, la Rolls résonna de chansons de Suzy Solidor ; Thérèse levait le coude comme les autres mais se cramponnait quand même au volant ; Annette était gaie, on évita de justesse un camion-citerne entre Lisieux et Falaise : le bon Dieu des marins de terre ferme était avec nos amis. On s'arrêta ensuite à Fougères et à Dinard, histoire de découvrir, après gin et vodka, les mérites d'un petit calva. À partir de Saint-Brieuc, on tâta des galettes bretonnes, du cidre qui va avec, la Rolls tangua mais ne coula pas. À l'arrière, les filles de Thérèse, Line et Lise, échangèrent des regards inquiets. Il était passé minuit lorsqu'ils parvinrent en vue de Lézardrieux ; au-delà de Guingamp et de Paimpol, c'était une petite ville de pierre grise qu'ils traversèrent, éclairée de rares lanternes ; un bar à matelots était encore ouvert sur le port. Ils y firent une dernière halte. Trois hommes y traînaient en compagnie de deux filles, l'une à la quarantaine bien sonnée ; l'autre, une gamine de dix-sept ans, maigre, les cheveux en broussaille. Tout le monde avait beaucoup bu, la patronne aussi, elle se souvint de Thérèse qu'elle salua de grosses bises humides. L'un des hommes, casquette de marin vissée sur le sommet du crâne, éclata de rire, il n'avait plus que trois dents et lança un « Thérèse, celle qui rit quand on la b... », qui fit encore plus rire ses compagnons. Pillot, la moustache frissonnante, affirma sur le ton du propriétaire qu'il n'en avait rien remarqué ; Lhermitte commença à tripoter les seins inexistants de la petite maigre. Il régnait une odeur de cidre aigre, d'embruns, de grésil. Grandiose, Pillot fit ouvrir deux bouteilles de champagne que Thérèse paya : sur le cidre et le calva, ça ne fit rien de bon. Annette se sentait barbouillée. Lise et Line étaient restées dans la voiture. Ils franchirent une digue qui séparait l'île de la terre ferme. Les Belin, au garde-à-vous, ouvrirent la grille de fer qui en barrait l'extrémité, côté île. Une demi-heure après, ils s'endormaient au hasard des chambres de la grande maison.

Le premier matin fut difficile. Les hommes savaient boire mais la route les avait éprouvés ; quant à Thérèse et Annette, elles furent franchement malades. Il pleuvait. À midi, le soleil perça les nuages, une lueur orangée flotta sur l'eau, l'air était doux, ils sortirent un peu. Lise et Line couraient depuis l'aube à la recherche des cerfs, elles les virent de loin qui se baignaient dans une flaque d'eau couleur d'huître auréolée d'écume. Elles portaient des culottes de toile bleue, rien dessus ; les trois hommes, presque dégrisés, firent comme s'ils n'avaient rien remarqué. On joua au yam, au rami, on but moins que la veille et le soir tomba, plein de lueurs vertes à travers l'horizon. Mme Belin avait préparé un civet de lapin de l'île, on écouta ensuite Bach : c'est vrai qu'à la clarté d'un feu de bois, *Le Clavecin bien tempéré* vous a une rigueur nouvelle. Le lendemain matin, les hommes partirent en mer ; il faisait un calme plat.

Trois jours passèrent. Le ciel était lentement devenu bleu, des fleurs poussèrent partout sur l'île. Du matin au soir, les trois compères jouaient contre le vent qui ne se décidait pas à venir, puis ils passaient la soirée à évoquer des souvenirs. Ils parlèrent de la guerre et de la Libération, de l'avant-guerre et de la drôle de guerre... 39 les avait surpris à Marseille où ils étaient en garnison. Pillot connaissait Chaussepierre qui lui avait présenté Lhermitte. Leurs plus beaux souvenirs étaient des expéditions au Vieux-Port. L'armistice les avait trouvés là, chacun en compagnie de trois ou quatre filles qui rapportaient au trio de quoi tenir le coup. L'un de leurs amis s'appelait Faucompré ; il avait tenu pendant trois mois contre les Italiens un fort des hautes Alpes, mais les Italiens n'étaient jamais passés par là : il en avait gardé des regrets, voulait se battre encore, rêvait de sauver l'Occident du bolchevisme. Le pacte germano-soviétique l'avait pris de court, il prédisait qu'il ne saurait durer. C'était lui qui avait appris à boire aux autres ; lui encore qui avait levé les premières filles et empoché les premiers dividendes. On trouvait dans sa mouvance quelques mauvais garçons, de vrais maquereaux et des soldats perdus ; Faucompré leur infusait son enthousiasme, sa nostalgie. On jouait au poker, aux dés dans des bistrots du port. Pillot, Lhermitte furent bien près de céder au charme de cette drôle de paix où des vieilles dames réfugiées sur la Côte laissaient en gage de leurs pertes au jeu des colliers de brillants. Chaussepierre écrivit alors son premier roman, c'était l'odyssée d'un caporal perdu dans les bordels de Marseille : il devenait le chéri de ces dames, se prenait pour un caïd et finissait avec un couteau entre les épaules... Gallimard devait accepter le livre qui paraîtrait censuré : certaines pages, assurait-on, risquaient de porter ombrage à l'image d'une France fervente autour du Maréchal. Puis l'Union soviétique avait attaqué l'Allemagne, Faucompré les avait quittés pour organiser sa guerre. Pillot, que Mers el-Kébir avait révolté parce qu'il était déjà marin, avait gagné l'Afrique du Nord, Chaussepierre était parti pour Londres ; on ne savait pas très bien ce qu'était devenu Lhermitte. Il avait écrit.

Chaussepierre but aux livres de Grégoire, Pillot à la santé du général de Gaulle qu'il avait finalement rejoint, Lhermitte but plus que ses deux compagnons, mais à la santé de personne. Les soirées duraient jusqu'à l'aube, les filles de

Thérèse s'endormaient dans des canapés, on louchait du côté de leurs mollets en socquettes, Thérèse regardait tout cela sans y prendre vraiment garde et Annette se surprit à être presque heureuse parce que Bertrand semblait heureux. « Ça y est ! se dit-elle, je suis arrivée au bout de mon voyage : j'ai une âme d'épouse attendrie. » Les trois hommes continuaient à égrener leurs souvenirs d'anciens combattants. Un matin Bertrand décida, en remontant dans sa chambre, qu'il allait se remettre à écrire. Il fit même un peu l'amour, ce qui surprit Annette ; ça ne dura pas longtemps. Lorsqu'elle se réveilla, il était déjà reparti en mer avec ses compères ; sur sa table de chevet, il y avait une demi-douzaine de feuillets, écrits Dieu sait quand. Pour le reste, le soleil brillait toujours et la mer demeurait d'huile.

Annette fit le tour de l'île. Ç'avait été un bastion fortifié de la ligne de l'Atlantique ; les Allemands y avaient laissé des blockhaus peu à peu envahis par l'humidité, les feuilles mortes. Au fil des années, les filles de Thérèse avaient fait de l'un d'eux leur cachette. Elles disaient que c'était la caverne d'*Alice au pays des merveilles*, y avaient apporté des coussins, des meubles d'osier ; c'était devenu une chambre d'enfant aux murs de deux mètres d'épaisseur éclairée d'étroites meurtrières ; le père Belin leur avait installé l'électricité, elles avaient accumulé de vieilles poupées, leurs ours de peluche favoris et toute une collection de la Bibliothèque Rose ; elles affirmaient y retrouver leur enfance. Annette atteignait un bois de pins parasols qu'on aurait cru tout à fait provençal quand Lise, ou Line, surgit de nulle part. Elle l'invita à leur rendre visite.

— Tu es la première grande personne à pénétrer chez nous, dit Lise — ou Line.

Le père Belin comptait pour du beurre ; Annette avait trois ou quatre ans de plus qu'elles, elle fut flattée. L'entrée du blockhaus était dissimulée derrière de hautes fougères ; elle y pénétra en se courbant et découvrit le paradis des petites filles.

— Tu sais, remarqua Line, ni Lise ni moi ne voudrions jamais grandir.

— Surtout, commenta Lise, quand on voit les grands, les autres...

— Pourquoi ? demanda Annette.

— Parce qu'ils sont trop laids.

Elles avaient répondu d'une seule voix. Du coup, Annette les jugea dignes d'intérêt. Elles lui servirent du thé de plantes sans dire quelles plantes c'était et, pendant deux heures, notre héroïne les écouta avec ravissement. Bien sûr, elles étaient des gosses de riches, des enfants gâtées, des petites filles modèles, tout ce qu'on voulait, mais elle reconnaissait chez elles tant de frémissements qu'elle-même avait ressentis ; elle les interrogea, s'émerveilla de leurs réponses. Elle avait choisi le combat, la lutte ; les deux filles de Thérèse pratiquaient la résistance passive. Elles récoltaient les premiers prix de leur classe, faisaient de l'escrime et de la danse rythmique, mais refusaient obstinément les jeux ou les aspirations des jeunes filles de leur âge. Elles vivaient côte à côte, pour le meilleur et pour le pire.

— Et les garçons ? interrogea Annette.

Elles répondirent à nouveau avec un bel ensemble :

— On s'en fout !

À des questions un peu plus précises, elles avouèrent, sans piquer le moindre fard, qu'elles vivaient toutes deux en « autosuffisance ». Annette trouva la formule plaisante ; elle reprit sa promenade, convaincue que ces gamines étaient décidément amusantes. Elle atteignit l'extrémité occidentale de l'île ; le soleil commençait à descendre. Elle s'assit sur un rocher, regarda cette mer à peine plus agitée que n'importe quelle Méditerranée ; sur une minuscule presqu'île qui s'avançait à sa gauche, deux cerfs broutaient. De la côte venait le bruit d'une fête, c'était dimanche ; en ce temps-là, les paysannes allaient encore en coiffe à la messe ; elle se dit que Lézardrieux et l'Ile-aux-Cerfs constituaient peut-être le dernier bastion avant le chaos. Elle se sentait bien, ne désirait rien, ne regrettait rien ; elle écrivait moins mais elle ressentait plus, et ceci remplaçait avantageusement cela. Puis le soleil fut sur le point de se coucher, elle respira très fort ; une grosse bouffée d'émotion l'envahissait. Elle comprenait qu'on pouvait se laisser doucement couler dans la mer, de bonheur. Le soleil plongea tout à fait, il y eut les lumières d'émeraude qu'on attend dans ces moments-là ; une vague d'amour la submergea de partout, elle trembla. A deux pas d'elle, un cerf aux bois immenses la regardait d'un regard d'homme. Après dîner, elle fut remplie d'indulgence pour les trois marins qui continuaient à conjuguer leurs souvenirs. Bertrand Chaussepierre fut meilleur que la nuit précédente, il écrivit encore un peu ; l'air du large convenait à son tempérament.

Deux jours encore s'écoulèrent. Les voiles de la *Marie-la-Belle* — c'était le nom du cotre de Bertrand — demeuraient désespérément plates. Les trois hommes commençaient à s'irriter. Grégoire Lhermitte surtout, qui fulminait dans sa barbe contre la mer trop plane et grimpa un soir sur un rocher pour invoquer les cieux, appeler une tempête. Il était superbe, découpé sur le ciel ; seul manquait le vent qui aurait balayé sa barbe. Il devint ensuite triste ; le calva ne lui réussissait pas. Annette passait quelques heures en compagnie de Lise et de Line, bavardait avec leur mère ; elle alla à vélo au village et but deux bolées de cidre dans le bistrot du premier soir. La fille maigre aux cernes sous les yeux était venue de Rennes se reposer car elle travaillait en maison et avait besoin d'air pur. Elle raconta l'existence qu'on menait dans ces bordels qui n'existent plus, où les notables de la ville essaient pourtant d'oublier qu'ils ont épousé les filles d'autres notables et que leurs fils seront notables après eux. « La plupart, expliqua-t-elle, sont beaucoup plus gentils qu'on ne pense : il ne faut pas faire un monde de tout ! Bien sûr il y en a quelques-uns de méchants, mais ceux-là, on fait avec ! »

Chaque soir, les trois hommes rentraient un peu plus tard ; ils espéraient toujours le grand coup de vent qui les ferait se battre avec eux-mêmes : faute de combat à livrer, ils se laissaient dériver en buvant. Leur teint prenait de belles couleurs de brique ; le plus bruni des trois était sûrement Grégoire Lhermitte qui réapprenait à vivre hors du périmètre du Quai-Voltaire avec une étonnante voracité. Il buvait désormais moins que ses compagnons et interrogeait Annette sur son passé.

— Tu m'intrigues, finit-il par lui dire ; tu ressembles à toutes les petites camarades que, toute une vie, nous avons plus ou moins espéré trouver sur notre chemin.

Il évoqua une Elizabeth aimée à vingt ans quelque part en Écosse ; une Fabiola dans les rues de Vérone ; Demetria à Corfou.

— Jadis, expliqua-t-il, chaque voyage se faisait autour d'une femme ; puis les femmes sont devenues tristes, je ne sais pourquoi ; alors, j'ai changé de cap. À Aberdeen, je n'ai plus cherché que de bons whiskies, de la grappa centenaire à Vérone et même de l'ouzo en Grèce : je suis tombé bien bas !

Il riait encore en parlant des livres qu'il n'écrirait plus et Annette croyait en comprendre un peu plus sur la littérature. Il y avait selon lui deux sortes d'écrivains, ceux qui écrivent avec leur tête et ceux qui écrivent avec leurs couilles ; pour la première fois, Annette faillit regretter de ne pas disposer de ces outils-là.

— Parce que les bonnes femmes qui écrivent avec leur ventre, poursuivit Lhermitte, c'est de la pornographie.

C'était déjà le point de vue de Jérôme, elle le partageait ; elle écrivait trop avec sa tête. Chaussepierre et Pillot se joignirent à leur conversation. Le sixième ou le septième jour, ils montèrent tous se coucher avec des idées de livre dans la tête.

Le lendemain, Annette fit à nouveau le tour de l'île. Elle avait apporté du papier, un stylo à bille et s'assit sur le rocher face à l'ouest. Elle écrivit sans lever les yeux vers la mer ; les personnages de son roman se dessinaient mieux, elle nouait avec délectation les fils d'une nouvelle intrigue entre des guignols qui ressemblaient à des gens qu'elle avait connus. Après une heure, elle décida que mieux valait s'arrêter lorsque l'inspiration l'emportait qu'attendre que celle-ci fût tarie ; c'était de bonne guerre, si tant est que la littérature est un combat. Elle referma son cahier et reprit sa promenade. Arrivée devant le blockhaus de Lise et de Line, elle voulut y entrer. Elle frappa, personne ne répondit ; la porte n'était que poussée, elle entra. Lise et Line étaient étendues sur les coussins, elles portaient leurs jolies robes blanches, il y avait un peu de sang dessus. Dans un roman, on dirait que le cœur d'Annette s'arrêta. Mais Lise ou Line gémit, sa sœur poussa un petit sanglot. Annette s'avança à l'intérieur. La robe de Line était déchirée. Lise expliqua que, ce matin-là, Grégoire Lhermitte n'était pas parti avec ses compagnons ; il était entré dans la caverne d'*Alice au pays des merveilles* : ç'avait été le premier homme à mettre les pieds dans le royaume des deux petites filles.

— Il n'a pas été vraiment méchant, dit Line avec un sanglot, mais...

Lise raconta la suite, sans plus de gêne qu'elle n'en avait eue à expliquer comment sa sœur et elle se passaient des garçons. Line pleurait toujours, à petits sanglots. Lhermitte avait d'abord été gentil, très gentil : puis tendre, trop tendre ensuite, il lui avait fait un peu mal, elle ne lui en voulait pas ; il avait abîmé sa jolie robe. Sa sœur prépara du thé aux herbes, elle fut toute requinquée ; elles écoutèrent un disque sur un vieux phono à manivelle. Annette qui avait bien failli s'indigner s'étonna de voir que ce que d'autres auraient appelé un viol n'était, somme toute, qu'un menu incident dans le paradis de ces petites filles. Mais, le soir, Grégoire Lhermitte ne rentra pas. On le chercha une partie de la nuit. La grille qui fermait la digue n'avait pas été ouverte, aucun bateau n'avait quitté l'île. Au matin, on le cherchait encore, on finit par avertir la police, des hommes vinrent en renfort, on explora chaque crique, tous les trous de rocher : on ne retrouva jamais le corps de Grégoire Lhermitte. Après deux jours, les autres regagnèrent Paris dans la Rolls de Casalis : ils étaient moins tassés qu'à l'aller, on ne but guère en route, on ne chanta pas du tout, on parla peu ; Annette éprouvait une grande tristesse. Seules, dans les bras l'une de l'autre, Lise et Line se chuchotaient des choses à l'oreille.

Troisième partie

SCÈNES DE LA VIE PRIVÉE

XII

LA TRISTESSE d'Annette dura. Avec la disparition de Grégoire Lhermitte, le groupe des amis éclata. On a beau être hussard, caracoleur ou cavaleur, le viol d'une gamine et le suicide d'un compagnon vous laissent au travers du cœur des balafres cruelles ; *L'Insolente* publia son dernier numéro. Annette y écrivit un article sur son ami mort. Bertrand buvait plus que jamais, Pillot avait décidé d'épouser Thérèse. César Franck s'occupait de la sortie du livre qu'il avait tout de même écrit : on se retrouvait moins souvent au Quai-Voltaire ou rue de Beaune. Francis, le barman du Pont-Royal, tomba malade, il partit en congé maladie quelque part en Auvergne, ce fut la débandade. Les finances de Bertrand s'épuisaient, la fin du mois commençait désormais entre le 10 et le 15 ; Annette comprit que Lhermitte payait les ardoises laissées par son ami : Lhermitte disparu, c'étaient tous les billets glissés avec une bourrade amicale qui s'envolaient avec lui. Puis survint un incident météorologique : une tempête s'abattit sur la Bretagne ; ce fut une de ces vraies tempêtes qui arrachent les toits et déracinent les arbres ; la *Marie-la-Belle*, qui avait tant attendu un grand vent, fut arrachée à son mouillage et projetée sur les rochers. Bertrand Chaussepierre ne tenait à rien en ce monde, sauf à son bateau. Veuf de *Marie-la-Belle*, il plongea dans le désespoir. Un soir, n'y tenant plus, il rendit visite à Casalis ; le surlendemain il partait pour Dieppe avec en poche de quoi s'offrir un nouveau bateau ; Annette fit ses valises, elle s'installa rue de Varenne, chez le grand écrivain.

Elle eut avec lui une grande conversation près de la cheminée, qui était vaste et ancienne. Au-dessus, un tableau de Fragonard représentait une jeune femme nue tout entortillée dans ses draps. L'écrivain portait une veste d'intérieur rouge à brandebourgs sur une chemise à jabot, il buvait du porto. À portée de sa main droite, il y avait une canne à pommeau d'argent. Annette se souvint de Jean-Léonard : elle comprit que Casalis, comme son camarade des jours anciens de la rue Saint-Guillaume, aimait à se mettre en scène. Cela ne lui déplut pas.

— Il importe d'abord, remarqua l'écrivain, que je vous pose une question.

Son porto datait de 1898, d'autres en auraient fait un poème, il le buvait avec une belle simplicité.

— Je voudrais savoir si vous me tenez rigueur de vous avoir, somme toute, achetée ? demanda-t-il.

Le bateau de Bertrand coûtait cinq millions, l'écrivain l'avait échangé contre Annette sans discuter : c'était payer bon prix ; le rire de la jeune fille fusa. Elle n'avait pas oublié la mort de Lhermitte, mais il y a des chagrins qu'on garde à l'intérieur.

— Pourquoi vous en voudrais-je ? Depuis l'âge de quinze ans, j'ai voulu apprendre et j'ai appris ; j'ai beaucoup appris, même : la foi, l'espérance, la charité ; les vertus qui ne servent à rien, celle qui sert à quelque chose ; il m'en reste des traces. Afin de mieux apprendre, et comme je suis une élève consciencieuse, j'ai tour à tour été midinette et étudiante, *pasionaria,* militante et plus récemment — son rire devint un peu amer — fille à matelots : il était normal qu'un jour ou l'autre, je devinsse putain de haut vol ou, si vous préférez, femme entretenue.

Annette n'avait pas voulu blesser Casalis : il fut triste pour elle.

— Apprendrez-vous un jour à vous aimer ? demanda-t-il.

C'était une question à laquelle elle ne pouvait répondre. Il posa son verre de porto et prit sur une table un écrin ancien qu'il lui tendit.

— Dans ce cas, apprenez bien votre nouveau rôle. Voici l'accessoire qui va avec.

C'étaient une parure, un collier, des boucles d'oreilles, un diadème, même. Casalis voulut bien convenir que cette dernière pièce était difficile à porter.

— Un jour, on donnera des fêtes ici, vous en serez tout naturellement la reine.

Son langage était d'un autre temps : ses livres l'étaient aussi. Ils racontaient d'un ton hautain des histoires cruelles. Il avait beaucoup voyagé dans sa jeunesse, couru l'Europe de l'autre avant-guerre où les mêmes femmes dansaient dans les mêmes salons avec les mêmes jeunes secrétaires d'ambassade, de Bucarest à Londres, de Madrid à Berlin ; lui-même avait été diplomate et s'était ennuyé. Une première épouse hongroise lui avait apporté des terres ; une seconde, roumaine, le pétrole qui était dessous ; la troisième, enfin, américaine, les dollars pour exploiter le tout. Il en était resté là, méprisant les hommes qui courbaient l'échine devant lui. Il avait parfois d'étranges faiblesses pour des jeunes femmes très humbles qu'il couvrait de cadeaux. On racontait l'histoire d'une fleuriste, de cette demoiselle dans une pâtisserie de ville d'eaux. Puis il avait vieilli, avait commencé à s'entourer de jeunes écrivains. Il pouvait être d'une générosité extrême ou d'une immense dureté : il avait de l'argent à ne pas pouvoir le compter, ne le comptait pas et s'en servait pour vivre selon une morale dont la beauté était la seule loi. Nombreux étaient les hommes politiques, les hauts fonctionnaires qui fréquentaient chez lui ; c'était le cas ce soir-là, Annette ne se sentait d'humeur à rencontrer personne, elle regagna son appartement.

   Casalis lui avait abandonné une aile de l'hôtel particulier qu'il habitait rue de Varenne, presque à l'angle de la rue Barbet-de-Jouy. Sa deuxième ou sa troisième femme l'avait meublé d'un Art déco ridicule qu'il fit monter au grenier ; il éparpilla à la place des fauteuils signés Riesner, des commodes de Jacob. Il garnit les boiseries anciennes de la bibliothèque en éditions originales de tous les livres qu'il aimait : Balzac, Stendhal, jusqu'à *La Chartreuse* dont il lui fit cadeau d'un exemplaire relié en maroquin d'époque, violet comme il se doit. Il avait trouvé chez un antiquaire de Brighton la copie exacte de ce bureau à cylindre, aujourd'hui à Waddesdon, près d'Oxford, qu'on avait offert à Beaumarchais : « Je suis certain qu'on écrit mieux sur ce truc en bois-là que sur une table de bridge », avait-il remarqué avec un sourire. Annette acceptait tout ; elle donnait parfois, un peu. Rarement : l'écrivain n'en demandait pas plus. Il y avait dans le jardin une volière abandonnée ; Casalis la peupla d'oiseaux bariolés : Annette passa des journées entières à écrire derrière son bureau, devant une fenêtre qui ouvrait sur le jardin. Elle écoutait le chant des oiseaux.

   Les premiers temps, elle s'abstint de paraître aux grands dîners de Casalis ; elle pensait s'y ennuyer : puis elle y assista une fois, trouva les hôtes divertissants, les présida alors tous, assise à l'anglaise à un bout d'une longue table. Son amant levait parfois son verre à la hauteur de son visage, portant un toast rien que pour elle dont elle le remerciait avec la même grâce : en quelques semaines, bientôt quelques mois, elle avait encore beaucoup appris.

   Elle s'amusait de l'absence de sérieux des hommes politiques ; les hauts fonctionnaires, plus graves, l'ennuyaient davantage ; parfois, il se trouvait parmi eux un diplomate ou un jeune poète qui lui faisait oublier les conseillers d'État, les grands banquiers et les quelques directeurs d'administrations centrales que Casalis invitait lorsqu'il avait décidé d'être généreux. Elle croisa aussi des gens remplis d'intérêt. Edgar Faure était un habitué des dîners de la rue de Varenne; Lucie Faure devint son amie. Elle rencontra ce Félix Gaillard, né comme elle en Charente, qu'on célébrait tant à Angoulême; il était gentil. Christian Pineau, alors ministre des Affaires étrangères, écrivait des livres délicats, il lui en dédicaça un qu'elle lut avec plaisir en une soirée; Chaban lui fit ce qu'il fallait de cour : elle découvrait peu à peu que la vraie politique était un jeu de roués autrement plus subtil que l'imaginaient ses petits camarades de Sciences po; quant aux Victor, aux Jérôme, qui se gargarisaient de phrases, c'étaient des enfants de chœur.

Fréquentaient aussi chez Casalis ceux qu'on appellerait bientôt les barons du gaullisme, les Joxe et les Christian Fouchet, les Guichard, les Couve de Murville. Elle eut avec eux de sérieux entretiens; ils ne souriaient pas de son gaullisme à elle, né de la cruauté des hommes et de leur infidélité. Elle se regardait, devisant avec ces messieurs en smoking sous le regard d'un portrait de Lancret ou de Greuze : elle se trouvait changée, son corps lui-même était plein, gracile, elle se disait : « Jusqu'à hier, j'étais une petite fille; je suis devenue une femme. » Elle eut un ou deux amants parmi les gens qu'on a cités, gaullistes ou pas, n'en tira pas de fierté, simplement un peu plus de savoir. Casalis n'était pas jaloux, ne posait pas de questions, c'était elle qui venait vers lui. Elle se répétait : « Je n'ai jamais eu de père. » L'inceste était un sentiment qui la rassurait.

Elle revit aussi Frédéric et le libraire Corbin. Comme prévu, le premier avait été élu député en janvier 1956. D'abord trop occupé par son installation à Paris, il l'avait vue de loin en loin, au Fouquet's ou chez Lipp. Il était soudain riche; elle ne l'interrogea pas. Ils se revirent plus souvent. Il était toujours aussi lié à Corbin; du fond de sa librairie du faubourg Saint-Honoré, l'ancien secrétaire de M. Charbonnier tissait une toile, tirait les fils de quelques pantins, prête-main, hommes de paille qui étaient fonctionnaires, journalistes ou, comme Frédéric, députés, sinon ministres. Frédéric s'amusait de ces jeux dont Annette ne tenait à connaître ni les règles ni les détails. Il était question d'argent, bien sûr et de pouvoir. Lorsque, en mai 1956, Pierre Mendès France démissionna du gouvernement Guy Mollet, l'avocat eut des conciliabules avec des inconnus bientôt célèbres; des hommes qui ne s'étaient jamais parlé se rencontrèrent chez Casalis ou dans l'arrière-boutique, plus discrète, du libraire. Frédéric tenait son rôle avec un grand sérieux; parfois il adressait pourtant à Annette l'un de ses immenses clins d'œil; son nez rejoignait la pointe extrême de son menton; elle savait que tout n'était pas perdu.

Un soir, Frédéric l'invita chez lui. Il habitait rue Saint-Simon, à deux pas de la rue de Varenne. Son appartement, au dernier étage d'un immeuble cossu, ressemblait à une chambre d'étudiant : les murs étaient nus, couverts seulement de livres; sur une table de bois blanc traînait une vieille Remington; des papiers, des dossiers s'entassaient partout mais un gros coffre-fort, comme on en voit dans les ministères, était scellé dans un mur de la salle de bains. Frédéric n'avait rien à boire, que du Perrier.

— Je n'ai même pas de glace, fit-il remarquer en souriant.
— Je te croyais riche.

Il sourit à nouveau.

— Très riche, oui : pourquoi?

Il vivait comme un moine mais tint à ouvrir son coffre-fort : les paquets de billets de 10 000 francs étaient empilés au-dessus de chemises en carton toilé fermées d'une sangle; on pouvait imaginer qu'un seul de ces dossiers valait dix fois son poids en billets de 10 000.

— Tu me crois, maintenant? demanda-t-il.

Annette tira un dossier, au hasard; une pile de billets s'écroula. Le dossier portait une étiquette avec le nom d'un ministre calligraphié à l'encre violette.

— Ouvre-le, si tu veux : tu comprendras.
Elle lui rendit le dossier.
— Laissons aux choses leur mystère, dit-elle avec un peu d'emphase.
Il parut regretter qu'elle ne s'intéressât pas davantage au contenu de la chemise toilée.
— C'est dommage, remarqua-t-il ; tout cela est beaucoup plus drôle que *Le Canard enchaîné* et l'*Almanach Vermot* réunis.
Il ajouta :
— Tu vois : je n'ai aucun secret pour toi.
Il acheva le voltigeur auquel le goût des havanes des antichambres du pouvoir ne l'avait pas fait renoncer.
— Je vais me marier, annonça-t-il enfin.
Annette ressentit un pincement du côté gauche, quelque part dans la poitrine. Elle murmura un « Ah... » qui ne voulait pas paraître trop intéressé. Frédéric allait épouser une femme plus âgée que lui, « mais seulement de cinq ans », précisa-t-il, héritière d'usines pharmaceutiques un peu partout en Europe.
— Est-ce que tu l'aimes, au moins ? voulut savoir Annette.
Il était grave.
— Pourquoi ce « au moins » ?
Elle ne sut que répondre. Elle se sentait à la fois très loin, et toujours aussi près de lui. Il se leva du fauteuil où, affalé, il ressemblait à un grand pantin de bois dont on aurait coupé les fils.
— J'ai une question à te poser, dit-il, une seule.
Annette pensa : « Je vais pleurer. » Elle sentait les larmes lui brûler déjà les yeux ; elle ne savait pas pourquoi.
— Je t'écoute.
« On dirait, pensa-t-elle encore, que nous sommes deux maquignons en train de discuter âprement d'une affaire de trois sous ; ou deux joueurs, à une table de poker. J'ai en main un full aux as, mais n'importe quel carré peut me

battre. » Comme il ne posait pas sa question tout de suite, elle répéta :
— Je t'écoute.
Il se planta devant elle : jamais il ne lui avait paru si maigre.
— Veux-tu m'épouser ?
Avant qu'il achevât sa phrase, elle l'avait devinée ; ce n'était plus seulement ses yeux qui brûlaient, mais sa gorge : le « non » qu'il lui fallait répondre ne parvenait pas à passer.
— Alors ? dit-il.
Elle vit sa main trembler pour ouvrir une nouvelle boîte de voltigeurs ; il s'y reprit à deux fois pour frotter une allumette : jamais elle n'aurait pu tant l'aimer qu'en ce moment-là. Elle répondit enfin non. Il soupira, comme soulagé.
— J'épouserai Marie-Alix dans un mois.
Marie-Alix Lambert-Cormont était une cousine de Thérèse, qui avait déjà épousé Pillot : Annette faillit se dire que le monde était petit ; elle se retint ; l'heure était pourtant aux banalités.
— J'espère que tu seras heureux, murmura-t-elle.
L'un comme l'autre savaient à quoi s'en tenir sur ce point. Le mariage eut lieu à l'église de la Madeleine en présence de plusieurs membres du gouvernement. Le soir même, Annette apprit que Jean-Pierre avait résilié son sursis, il partirait pour l'Algérie. Quelques jours encore et la presse rapporta la mort de l'aspirant Maillot, jeune communiste français du contingent qui avait déserté en Algérie pour se battre aux côtés du FLN ; elle se souvint de ce drôle de garçon qui préférait un poème à la pièce de Brecht, jadis à Aubervilliers : elle se sentait trois fois veuve. Cette nuit-là, elle rejoignit Casalis dans sa chambre.
— Fais-moi un enfant, lui demanda-t-elle en se couchant près de lui.
Elle voulait à la fois un fils, un père, un amant, un petit frère. L'écrivain la prit dans ses bras.

— Tu sais bien que ce n'est pas possible, dit-il avec un bon sourire.

Il était quand même un assez bon amant : sans raison, ce soir-là, elle éprouva du plaisir ; ensuite, sans raison non plus, peu de remords.

*
**

L'éditeur André Louvrier sortait de moins en moins dans le monde ; l'ancien fabricant de papier charentais préférait la compagnie des quelques écrivains dont il publiait les œuvres aux cristalleries des dîners en ville. Une vieille amitié le liait pourtant à Casalis qui lui avait promis son prochain manuscrit. C'était aller contre les lois non écrites de l'édition d'alors, qui voulaient que Louvrier ne publiât que des romans de jeunes auteurs ou des documents politiques ; mais la *Mémoire inachevée* qu'était en train d'achever le grand écrivain appartenait à tous les genres : c'était à la fois un journal, un pamphlet, un poème. Jamais Annette n'avait manifesté la curiosité d'en lire les pages qui traînaient dans son bureau ; elle devinait cependant que ce serait un grand livre. Vers la fin de l'année 1956, Casalis en donna les premiers chapitres à Louvrier, ils se rencontrèrent plus souvent : peu à peu, l'éditeur retrouva le chemin de la rue de Varenne.

Après un dîner, Louvrier vint s'asseoir près d'Annette. On buvait, comme au temps du rempart du Midi, un vieux cognac de propriétaire, l'atmosphère était propice aux confidences. Ils échangèrent d'abord quelques nouvelles d'Angoulême. La décadence de la famille Arnault-Dupouicq s'achevait : on avait vendu la maison aux miroirs devant les fenêtres ; le beau Patrick avait épousé bêtement — « comme on se tue bêtement ! » remarqua Louvrier avec un sourire presque navré, parce qu'il était profondément bor — une donzelle douteuse qu'il avait mise enceinte ; on construisait des immeubles neufs du côté de Saint-Martial.

— Et votre roman ? interrogea enfin l'éditeur, vous ne voulez pas me le montrer ?

L'un des invités, un vieil homme chauve au cigare fiché dans l'angle nord-ouest de la bouche, était venu en compagnie d'une fille plus jeune qu'Annette. Cette Natacha fumait en silence pendant qu'il lui tripotait le genou — une habitude de ces gens-là ; elle souriait pourtant : dans le vide. Annette aima ce sourire qui lui faisait en même temps de la peine, car c'était un sourire sans gaieté. La jeune fille remarqua qu'on la dévisageait : son regard s'anima, le sourire devint presque vivant. Annette y vit un encouragement : elle n'était pas si seule que ça. Louvrier l'interrogeait toujours :

— Vous voulez vraiment le lire ? finit-elle par demander.

Depuis un mois, le livre était terminé. Elle l'avait enfermé dans l'un des tiroirs à secret du faux secrétaire de Beaumarchais ; elle alla chercher son manuscrit, en plaça les feuillets à l'intérieur d'une chemise de bristol jaune retenue par une bande élastique.

— Le voilà, dit-elle.

Les conversations s'étaient arrêtées autour d'eux : sans qu'elle l'eût voulu, son geste avait été théâtral. Elle rougit, laissa là l'éditeur et la chemise jaune gonflée de feuillets et traversa la pièce pour venir s'asseoir près de cette Natacha dont elle avait, en l'instant, un immense besoin.

— Demain, je vous invite à dîner, lui dit-elle. Nous irons à la Tour d'argent.

Le restaurant du quai de la Tournelle était alors réputé. Casalis avait suivi la scène ; il se sentait ému.

*
** *

Il fallut trois jours à André Louvrier pour déchiffrer l'écriture d'Annette. Pendant ces trois jours, notre héroïne vécut à perdre haleine : elle avait peur. Le premier soir, elle retrouva Natacha à la Tour d'argent ; en dépit de son nom, la jeune fille était vraiment russe. Elle raconta qu'elle chantait avec un orchestre de guslis et de balalaïkas dans un cabaret de la rive droite où l'homme chauve l'avait remarquée. Sa voix était douce, presque sans timbre. Elle était née à Berlin et vivait maintenant avec sa mère et cinq frères et sœurs dans un grand appartement de la plaine Monceau. Le week-end, elle suivait des hommes riches à Deauville ou à Cannes ; elle aimait les trains de nuit. Elle parlait d'elle avec détachement ; bientôt, pourtant, elle prononça le mot passion. C'était à propos d'un garçon rencontré quelques mois auparavant : il s'appelait Pierre, elle l'aimait dit-elle, passionnément. Un maître d'hôtel vint leur présenter avant qu'on le découpât un canard dûment numéroté : c'était le quatre cent vingt-cinq millième qu'on servait à la Tour d'argent ; presque un anniversaire.

— Et tu couches quand même avec tes messieurs de Cannes ou de Deauville ? s'étonna Annette.

Natacha s'étonna à son tour :

— Pourquoi pas ? J'aime Pierre.

Le canard était au sang ; elle refusa d'y goûter, expliquant qu'elle avait peur du sang ; elle accepta néanmoins des œufs brouillés aux truffes qu'elle mangea distraitement.

— Et qu'est-ce qu'il fait, ton Pierre ? demanda Annette dont le mot passion avait éveillé la curiosité.

La petite Russe eut un haussement d'épaules.

— Oh ! il va, il vient...

Elle était très blonde, mince — maigre même —, le visage piqué çà et là de taches de rousseur ; elle avait les yeux verts et le bout des doigts abîmé par la balalaïka. Elle regarda sa montre : son numéro passait dans dix minutes au Rostropo, son cabaret. Elle venait d'avaler une dernière cuillerée de truffes et se leva ; Annette paya à la hâte. Elle n'avait pas touché non plus au canard au sang. Dans le taxi qui les conduisait vers la rue Daru, car le Rostropo jouxtait presque l'église russe, elle se serra contre elle.

— Je suis heureuse, tu sais, que nous nous soyons rencontrées.

Elles arrivèrent dans la boîte de nuit au moment où le spectacle allait commencer. Annette s'assit au bar, on la prit pour une prostituée, elle laissa parler un Américain bâti en cow-boy et écouta Natacha chanter. Les trois ou quatre musiciens qui l'accompagnaient avaient des moustaches blondes, de vraies vestes de moujik et une encore vraie grand-mère russe quelque part du côté de ce qu'ils appelaient Petrograd. Ils étaient balourds mais, sur les cordes de leurs instruments, leurs doigts étaient d'une agilité étonnante. Dès la première chanson de Natacha, Annette se mit à pleurer ; la jeune fille chantait l'amour avec des mots que notre héroïne ne comprenait pas, mais ce qu'il y avait dans sa voix rauque c'était bel et bien la passion. « Ainsi, se dit-elle, cette gamine a fait de la passion son chant ; elle mène une vie de chien et elle est heureuse. » À la deuxième chanson, plus bouleversante, Annette se demanda quand même : « Au fond, est-elle vraiment heureuse ? » Après la troisième chanson, quand Natacha écarta le cow-boy pour s'asseoir au bar à côté d'elle et boire un grand verre de vodka sans fermer les yeux, Annette lui posa la question :

— Est-ce que tu es heureuse ? lui demanda-t-elle.

La jeune fille répondit oui tout de suite ; Annette en eut un frisson : d'envie, de bonheur peut-être, mais aussi d'épouvante. Elle habitait rue de Varenne l'une des plus belles maisons de Paris ; elle venait d'écrire un livre dont elle était fort satisfaite et le collier à son cou, ses bagues, ses diamants étaient anciens et chers ; elle rencontrait chez Casalis des hommes brillants, célèbres : elle contempla le bonheur dans les yeux de Natacha dont le cow-boy, revenu à la charge, caressait la nuque, et se dit qu'il lui serait facile de la haïr autant que de l'aimer. Les trois musiciens russes avaient entonné un trio endiablé où la balalaïka répondait aux guslis; d'une pirouette, Natacha les rejoignit. L'Américain commanda deux vodkas, Annette le laissa faire. Lorsqu'il suggéra de les emmener toutes deux au Ritz, où il avait une chambre sur la place Vendôme, elle faillit accepter : jamais elle ne s'était autant détestée.

*
**

La journée du lendemain s'étira : elle attendait un appel d'André Louvrier. Celui-ci dut s'en douter, il lui téléphona vers midi pour dire qu'elle avait une écriture illisible; il se battait avec le manuscrit.

— Et comment le trouvez-vous? eut-elle le courage de demander.

L'éditeur refusa de répondre : il n'avait encore lu qu'un tiers du roman.

— C'est-à-dire que vous ne pourrez rien me dire avant vendredi?

Louvrier raccrocha avec un mot d'encouragement. Casalis venait d'entrer dans la chambre; il avait entendu la fin de leur conversation. Il posa ses deux mains sur les épaules d'Annette.

— Ma petite fille, murmura-t-il.

Il savait qu'il ne pouvait rien dire : depuis qu'Annette avait emménagé rue de Varenne, il avait deviné que le livre qu'elle écrivait était la première grande affaire de sa vie; les Anglo-Saxons parlent d'*affair* pour dire histoire d'amour : Annette avait mis à écrire son histoire d'amour une terrible lucidité. Casalis, qui travaillait avec la même détermination — il parlait souvent de « rage froide » à propos de son corps à corps avec les mots — eut soudain peur pour elle. Les oiseaux de la volière chantaient en toutes les langues; il regarda le visage de la jeune fille : jamais il ne lui avait paru aussi tendu. Sur la table devant elle, une photo découpée dans un journal représentait une femme au regard pâle et dur : ces traits aux pommettes hautes et ce front dégagé : il hésita un instant, mais il ne pouvait pas se tromper. La photo était celle de Denise Labbé, héroïne d'un monstrueux fait divers ; la belle jeune femme avait noyé sa petite fille dans une lessiveuse pour l'amour d'un don Juan de sous-préfecture. Casalis fit lentement pivoter le buste d'Annette comme s'il s'agissait d'une statue de marbre ; lorsque le regard de la jeune fille fit face au sien, il y lut la même redoutable lucidité. Il eut peur à nouveau ; il fallait qu'elle se levât, qu'elle sortît ; il l'emmena à l'Orangerie voir une grande exposition de primitifs italiens. Une Vierge de Bellini avait aussi le regard de Denise Labbé, l'enfant qu'elle tenait dans ses bras semblait dormir.

Annette retrouva Natacha chez elle. Il y avait des enfants dans toutes les pièces, on aurait dit sous tous les meubles : une mère, une tante, des cousines ; tout cela piaillait en buvant du thé. Par une fenêtre, on apercevait la rotonde du parc Monceau chère à Serge Alexandre qui avait consacré un livre à Claude-Nicolas Ledoux. Natacha allait et venait au milieu de toutes ces femmes avec aisance : c'était la reine, tout pliait à ses caprices. Dans la chambre qu'elle partageait avec sa cadette, une photo de Pierre était épinglée au mur ; il pouvait avoir vingt-deux ou vingt-trois ans, des cheveux noirs et bouclés, des yeux noirs sous un grand front. Ses lèvres étaient minces, avec un pli douloureux. Natacha raconta sa dernière visite, au milieu de la nuit ; il n'avait fait que passer, l'avait embrassée éperdument devant la famille interloquée, puis était aussitôt reparti.

— Pourquoi ? demanda Annette.

Natacha eut un rire de gorge, bien rauque, qui ressemblait à son chant :

— Va savoir ce qu'il y a dans la tête des hommes !

Elle caressa du doigt la photographie, la ligne du visage, le pli des lèvres, et répéta qu'elle était heureuse « comme ça ».

Par jeu, Annette voulut à son tour caresser les lèvres de la photographie, Natacha retint sa main : « Non », dit-elle. Avant de quitter la pièce, Annette se retourna vers la photographie : le garçon la regardait, avec un sourire qui ne souriait pas. « Est-ce qu'il est heureux, lui ? » se demanda-t-elle.

Elles restèrent au Rostropo jusqu'à trois heures du matin. Un autre Américain voulut encore emmener Natacha au Ritz ou au Crillon, il sortait ses dollars, Annette l'arrêta.

— Combien allez-vous la payer ?

L'homme énonça un chiffre : Annette proposa le double à Natacha pour qu'elle la suive rue de Varenne. La petite chanteuse accepta sans hésiter. Arrivée dans sa chambre, Annette la déshabilla ; Natacha se laissa faire. Elle lui fit couler un bain, la caressa dans la baignoire, elles revinrent vers le lit aux draps précieux. Annette commença à l'embrasser, d'abord doucement, bientôt avec une sorte de rage. Elle pensa aux mots « rage froide » que Casalis, pourtant, n'avait pas prononcés devant elle. Natacha promena à son tour sa main sur elle. Annette pensa : « Elle est payée pour cela », mais, tout d'un coup, elle éprouva presque du plaisir. Elle entendit un grand cri : c'étaient tous les oiseaux de la volière qui s'étaient réveillés sous ses fenêtres. Elle se souvint du regard de Pierre, sur la photographie. Lorsqu'elle se réveilla, Natacha dormait encore ; elle était petite, fragile, couverte de taches de rousseur. Annette s'en voulut des mauvaises pensées qu'elle avait eues. Pour s'en punir, elle eut un geste qui, bien des années après, devait encore l'étonner : elle s'enfonça dans la cuisse une grosse épingle à chapeau, un peu de sang coula. « Je suis folle », se dit-elle. Elle ne s'aimait guère plus qu'avant, mais elle aimait sa folie.

Le lendemain, André Louvrier passa la voir. Il lui rapporta son manuscrit, disant qu'il le publierait volontiers mais... il s'arrêta.

— Mais ? voulut comprendre Annette.

Sans paraître embarrassé, l'éditeur énuméra les qualités du livre d'Annette, puis ses défauts : ceux-ci l'emportaient sur celles-là. C'était de la « belle ouvrage », expliqua-t-il, mais tout y était trop mesuré, trop appliqué ; elle avait soigné son style en oubliant un peu son âme.

— Il y manque... comment dirais-je ? poursuivit-il.

Annette avait compris.

— La passion ?

Louvrier hésita un instant, car c'était un éditeur consciencieux ; il ne prononçait jamais un jugement dont il ne fût absolument sûr.

— La passion, oui, peut-être, dit-il enfin.

Il réfléchit encore, soupira, répéta :

— La passion, oui, sûrement.

Il répéta aussi que le livre était néanmoins « parfaitement publiable ». Les Anglais, toujours eux, disent qu'un livre est *eminently readable* lorsqu'il est très bon ; traduit mot à mot, en France, ce n'est guère un compliment ; le jugement d'André Louvrier n'en était pas un non plus. Annette le remercia. Il fit mine de reprendre le manuscrit.

— Allez, on le sort quand ? lança-t-il avec une bonhomie trop affectée.

Elle refusa de le lui rendre. Il proposa de le montrer à un de ses collègues, de le porter lui-même au Seuil ou chez Gallimard si Annette souhaitait une seconde opinion.

— On demande une seconde opinion à un second médecin lorsque le malade est perdu, remarqua-t-elle.

Louvrier était désolé ; Annette n'avait que faire d'un second médecin. Elle était la maîtresse de Casalis, Casalis était un immense écrivain : au pire, on publierait ce livre parfaitement publiable après quelques corrections ; au mieux, on lui mentirait, on ne corrigerait rien, le livre sortirait et la critique serait probablement bonne. Mais elle connaissait désormais trop bien Louvrier, elle se connaissait encore mieux : la première opinion était la bonne. Tout à fait désolé, maintenant, l'éditeur cherchait des mots pour se rattraper ; il mentait mal. Annette lui donna un rapide baiser sur la bouche tant elle était pressée de le voir partir.

Il avait fallu quatorze minutes pour brûler les cinquante ans de lettres d'amour de Marie-Line, toutes débordantes de passion : Annette mit une bonne demi-heure à faire brûler son manuscrit dans la cheminée : elle dut s'y prendre à trois fois, le papier, trop épais, ne s'enflammait pas : c'était, en somme, une seconde opinion. Casalis la trouva agenouillée devant l'âtre, avec ce qui lui restait de cendres entre les doigts. Il ne posa pas de questions et l'emmena aussitôt à Marrakech, la Mamounia est un des plus beaux hôtels du monde, la beauté d'Annette y fit des ravages, Casalis la laissa faire : on a dit qu'il n'était pas jaloux ; on précisera que lui, froid et lucide, aimait Annette avec passion.

XIII

Lorsque le soleil se couche face aux murailles de Marrakech, il y a dans l'air une lumière plus sombre qui vire au rouge-jaune juste avant la nuit. Des musiques montent de la médina ; sur la place Djam el-Fna la foule, subitement indécise, semble attendre l'heure où s'allument les lampes. Puis la nuit vient, avec elle des odeurs et cette nostalgie qui prenait souvent Annette à la fin du soir. Un taxi la conduisait au jardin de l'Agdal quand on en fermait les portes ; le gardien en casquette avachie la connaissait, elle lui glissait un billet et s'avançait seule parmi les oliviers. Debout sur le bord d'un bassin, elle regardait les étoiles monter du fond de l'eau et s'étonnait de ne voir là que des étoiles et que de l'eau. « Dans ces moments-là, se disait-elle, je devrais devenir lyrique, poète ; il me faudrait parler avec mon cœur, quand je ne regarde les choses et les êtres qu'avec un cerveau. » Cette admirable force qui l'avait conduite jusque-là lui pesait soudain horriblement. Elle tenta l'impossible, se choisit quelques beaux amants, plus vigoureux, plus basanés que les passagers habituels de la Mamounia : elle espérait réveiller en elle des lueurs sulfureuses ; par un portier complaisant, elle, gamine qui n'avait pas vingt ans, se fit chercher des vrais voyous. C'étaient des éphèbes interlopes dont les vieillards des deux sexes font, au prix de quelques cadeaux, leurs délices d'une nuit, d'une courte semaine. Elle joua à s'abîmer, elle pensa : « Je me salis » ; mais dans les bras des plus forts, des plus abjects, elle ne ressentait même pas les frissons qu'un Jérôme Verdon, jadis, lui apportait.

Ils demeurèrent encore quelques jours au Maroc. Le libraire Corbin avait loué une grande villa dans la palme raie ; ils s'y retrouvèrent bientôt chaque soir, en compagnie d'autres Français qui conversaient à voix basse en buvant du whisky. Le retour au Maroc de Mohamed V avait suscité des ambitions, des appétits qu'il convenait de satisfaire ou de calmer selon les cas ; on préparait l'avenir, on chuchotait, on complotait. Du Maroc, on glissait à l'Algérie, des noms nouveaux étaient échangés, on se faisait des promesses. Un soir, Annette reconnut un long jeune homme rencontré à Paris en compagnie d'amis gaullistes de Casalis. Il semblait apporter des nouvelles, on se rassembla autour de lui pour l'écouter. Frédéric lui-même fit à Marrakech un voyage éclair ; il embrassa rapidement Annette sur le front. Elle apprit que l'épouse de son ami était enceinte, cela ne lui fit rien : elle surveillait les domestiques qui circulaient parmi les invités, remplissait à l'occasion un verre, souriait, se penchait vers celui-ci, celui-là, révélait par ce mouvement une gorge délicieuse.

Casalis contemplait cette agitation avec un certain recul. Lui-même n'était qu'un écrivain, affirmait-il ; mais c'était un écrivain qui jouait peut-être dans l'ombre un autre rôle. On venait le consulter de loin, il énonçait quelques avis puis s'enfermait dans son bureau pour prendre des notes, réunir des fiches. On parla beaucoup d'un voyage que le général de Gaulle fit aux Antilles ; il visita aussi les établissements français du Pacifique : à Vichy, le maréchal Juin s'était prononcé pour une fédération française en Afrique du Nord. Un émissaire d'Alain Savary, alors secrétaire d'État pour la Tunisie et le Maroc, passa trente-six heures dans la villa du libraire Corbin, il rencontra des parlementaires gaullistes en vacances à la Mamounia. Maurice Faure, ministre des

Affaires étrangères, dépêcha à son tour un membre de son cabinet.

Ils firent aussi des excursions à Taroudent, à Mogador. Sur les remparts face à la mer, Casalis se moqua de lui-même, il évoqua Chateaubriand dont il connaissait par cœur des pages entières ; Annette, qui n'avait pas encore tout oublié, voulut répondre par Stendhal, mais Casalis passa un bras autour de ses épaules. Un vent s'était levé de la mer ; derrière eux, la ville arabe bruissait.

— Nous crevons tous de ne plus oser citer Chateaubriand dit-il.

Annette le regarda : il avait un visage de vieux lion fatigué dont on aurait, jusque dans le vent de l'Atlantique, soigneusement peigné la crinière ; son teint était hâlé, ses mains larges et solides. À vingt ans, il avait été bûcheron au Canada. Pendant six mois, dans une cabane de rondins, il avait lu, annoté, réduit en lambeaux les dix volumes d'une vieille édition des *Mémoires d'outre-tombe* ; il s'éclairait à la lumière d'une lampe à pétrole ; quand il n'avait plus de pétrole, racontait-il, il allait lire la nuit à la clarté de la lune, enveloppé dans des fourrures. Plus tard, il avait joué au football, au rugby lorsque ses amis jouaient au tennis ou pratiquaient le golf ; pendant deux ans, il avait gardé le titre de champion de France du cent dix mètres haies, puis il avait décidé de fumer et de ne plus courir. Son premier roman avait été à la gloire d'un athlète méconnu — « comme on dit le soldat inconnu » — remarquait-il ; et, s'il avait choisi le mauvais camp pour se faire correspondant de guerre en Espagne, en France et dès le lendemain de l'armistice, il ne s'était pas trompé. Les chantiers de jeunesse lui avaient permis de recruter des hommes, il avait regagné l'Espagne, cette fois par les sentiers des Pyrénées, puis Londres et un corps d'entraînement au sud de l'Angleterre ; à cinquante-deux ans, il était devenu pilote de chasse. Malraux disait de lui : « Le seul homme qui me ressemble et que je ne me décide pas à haïr tout à fait. » Son livre, qui allait paraître à l'automne, renouait avec sa jeunesse et Chateaubriand : il s'inscrivait aussi sous le signe du Général.

— Faute de Chateaubriand, dit-il encore, nous oserons peut-être lire de Gaulle à haute voix.

Ils mangèrent des homards grillés dans une auberge au bord des remparts. Le patron, qui était français de Bourgogne, déboucha pour eux, avec un cérémonial quasi religieux, un vieux chablis au goût de paille. Ils trinquèrent à l'avenir qui serait peut-être radieux puis regagnèrent Marrakech, Casablanca, Paris. Inaugurant quelques semaines plus tôt un monument aux résistants de l'Ain, le général de Gaulle avait affirmé : « Quelles que soient les médiocrités du présent, nous avons trop clairement montré comment se retourne une situation apparemment perdue pour cesser de croire aujourd'hui au grand avenir de la France. »

*
**

De retour rue de Varenne, Annette continua à jouer à la perfection son rôle d'hôtesse et de maîtresse. Elle demanda à Casalis de l'emmener chez de grands couturiers pour y chercher les robes qui convenaient le mieux à son emploi elle y choisit les plus chères. En affaires avec des bijoutiers de la place Vendôme, l'écrivain acheta chez Chaumet des pièces rares et précieuses qu'elle accepta comme s'il s'était agi de babioles trouvées dans un Prisunic. Quelques hommes, plus riches que Casalis, lui firent des propositions généreuses qu'elle refusa sans se fâcher : elle devint ainsi l'amie d'un cousin du shah d'Iran qui portait un revolver jusque sous sa veste de smoking ; on disait qu'il torturait un peu avenue Foch, dans les caves d'un hôtel particulier qui avait appartenu à une courtisane de la Belle Époque. Des armateurs grecs fréquentaient chez Casalis, elle fit la connaissance de Niarchos, d'Onassis qu'on évitait d'y faire se rencontrer. Ce dernier les invita sur son yacht, ils firent le tour de la mer Égée en compagnie de personnages riches ou interlopes : parmi ces gens qu'Annette s'efforçait de ne pas mépriser tout à fait, elle croisa une chanteuse qu'elle admirait, elle n'eut pourtant rien à lui dire. Lorsque le hasard provoque la rencontre de deux êtres d'exception, ceux-ci se font bien souvent un sourire et chacun poursuit sa route : ils le regrettent après.

Natacha faisait une tournée avec ses musiciens russes qu'un riche Vénézuélien avait conviés dans ses terres par amour pour elle ; Annette la revit au début de l'hiver. Les chars russes venaient d'écraser le soulèvement de Budapest ; à Suez, la France et l'Angleterre avaient dû reculer ; dans le salon de Casalis, on discutait âprement du destin de l'Occident, de l'avenir de la France. Le livre de l'écrivain, publié par Louvrier, avait fait grand bruit : il avait prévu les événements de Suez et l'entrée des armées soviétiques dans le premier pays d'Europe centrale qui tenterait d'en secouer le joug. Natacha était triste : elle était restée sans nouvelles de Pierre pendant tout son voyage, il ne lui avait donné aucun signe de vie depuis qu'elle avait regagné Paris.

— Mais tu ne peux pas lui écrire ? L'appeler quelque part ? demanda Annette.

Natacha secoua la tête : le jeune homme n'avait ni adresse ni téléphone. En revoyant sa photographie, sur le mur de la chambre de la rue de Prony, Annette se dit qu'elle n'éprouvait plus cette angoisse qu'elle avait un jour ressentie devant un simple cliché en noir et blanc ; d'ailleurs, elle n'écrivait plus une ligne et le beau bureau Beaumarchais ne servait qu'à ranger les lettres de ses admirateurs. Elle reçut ainsi des nouvelles de Jean-Pierre, qui avait été blessé en Algérie ; elle éprouva un petit regret.

Elle revit aussi Jean-Léonard ; malade, il avait passé deux ans en Suisse. Il était plus affecté que jamais mais l'âge — il n'avait pourtant que vingt-deux ans — ne lui allait guère.

On aurait dit un vieux petit jeune homme; sa canne à pommeau d'argent était moins belle que celles dont se servait Casalis. Il trafiquait un peu avec un antiquaire du quai Voltaire; peut-être qu'en prenant un café au bistrot du même nom ou dans celui de la rue de Beaune, il avait croisé Bertrand Chaussepierre, mais les deux hommes ne se connaissaient pas; Bertrand, d'ailleurs, avait vieilli lui aussi, il avait fini par revendre le bateau pour lequel il avait vendu Annette et son cœur était fatigué; sa femme de ménage l'avait trouvé étendu derrière un canapé, on avait craint le pire, il s'en était remis, affaibli; ses mains tremblaient lorsqu'il se servait à boire.

Jean-Léonard donna à Annette des nouvelles de ses anciens amis de la rue Saint-Guillaume. Jean-Jacques avait réussi à se faire réformer mais avait raté le concours d'entrée à l'ENA; inconsolable, il s'était fait apprenti banquier dans une grande banque privée; Martine, qu'il avait fini par épouser, avait eu des jumeaux, elle le trompait autant qu'il la trompait lui-même : tout cela n'était même pas triste, c'était sans importance. Puis Jean-Léonard tira quelques chèques sans provision, il fallut les amitiés qu'il avait gardées dans le monde pour lui éviter la prison. À l'Assemblée nationale, beaucoup de députés ne se conduisaient pas mieux; on chuchotait qu'ils organisaient des fuites, voire des ballets roses ou bleus, quelle que soit la couleur de leur appartenance politique.

Enfin, Natacha annonça à Annette qu'elle avait retrouvé Pierre. Elle voulait qu'ils se rencontrent : « Vous êtes faits pour vous entendre », expliqua-t-elle. Annette refusa d'abord, elle avait à nouveau peur. Sa vie rue de Varenne était brillante, distrayante, reposante surtout : elle se disait qu'à trente ans elle épouserait Casalis, s'il vivait encore. Elle aimait beaucoup Casalis, pourtant la pensée de la mort du grand écrivain ne lui était pas insupportable; elle se dit : « Je suis vraiment devenue une femme froide. » Elle ressemblait à une photographie de modèle sur la couverture d'un magazine de mode ; l'idée ne lui déplaisait pas, ne lui plaisait pas vraiment non plus. Elle fréquentait les instituts de beauté, dont elle n'avait que faire, une manucure passait deux fois par semaine rue de Varenne, elle avait un coiffeur attitré à qui elle donnait des pourboires mirobolants. Natacha insista : son Pierre devait la rejoindre un soir au Rostropo, qu'Annette y vienne, ils assisteraient ensemble au spectacle puis souperaient chez une vieille dame russe de ses amies qui tenait une sorte de restaurant privé dont un ancien cosaque de l'armée de Wrangel gardait la porte. Annette finit par accepter.

Les lumières du cabaret étaient particulièrement tamisées ce soir-là ; Annette chercha une table dans le fond de la salle. Le maître d'hôtel, qui la connaissait, lui apporta d'office une bouteille de vodka glacée. Elle but un verre ou deux, écouta Natacha qui chantait la nostalgie des plaines qu'elle n'avait pas connues. Quelqu'un s'assit à côté d'elle dans l'ombre. Elle n'eut pas besoin de se retourner, elle savait que c'était l'amant de Natacha. Elle se répéta, pour elle-même, « l'amant de Natacha » : il fallait que ce Pierre inconnu restât pour elle l'amant de son amie. Elle sortit une Craven à bout de liège d'un étui en or massif marqué de ses initiales en émeraudes. Elle entendit gratter une allumette, la main de l'amant de Natacha lui tendit du feu. Elle alluma sa cigarette et se dit : « Je compte jusqu'à dix ; si, à dix, il ne m'a rien dit, je me lève et je quitte cette boutique. » Il fallait qu'elle défiât le sort. Elle compta en elle-même : un, deux, trois... ; à neuf, la voix de Pierre s'éleva, près de son oreille :

— Natacha m'a beaucoup parlé de vous ; je voulais vous rencontrer.

Annette sentit que des larmes lui montaient aux yeux : elle pensa « C'est idiot », puis elle se retourna. De Pierre, dissimulé dans l'ombre, elle ne vit que les yeux, noirs et brillants comme sur la photographie, et la bouche, qui n'avait plus son pli amer. Il était seulement grave. Elle voulut dire quelque chose, lui répondre, aucun mot ne sortit de ses lèvres ; c'était, cette fois, sa gorge qui la brûlait, elle avait très chaud, froid, elle sut que c'était la passion.

※※

Elle lutta une bonne semaine. Après le tour de chant de Natacha, ils étaient allés tous trois au restaurant gardé par le Cosaque. La jeune fille russe était rayonnante de bonheur : Annette se répéta les mots : « Elle rayonne de bonheur » ; elle-même se taisait. La patronne apporta des brochettes flambantes, elle servait de la vodka, du champagne ; elle caressait les cheveux de Pierre en l'appelant son petit trésor de France ; elle semblait bien le connaître. Annette les quitta vite mais, en rentrant rue de Varenne, elle eut beau frapper des deux mains devant la fenêtre de sa chambre, elle ne parvint pas à réveiller les oiseaux de la volière. Elle se coucha désespérée, dormit néanmoins très bien.

Pierre, dont Natacha affirmait qu'il ne faisait jamais qu'aller et venir, ne paraissait pressé ni de s'en aller ni de revenir : il habitait un petit hôtel de la rue de Calais où on le connaissait sous le nom de M. Jacques. À deux ou trois reprises, ils passèrent encore des soirées tous les trois : il sembla à Annette que Natacha était moins rayonnante. Elle riait pourtant, plus que jamais, de son beau rire de gorge, rauque, profond : on aurait bien dit qu'elle chantait. Le troisième soir, elle ne put plus tenir : au moment de quitter Annette, ce fut elle qui l'invita à monter avec eux dans la chambre d'hôtel. Le veilleur de nuit les regarda passer avec un sourire endormi qui déplut à Annette. Ils parlèrent un moment, assis aux coins du lit, fumèrent des cigarettes, burent encore. Pierre ne répondait qu'à Annette, Natacha riait de plus en plus fort, de plus en plus rauquement : au bout d'un moment, son rire ressembla à un sanglot. Elle se déshabilla, se coucha la première, son amant et Annette la rejoignirent. Pierre prit grand soin de leur faire l'amour à toutes deux ; il était pour Natacha d'une immense tendresse. Avec Annette, c'était différent, il était amoureux. Annette pleura pour la première fois au milieu de l'amour et Natacha, doucement, essuya ses larmes.

— Ça ne fait rien, dit-elle.

Dès lors, Annette ne lutta plus ; Natacha, elle, se battit encore deux jours. Elle était belle et triste, plus fragile que jamais. Un soir, elle voulut chanter pour eux dans la chambre d'hôtel mais les voisins frappèrent à la cloison. Annette eut un pressentiment : elle allait prendre sa main ; peut-être qu'elle se serait ensuite levée, qu'elle aurait saisi ses vêtements ; elle serait partie dans la nuit. La main de Natacha, à nouveau, sécha ses larmes.

— Ça ne fait rien, répéta-t-elle.

Le surlendemain, elle était morte ; elle avait bu beaucoup de vodka, à trois heures du matin, elle quitta les deux amants qui s'aimaient près d'elle ; elle marcha longtemps dans les rues. Il y a des lieux, dans Paris, qui semblent faits pour cela : elle alla jusqu'au canal Saint-Martin, qu'on a vu dans tous les films, et se laissa glisser dans l'eau.

***

Annette vécut avec Pierre jusqu'au printemps. Elle eut avec Casalis, qui ne lui demandait pourtant rien, une longue explication. L'écrivain semblait fatigué, il ne lui proposa pas d'argent, elle lui en sut gré. Elle laissa ses vêtements, ses bijoux, ses livres, dans la chambre sur le jardin ; Casalis en ferma la porte à clef et personne n'y entra. La clef était avec toutes les clefs de la maison, dans le tiroir d'une commode Louis XVI, dans le vestibule ; Annette retrouva Pierre rue de Calais, ils partirent aussitôt, abandonnant aussi les quelques hardes qu'y possédait le jeune homme. Ils étaient heureux, ils parlaient souvent de Natacha.

— Ni toi ni moi n'avons le droit de l'oublier, dit Pierre le premier jour.

Ni l'un ni l'autre ne parvenaient ni ne voulaient l'oublier. Ils vécurent alors une existence étrange, changeant d'hôtel, de ville, de pays. Les poches de Pierre étaient souvent bourrées de dollars ou de francs suisses, ils descendaient alors dans des palaces ; lorsqu'ils n'avaient plus rien, ils logeaient dans des taudis, sous des ponts. Parfois, Pierre disparaissait plusieurs jours ; il recommandait à la jeune fille de ne pas quitter sa chambre d'hôtel : elle demeurait étendue sur son lit, où elle lisait. Elle traîna ainsi avec elle à travers toute l'Europe de vieux volumes des *Mémoires d'outre-tombe,* ce qui faisait sourire Pierre ; mais elle lisait aussi Céline, Valéry qu'elle ne connaissait pas. Pierre aimait Céline, pas Valéry. Il lui fit lire Cendrars, Joseph Kessel et Simenon qu'il considérait comme le plus grand auteur français vivant : « À sa manière il écrit lui aussi une comédie humaine », affirmait-il.

Annette ne lui posait pas de questions : elle n'avait pas davantage besoin de s'interroger elle-même, elle savait que c'était bien cela la passion. Elle éprouvait autant de plaisir à attendre son amant qu'à le retrouver. Elle se disait que les minutes passées sans lui comptaient double, puisqu'il reviendrait. Le reste, bien sûr, ne comptait plus : il en va ainsi de toutes les passions. À Londres ou à Hambourg, à Amsterdam, elle lut des journaux qui venaient de Paris, mais les nouvelles de France ne l'intéressaient pas. Un entrefilet dans *Le Monde* annonça la mort de Bertrand Chaussepierre, l'alcool avait fini par gagner la partie : ils étaient à Berlin, l'article lui échappa. Des quartiers entiers de la ville étaient encore des champs de ruines ; elle se souvint que Natacha était née là ; la petite chanteuse lui avait donné une adresse, en bordure de la zone soviétique. Elle s'y rendit, un bouquet de fleurs à la main ; il ne restait rien, bien entendu, ni de la maison ni même de la rue. Les débris n'avaient pas été déblayés, on ne distinguait ni chaussée ni trottoir ; elle clopina parmi les blocs de maçonnerie et des gravats. Un groupe d'enfants s'était fabriqué une cabane avec des planches, ils vinrent vers elle en lui demandant des cigarettes. Ils étaient en haillons, le visage maculé de noir de fumée, comme si la dernière bombe s'était abattue seulement quelques minutes auparavant sur ce qui avait été un quartier mi-bourgeois mi-bohème, un peu excentrique, où on jouait du violon et de la balalaïka. Elle avait gardé à son cou une chaîne d'or, un cadeau de Mme Viazevski ; elle la leur tendit, ils s'en saisirent comme des bêtes sauvages s'approprient un quartier de viande et s'en arrachèrent des morceaux. Elle marcha encore un moment dans les ruines. Il restait au milieu d'un tas de débris une fenêtre intacte, avec sa barre d'appui, ses volets et même une vitre, miraculeusement conservée. Annette s'agenouilla sur les gravats, frappa d'un doigt à la vitre et ouvrit la fenêtre. Elle eut ensuite une longue conversation avec son amie morte puis repoussa doucement la croisée, tourna l'espagnolette et déposa son bouquet sur le rebord de la fenêtre ; c'était un geste d'enfant mais, en cet instant, elle était redevenue une toute petite fille, une petite fille passionnément amoureuse.

Elle retrouva Pierre un peu plus tard dans un hôtel moderne du Kurfürstendam. Il était infiniment tendre ; elle reposa sa tête sur sa poitrine de jeune homme et lui parla de sa mère et des remparts. À Frédéric, à Marie-Line, aux autres, elle n'avait raconté que ce qu'elle voulait bien dire ; c'était la première fois qu'elle disait vraiment tout ; auprès de Pierre, elle retrouvait les plus infimes images. C'était une résurrection : Jeanne vivante avant de mourir tout à fait qui l'interpellait gravement dans la pièce. Pierre posa des questions. Annette se souvint de détails qui étaient restés enfouis au fond de sa mémoire d'enfant. Ainsi, cette tache de rouge à lèvres qu'on avait écrasée sur le front de Jeanne insultée, en forme de cœur grotesque ; ou simplement le visage d'une matrone avec ses bigoudis. Pierre demanda doucement :

— Et toi, tu voyais tout cela, cette haine, cette horreur ?
— Oui.

Il la prit dans ses bras.

— Il faut que cette haine et ta douleur d'alors restent le plus grand moment de ta vie, dit-il. Après cela, rien de ce qui peut arriver n'aura vraiment d'importance.

Il lui fit l'amour avec la même tendresse. Mais on ne dira plus rien de ces instants-là ni de ceux qui suivirent, car on connaît mal les mots qui disent la vraie passion ; c'était au cœur d'Annette un arbre, une forêt qui s'étendait aux quatre coins du monde ; elle y grandit six mois.

Un matin, Annette se réveilla de nouveau à l'hôtel de Calais. Pierre n'était pas loin. Il avait laissé un mot : « Je reviens dans deux ou trois jours. » Elle attendit deux jours, trois, puis quatre et cinq ; elle commença d'avoir peur. Elle demeura enfermée dans le noir, sans même penser à se regarder dans une glace pour se moquer d'elle-même ; elle n'était pourtant qu'une femme amoureuse comme tant d'autres dont elle avait ri ; mais elle aimait Pierre et c'était différent.

Elle passa encore huit jours étendue sur la couverture à carreaux de son lit de fer, elle s'était mise à lire et lisait des romans de Simenon. Pierre avait raison : Simenon valait bien mieux que tous les romanciers de ce temps qui décrivaient avec une si morne allégresse leurs menues angoisses et leurs vastes béances. Elle découvrit les *Maigret,* mais aussi ces livres parus chez Gallimard avant la guerre, où de tristes petits Blancs à lunettes meurent d'amour fou pour de belles étrangères tombées d'avion dans la brousse. Elle en lut dix, vingt. Dans chacun des romans de Simenon, il y avait un cheminement inéluctable de la passion ; les hommes y étaient marqués pour le malheur. Elle ne mangeait guère, ne buvait plus du tout. Elle lisait à perdre haleine.

La logeuse lui apportait les journaux, il y était question de nouveaux accrochages en Algérie, du rappel des soldats du contingent. On y racontait aussi quelques-uns de ces beaux crimes dont, adolescente, elle découpait le récit dans *Sud-Ouest* ou *La Charente libre* ; un espion était revenu du froid, un inconnu masqué avait tué deux policiers après l'attaque d'une bijouterie au métro Montmartre. Elle lut distraitement le récit du hold-up manqué ; *France-Soir* offrait à ses lecteurs la photo des victimes : vivants, les deux brigadiers ressemblaient à des soldats du contingent ; morts, ce n'était plus qu'une tache noire parfaitement irréelle, uniformes et flaques de sang confondus sur un trottoir gris. Puis elle revint aux enquêtes du commissaire Maigret, qui avaient l'air plus vraies. Maigret traquait les meurtriers d'une gentille putain, à l'angle précisément des rues de Douai et de Vintimille : c'était sous ses fenêtres, pour un peu Annette aurait écarté les rideaux dans l'espoir de surprendre un inspecteur Lognon ou Janvier en faction devant l'hôtel de Calais.

Elle dormit bien, cette nuit-là ; à sept heures, le lendemain matin, Pierre était de retour. Il était vêtu d'un blouson de cuir et portait un sac de toile à la main. Il était pressé ; Annette jeta ses vêtements dans une valise semblable à celle qu'elle avait emportée d'Angoulême ; une vieille traction noire les attendait devant la porte, Pierre se mit au volant : une fois encore, Annette ne posa pas de questions.

Ils suivirent la route qu'elle avait déjà prise avec Victor ; de La Ferté-sous-Jouarre à Montluçon en passant par Salbris et Bourges, ils traversèrent une France paysanne, tout en châteaux et en villages, en hêtraies. Après les rues de Londres ou l'hôtel moderne du Kurfürstendam, c'était un contraste reposant. Il faisait cette fois très beau, avec un vrai soleil de printemps sur le point d'entrer dans l'été. Après Clermont, Pierre expliqua qu'il était né dans une haute vallée du Cantal où il avait encore une grand-mère qu'ils allaient retrouver. Il paraissait pressé, ne donna pas d'autre explication. Ils arrivèrent au Cheylat un peu avant la nuit. C'était un hameau de trois feux ouvert sur une prairie à la croisée de deux routes. L'une allait vers les monts du Cantal, l'autre descendait, plus loin, vers les forêts du Limousin. À deux kilomètres de là, le village de Serre avait une belle église romane qui rappela à Annette celle de Dienne où elle s'était arrêtée en compagnie de Victor. Avec Victor, elle s'était ennuyée ; maintenant elle était passionnément heureuse.

La nuit tomba avant qu'elle ait eu le temps de regarder vraiment le paysage. « Ce sera la surprise de demain », promit Pierre. Elle comprit qu'elle était cette fois arrivée. Un feu brûlait dans la grande cheminée qui abritait sous sa hotte des bancs de bois recouverts de tissu à carreaux. La grand-mère de Pierre leur servit de la soupe aux choux : elle ajouta du pain trempé, du fromage qui filait délicieusement, puis ils s'endormirent dans un lit clos aux rideaux du même tissu à carreaux rouges et blancs que les coussins de la cheminée.

À leur réveil, il y avait de la gelée blanche. On voyait par la fenêtre la prairie un peu en pente jusqu'au ruisseau, piquée çà et là des touffes bien vertes des noisetiers. La grand-mère poussa les volets, elle tenait un plateau à la main, des bols de café noir et fumant, du lait dans un pot de terre, des grandes tartines de pain bis. Ils se promenèrent ensuite dans la prairie et, au-delà du ruisseau, à travers un grand pré qu'on allait bientôt faucher. Pierre raconta que c'était dans la prairie qu'on donnait autrefois toutes les fêtes du village ; il y avait eu des noces, des premières communions, les garçons qui partaient pour l'armée fêtaient là leur cocarde.

— Ma mère s'est mariée ici, dit-il et j'y ai vu ma sœur avec son voile de première communiante ; mais j'ai déserté avant le conseil de révision.

Il n'était jamais revenu au Cheylat depuis. Ils s'assirent sur une grosse pierre dans l'herbe. Pierre fit entendre à Annette le chant du bouvreuil, celui de la mésange charbonnière. Pierre parla longtemps. Il parla plus qu'il ne l'avait jamais fait ; il se souvenait de son enfance, du petit garçon qui titubait dans la prairie, ivre du sirop de groseille que lui préparait sa grand-mère ; puis il se souvint des jours qu'il n'avait pas vécus, sa mère en robe blanche valsait avec un monsieur à moustache, c'était son père, il l'avait oublié ; l'accordéoniste, le vielleux et la musette : on avait ensuite dansé des bourrées. Treize ans plus tard, Claudette avait fait sa première communion sur la prairie, elle avait pleuré. Ensuite, il l'avait vue renversée par un camion, morte, écrasée, sanglante, sur la route de Murat.

— C'était terrible ; je dois me souvenir, tu comprends ? J'aimais Claudette comme je n'ai jamais aimé que toi : après cela, rien de ce qui m'est arrivé, même la mort de Natacha, n'a plus eu vraiment d'importance.

Lentement, les images du passé devenaient plus noires : son père s'était pendu dans la grange parce que sa femme couchait avec le joueur de vielle et sa mère avait fini par partir, la grande maison vide n'était plus habitée que par la seule grand-mère, alors Pierre avait fui à son tour.

— Depuis que j'ai dix-huit ans, je n'ai jamais fait que fuir, dit-il.

Annette l'écoutait en se serrant contre lui, comme n'importe quelle petite fille amoureuse. Il lui expliqua qu'il avait vite découvert comme elle que le monde était fait d'imbéciles et de salauds ; mais il avait aussi compris que les imbéciles, les cons, les pauvres types, n'y pouvaient rien. « Ce n'est pas leur faute, remarqua-t-il, il faut essayer de ne pas trop leur en vouloir. » Lui-même ne s'était jamais vengé que des salauds. Une fois dans sa vie il avait tué deux pauvres types qui ressemblaient à n'importe quels gosses de son âge et c'était cela qu'il ne pouvait plus oublier. Annette l'écoutait avec une immense attention, c'était comme une dernière leçon qu'elle prenait encore et qu'elle n'avait jamais apprise jusque-là. Elle eut honte d'avoir jadis découpé dans les journaux toutes ces photos de crimes et de criminels : l'affaire Montesi, Denise Labbé, le beau visage de Pauline Dubuisson qui avait tué son amant n'étaient que des coupures de presse jaunies où la haine s'effaçait maintenant entre les lignes ; ils l'avaient pourtant conduite jusque-là. Pierre, l'assassin des deux agents du métro Montmartre, lui disait qu'il fallait tenter de savoir aimer. « C'est le plus difficile, tu sais », avoua-t-il. Il parla ensuite de Jeanne, comme s'il l'avait connue. Il demanda à Annette de se rappeler le visage de sa mère, dans les derniers temps, à Barbezieux ; avait-elle eu encore une fois, malade et folle, le sourire de la photo prise le jour de la Libération ? Annette crut se rappeler que oui. Il l'interrogea avec avidité, lui arracha les bribes les plus profondément enfouies de son enfance ; en les lui dérobant ainsi, il les lui rendait. Il revint ainsi à Jeanne heureuse sur les remparts en compagnie de Jean ; à Jeanne aimant et aimée, à Jeanne blessée, qu'on avait brisée ; il en parlait comme un homme amoureux parle de la femme aimée. Au clocher de l'église du village de Serre, les cloches sonnèrent midi, un char tiré par deux bœufs rouges rentrait dans une grange, l'odeur de l'herbe était forte. Une alouette alors monta très haut au ciel, piquée sur l'espace bleu, elle chanta longtemps ; ils redescendirent à la ferme.

— C'est une belle journée, dit Annette.

Pierre sourit, sans répondre. Le soir, ils se couchèrent tôt, s'aimèrent ; à l'aube, ce fut le dernier matin.

Annette crut s'être réveillée la première. Un chien aboyait, qui se tut. Il n'y eut plus rien, elle se redressa sur un coude : Pierre avait les yeux ouverts.

— Ils sont là, dit-il.

Annette avait compris. Elle voulait pourtant voir : elle se

leva, ouvrit la fenêtre, poussa les volets. La prairie s'étendait devant elle, couverte de gelée blanche. Elle se souvint de la forêt de Birnam qui se met en marche à la fin de *Macbeth* : il lui sembla que les noisetiers, çà et là, bougeaient doucement. La lumière était pâle, le soleil n'était pas encore levé. Il se leva, quelque chose brilla dans son premier rayon. C'était un casque. La première alouette chanta.

— Ils sont là, oui, murmura Annette.

Pierre se leva à son tour. Il enfila ses vêtements, puis il prit dans son sac de cuir un pistolet qu'il passa à sa ceinture. Annette faillit le retenir, mais elle savait qu'il n'y avait rien à faire. Rien à dire non plus : ce fut lui qui l'embrassa longuement ; il murmura à son oreille :

— Tu te souviendras de tout, n'est-ce pas ?

Tout, c'était sa mère en robe de mariée qui valsait sur la prairie, c'était la petite Claudette morte sur la route de Murat et son père pendu dans la grange, mais aussi Natacha noyée, comme l'Inconnue de la Seine et Jeanne humiliée sur les remparts ; et Pierre, enfin, Pierre lui-même qui avait parlé de Jeanne comme s'il l'avait connue, aimée : Annette se souviendrait de tout, ce n'était qu'une histoire d'amour.

— De tout, oui, promit-elle.

Il n'y avait pas d'adieux à se faire. Après un dernier regard, Pierre quitta la chambre. Elle l'entendit déverrouiller la porte d'entrée. Elle devina qu'il s'avançait sur le seuil ; il fallait qu'elle vît tout, elle alla à la fenêtre. Pierre marchait dans la prairie. Il était en bras de chemise, elle se dit qu'il aurait sûrement froid. Il fit ainsi vingt mètres, puis s'arrêta. Une voix sortit d'un fourré derrière un noisetier ; on lui criait, à travers un porte-voix, de se rendre. Tous les fourrés alors bougèrent, tous les noisetiers. Le soleil était soudain haut, il était monté très vite. Les casques des CRS venus donner l'assaut de la maison où se cachait le tueur du métro Montmartre brillaient dans la lumière neuve : les hommes avaient tous une arme à la main ; on cria une dernière fois à

Pierre de se rendre, il eut un rire d'enfant et porta la main à son revolver ; tous les hommes tirèrent en même temps. Pierre fit une pirouette sur lui-même, sa chemise était rouge avant qu'il tombât dans l'herbe : le revolver qu'il avait eu le temps de prendre à la main n'était pas chargé.

XIV

Au retour d'Annette, Casalis fut parfait. Il ne lui posa pas de questions; il chercha seulement dans le tiroir aux clefs celle qui ouvrait la porte de sa chambre. Une domestique épousseta les meubles et Annette put retrouver la bibliothèque aux boiseries anciennes et le bureau Beaumarchais tels qu'elle les avait quittés. Elle y fit aussi le ménage, jeta les lettres et les photos qu'elle avait dissimulées dans ses nombreux tiroirs à secret. Lors de son départ, Casalis avait ouvert les portes de la volière; c'était un geste parfaitement inutile puisque les oiseaux de toutes les couleurs allaient bien vite mourir dans la poussière des villes, mais c'était aussi un geste symbolique. Annette ne regretta pas leur chant : au Cheylat, elle avait entendu un bouvreuil, une alouette. Casalis avait disposé du papier blanc, un gros stylo noir tout neuf et de l'encre. Dès le premier soir, elle sut ce qu'elle allait écrire. Elle demeura cependant immobile devant le papier blanc. Il lui fallait attendre encore un peu, elle devinait vaguement ce qu'elle attendait. Elle n'était pas malheureuse.

Les jours passèrent soudain très vite. Elle comprit sans interroger personne que Corbin s'était une fois encore servi de ses relations au ministère de l'Intérieur pour que personne ne lui posât de questions après la mort de Pierre. Elle lui en sut gré; il n'y fit aucune allusion lorsqu'il la revit. Ce fut elle qui l'aborda à l'issue d'un des dîners politico-littéraires de Casalis. Peu à peu, Annette avait recommencé à y prendre goût ; elle y jouait les hôtesses et se regardait officier, distribuant les places à table ou, sur un regard de Casalis, orientant les conversations. Elle ne parlait jamais de Pierre, pensait à lui tout le temps.

— Puis-je vous poser une question ? demanda-t-elle à brûle-pourpoint au libraire qui venait de quitter un groupe où l'écrivain Maurice Druon conversait avec Louis Joxe, qui était ambassadeur et serait bientôt ministre.

On parlait de l'Algérie, bien sûr, d'une mission secrète que venait d'y faire ce Lucien Vannier, que nous avons croisé dans les salons d'Angoulême et qui jouait désormais un rôle sur l'échiquier politique parisien. Corbin, qui l'y avait introduit, assurait l'écrivain et le diplomate de son efficacité et surtout de son dévouement. « C'est un modeste qui a choisi une fois pour toutes la fidélité, comme d'autres se donnent l'ambition ou la fortune pour règle de vie », avait-il expliqué. Il se servit un verre de vieux cognac de propriétaire dont lui-même fournissait son hôte et sourit à Annette.

— Je vous écoute, chère Annette.

La jeune fille était grave, vêtue d'une robe longue de lamé argent. L'idée vint au libraire qu'on aurait dit une haute déesse fragile, parmi ces hommes plus âgés qu'elle, tous importants et remplis de talents dont, sans qu'ils s'en rendissent précisément compte, elle éclairait les plus sérieuses conversations.

— Je voudrais savoir pourquoi vous avez fait ça ? demanda-t-elle.

Corbin prit une mine étonnée.

— Ça ?

— Vous savez bien de quoi je parle.

Elle pensait à l'indifférence de la police et des magistrats à son égard après la mort de Pierre. L'indulgence dont on avait fait preuve lors de ses équipées à travers Paris une lettre ou une valise à la main lui revint aussi à la mémoire : en un instant, elle se rendit compte que pas un jour depuis son arrivée à Paris, Corbin n'avait cessé de veiller sur elle et d'infléchir, quand c'était nécessaire, le cours du destin. Tout à trac, elle s'expliqua au libraire. Celui-ci hocha la tête. On aurait dit un collégien pris en faute. Il sourit néanmoins.

— C'est très simple : nous sommes quelques-uns à avoir deviné en vous un destin exemplaire. Dans le même temps, nous sommes aussi quelques-uns à constituer un groupe d'amis — ou si vous préférez, de complices — et nous avons pensé que nous nous devions de vous compter parmi nous.

Il eut un rire un peu gêné pour continuer à mentir — puisqu'il mentait, en somme ; Annette le devinait très bien.

— Une jolie fille, pleine de talents de surcroît, ça donne du cœur au ventre à des vieux messieurs qui ont de vastes projets. Frédéric vous a remarquée le premier ; je n'ai fait que lui emboîter le pas !

Annette sourit à son tour : elle savait que Corbin voyait au-delà d'un petit cénacle de gens puissants dont elle aurait été l'égérie. Elle le lui dit. Il haussa les épaules, sa bosse en trembla, la jeune fille se souvint qu'à six ou sept ans, sur les remparts, elle trouvait au pion du lycée d'Angoulême le visage beau et lisse d'une statue de saint en pierre à la chapelle d'Obezine. Autour d'eux, on parlait politique et littérature, peinture bientôt. Casalis avait rejoint le groupe que constituaient Joxe et Druon ; du général de Gaulle on était passé à une pièce de Montherlant que le grand écrivain jugeait en termes sévères parce qu'il lui ressemblait peut-être trop. Un feu de bois brûlait dans la cheminée sous le Fragonard ; le vieux duc d'Harcourt, qui avait de beaux yeux clairs, comparait les mérites du tableau aux deux fantaisies de Fragonard qu'il possédait lui-même ; Corbin voulut se dérober, rejoindre la conversation générale, Annette le retint.

— Pour une fois, dites-moi la vérité. Autrefois, il y a très longtemps, sur les remparts...

Elle n'en dit pas plus. Le libraire soupira : elle avait deviné. Il l'entraîna dans l'embrasure d'une fenêtre. Le jardin, que l'hiver avait envahi, était un gouffre noir. Le vent s'était levé, la pluie frappait les vitres.

— Pourquoi voulez-vous que je vous dise ce que vous savez très bien ?

Il tentait, une dernière fois, d'échapper aux mots qui, pendant quinze ans, l'avaient brûlé ; Annette l'aimait bien, elle fut sans pitié. Elle se souvenait de Pierre mort dans l'herbe de Cheylat, de sa petite sœur écrasée sur la route de Murat ; mais surtout des images de Jeanne que Pierre avait fait revivre en elle.

— Parce que j'ai besoin de vous l'entendre dire.

Le libraire était battu. Il pencha de côté son beau visage lisse que la laideur du corps rendait plus pur encore et que ni l'âge ni les rides n'avaient touché. Puis il raconta ce qu'Annette voulait entendre : le petit pion du lycée d'Angoulême, le secrétaire bossu de ce brave M. Charbonnier, celui que la pauvre Jeanne appelait son amoureux, l'avait aimée à la folie. Pendant les quelques années qu'il avait passées tout près d'elle, rue Paul-Abadie, il la regardait sortir ou rentrer chez elle, gagner les remparts ou simplement ouvrir le matin sa fenêtre, avec une vénération de gamin qu'un simple sourire distraitement esquissé suffisait à rendre heureux tout le jour. Il avait été jaloux de M. Jean et heureux quand même de leur bonheur : il avait épié leurs promenades du dimanche et vu l'Allemand assassiné par ceux auxquels il voulait se rendre. Lorsque les mégères avaient brisé Jeanne, il n'avait rien fait : il avait eu peur. Il était demeuré immobile tandis qu'on la tondait, quand on la battait, pendant qu'on l'humiliait. Il pensait : « Je l'aime et je ne peux rien faire. » Pendant quinze ans, il avait essayé de se le faire pardonner ; Jeanne était morte, Annette seule pouvait lui donner cette absolution. Mais ce n'était pas le pardon de la petite-fille d'une coiffeuse de Saint-Cybard à un pion bossu qu'il voulait : sa douleur l'avait fait ambitieux, sans pitié : pour elle et pour lui. Il racontait tout cela avec un petit sourire triste, heureux de pouvoir enfin parler, honteux de tant devoir en dire :

— Et Frédéric ? demanda Annette.

— Frédéric ? Il vous aime comme autrefois j'ai aimé Jeanne, répondit le libraire.

Annette pensa : « Tout cela est parfaitement fou ! Je suis au cœur d'un mauvais mélo ; d'un roman comme personne n'oserait en écrire aujourd'hui. » Mais elle n'en éprouvait pas de gêne. Curieusement, elle n'était pas gênée non plus à l'idée d'avoir peut-être, toute sa vie, été un jouet entre les mains de Corbin ou celles de Frédéric — puisque telle était, en somme, la vérité. Elle se disait au contraire que le libraire bossu et l'avocat au nez de polichinelle avaient en fin de compte bien réussi leur affaire — et elle ne trouvait pas cela déplaisant. Le monde était un théâtre ; hier Balzac avait fait naître à Angoulême sa *Comédie humaine,* c'était divertissant de succéder aux David Séchard et aux Lucien de Rubempré dans une autre comédie qui était celle de la vie d'aujourd'hui ; cela ne la dérangeait pas d'être un personnage dont un Corbin aurait un peu tiré les ficelles. Elle avait d'ailleurs acquis assez de confiance en elle pour savoir que, même si le libraire ou Frédéric l'avaient souvent aidée, elle avait chaque fois choisi son destin, ses amitiés, jusqu'à la passion qu'elle avait enfin su éprouver. Et puis, Rubempré comme Rastignac n'ont-ils pas fini par échapper à Balzac qui, sur son lit de mort, appelait à son chevet Bianchon, le seul médecin capable de le sauver et qui n'était pourtant qu'un héros de roman ? Elle se servit à son tour d'un verre de vieux cognac offert par Casalis qui les avait rejoints : elle en savait assez. Corbin s'éloigna : pendant quelques minutes, il était devenu très beau. Frédéric, à l'autre extrémité du salon, avait deviné leur conversation : il avait été beau, lui aussi, mais il sourit de son sourire fait pour l'enlaidir, son nez rejoignit le bout de son menton. Elle rencontra son regard : elle savait que, désormais, jamais plus personne ne l'aimerait autant que lui, cela lui faisait du bien ; d'une certaine manière, elle avait retrouvé le Frédéric des jours anciens d'Angoulême. Elle se dit alors qu'elle avait vingt ans ; elle était la maîtresse d'un des plus grands écrivains que la France ait connus ; on avait voulu faire d'elle un personnage de roman : c'était elle qui écrirait le livre.

Elle échangea quelques paroles avec Casalis, puis celui-ci la quitta pour accueillir des invités venus après le dîner. Elle s'avança alors à travers les salons : c'était bien d'un théâtre qu'il s'agissait. Tous ces hommes, les femmes qui les accompagnaient, y jouaient leur rôle, écrivains ou ministres, simples hommes du monde en smoking, jusqu'à Casalis lui-même, à l'écart avec les nouveaux arrivés, si superbement à l'aise dans son rôle de maître de maison puissant et respecté. Le décor était parfait, les meubles signés d'ébénistes célèbres et les tableaux précieux. Elle se souvint du salon des Roussy-Ravenant, à Angoulême, des Lévy-Dhurmer et des figurines en Meissen : elle y avait dérobé la tête d'un petit berger en porcelaine cassé par une dame un peu bête et s'était juré qu'elle posséderait la statue tout entière, et la bergère qui allait avec, la vitrine 1900 qui les abritait et les tableaux aux murs. Elle se rappela le beau portrait d'Ingres dont les propriétaires ne faisaient pas plus de cas que des mauvaises toiles accrochées autour, elle sut que les romans naissent de ces souvenirs-là, comme de nos enfances retrouvées. Elle continua sa promenade à travers les groupes d'invités importants qui devisaient du monde et de la France ; elle s'était vue déambuler par hasard : elle s'observa avec curiosité. Depuis que Frédéric lui avait montré la route, elle n'avait cessé d'être cette gamine-là, qui regardait les autres avec ironie : cette jeune fille, cette femme aujourd'hui. Mais elle avait rencontré Pierre, elle avait connu la passion et vu le vrai visage de sa mère tandis que la bêtise des hommes s'acharnait sur elle ; son regard désormais s'était dessillé ; elle était restée jusque-là à la surface des choses, à l'apparence des êtres ; elle revoyait, devinait, sentait maintenant au-delà.

Une euphorie étrange l'habitait. C'était comme si elle assistait à un spectacle qu'on aurait donné pour elle : une pièce de théâtre écrite à sa seule intention et dont elle aurait été tout à la fois l'auteur, l'actrice et l'unique spectatrice. Une idée folle lui traversa l'esprit : au milieu de ces hommes et de ces femmes, amis de Casalis qui étaient tous ses amis, elle assistait à une cérémonie secrète qu'elle seule pouvait voir : ce n'était rien d'autre que les noces de Pierre et de Jeanne, qui rassemblaient toute sa vie.

Au comble de l'excitation, elle quitta le salon et monta se coucher. Elle dormit d'un trait ; le lendemain elle s'assit devant le bureau Beaumarchais et prit quelques notes, traça l'ébauche d'un plan : elle savait enfin où elle allait. Elle était heureuse.

*
* *

Le reste fut un jeu d'enfant et les derniers mois s'écoulèrent très vite. D'abord, ce fut Noël ; Casalis l'emmena à nouveau dans le Luberon et là, sur la terrasse face aux montagnes bleues, elle commença à écrire son livre. Elle se levait tôt et écrivait jusqu'à midi ; puis elle faisait avec Casalis de longues promenades sous un ciel très clair. Le mistral soufflait parfois à les emporter ; ils marchaient alors courbés, face au vent. La nuit de Noël, il neigea. Ils assistèrent à une messe de minuit, dans l'église de Ménerbes, où une jeune fille américaine chanta de vieux chants de Noël d'ici et de là-bas : le cœur d'Annette battait : chaque note de ces musiques anciennes réveillait une idée et chaque image de leurs promenades appelait d'autres images, d'autres mots. C'est de cela qu'un livre est fait. Lorsque les fidèles se levèrent à l'heure de la communion, elle eut envie de pleurer ; elle aurait voulu s'approcher elle aussi de cette table, elle devinait en chacun de ceux qui s'agenouillaient devant l'hostie un immense bonheur dont elle n'aurait jamais sa part. Casalis s'en rendit compte ; on entonna un dernier chant, il prit sa main. Annette pensa : « Nous faisons malgré tout une belle alliance. » Le mot *alliance* lui paraissait si juste qu'elle s'en voulut de ce *malgré tout*. Jadis, un ami écrivain lui disait : « Je vous aime bien quand même. » Elle n'avait jamais compris d'où venait le *quand même* qui lui déplaisait tant. La main de Casalis était déjà celle d'un homme âgé (elle n'osa cependant se dire qu'il était très vieux) avec ces taches de son qui marquent la peau à mesure que viennent les années. La main serra plus fort la sienne ; les souvenirs, d'autres images, lui revenaient en abondance. Jadis, un amant dont elle avait oublié le nom lisait l'avenir dans la géographie des taches de rousseur qu'elle avait sur le dos ; les taches de son aux mains de l'écrivain ne disaient rien que le présent, elle avait confiance. Le chant sacré dura encore un moment. Seuls des cierges, des douzaines de cierges éclairaient la minuscule église et la main de Casalis devenait une poigne de fer, douce pourtant ; Annette pensa cette fois à l'étreinte de la Vénus d'Ille dans la nouvelle de Mérimée : le bronze contre la chair. Le héros de Mérimée était mort au matin, Annette savait qu'à l'aube elle serait vivante : c'était sa force, son énergie, sa lucidité que Casalis lui donnait en la serrant si fort tandis que le chant de la petite soprano américaine montait une dernière fois très haut pour s'éteindre doucement.

L'église se vida. Annette et Casalis sortirent parmi les derniers. La neige leur arrivait aux chevilles, tout le monde riait, on était aussi un peu grave, on embrassait des amis. Ils s'avancèrent jusqu'à l'extrémité du cimetière situé en proue sur le rocher près de l'église. Les tombes étaient anciennes, c'étaient de simples dalles levées, parfois à demi renversées, qui disparaissaient sous la neige; Casalis y déchiffra des noms qu'on ne pouvait pourtant pas lire, ceux d'hommes et de femmes morts depuis quarante ou cinquante ans et qu'il avait connus, bouchers ou cafetiers du village. L'un d'entre eux avait même été poète; c'était, dit Casalis, son métier, comme d'aucuns se faisaient bourrelier ou maréchal-ferrant, des métiers qui n'existeraient bientôt plus. Il faisait très froid, Annette s'accrocha au bras de l'écrivain qui lui montrait, en contrebas du cimetière au bout du village, la belle maison d'un peintre qui venait de se suicider. Deux rampes d'escalier en demi-lune conduisaient au perron; derrière, il n'y avait que le ciel, assez pâle, piqué d'étoiles pâles aussi. Tout devint très doux. Les cloches de l'église sonnèrent une dernière fois de vrais carillons de Noël, remplis de joie, d'espoir. Annette pensa à nouveau au sentiment qu'avaient pu éprouver les hommes et les femmes qui, l'heure d'avant, avaient communié : ceux-là savaient ce qu'était vraiment le bonheur. Elle les envia encore, puis il y eut des bruits de pas dans la neige, des rires étouffés, des bousculades. Georges Pillot et Thérèse les rejoignirent, ils avaient une maison dans le village; Pillot était devenu un écrivain célèbre et son dernier livre était beau, tout plein du bruit de la mer et du vent. Il l'avait dédié à Grégoire Lhermitte : à la fin, un marin qui s'était battu six jours avec une tempête décidait de s'attacher à la barre et de dormir; il passait alors la nuit la plus longue de l'histoire de la littérature. On devait réveillonner chez eux, à quatre. Casalis et Pillot étaient liés par des liens fort anciens, obscurs. On revint à pied jusqu'à leur maison, moderne, bâtie dans le rocher. Thérèse peignait maintenant; elle dessinait des jeunes filles mortes qu'Annette aimait. Elle avait fait elle-même le foie gras, cuit la dinde, préparé six semaines auparavant le vrai pudding anglais que Pillot flamba avec un rien de cérémonie; on resta ensuite longtemps à parler. Pillot voulut interroger Annette sur son livre mais Casalis répondit pour elle qu'elle ne pouvait rien dire. Elle écrivit encore une bonne semaine, face au Luberon, puis ils rentrèrent à Paris. Elle continua d'écrire.

*

Autour d'elle, on s'agitait beaucoup. Des rebelles venus de Tunisie avaient pénétré en territoire algérien et pris en otages quatre soldats français qu'ils avaient ramenés jusqu'au village de Sakhiet, la classe politique s'émouvait, protestait ; chez Casalis, on constatait simplement que c'était la fin d'une époque, sinon d'une république. Qu'on arraisonnât peu après à Oran un cargo yougoslave qui transportait des armes pour la rébellion n'y changerait pas grand-chose. Il y eut encore un massacre dans un village de la Mitidja. L'image de Jeanne telle qu'elle aurait dû vivre devenait plus vivante dans l'esprit d'Annette. La jeune fille s'échauffait parfois, elle était comme en transe. Elle écrivait devant une photo de Pierre découpée dans un journal au moment de sa mort ; elle avait peur d'être trop lyrique, ou trop froide. César Franck lui rendait souvent visite ; lui-même achevait un nouveau livre rempli d'un humour acéré sur le monde où il vivait : il se désolait de la sécheresse, de la froideur de son style.

— Je n'y peux rien, remarqua-t-il, je ne serai jamais qu'un témoin.

Annette expliqua qu'elle aurait voulu écrire comme lui : il eut un petit rire triste.

— Il ne faut pas confondre la froideur de la langue et celle du cœur, dit-il. Regarde-moi : quoi que je fasse, quoi que je veuille, je ne peux pas m'empêcher de rire au-dedans de ceux que je veux parfois aimer de toutes mes forces. J'écris alors avec cette sécheresse que tu envies, mais je ne suis pas fier de moi. Quand tu as rempli une page blanche, tu dois être fier de toi, ou tu en meurs.

Il ajouta qu'il mourrait ainsi, doucement, mais que, l'alcool aidant, il vivrait longtemps. Il prononça encore quelques aphorismes puis la quitta pour aller, dit-il, faire le pitre parmi ses meilleurs ennemis. Il prit soin de préciser, sans vraie tristesse, qu'une dame bien plus âgée que lui s'intéressait à sa personne. Un peu rassurée, Annette se remit au travail. Peu après, on bombarda en représailles la ville de Sakhiet, en territoire tunisien, il y eut plus de soixante civils tués ; le président du Conseil posa la question de confiance à l'Assemblée, il obtint une large majoritée ; dans la tempête, on se serrait les coudes. Puis le vieux Marcel Cachin, qui n'était pas encore mort, mourut enfin ; le gouvernement fit saisir le livre d'Henri Alleg sur la torture, Louis Joxe, Christian Fouchet, Michel Debré se croisaient de plus en plus souvent chez Casalis. Annette y rencontra aussi Paul Machoux : le fondé de pouvoir de chez Rothschild avait toujours son mégot éteint aux lèvres, il donnait toujours des cours à Sciences po ; tout le monde affirmait qu'il aurait un grand avenir : sourire en coin, Machoux laissait dire. Il s'amusa de revoir Annette : « Je savais bien que nous étions faits pour nous retrouver », lui dit-il ; lui aussi attendait son heure. Jean-Pierre revint à son tour ; il boitait un peu ; il boiterait toujours mais n'était pas vraiment amer : il remarqua avec un sourire que cela ajoutait à son charme. Il annonça aussi ses fiançailles avec une jeune fille qu'Annette avait connue rue Saint-Guillaume mais dont elle avait oublié jusqu'au nom ; elle faillit être triste — ou du moins, mélancolique : un à un, ses amis s'en allaient. Frédéric était de plus en plus occupé par ses fonctions officielles. Lorsque, en avril, la confiance fut refusée à Félix Gaillard, Frédéric faisait partie des trois cent vingt et un députés qui votèrent contre le gouvernement. Dans le tiroir secret du bureau Beaumarchais, des feuillets s'amoncelaient : Annette savait qu'elle avait enfin acquis ce style froid dont elle rêvait, mais que, sous la sécheresse des mots, il y avait des torrents de lave. Quand elle revit par hasard Nella, elle n'éprouva guère de regrets : l'amie de Wilma Montesi faisait une belle carrière de demi-mondaine, elle avait un peu grossi, s'était empâtée, plutôt ; comme Jean-Pierre, mais sans son ironie, elle affirmait qu'elle en gagnait du charme. C'était une autre façon de s'éloigner d'Annette. Bientôt, César Franck entreprit un long voyage, il faisait des conférences dans des universités américaines et trouvait que c'était le comble de l'absurdité : on le payait très cher pour parler de ses amis de Saint-Germain-des-Prés ; Pillot avait accepté de diriger un grand quotidien du matin ; Debré, Machoux, Druon étaient très occupés, seul Casalis demeurait tout près d'Annette. André Louvrier réapparut à son tour : il s'enquit des progrès du livre, elle se posait encore des questions, il la rassura : jusqu'à la dernière ligne, et même après, il y aurait des questions auxquelles elle ne pourrait répondre.

Le mois de mai commença avec le refus des socialistes de participer à la formation du nouveau gouvernement ; René Pleven, que le président de la République avait chargé de cette tâche, renonça. Louvrier avait dit « jusqu'à la dernière ligne » : il ne restait plus que quelques pages ; Pierre allait bientôt retrouver Jeanne, ce serait le triomphe de l'amour, la mort, et puis la fin ; la passion emportait tout : la maîtrise d'Annette était totale. Le 9 mai, le FLN annonça que trois soldats français prisonniers avaient été exécutés en Algérie ; Robert Lacoste parla d'un « Diên Biên Phû diplomatique » ; le 13, Pierre Pflimlin recevait l'investiture par 274 voix contre 129. Le même jour, le général Massu créait à Alger un Comité de salut public. On lançait un appel au général de Gaulle.

Annette avait achevé son roman ; elle se posait encore beaucoup de questions ; la République agonisait. Trois mois plus tard, le livre parut. De Gaulle était au pouvoir : on se souvient qu'Annette allumait des cierges devant sa photographie ; elle le rencontra, peut-être lut-il son livre, celui-ci eut, en tout cas, un grand succès, un prix littéraire, peut-être. Annette avait vingt et un ans, l'âge en somme d'exercer ses droits de citoyen, d'ailleurs elle voterait bientôt. Sa carrière ne faisait que commencer, il lui restait encore beaucoup à apprendre mais elle avait déjà beaucoup appris.

TABLE

Première partie : SCÈNES DE LA VIE DE PROVINCE — 11

Deuxième partie : SCÈNES DE LA VIE PARISIENNE — 155

Troisième partie : SCÈNES DE LA VIE PRIVÉE — 325

Du même auteur

Aux Éditions Albin Michel

ORIENT-EXPRESS, I
ORIENT-EXPRESS, II
DON GIOVANNI, MOZART-LOSEY, *essai*
PANDORA
DON JUAN
MATA-HARI
LA VIE D'UN HÉROS
UNE VILLE IMMORTELLE
Grand Prix du Roman de l'Académie française, 1986

Chez d'autres éditeurs

LE SAC DU PALAIS D'ÉTÉ, *Gallimard*
Prix Renaudot 1971
URBANISME, *poèmes, Gallimard*
UNE MORT SALE, *Gallimard*
AVA, *Gallimard*
MÉMOIRES SECRETS POUR SERVIR
À L'HISTOIRE DE CE SIÈCLE, *Gallimard*
RÊVER LA VIE, *Gallimard*
LA FIGURE DANS LA PIERRE, *Gallimard*
LES ENFANTS DU PARC, *Gallimard*
LES NOUVELLES AVENTURES DU CHEVALIER DE LA BARRE, *Gallimard*
CORDELIA OU DE L'ANGLETERRE, *Gallimard*
SALUE POUR MOI LE MONDE, *Gallimard*
UN VOYAGE D'HIVER, *Gallimard*
ET GULLIVER MOURUT DE SOMMEIL, *Julliard*
MIDI OU L'ATTENTAT, *Julliard*
LA VIE D'ADRIAN PUTNEY, POÈTE, *La Table Ronde*
LA MORT DE FLORIA TOSCA, *Mercure de France*
LE VICOMTE ÉPINGLÉ, *Mercure de France*
CHINE, UN ITINÉRAIRE, *Olivier Orban*
CALLAS, UNE VIE, *Ramsay*
SI J'ÉTAIS ROMANCIER, *Garnier*
LE DERNIER ÉTÉ, *Flammarion*
COMÉDIES ITALIENNES, *Flammarion*
DES CHATEAUX EN ALLEMAGNE, *Flammarion*

*La composition de ce livre
a été effectuée par Bussière à Saint-Amand,
l'impression et le brochage ont été effectués
sur presse CAMERON
dans les ateliers de la S.E.P.C. à Saint-Amand-Montrond (Cher)
pour les Éditions Albin Michel*

AM

*Achevé d'imprimer en juillet 1988
N° d'édition : 10321. N° d'impression : 4874-1250.
Dépôt légal : août 1988.*